KB163316

Absolute
앱솔루트 바디
Body

앱솔루트 바디

초판 1쇄 인쇄 2008년 9월 25일
초판 1쇄 발행 2008년 9월 30일

지은이 박민규 외 11인
기 획 APCTP
펴낸이 고찬규
펴낸곳 도서출판 해토
등 록 2003년 4월 16일(제10-2631호)

주 소 경기도 고양시 일산동구 백석동 1324번지 동문굿모닝타워 2차 807호
전 화 031)812-7165
팩 스 031)812-7166
이메일 goodhaeto@empal.com

값은 표지에 있습니다.
잘못 만들어진 책은 바꾸어 드립니다.

ISBN 978-89-90978-74-5 03810

크로스로드 SF 컬렉션 Crossroads

Absolute Body
앱솔루트 바디

박민규 외 11인

해토

| 추천사 |

한국 창작 SF의 가능성을 보여주다

김탁환(소설가, 카이스트 교수)

이 소설집은 현재 한국 SF의 가능성과 한계를 동시에 품고 있다.

과학문명의 발달에 따라 도래할 새로운 인류에 대한 풍부한 묘사와 물질만능이나 전체주의로 흐를 가능성에 대한 경고는 빛을 발한다. 이야기의 영역도 작게는 필자들이 속한 학교나 직장을 조밀하게 따지며 크게는 우주의 탄생과 우주인과의 교신 문제를 유머러스하게 건드린다. 인간과 기계가 한 몸에 공존하며 온라인과 오프라인을 동시에 주거 공간으로 삼는 캐릭터까지 등장한다.

그러나 장점이 도드라진 만큼 아쉬움도 남는다. 대부분의 필자들이 이 세계를 1인칭에 기대어 일기나 편지 형식으로 살핀다. 감정을 전달하기에는 적당한 방식이겠으나 세계와의 정면 승부를 하기에는 미리 도피하여 숨을 자리를 마련해두는 허약한 구조를 낳을 가능성이 크다.

또한 훌륭한 SF는 자연과학뿐만 아니라 사회과학과 인문학의 문제의식까지 두루 포괄한다. 근본으로 돌아가서 정진한다면 더 뛰어난 작품이 나오리라 기대하며 다음 작품을 기다려본다.

| 서문 |

한국 창작 SF의 향연으로 초대합니다

박상준(문학평론가, 포스텍 인문학부 교수)

한국 창작 SF를 발전시키는 방법

SF에 관해서 재미있는 점 하나는, 한때 SF를 좋아해본 적이 없는 사람은 거의 없는 동시에 내내 SF를 좋아하는 사람 또한 드물다는 사실이다. 유감스럽게도 우리나라에서는 이러한 사실이 잘 들어맞는 편이다. 한국에서 SF는 청소년들의 꿈을 풍성하게 하는 데 기여해오다가 그들이 성인이 되어 현실에 들어서면 잊히고 마는 아동문학의 한 갈래로 상당 기간 존재해왔다. 1990년대 이후 상황이 많이 바뀌었지만 독서 대중 전체를 염두에 두고 보면 이 글 첫머리의 진술은 여전히 틀린 말이 아니다. 세계 유수의 SF들이 제대로 번역되어 나오고 SF팬덤이 열성적으로 자기 몫을 하고 있는 반면, 보통사람들에게는 SF가 여전히 '공상과학소설' 로서 어른이 탐할 만한 것은 아니라는 생각이 자리 잡고 있다.

이러한 불행한 상황은 SF 자체 내에서도 문제로 드러난다. 두 가지를 꼽을 수 있다. 하나는 마니아 정서와도 다른 팬덤 특유의 폐쇄성으로 말미암아 일반 대중과의 거리 좁히기가 다소 어려워 보인다는 사실이다. 다른 하나는 작은 시장이나마 그 판도를 보면 세계적으로 널리 알려진 해외 유명작가의 번역 작품이 주도권을 쥐고 있어서 한국 창작 SF의 발전을 기대하기 쉽지 않다는 점이다. 이 두 가지는, SF에 대한 사람들의 생각을 바로잡고 SF가 널리 사랑받게 하기 위해서는 먼저 해결해야 할 문제다. 이런 문제가 원인이 되어 위의 불행한 상황이 초래된 것은 아니지만 그러한 상황을 넘어설 수 있는 주요 방안이 이들 문제의 해결이라는 데는 의심의 여지가 없다.

SF팬덤의 특징과 시장 상황을 이야기했지만 문제가 이들 각자에서 따로 풀리는 것은 아니라고 생각된다. SF팬덤의 폐쇄성은 사실 달리 보면 SF 애호가들이 갖고 있는 건강한 응집력의 다른 측면이어서 문제될 게 없다. 그들의 열성으로 한국의 SF가 그나마 명맥을 이어오고 있는 현실을 고려하면 SF팬덤에 문제가 있다고 보는 시각이 오히려 문제일 수도 있다. SF를 포함한 문학계의 시장 상황 또한 인정하고 받아들이는 수밖에 없다. 문제가 확인되는 곳이 시장임은 분명하지만 시장 논리 자체를 건드릴 수는 없는 까닭이다.

그렇다면 SF가 일반대중에게 널리 사랑받지 못하는 상황을 넘어서는 방법은 무엇일까? SF팬덤이 더 많은 사람들이 쉽게 찾아가고 편히 소통할 수 있는 장이 되는 한편, 외국의 번역 작품이 주도권을 쥐는 상황을 반전시킬 수도 있는 해법은 무엇일까? 실행하기가 쉽지 않아서 그렇지, 답은 자명하다. 우리나라의 창작 SF가 더 많이 나오는 것이고, 그럴 수 있도록 창작의 장을 확대 강화하는 것이 모범답안이다. 창작 SF

의 층이 두터워지면 질수록 일반 독서대중이 우리 SF를 찾을 가능성이 커진다. 시장의 주도권을 찾아오는 것은 두말할 나위도 없다. 문학은 똑같은 문학이되 한국문학이 한국인의 사랑을 받는 이치가 SF라고 예외일 리 없다. 따라서 관건은 이렇다. 우리나라의 창작 SF가 더 많이 생산되고 그 질이 계속 높아질 수 있도록 작품 발표의 기회를 넓히는 것, 이것이야말로 한국 SF의 미래를 밝게 하는 지름길이다.

〈크로스로드〉와 한국 SF의 특징

《앱솔루트 바디》(가제)의 첫째 의의는 바로 여기에서 찾을 수 있다. 이 책에 실린 12편의 중단편은, 아시아태평양이론물리센터(APCTP)에서 펴내는 월간 웹진 〈크로스로드〉에 발표된 작품들이다. 〈크로스로드〉는 2005년 10월에 창간된 이래 지금까지 매월 SF를 게재하고 있는데, 2007년에 첫 번째 앤솔로지 《얼터너티브 드림》을 펴낸 바 있다. 그러니까 《앱솔루트 바디》는 〈크로스로드〉 SF의 2차 앤솔로지에 해당한다. 이 책의 발간이 앞서 말한 한국 SF의 불행한 상황을 해결하는 데 일익을 담당하는 의의가 있다는 데 대해서 조금 더 설명을 해두자.

먼저 약간 돌아서 APCTP와 웹진 〈크로스로드〉에 대해 이야기할 필요가 있다. APCTP는 포항공대(POSTECH)에 본부를 두고 있는 국제연구소로서 아시아태평양 지역 물리학자들의 교류를 증진하는 곳이다. 이에 더하여 한국 과학문화의 발전을 위해서 여러 가지 사업을 벌이는 것 또한 APCTP의 주요 업무다. 과학과 현실의 상호 소통을 목적으로 발행되는 웹진 〈크로스로드〉 또한 이 사업의 일부다.

〈크로스로드〉의 SF 게재 및 앤솔로지 발행의 의의는 이러한 맥락에서 크게 세 가지로 말해볼 수 있다.

첫째는 앞서 말한 바 SF가 널리 사랑받지 못하는 불행한 상황을 타개하는 주요한 방안, 곧 한국 창작 SF의 발전을 위해서 발표 지면 역할을 충실히 하는 것이다. 온라인상의 SF 사이트나 각종 동호회 게시판 등 기존의 발표 지면 옆에서, 기존의 문단과 동일하게 작가들을 대우함으로써 그들의 창작 의욕을 북돋우고 신인들을 적극적으로 발굴하며, 기성 문인과 SF의 경계를 허무는 것이 〈크로스로드〉의 임무라고 믿는다. 박민규와 송경아, 서진의 작품은 바로 이러한 면에서 《앱솔루트 바디》, 더 나아가 한국 SF 문학계의 소중한 성과다.

둘째는 이 과정에서 한국 SF의 특징이 잘 드러나도록 노력하면서 SF의 저변 확대에 기여하는 것이다. 《앱솔루트 바디》에 소개된 작품들은 이전과 마찬가지로 한국 SF 고유의 특징을 잘 보여주고 있다. 얼핏 보면 하드SF와는 다소 거리가 있는 소극적인 측면이나 우리나라의 상황이 유추되는 모티프나 사건 설정 등만이 눈에 띄지만, 이들 소설이 보여주는 한국적인 특징은 여기에 그치지 않는다. 《앱솔루트 바디》에 실린 작품들이 보이는 고유한 특징은 일상성에 주목하는 점에서 찾을 수 있다. 이 소설들은 일상 생활에서 제기되는 관계의 양상과 심정적인 진실을 놓치지 않는다. 지금 이곳의 시공간에 갇히지 않는 SF적 상상력을 한껏 펼치면서도 지금 이곳의 바로 우리가 겪는 일상적이고 소소한 문제들을 환기시키고 섬세하게 파헤치는 것이다. 이러한 특징은, 더 많은 사람들이 SF에 흥미를 갖도록 하는 매우 소중한 자질임이 분명하다.

끝으로 셋째는 궁극적으로 문화 발전에 기여하는 것이다. 좁게는 과학문화 증진에 넓게는 우리 시대의 문화를 풍요롭게 하는 데 일조하는 것이야말로, 〈크로스로드〉가 처음부터 설정한 기본적인 목표라 할 수 있다. 문화에 대해서 한마디 하라면 나는 언제나 다양성을 꼽는다. 문화의 본질에 대해서든 그 건강성이나 아니면 문화 발전의 원리에 대해서든, 첫손에 오는 것은 항상 다양성이어야 한다고 나는 믿는다. 하나로 환원되지 않고 서로의 차이를 유지하며 다양한 상태에 있는 것이 오랜 세월 문화가 존재해온 방식이며, 그렇기 때문에 다양성은 문화의 본질이 된다. 건강함을 자신의 확대 재생산을 가능케 하는 상태라고 본다면 다양성이야말로 하나의 문화가 발전할 수 있을지 여부를 가늠케 하는 확실한 지표일 것이다. 요컨대 문화는 다양성을 유지할 때 문화로서 존재하고 발전할 수 있다. 바로 이런 의미에서, 과학자와 일반인들의 상호소통을 목표로 하는 〈크로스로드〉가, 과학과 예술이 만나 생기는 대표적인 문화 산물인 SF에서 소중한 결실을 맺는 것은 자연스러운 일이라 하겠다.

SF의 향연, 음미하며 즐기기

무릇 좋은 것은 가리는 법이 없다. 좋은 것은 이름을 가리지 않고 갈래에 갇히지 않는다. 좋은 소설은 좋은 소설이지, SF라서 혹은 리얼리즘이나 포스트모더니즘이라서 좋은 것이 아니다. 따라서 SF를 즐기는 법도 따로 있는 것이 아니다. SF를 Science Fiction으로 보든 Speculative Fiction으로 읽든 특정한 독법이 강요되는 것은 아니다. 문학작품을 읽을 때 우리가 갖춰야 할 자세가 있다면, 그것은 오직 하나, 작품을 존중해주는 것뿐이다. 작품이 말하는 바에 귀를 기울이는 것,

작품이 말하는 방식에 눈길을 주는 것, 이렇게 내용과 형식을 보듬어서 작품을 새로 태어나게 하고 그 속에서 즐거움을 누리는 것, 이것이면 충분하다. SF라고 다를 리 없다.

《앱솔루트 바디》에 실린 작품들은 매우 자유롭고 다양하다. 전통적인 로맨스에서부터 악한소설에 이르기까지 폭넓은 면모를 보이되 모두 SF다. 로봇과 복제인간에서부터 스페이스 오페라에 이르기까지 SF의 다양한 세부 갈래에 닿아 있되 이들은 모두 잘 빚어진 내러티브, 고유의 작품들이다. 유사한 주제를 그리더라도 빛깔이 다르고, 익숙한 모티프를 끌어 쓰되 문체와 기법에서 기발한 특징을 보인다. 내용과 형식 양 측면에서, 미시적인 요소와 거시적인 틀 모두에서, 상상력의 나래가 활짝 펼쳐져 있다. 말 그대로 SF의 향연인 것이다.

잔치는 마련됐고, 주인은 여러분들이다. 잔칫상을 수놓은 귀한 작품을 보내주신 작가 선생님들과 시속을 돌보지 않고 상차림에 애를 써주신 해토의 고찬규 선생님께 감사드리며, 모쪼록 여러분들 모두가 SF의 향연을 천천히 음미하며 마음껏 즐기시기 바란다.

| 차례 |

추천사
서 문

박민규 | 굿 모닝, 존 웨인 15
서 진 | 우리 반에서 양호실까지의 거리 39
임태운 | 앱솔루트 바디 65
송경아 | 우리 사랑 이야기 89
류형석 | 어떤 미운 오리 새끼의 죽음 117
은 림 | 환상진화가 143
배명훈 | 조개를 읽어요 201
박애진 | 집사 223
이준성 | 고래의 꿈 263
유서하 | 플라스틱 프린세스 305
박성환 | 꿈의 입자 339
정희자 | 지구의 아이들에게 373

굿 모닝, 존 웨인

박민규

박민규 1968년 울산에서 태어나 중앙대 문예창작학과를 졸업했다. 장편소설 《지구영웅전설》로 2003년 문학동네 신인작가상을 받으며 등단했다. 작품집으로 《카스테라》가 있으며, 장편소설로 《삼미슈퍼스타즈의 마지막 팬클럽》 《핑퐁》이 있다. 한겨레문학상, 신동엽창작상을 수상했으며, 2007년 〈누런 강 배 한 척〉으로 제8회 이효석문학상을 수상했다.

十長生

〈존 웨인 3405EA〉라고 쓰인 라벨을 퓨어러는 물끄러미 바라보았다. 아르미노라 했던가? 뭐가? 저 금속 말이야…… 라벨 테두리의. 그건, 하고 운을 뗐지만 잠디스 역시 고개를 갸웃거렸다. 알……마눔 아니었나? 알마눔…… 아미눔…… 알미넘…… 혀를 더 굴려봤지만 정확한 명칭은 떠오르지 않았다. 누벨이 있었다면, 하는 생각이 자신도 모르게 떠올랐다. 자신도 모르게, 퓨어러는 고개를 가로저었다.

의도한 일은 아니었다. 아니었지만, 천 년 전의 하찮은 금속 때문에 그는 누벨의 죽음을 떠올리게 되었다. 아무렴 어떤가? 하고 잠디스가 중얼거렸다. 아르미노건 알마눔이건 말일세. 그건 그래, 하고 퓨어러도 고개를 끄덕였다. 아무렴 어떠냐구, 아무렴을 되뇌며 퓨어러는 잡다한 감정들을 떨치기 시작했다. 3405EA에서 3407EA까지, 해동이 끝나가는 세 개의 탱크가 잔잔한 소음을 발하고 있었다. 탱크 하나당 오백서른세 개, 혈관처럼 얽힌 미세감압튜브가 탱크 속의 증기와 가스를 분출

하는 소리였다. 해동은 일주일째 계속되고 있었다.

클래식은 지겨워, 하고 잠디스가 중얼거렸다. 퓨어러가 별 대꾸를 않자 지겨워죽겠다니까! 하며 탱크를 걷어찼다. 누벨이 있었다면 꿈도 못 꿀 행동이었다. 역시나 예전의 잠디스를 떠올려도, 마찬가지가 아닐 수 없다. 모든 것이 달라졌다고 퓨어러는 생각했다. 문득 붉은 피가 뒤엉킨 누벨의 눈이 아직도 자신을 쳐다보는 느낌이었다. 젠장맞을…… 나도 그래, 그렇다구. 그렇다고 캡슐을 걷어차진 않았지만, 퓨어러의 기분은 최악이었다. 20세기에서 22세기 사이에 입고된 탱크들을 그들은 〈클래식〉이라 불렀다. 과학의 수준만큼, 냉동 방식도 탱크의 형식도 제각각이어서 여간 골치 아픈 게 아니었다. 클래식을 칭하는 용어도 그래서 제각각이었다. 망할 놈의 클래식, 씹할 클래식, 얼어 죽을…… 클래식. 언 채로 살아 있는 인간이, 하지만 그 속에 잠들어 있었다. 어떤 열악한 클래식도, 아무리 조잡한 클래식에도…… 누벨의 기억을 떨치며 퓨어러는 투명한 바닥 아래의 어둠과, 그 속에 늘어선 탱크들을 바라보았다. 천 년 동안 모여든 만 이천일흔다섯 개의 탱크가 끔찍한 곤충의 알처럼 반짝이고 있었다. 눈에 익은 풍경이지만 볼 때마다 춥다는 느낌이 들고는 했다. 역시 알마늄이었나? 다시 금속의 명칭을 거론하며 잠디스가 낄낄거렸다. 생소한 웃음소리였다. 예전의 잠디스는 결코 저런 식으로 웃지 않았다. 아르민? 알만? 알미늄? 조명을 받은 라벨이 반짝하며 빛을 발했다. 불분명한 금속의 명칭에 비해 분명하고, 뚜렷한 은색이었다. 〈존 웨인 3405EA〉란 양각(陽刻)에, 그래서 자신의 동공이 음각되는 기분을 퓨어러는 느꼈다.

천 년 전에는 그에게도 저명한 이름이 있었을 것이다. 위대했을지도 모를 그 이름은, 하지만 지금은 사라졌다. 그런 이름이 사라진 건 확실히 애석한 일이지만, 지난 천 년을 생각한다면 새 발의 피처럼 사소한 일이었다. 많은 것들이 사라졌다. 하물며 누군가의 이름 같은 건 어쩔 도리가 없다. 노아스가 보유한 만 이천일흔다섯 명의 이름은 그래서 하나였다. 존 웨인. 그리고 그 뒤에 저마다의 관리번호가 붙어 있었다. 신탁자의 실명(實名)을 열람할 수 있는 건 재단의 대표나 학술위원장 정도였다. 어쩌면 그들도 서로의 동의를 구해야 할지 모른다고 퓨어러는 생각했다. 비밀—지금의 노아스를 완성시킨 건 천 년을 지켜온 비밀이었다. 비밀로, 비밀리에, 비밀스럽게 모든 것은 이룩되었다. 비밀을 만든 이도, 비밀을 감춘 이도 지금은 모두 사라졌지만.

퓨어러도 잠디스도, 하지만 노아스의 기원에 대해선 소상히 알고 있었다. 누벨은 늘 재단의 역사와 생명의 존엄성을 직원들에게 강조했었다. 발단은 한 사람의 영화배우였다. 존 웨인. 20세기라는, 까마득한 중세의 인물이다. 재단의 열람자료에는 상세한 기록이 보관되어 있었다. 1954년. 존 웨인이 〈정복자〉란 제목의 영화에 출연한 것이 일의 발단이었다. 촬영지는 광활한 사막이었다. 중세 미국의 애리조나 피닉스 외곽. 불행히도 그곳은 1952년까지 숱한 핵실험이 자행되던 장소였다. 정부는 어떤 주의나 경고도 없이 촬영을 허가해주었고, 그 후 오 년 사이 삼백열일곱 명이나 되는 출연진들이 모두 암으로 사망했다. 존 웨인도 예외는 아니었다. 그는 한쪽 폐를 제거했고, 암세포가 전이되면서 하나씩 자신의 장기를 적출해야 했다. 뒤늦게 그는 정부의 음모를 알아차렸다. 그들은 오염 지역에서의 촬영을 허가해줬을뿐더러, 지속적으로 출연자들의 오염 수치를 측정해오고 있었다. 냉전시대의 정부에겐 방사능에 관한 인체실험 자료가 절실히 필요했다. 분노한 그는 모든 사실을 알리겠노라 정부를 협박했고, 정부는 그럴듯한 속임수로 당대의 스타를 진정시켰다. 속임수의 핵심은 냉동(冷凍)이었다. 냉동인간. 먼 미래에 의학이 암을 정복하면 그때 당신을 소생시키겠다는 약속이었다. 터무니없는 그 약속이, 그러나 천 년을 이끌 사후신탁(死後信託)의 시초가 된다. 1979년의 일이었다.

〈눈의 여왕〉은…… 이대로 폐쇄하는 게 옳지 않을까요? 언젠가 누벨에게 퓨어러가 던진 말이었다. 왜? 라는 물음이 누벨의 사려 깊은 눈동자에 스며들었다. 전…… 이곳의 인간들을 깨워선 안 된다고 생각합니다. 개인……으로서의 생각인가? 나지막한 누벨의 질문에 퓨어러는 머뭇거렸다. 근본적으로 노아스의 직원들에겐 〈개인〉의 인식이 금지되어 있었다. 그건…… 아닙니다. 그렇다면? 하고 누벨이 반문했다. 퓨어러가 입을 다물자 누벨이 자신의 말을 이어갔다. 신탁자들도 개인의 의지로 여기 잠들어 있는 거라네. 만 이천일흔다섯 명의 개인과 노아스는 계약을 체결했고 우린 거기 따른 책임을 져야만 하네. 그들이…… 누구라도 말입니까? 그들이 누구라도…… 우린 개인이 아니라 노아스니까. 개인으로서, 천 년 전의 약속이 과연 유효한 것일까 하고 퓨어러는 생각했다. 개인으로서의 사색은 노아스의 직원인 그에겐 언제나 서툴고 무효한 것이었다. 〈눈의 여왕〉은 지하 삼백 미터, 만 이천일흔다섯 개의 탱크가 보관된 노아스의 중심 돔이었다. 방대한 돔의 내부에는 가끔 원인을 알 수 없는 바람 소리가 지상의 그것처럼 울리곤 했다. 지진파의 영향이라는 해석보다는, 모두가 그것을 여왕의 울음이라 부르길 좋아했다. 때마침 그때 여왕이 우는 소리가 들렸다. 슬픔에 겨운 울음 같기도 했고, 만 이천여 개의 알을 보듬고 흐르는 느린 곡조의 자장가 같기도 했다. 듣기에 따라, 그랬다. 퓨어러는 자신의 느낌을 가지지 않으려 업무에 집중했다.

존 쿠삭 스크리머도 20세기의 인물이었다. 밝혀지지 않은 어떤 경로를 통해 그는 냉동 상태의 존 웨인을 정부로부터 사들였다. 비밀스런 작업이었다. 여러모로 쿠삭은 미스터리한 인물이었다. 국제적인 로비스트, 비운의 생명공학자, 은퇴한 CIA 관리…… 그의 정체에 대한 설은 분분했지만, 후세의 어떤 사학자도 그의 과거를 밝혀내진 못했다. 하지만 모두가 수긍하는 그의 실체가 있었다. 바로 노아스의 창설자 존 쿠삭 스크리머다. 미처 인류가 암을 정복하지 못한 시대였다. 치료가 불가능한 여러 질병 앞에 인류는 누구나 노출되어 있었다. 그런 시대에, 냉동된 존 웨인이 거대한 사업의 열쇠가 될 거라 쿠삭은 확신했다. 우선 그는 존 웨인의 잠을 깨웠다. 폐가 적출된 채 냉동된 서부의 건맨은, 그러나 눈을 뜨지 않았다. 아니, 애초 깨어날 수 없다는 사실을 쿠삭은 정확히 알고 있었다. 그가 필요로 한 건 존 웨인의 세포와 유전자였다. 자신의 팀과 함께 그는 존 웨인을 복제했고, 순조롭게 서부의 건맨을 부활시켰다. 세상의 표면에 드러나지 않은 지하세계의 과학이었다.

쿠삭의 계획은 거기서 출발했다. 불치병에 걸린 소수의 전직 지도자들에게 그는 존 웨인의 부활 소식을 통보했다. 종교와 윤리의 그늘을 벗어난 비밀스런 접근이었다. 하나 둘, 정치와 경제의 비윤리적인 라인을 통해 사후신탁의 가능성을 타진해오는 인물들이 줄을 잇기 시작했다. 암에 걸린 아프리카와 아시아의 독재자들, 불치의 성병에 걸린 미국과 유럽의 관료들, 재벌들이 속속 비서진을 보내왔다. 극비리에 소문은 남미의 군벌과 아랍의 왕족들에게도 전해졌다. 그들은 흑심과 의심으로 가득 차 있었고, 그중 몇몇은 자신의 눈으로 직접 존 웨인을 확인해야만 했다. 잘 훈련된, 그리고 훨씬 젊어진 서부의 건맨은 농담까지 건네가며 자신의 역할을 훌륭하게 수행했다. 쿠삭은 곧 노아스를 창설했고, 노아스는 쿠삭의 예측보다 수천 배는 거대해졌다. 신탁자들은 재산을, 또 권력을 자신의 신체와 함께 노아스에서 냉동시켰다. 노아스는 이미 지하에 숨어 있는 하나의 국가가 되어 있었다.

이런…… 이건 진짜 황인종이군! 잠디스가 소리쳤다. 〈눈의 여왕〉이 관장하는 해동 시스템이 이제 막 생명의 숨결을 탱크 속에 불어넣을 즈음이었다. 증기가 걷힌 탱크의 작은 창을 통해 퓨어러와 잠디스는 신탁자들의 얼굴을 볼 수 있었다. 황인종을 실제로 보게 되다니…… 하고 잠디스가 다시 낄낄거렸다. 물끄러미, 퓨어러도 눈앞의 창을 응시했다. 〈존 웨인 3405EA〉는 입을 굳게 다문 표정의 노인이었다. 인종이 나뉘어 있던 중세의 역사를 증명하듯 신탁자들은 모두 순수한 동양인이었다. 벌써 수십 차례 천 년의 잠을 깨우곤 했지만 동양인을 본 것은 퓨어러도 처음이었다. 어떨까? 하고 잠디스가 히죽거렸다. 힐끗 퓨어러를 쳐다보는 그의 눈에서 퓨어러는 이상한 광채 같은 걸 볼 수 있었다. 반짝하며, 누벨의 죽음이 다시금 떠올랐다. 개인으로서의 그 느낌을, 퓨어러는 서둘러 지우고만 싶었다.

이물질 발견을 뜻하는 경고음이 울린 것은 그때였다. 당황하지 않고, 퓨어러는 탱크의 내부를 차례차례 스캔했다. 흔한 일은 아니지만 십자가 목걸이나 묵주 따위를 두른 채 냉동된 인간들이 더러 있었다. 참으로 중세의 인간이란…… 생각을 하며 퓨어러는 스캔 결과를 기다렸다. 이물질은 〈3405EA〉의 오른손에 쥐여 있었다. 반지도 아니고 뭐야 저게? 잠디스가 중얼거렸다. 해동의 마지막 단계를 위해 그들은 탱크 속의 이물질을 제거해야만 했다. 기계손에 자신의 팔을 끼우며 잠디스가 투덜거렸다. 이젠…… 이럴 필요도…… 실은 말이야…… 안 그래? 아니, 그러나 필요하다고 퓨어러는 생각했다. 〈눈의 여왕〉은 전체가 하나의 거대한 프로그램이었다. 오차와 문제점이 해결되지 않으면 더 이상 자신을 진행시키지 않았다. 탱크 속으로 들어간 잠디스의 기계손은, 그래서 입처럼 투덜거릴 수 없었다. 여왕이 고개를 끄덕일 만큼 조심스런 동작으로, 잠디스는 〈3405EA〉의 오른손을 서서히 해제시켰다. 얼마나 꽉 쥐고 있던지…… 나 원. 이윽고 분리된 이물질을 흡인한 후 비웃음을 띤 잠디스가 팔을 빼며 소리쳤다. 기계손 오른 어깨의 박스를 열어 퓨어러는 이물질을 확인했다. 그것은 터무니없이 부드럽고 매끄러운, 그리고 반짝이는 천 조각이었다. 구겨진 천을 펼쳐본 퓨어러의 눈이 순간 놀라움으로 가득 찼다. 이걸 보게나 잠디스. 천에는 정교한 색실로 수놓아진 한 폭의 그림이 그려져 있었다. 이건…… 하고 잠디스도 말을 잇지 못했다. 노아스 본관의 로비를 장식한 거대한 벽화가 작고 정교한 한 장의 천에 완벽하게 펼쳐져 있었다. 노아스의 직원이라면, 누구나 그 그림을 알고 있었다. 〈십장생도(十長生圖)〉였다. 고대의 십장생 중 생물들은 이미 지상에서 자취를 감춘 지 오래였다. 29세기였다.

BL7

〈3405EA〉는 멍한 눈으로 허공을 응시했다. 높은 천장, 실은 그 어디쯤 시선이 머물렀지만 투명한 벽 때문에 허공을 보고 있는 느낌이었다. 지그시 그는 눈을 감았다. 벽과 시설물, 자신에게 입혀진 옷의 감촉만으로도 그는 미래를 실감할 수 있었다. 꿈을 꾸고 있는 듯했다. 얼마나 긴 시간이 흐른 걸까. 《장자(莊子)》의 구절들을 떠올리며 그는 묵상에 빠져들었다. 구절들은 하나 틀림없이 머릿속에 떠올랐고 그는 자신의 손으로 넘겨 읽던 책의 느낌, 낡고 바랜 종이의 질감까지도 어렴풋이 떠올릴 수 있었다. 마치, 어제의 일 같았다.

키우던 작은 분재와, 자신의 서재와 소파, 도자기가 놓인 거실의 풍경도 생생하게 떠올랐다. 일주일 전 그는 마지막으로 자신의 분재에 물을 주었다. 바다를 차고 떠오르는 해, 작지만 그런 기상이 느껴지는 우아한 해송(海松)이었다. 지금쯤 물을 줘야 할 텐데, 라는 생각마저도 부질없이 떠올랐다. 일주일 전의 그 기억은 어쩌면 수십 년, 수백 년 전의 일일 것이다. 고통이 밀려왔다. 익숙해진 암(癌)의 통증이 수십 년, 어쩌면 수백 년 만에 생소한 느낌으로 육신을 괴롭히기 시작했다. 다시 장자를 되뇌는 그의 입가에, 그러나 희미한 미소가 번져 올랐다. 삶의 갈림길에서 그는 언제나 과감한 결단을 내리곤 했다. 단 한 번도 그는 후회한 적이 없었고, 지금도 마찬가지였다. 그는 살아 있었다. 이번에도 자신이 옳았음을, 자신이 결국 암을 이길 거란 사실을 비로소 실감하고 있었다. 문득 자신이 한 그루의 소나무처럼 느껴졌다. 그 밑동에, 이제 미래의 의학이 철갑(鐵甲)을 둘러줄 것임을, 그는 일주일 전에도 믿고 있었다. 수십 년, 어쩌면 수백 년 동안의 확신이었다. 그는 자신을 확신했다.

문이 열리는 소리가 들렸다. 작고, 잦은 발걸음 소리와 작고, 고른 기계음 같은 것이 잔잔한 물결처럼 귓전에 스며들었다. 천천히 그는 눈을 떴다. 눈앞에는 믿지 못할 얼굴이 믿을 수 없다는 표정을 지으며 눈물을 머금고 있었다. 여…… 보. 〈3406EA〉였다. 와락 두 사람은 서로의 손을 맞잡았다. 떨리는 그녀의 어깨 뒤로 역시나 낯익은 얼굴이 눈물을 훔치며 서 있었다. 〈3407EA〉였다. 세 사람은 곧 서로를 부둥켜안았다.

미래라는 낯선 환경이 그들의 감동을 더욱 격하게 만들었다.

각하, 절부터 받으십시오.

어허, 이 사람 하며 〈3405EA〉가 만류했지만 〈3407EA〉는 자신의 뜻을 굽히지 않았다. 에어겔 재질의 바닥은 서늘했지만 그는 주저 없이 자신의 몸을 밀착시켰다. 특이한 자세였다. 복통에 시달리는 인간 같기도 하고, 배를 깔고 앉은 늙은 개 같기도 했다. 충직한 늙은 개처럼 그는 한동안 몸을 일으키지 않았다. 당신이 옳았어요. 이걸…… 아아, 믿을 수가 없네. 눈물을 훔치던 〈3406EA〉가 떨리는 목소리로 두런거렸다. 뭘, 하고 〈3405EA〉가 온화한 미소를 지었다. 나야 결정만 내린 거지…… 나서서 수고한 건 전부 이 사람 아닌가. 자, 그만 일어서게. 다시 두발로 선 〈3407EA〉는 차마 말을 못 이으며 고개를 떨구었다. 저까지 거둬주실 필요는 없었는데…… 각하께서…… 이게 다…… 그의 말을 듣는 듯 마는 듯, 〈3405EA〉는 무표정한 얼굴로 허공을 응시했다. 한차례 여왕의 울음소리가 외벽을 두드리며 지나갔다. 〈3405EA〉의 눈썹이 바람을 맞은 해송처럼 그 소리에 꿈틀했다.

여기 사람들하고 얘기는 해봤나? 지그시 눈을 감은 채 〈3405EA〉가 물었다. 해봤습니다만…… 전혀 다른 언어를 사용했습니다. 영어를 쓰지 않는다고? 그렇습니다. 아무래도 각하…… 세계의 흐름에도 많은 변화가 생긴 것 같습니다. 어허…… 하고 〈3405EA〉는 고개를 끄덕였다. 굳게 다문 입술 근처에 주름 하나가 깊은 골짜기를 만들었다. 너무 근심 마십시오 각하, 설마하니 미국에 어떤 변고가 있겠습니까? 세계 공용어 같은 게 생겼을 수도 있고…… 아무튼 이곳의 시스템이 정상이고, 또 이토록 발전한 걸 보면 큰 근심은 안 하셔도 될 겁니다. 〈3407EA〉의 말에 〈3405EA〉도 고개를 끄덕였다. 아무렴, 자네의 판단

이니 허튼 추측은 아닐 테지. 눈을 떴을 때 곁에 있던 사람들도 아주 선해 보였어요. 〈3406EA〉도 자신이 만난 미래인들에 대해 좋은 인상을 늘어놓았다. 그나저나…… 하고 〈3405EA〉가 말을 이었다. 그건 문제없이 잘 치렀나 모르겠군. 뭘 말입니까? 우리들…… 가짜장례식 말일세. 약속이라도 한 듯 셋은 동시에 웃음을 터트렸다. 게다가 각하의 장례식은 국장(國葬) 아니었겠습니까? 〈3407EA〉의 말은 더 큰 웃음을 자아냈다. 다 좋은데…… 그걸 못 본 건 참 아쉽단 말이야, 하며 〈3405EA〉는 눈물을 훔쳤다. 다시 폭소가 터져 나왔다. 그건 그렇고…… 좀 춥다는 기분 들지 않나? 여긴 아무도 없고 말이야…… 아, 아마도 통역관을 부르러 가는 눈치였습니다. 게다가 전 전혀 안 추운데요. 그냥 느낌이 그러신 것 아닙니까? 그런…… 걸까? 그럼요 각하, 하긴 이곳의 재질이랄까…… 그런 게 너무 눈부시고 매끄러워 저도 처음엔 비슷한 느낌을 받았습니다. 〈3407EA〉의 말에 위안을 받긴 했지만, 그는 어쩐지 으슬으슬한 기분이었다. 중얼거리는 그의 음성에도 약간의 쇳소리가 묻어 있었다. 아무튼 좀 차가운 거 같고…… 딱딱해. 여긴…… 자부동(ざぶどん) 같은 게 없나?

퓨어러는 이제 뭐가 뭔지 모르겠다는 생각이 들었다. 기뉴인은 왜 안 오지란 물음에 잠디스는 이렇게 말했다. 뭐 하러? 그리고 퓨어러의 이마에 지그시 검지를 눌러 돌렸다. 정신을 차리란 뜻의 조롱이었다. 그랬다. 히죽거리는 잠디스의 말 그대로 기뉴인이 올 이유가 없었다. 모든 것이 달라졌다. 촉망받던 기뉴인의 업무도 이제 사라졌다. 재단을 통틀어 기뉴인은 중세 영어를 가장 완벽하게 구사하는 통역관이었다. 육백여 년 전 중국어와 영어가 폐합되면서 지금의 지구어(地球語)가 만들어졌다. 영어의 자취는 서서히 희미해졌고, 삼백 년 정도가 흐른 후에는 완전히 사라졌다. 오래전부터 영어는 학문의 대상일 뿐이었다. 아마도 노아스는 중세의 영어를 필요로 하는 지구의 유일한 장소였을 것이다. 흔치 않은 재능으로 기뉴인은 노아스의 특급대우를 받았다. 〈눈의 여왕〉이 우는 소리가 통제실의 외벽을 흔들었다. 소리의 공명을 가슴 깊이 느끼며 퓨어러는 사 년 전의 첫 부활을 말없이 떠올렸다. 동방박사들이 여왕을 방문한 날이라며 누벨은 흥분을 감추지 않았다. 불과 사 년 전의 그날이 퓨어러에겐 천 년 전처럼 느껴졌다.

의학은 눈부신 성장을 했다. 21세기의 불치병이 정복된 건 까마득한 옛날의 일이다. 물론 암이 신형, 변종의 형태로 명맥을 유지하긴 했지만 중세처럼 치명적이고 위협적인 대상은 아니었다. 24세기 이후의 신탁자들은 대개가 정신질환자들이었다. 바이러스도 점차 신경계를 공격하는 성향이 강해졌다. 문명의 발달과 함께 인류는 현저히 〈정신적인〉 개체로 변해갔고, 마치 약속처럼 인류의 질병도 〈정신적인〉 것으로 변해왔다. 노아스가 계약을 이행할 때가 되었다 판단한 것도 무려 육백 년 전의 일이었다.

사 년 전의 그날처럼, 육백 년 전의 그날도 노아스의 역사에선 빠질 수 없는 사건이었다. 신탁자의 부활은 세 차례의 실패 끝에 성공을 거두었다. 세 차례의 실패도 노아스의 책임은 아니었다. 20세기의 낙후한 냉동기술이 이미 신탁자들을 냉동 과정에서 절명시킨 탓이었다. 해동은 완벽했지만 탱크 속엔 영혼이 사라진 육신만이 남아 있었다. 신탁자들에 대한 예우로 재단은 그들의 시신을 땅에 묻어주었다. 사라진, 중세의 장례 문화를 따른 것이었다. 얼음의 관에서 해방된 신탁자들은 결국 땅이란 이름의 관 속으로 사라져갔다. 같은 시기에 입고된 여섯 개의 클래식도 그들과 운명을 같이했다.

그리고 〈존 웨인 1904NA〉가 깨어났다. 생명, 자체로서는 완벽한 부활이었다. 노아스의 의학은 대장 전체에 전이된 암을 완전히 제거했고, 역시나 치명적일 수 있는 심근경색과 간염, 그 외의 소소한 모든 질환을 그의 육신에서 걷어냈다. 그러나 문제가 있었다. 기억(記憶)이었다. 끝끝내 〈존 웨인 1904NA〉의 기억은 돌아오지 않았고, 그는 신탁자와 상관없는 새로운 인격체로 여생을 살아야 했다. 두 번의 해동을 더 감행했지만 결과는 마찬가지였다. 평범한 기억상실이 아닌 무(無)의 상태—많은 연구를 거듭했지만 원인을 밝혀낼 수 없었다. 예상치 못한 결과에 대해 재단의 원로들은 〈계약 위반〉이란 결론을 스스로에게 부과했다. 부활 프로젝트는 다시 기나긴 침묵의 강 속으로 가라앉았다.

기억이란 무엇일까? 사 년 전 그날 아침 누벨이 했던 말이다. 자신의 의견을 피력하진 않았지만, 퓨어러는 누벨이 했던 말들을 또렷이 기억하고 있었다. 그것이 뇌와 세포, 즉 인체에 국한된 거라면 해동 후에도 고스란히 남아 있어야 한다는 거지…… 가돌리늄(Gd) 뇌에 의한 대체 실험 같은 건 아무 의미가 없어. 경이롭지 않나? 인간에게 아직도 과학 너머의 영역이 존재한다는 사실이…… 돔의 천장을 응시하고 있었지만 누벨의 눈은 너머의 더 먼 곳을 보고 있는 느낌이었다. 여왕도…… 과학의 영역이지 않습니까? 하고 퓨어러가 물었다. 퓨어러의 말처럼, 과학 너머의 영역을 해결한 것은 여왕이었다.

〈눈의 여왕〉이 탄생한 것은 칠백 년 전이었다. 과학윤리가 사회 전반을 지배하고 인체 복제와 인체 냉동이 완벽히 금지된 시기였다. 지하로, 더 지하로 노아스는 스며들었다. 철저한 비밀과 거대한 공사에는 지배 권력의 비호가 뒤따랐다. 미래에 인류의 보편적인 생명연장 수단이 될 것이라고 했던 쿠삭 스크리머의 예견과는 달리, 인체 냉동은 결국 극소수의 특권으로 남게 되었다. 자신의 안식처를 위해 지배자들은 지원을 아끼지 않았고, 노아스엔 수세기에 걸쳐 누적된 천문학적 액수의 신탁금이 있었다. 웅장한 건축물이자 하나의 자치구이며, 그 자체가 거대한 인공지능인 〈눈의 여왕〉은 그렇게 해서 탄생되었다.

지상에 지구를 운영하는 컴퓨터란 닉네임의 〈바벨론〉이 있다면 지하엔 〈눈의 여왕〉이 있었다. 진화형 컴퓨터인 여왕은 그 후 모든 신탁자들의 어머니가 되었다. 반세기 정도 여왕과 노아스 연구진의 공조체제가 유지되긴 했지만, 여왕과 인간의 공조는 곧 막을 내리게 되었다. 여왕의 정보 습득과 추리, 진화의 속도를 연구진이 따라잡을 수 없어서였다. 지상의 세계도 마찬가지가 아닐 수 없었다. 여왕은 자신의 쌍둥이 오빠인 바벨론과 공조했고 달의 〈비너스〉와 화성의 〈메러디언〉을 신하로 두었으며, 은하계를 벗어난 수많은 인공물들을 자신의 기사(騎士)로 활용했다. 여왕의 자궁 속에 잠들어 있는 신탁자들과 마찬가지로, 노아스는 여왕에게 모든 것을 신탁해야만 했다.

기억의 문제를, 여왕이 해결한 것은 사 년 전이었다. 육백 년 만에 여왕은 프로젝트의 재개를 선언했고, 스스로 자신의 자궁을 열어 한 구의 클래식을 인양했다. 노아스 최초의 축복 〈존 웨인 2137NA〉는 그렇게 해서 눈을 떴다. 완벽한 해동이었다. 그는 중세 미국의 상원의원이었던 자신의 과거를 또렷이 기억했고, 노아스는 그의 육체를 잠식한 에이즈를 완전히 제거했다. 쿠삭 스크리머의 환상이 비로소 이루어진 순간이었다.

비밀리에 이루어진 노아스의 성공은 지상의 지도자들을 열광케 했다. 쿠삭의 가설이 실현된 그날 지상의 본관에서는 대규모 축제가 열렸다. 연구진의 대표였던 누벨은 축사를 통해 이렇게 말했다. 다만 이 자리에서 말할 수 있는 것은 동방박사들이 우리의 여왕을 찾아왔다는 사실입니다. 그들은 바벨론의 옥상에 낙타를 쉬게 하고, 미지의 정보를 안고 지하의 마구간을 찾았습니다. 이제 남은 것은 여왕이 도달한 지점까지 우리 스스로가 그 해법을 추리해 나가는 과정입니다. 인류는 미처 도달하지 못했지만 인류의 과학은 도달해 있습니다. 그리고 내키지 않는 얼굴로—제대로 그걸 감추지도 못한 채—이렇게 말했다. 이제 우리는 누구나 예수가 될 수 있습니다. 이 자리에 모이신 여러분들이, 바로 그리스도입니다.

누벨은 많은 자책을 했지만 퓨어러는 아무런 도움도 줄 수가 없었다. 정해진 축사를 읽게 한 것은 노아스의 대표 데머린이었다. 그는 지상의 인물이었다. 합법적인 재단의 대표로서 신탁금을 운용하고 정치에 이용해온 전형적인 비즈니스맨이었다. 지상과 지하로 양분된 노아스의 운명처럼 20세기의 쿠삭 스크리머는 그렇게 두 인물, 데머린과 누벨로 나뉘어 있었다. 데머린의 노아스와 누벨의 노아스는 다른 것이었지만 결국 노아스는 하나였고, 둘은 근본적으로 자신의 〈개인〉을 가질 수 없었다.

숙소로 이어진 통로에서 퓨어러는 싱글벙글 웃고 있는 기뉴인과 마주쳤다. 잠디스도 함께였다. 어디 가는 길인가? 퓨어러의 인사에 기뉴인은 뜻밖의 대답을 건넸다. 아, 신탁자들을 만나러 가는 길일세. 잠시 혼란스러웠지만 그런가? 하고 퓨어러는 고개를 끄덕였다. 검지로 퓨어러의 이마를 살짝 누르며 잠디스가 속삭였다. 아아, 무엇보다 무료해서 말이야. 잠디스의 검지를 손으로 걷어내며 다시 퓨어러는 고개를 끄덕였다. 반짝이는 잠디스의 눈을 퓨어러는 똑바로 쳐다볼 수 없었다. 같이 갈 텐가? 하고 잠디스가 물었다. 어쩔 수 없는, 두렵고도 이상한 힘

같은 것이 잠디스의 목소리에 실려 있었다. 인공태양이 만들어낸 눈부신 바닥을 내려다보며 퓨어러는 또다시 고개를 끄덕였다. 무료한 두 개의 그림자가 곡선의 통로를 따라 서성이며 사라졌다. 그 뒤를 또 하나의 그림자가 작은 얼룩처럼 따라붙었다.

환한 얼굴로 대화하는 기뉴인을 보자 모든 것이 예전 같았다. 기뉴인은 주로 〈3407EA〉와 대화를 했고, 중간 중간 〈3407EA〉가 나머지 신탁자들에게 대화 내용을 전달하는 눈치였다. 천 년이란 시간에 대해 신탁자들은 모두 놀라워했고, 그런 그들의 반응을 무료한 기뉴인은 즐기고 있었다. 대화가 삼십 분 정도 이어지자 기뉴인의 표정에 다시금 따분함이 밀려들었다. 아아, 하고 기뉴인이 두 손을 비벼댔다. 잠디스가 끼어든 것은 두 사람의 대화가 거의 뜸해졌을 무렵이었다. 이걸 좀 물어봐줄래? 잠디스가 건넨 것은 작은 금속 조각이었다. 낯익은, 탱크에서 떼어낸 〈존 웨인 3405EA〉의 라벨이었다. 뭘 물어봐달라는 거지? 기뉴인이 고개를 갸웃거렸다. 그러니까…… 재질…… 재질에 대해서 말이야. 금속을 받아든 〈3407EA〉는 신중하게 그것을 살피고 또 살폈다. 띄엄띄엄 이어지는 중세의 영어 속에서 퓨어러도 확실히 알미늄이란 단어를 확인할 수 있었다. 잠디스는 이상하리만치 날뛰며 좋아했다. 그렇지, 바로 그…… 알…… 마늄? 히죽거리며 외치는 잠디스를 향해 〈3407EA〉가 미소를 지으며 얘기했다. 알미늄! 금속처럼 환하고 눈부신 미소였다.

각하!

세 사람의 미래인이 사라지고 나자 〈3407EA〉가 외쳤다. 믿어지십니까? 각하께선 천 년 만에 부활하신 겁니다. 〈3406EA〉도 눈물을 글썽이며 어쩔 줄 몰라 했다. 아마도 그녀는 훗날 해동될 자신의 자녀들을 떠올리는 눈치였다. 지그시 감았던 눈을 뜨며 〈3405EA〉도 감격에 겨운 표정을 지었다. 그래, 좀 자세한 얘길 해보지 그래. 우선 각하의 병은 완벽한 치료가 가능하답니다. 즉 건강을 되찾으시는 겁니다. 그리고 신탁금을 연금 형식으로 지급받을 수 있습니다. 계약 조항 그대롭니다. 예상한 대로 언어는 하나로 통일되었고…… 또 국가와 인종, 민족의 개념도 거의 사라진 듯합니다. 오래전에 인류가 전체적으로 각성한 시기가 있었다더군요. 그 후 줄곧 평화의 시대가 이어져왔고…… 또 문명의 황금기가…… 그리고 또

차근차근히.

시정하겠습니다. 〈3407EA〉가 허리를 숙인 사이 여왕의 울음소리가 통로를 지나갔다. 그 소리엔 머나먼 시공을 건너뛴 신탁자들을 침묵케 하는 힘이 있었다. 소리가 통로를 완전히 빠져나갈 때까지 〈3405EA〉는 미동도 않은 채 눈을 감고 있었다. 미국은? 하고 그가 힘주어 물었다. 신중하게, 그리고 느린 말투로 〈3407EA〉가 답변을 이어갔다. 국가라는 흔적은 사라졌지만 현재 연합이란 것의 중추는 중국과 미국이 주도한 것이라 했습니다. 하지만 자신도 역사의 흐름을 말할 수 있는 수준은 아니랍니다. 통역자로서 신탁자들이 자주 묻는 질문을 추려 따로 공부한 정도라 하더군요. 한국은…… 한국은 어떻게 되었나? 한국에 대해선…… 단어의 뜻을 모르겠다고 했습니다.

천 년이 흘렀습니다 각하.

모쪼록 저는…… 이런 생각이 드는 것입니다. 이것은 운명이라고 말입니다. 하나의 연합으로 폐합되었다 해도 자치구라든지, 어떤 형태로든 한국은 존속하지 않겠습니까? 각하, 하늘은 분명 각하를 선택했습

니다. 새롭게, 29세기의 한국은 또다시 강력한 지도자를 원하고 있을지도 모릅니다. 그래서 전 이것을 천명(天命)이라 느끼고 있습니다.

말일세, 하고 〈3405EA〉가 입을 열었다. 이것이 꿈인가…… 이 말이야. 과거의 내가 현재의 꿈을 꾸는 것인지…… 현재의 내가 과거의 꿈을 꿨던 것인지…… 한 차례 《장자》를 인용한 후 그는 〈3407EA〉의 어깨에 손을 올렸다. 내가 어떤 꿈을 꾼다 해도 자네가 없으면 그 꿈을 이룰 수 있겠나 말일세? 〈3407EA〉의 어깨가 들썩거렸다. 주인의 곁에서 천 년을 늙어온 충직한 개처럼, 주름진 그의 얼굴 위로 다시 한 번 감회가 밀려들었다. 인공태양의 조명 속에서 그것은 더욱 찬란하게 느껴졌다.

숙소로 돌아온 퓨어러는 방진(防塵) 도어가 완전히 차단된 뒤에야 비로소 〈개인〉이 될 수 있었다. 자신의 이마에 손을 얹고서 그는 말없이 사색에 빠져들었다. 헤어지기 직전에도 잠디스의 손가락이 자신의 이마를 지그시 눌렀다. 예전엔 누구도 서로에게 그런 식의 접촉을 행한 적이 없었다. 퓨어러는 서서히 잠디스가 무서워지기 시작했다. 기뉴인도, 더불어 자기 자신도 무서워지고 있었다. 젠장맞을…… 하고 그는 고개를 가로저었다. 어쩔 수 없이 그는 누벨의 죽음을 떠올리게 되었다. 오오 누벨, 하고 그는 자신의 머리를 양팔 사이에 파묻었다, 파묻고, 싶었다. 그것은 개인으로서의 의지였다.

아마도, 여왕이 찾은 해법은 외계에서 온 것이 아닐까 싶네. 오랜 검증이 필요하겠지만 은하계 너머로 나간 무수한 여왕의 수족 중 하나가 어떤 정보를 얻은 것만은 분명하네. 그것은 혹시 신의 뜻이 아니었을까? 드디어 인간에게 부활을 허락한다는…… 사 년 전 그날의 누벨을 떠올리며 퓨어러는 자신도 모르게 눈물을 흘렸다. 처음 경험해본 〈개인〉의 눈물은 더없이 뜨겁고 아픈 것이었다. 신의 뜻은 과연 어떤 걸까? 동방박사는 여왕을 방문했지만 지구를 방문한 것은 또 다른 개체였다. 그리고 모든 것이 달라졌다.

BL7이 지구를 찾아옴으로써.

좋은 아침

천 년 전에는, 아니 그 후에도 인류를 공격한 바이러스들은 자신만의 이름이 있었다. 에볼라, 에이즈, 사스…… 인류에게 조금만 더 관대했다면 BL7도 저명한 이름을 가질 수 있었을 것이다. 하지만 그들은 이름을 얻지 않았다. 인류에게 자신의 이름을 지을 시간을 허락지 않은 것이었다. 사 년 전, 노아스의 〈부활〉이 있은 바로 그해의 일이다.

발원지도, 캐리어(매개체)에 대해서도 알려지지 않았다. 성층권의 어떤 방역위성도 그들의 침투를 감지하지 못했고, 지구의 운영자—바벨론조차도 그들의 급습을 예견하지 못했다. 대륙 곳곳에서 재앙은 시작되었고 인류에겐 그것을 조사할 시간조차 주어지지 않았다. 사흘 만에 아메리카 대륙의 생명체 절반이 줄어들었다. 접촉은 물론 공기로도 감염이 되었고, 잠복기는 고작 두 시간에 불과했다. BL(bio safety level)7은 역사상 최강의 바이러스였다. 감염자들의 뇌는 녹아내렸고, 순식간에 그들의 영혼은 육신을 빠져나갔다. 지옥의 불이 번지는 듯한 확산이었다. 지상의 인류는 전멸했다.

아마도, 극소수의 폐쇄 인류가 살아남았을 것이다. 우리처럼 폐쇄 시설에서 생활한 상당수의 인간이 있지 않겠냐고 누벨은 희망을 잃지 않았다. 이백여 명의 지배 계급을 이끌고 지하로 피신한 데머린도 우리에겐 문명의 힘이 있다며 힘주어 연설했다. 달에도 화성에도, 인류는 남아 있었다. 남극을 비롯한 지구 곳곳의 폐쇄시설에도 누벨의 말처럼 인류가 남아 있었다. 가냘픈 통신의 끈은, 그러나 점점 끊어지기 시작했다. BL7은 남극을 휘덮었고, 무인수송선과 같은 갖가지 캐리어를 통해 달과 화성까지 재앙을 전파했다. 그리고 일 년 전, 바벨론이 정지했다. 다섯 겹의 돔을 군건히 걸어 잠근 채 여왕은 큰 소리로 울부짖었다. 지진파의 영향일 뿐이야 하고 잠디스가 중얼거렸지만, 퓨어러는 그것을 지구의 울음이라 느낀 지 오래였다. 바벨론과 함께, 희망의 빛도 꺼져버린 듯했다.

노아스의 원칙을 깨고 이백여 명의 지배계급이 한꺼번에 냉동되었다. 지구라는 자연이 언젠가 스스로의 인터페론을 만들어낼 것입니다. 누벨은 그들에게 희망을 주었지만, 냉동을 권유한 데머린의 입장은 누벨과는 달랐다. 데머린은 이미 현실의 식량난을 걱정하고 있었다. 무인수송튜브를 통해 남아 있는 지상의 식량을 가져올 순 있었지만, 어떤 형태의 식량도 오염 가능성에서 벗어나 있지 않았다. 안전한 것은 이곳의 식량뿐이었다.

희미한 조명 아래서 퓨어러는 울고 있었다. 그리고 문득 주머니 속에 넣어둔 작은 천 조각을 떠올렸다. 천천히 그는 조각천을 꺼내 들었고, 더 천천히, 자신의 손바닥 위에 그것을 펼쳐 놓았다. 해와 달, 바위와 소나무…… 여러 동물이 수놓인 한 폭의 그림이 부드러운 촉감으로 퓨어러의 〈개인〉을 위로해주었다. 그림 속에 퓨어러는 자신의 얼굴을 파묻었다. 해와 달, 바위와 키 작은 소나무들이 비를 맞듯 퓨어러의 눈물에 젖고 또 젖었다. 곧, 퓨어러는 잠이 들었다.

좋은 아침이었다. 인공 태양의 변함없는 조명이지만, 분명 지상의 날씨도 아름다우리라 생각되는 날이 있었다. 그날 아침 퓨어러의 기분이 그랬다. 홀로그램 모니터로 데머린의 지시를 전해 듣고, 식당에서 잠디스와 기뉴인을 만났다. 이번엔 우리 차례인가? 하고 고기를 썰며 잠디스가 말했다. 한 사람의 노아스로서, 퓨어러도 고개를 끄덕였다. 히죽이는 잠디스의 입가에서 퓨어러는 묘한 기대감을 느낄 수 있었다.

문득, 지금과는 너무 다른 잠디스의 얼굴이 떠올랐다. 파오매틱 파이프로 처음 누벨의 머리를 내려칠 때의—공포에 질린 그 얼굴을 퓨어러는 잊을 수 없었다. 자신의 얼굴도 잠디스와 마찬가지였을 것이다. 오히려 편안한 것은 누벨의 얼굴이었다. 용서하게, 그리고 용서하겠네…… 라고 중얼거린 후 누벨은 곧 눈을 감았다. 저는 개인이 아니기 때문에, 개인이 아니므로…… 하고 퓨어러의 마음이 울부짖고 울부짖었다. 명령을 내린 것은 데머린이겠지만, 누가 명령을 내렸는지는 아무도 알 수 없었다. 그리고 누구도 처벌받지 않았다. 남은 고기를 마저 비운 후 셋은 함께 자리를 일어섰다.

어떤 한 가지 사안에 대해, 누벨은 강력하게 데머린과 대치했었다. 식량이 거의 바닥을 드러낸 칠 개월 전의 일이었다. 쿠삭 스크리머가 살아 있다면 어떤 결론을 내렸을까? 파오매틱 파이프를 집어 들며 퓨어러는 생각했다. 오늘은 좀 심심치 않겠는걸, 하고 잠디스가 중얼거렸다. 기뉴인이 껄껄댔으므로 그러게, 하고 퓨어러도 응답을 했다. 눈부신 곡선의 통로 위를 파이프를 든 세 개의 그림자가 빠르게 지나갔다. 마침 그 뒤를, 여왕의 울음소리가 거대한 얼룩처럼 따라붙고 있었다.

좋은 아침입니다.

손을 치켜들며 기뉴인이 소리치자 신탁자들의 얼굴에 반가운 기색이 역력히 떠올랐다. 기뉴인과 잠디스의 등 뒤에 선 채, 퓨어러는 말없이 바닥을 내려보았다. 얼굴이 보이지 않는 그들의 목소리가 그래도 조금은 불편하게 느껴졌다. 즐기는 듯 기뉴인은 무의미한 대화를 몇 번이고 더 이었다. 뭐? 하고 기뉴인의 목소리가 올라갔다. 방…… 석? 방석이라는 게 뭐지. 고개를 돌려 퓨어러에게 물었지만 그로선 발음 자체를 이해할 수 없는 단어였다. 세차게, 퓨어러는 고개를 가로저었다. 눈앞에서 뒷짐을 진 잠디스의 파이프가 고개를 가로젓듯 끄덕이고 있었다.

안전한 식량은 바로, 노아스 내부에 냉동되어 있다고 데머린은 판단했다. 인간은 끝끝내 살아남을 거란 그의 연설처럼, 웅장한 울음소리가 돔의 외벽을 울리고 지나갔다. 파오매틱 파이프를 굳이 쓸 이유야 없었지만, 수십 차례의 경험을 통해 터득한 방법이었다. 그것은 육질(肉質)의 문제였다. 누구나 부드러운 고기를 원했고, 잠디스도 그 방법을 선호했다. 퓨어러는 눈을 감았다. 좋은 아침이라고

그리고 스스로에게 말을 걸었다.

우리 반에서 양호실까지의 거리

서진

서 진 1975년 부산에서 태어났으며 부산대학교 전자공학과 박사과정을 중퇴하였다. 2007년 제12회 한겨레 문학상에 〈웰컴 투 더 언더그라운드〉가 당선되었다. 문화잡지 《보일라(*VoiLa*)》의 편집장을 지냈고, 대안출판 프로젝트 '한 페이지 단편소설(1pagestory.com)'을 운영하고 있다.

Stage 4.

피가 순식간에 온몸에 뿌려졌다. 높은 파도가 산산이 부서져 사방으로 물이 튀는 것처럼 말이다.

"뭐 해, 정신 차리지 않으면 너도 좀비가 되고 말 거야."

정신을 차릴 사이도 없이, 책상과 걸상이 뒤에서부터 앞으로 도미노처럼 무너진다.

"제길, 넌 도움이 안 돼."

진아는 걸상으로 흐느적거리는 좀비를 찍어 내린다. 걸상 다리에 등이 박힌 좀비가 피를 튀며 쓰러진다. 그런데 이놈들 한둘이 아니다. 한 마리, 두 마리, 세 마리… 좀비들은 방금 시체가 된 아이들을 짓밟고 우리에게 다가온다. 우리, 라고 해봤자 진아와 나 둘뿐이다. 그리고 이렇게 벌벌 떨면서 웅크려 앉아 있는 나는 역시, 도움이 되지 못한다. 쓸모없는 겁쟁이. 나는 교탁에 웅크리고 숨어서 500원짜리 크기의 구멍으로 교실을 보고 있을 뿐이다. 한 마리, 두 마리, 세 마리…. 어슬렁거리며 다가오는 좀비의 수를 세어본다. 총 세 마리다. 진아가 교탁으로 들어온다.

"이제 우리 어떻게 하지…"

진아가 중얼거린다. 나에게 해결책을 묻고 있는 게 아니다. 순식간에 사지가 갈기갈기 찢어질지도 모른다는 탄식이다. 점점 다가오는 무리들. 책상과 걸상이 도미노처럼 무너진다. 우리, 이렇게 죽어버리는 건가. 몸이 부들부들 떨린다. 나만 떨고 있는 게 아니다. 진아도 떨고 있다. 우리는 그렇게 눈물과 땀과 콧물이 뒤범벅된 채로 서로를 붙들고 있다.

이때 우당탕 교실 문이 부서지는 소리가 들린다. 구멍이 작아 소리가 나는 쪽이 잘 보이지 않는다. 좀비들이 일제히 소리가 나는 곳으로 몰려가는 게 보일 뿐이다. 나는 고개를 교탁 위로 살짝 내밀어본다.

병진이다. 뿔테 안경과 커다란 몸집만 봐도 알 수 있다. 병진은 밀대 걸레를 창처럼 좀비에게 조준하고 있다. 끝이 뾰족해진 막대 걸레 자루에서 피가 뚝뚝 떨어진다. 검은빛에 가까운 피다.

"너희들 무사하니?"

역시, 반장답다. 나는 교탁에서 손만 내밀어 흔든다. 병진은 다가오는 좀비를 향해 막대 걸레로 머리를 가격한다. 자루 끝이 그대로 한쪽 귀를 통과해 다른 귀로 비쭉 튀어나온다. 고름 같은 진득한 액체가 귀에서 쏟아진다. 좀비는 쓰러지는가 싶더니 다시 중심을 잡고 일어난다. 지독한 냄새의 농도가 더욱 심해진다. 고장 난 변기에 일주일 동안 온갖 것들이 썩어가는 냄새다. 병진을 공격하는 좀비만 있는 게 아니다. 바닥에 쓰러져 있는 친구들이 언제 다시 일어나 좀비가 될지 모른다. 한 마리, 두 마리, 세 마리…. 바닥에 널브러져 있는 시체의 수를 세어

보니 스물이 넘는다.

"역시 못 당하겠어. 양호실에서 기다릴게, 그리로 와!"

도망가는 병진. 좀비들은 어기적거리며 반장을 따라간다. 나는 그때서야 교탁에서 웅크린 몸을 일으킨다. 뒤집어진 책상과 내동댕이쳐진 의자들. 그 사이로 우리 반 친구들의 시체들이 흩어져 있다. 목이 뜯기거나 팔이 빠져나간 건 예사고, 내장이 튀어나와 뱀처럼 꾸물거리고 있다. 나는 그 자리에서 토해버렸다. 꾸엑, 꾸엑, 꾸에엑. 이 아이들이 다, 우리 반 친구들이다. 이 친구들이 언제 다시 일어나 나를 잡아 먹어버릴지도 모른다. 친구들에게 먹히기 전에 도망을 가든지 죽이든지 선택해야 한다. 나보다 공부를 잘하는 녀석들이 더 많으니 잘 됐다. 이번 기회에 죄다 죽이고 등수를 올려보자. 그런데, 나는 아무 짓도 못하고 바보처럼 구역질만 해대고 있는 것이다. 더 이상 위에서 나올 것이 없는데도 헛구역질을 계속한다. 위가 쪼그라들어 아플 정도다. 몸이 후들들 떨린다. 춥다, 춥다, 미치도록 춥다.

마침 내 등을 쳐주는 진아.

"못 말려, 너 같은 자식은…."

나는 눈물, 콧물, 토사물을 스윽 닦는다. 하얀 교복 와이셔츠에 노랗고 진득한 것들이 묻어버린다. 내일 다시 입고 오기는 글렀다. 이런 상황이라면 영원히 학교 따위에는 갈 필요가 없을 것이다. 진아는 내 목덜미를 잡고 교실 밖으로 나간다. 나는 거의 질질 끌리다시피 진아를 따라간다.

"빗자루를 꼭 잡아. 그게 우리에게 남은 유일한 무기니까."

청소하기 귀찮아서 칼싸움이나 할 때 쓰던 빗자루다. 이렇게 진짜 무기가 될 줄은 몰랐다. 교실 문을 나서니 조용하다. 좀비들이 내지르는 소리나, 당하는 소리 때문에 지옥 같을 거라고 생각했는데 의외다. 이것들이 어디로 다 사라진 것일까? 복도에는 시화전에 당선된 액자 몇 개가 걸려 있다. 평소에는 그냥 지나치던 것이 왜 갑자기 눈에 걸리는지 모르겠다.

'여름 내내 울어대던 매미 소리는 이제 어디로 가고…'

아, 한심하다. 이런 걸 쓴 놈도, 뽑은 놈도 똑같다. 그 옆에는 빨간 테두리로 된 액자가 걸려 있다.

'현재 스코어 20.3 체력지수 42.5 무기아이템 빗자루'

어, 이건 무슨 시지?

복도가 쩌렁 쩌렁 울릴 정도로 종소리가 크게 울린다. 〈엘리제를 위하여〉. 동네 수박 장수 트럭이 후진할 때 들릴 법한 조악한 전자음이다.

"뭐 해, 빨리 움직이지 않고?"

진아가 등을 세차게 후려친다.

Stage 5.

우리 반에서 양호실까지의 거리는 어느 정도 될까? 우리 반이 3층 동편에 있고 양호실은 1층 서편이니까 150미터는 족히 넘는다. 전력 질주한다면 1분이면 가능하겠지만 언제 어디에서 놈들이 튀어나올지 모른다. 진아와 나는 3층 중앙 계단에 다다랐다. 20미터 전진. 다행히 이곳은 조용하다. 우리는 재빨리 계단에 몸을 날려 2층으로 내려간다. 2층에 교무실이 보인다. 자, 이제 1층으로 내려가자. 그때, 교무실에서 문이 부서지며 좀비들이 튀어나온다. 분명 목에는 넥타이를 맸다. 투피스 정장을 입었다. 그러나 온몸이 썩어 문드러진 선생들이다. 이때를 기다리기로 했다는 듯이 1층에서 또 다른 좀비들이 올라온다. 목에 넥타이를 매고 교복 바지를 입었다. 그러나 이놈들은 더 심하게 썩어 문드러진 학생들이다. 이럴 땐 피하는 게 상책이다.

"일단 옆 반으로 피하자."

우리는 계단으로 내려가려는 것을 포기하고 3학년 교실이 있는 서쪽 복도로 뛰어간다. 뒤를 보니 다행히 좀비들이 우리를 따라오지 않는다. 선생들과 학생 좀비들은 다 같이 어디론가 사라져버렸다. 우리보다 훨씬 맛있는 걸 찾았나 보다. 재빨리 가까운 교실로 들어간다. 문을 잠그고 숨을 죽인다. 밖에서는 좀비들이 걷는 소리, 어딘가에 부딪히는 소리가 들리다가 점점 멀어진다. 창밖은 붉은 노을이 짙게 깔렸다. 천장의 전등이 깜빡거리며 켜졌다, 꺼졌다를 반복한다.

보통의 학교 저녁 풍경은 이래야만 하는데, 왜 갑자기 이런 일이 일어난 것일까? 선생 몰래 잠을 자던 보충 수업이 그리워진다. 그때도 이렇게 멍하니 해가 지는 것을 바라보았다. 제발 하루가 빨리 끝나기를 고대하면서 말이다. 정신을 차려보니 진아가 흐느끼고 있다.

"왜, 왜 그래?"

진아의 어깨에 손을 올린다. 울음 때문에 열기가 느껴진다.

"다… 다 틀렸어."

진아의 목에서 진득한 피가 흘러나오고 있다. 자세히 보니 상처가 곪아 퍼지고 있다.

"우리 반에서 싸울 때, 나도 모르게 다쳤나 봐. 좀비로 변해서 언제 널 해칠지 몰라. 빨리 날 죽여줘. 정확하게 심장을 찔러야 된다는 건 알고 있지?"

진아는 막대 걸레를 내민다. 끝이 창처럼 뾰족하게 쪼개진 나무 막대다. 나는 얼떨결에 나무 막대를 받아들지만 그걸로 절대로 진아의 심장을 꽂을 수 없다. 오늘, 순식간에 좀비 서넛을 죽였지만, 살아 있는 사람을 죽일 수는 없는 것이다. 쓸모없는 겁쟁이. 어차피 진아는 좀비가 되면 나를 죽일 텐데 머뭇거릴 이유가 어디 있단 말인가?

"양호실에, 양호실에 가면 뭔가 해결책이 있을지도 몰라. 치료 가능한 약이 있을 수도 있고. 반장이 구해줄 거야, 병진이는 못하는 게 없잖아. 지독하게 어려운 수학문제도 척척 푸는 놈이니까, 조금만 참아."

내 말을 듣는지 마는지, 진아의 숨소리는 점점 거칠어진다. 이럴 때 시간이 멈추어주면 좋겠는데, 어림도 없다는 듯이 흘러간다. 해는 이미 져서 교실은 불빛 하나 없이 어둡고, 복도의 전등만이 깜빡깜빡 거릴 뿐이다. 응급상황. 정말 양호실에 빨리 가야 한다. 진아가 무릎에 머리를 숙이고 있다가 갑자기 고개를 든다.

"경민이 너… 나한테 친절한 이유가 뭐야?"

"그게 무슨 말이야…."

진아의 숨소리는 목에 가래가 잔뜩 들어간 것처럼 거칠다.

진아의 어깨가 차갑다. 점점 좀비화되는 것일까.

스피커가 지직거린다. 건물 전체로 퍼지는 다급한 목소리.

"경민아, 빨리 양호실로 전속력으로 달려와. 시간이 얼마 없어."

아, 우리 반장 목소리다. 나도 가고 싶은데 지금 상황이 그리 좋지 않거든?

"너, 도대체 나한테 무슨 짓을 했는지 알고는 있니?"

진아의 말에 나는 아무 말도 못한다. 대답을 원하는 것 같지도 않다.

진아는 몸을 휙 돌리고는 순식간에 나의 목을 조른다. 나는 벌러덩

하며 교실 바닥에 넘어진다. 와당탕하고 무너지는 책상과 의자들. 진아는 순식간에 내 몸에 올라탄다.

"헉. 왜… 왜 이래."

나는 막대기를 움켜쥔다. 순간 심하게 풍기는 악취 때문에 토할 뻔했다. 진아의 얼굴은 살점이 너덜너덜한 채로 문드러져 있다. 입술은 어디로 갔는지 없고 끈적한 침을 질질 흘린다. 벌써, 좀비가 되어버렸구나.

"나는 말이야, 너를 괴롭히고 싶어죽겠는데 말이야…. 너의 마음은 말이야… 상처 하나 입는 법이 없어. 왜 넌 꿈쩍하지도 않는 건데… 네 마음을 알 수가 없어. 두 눈으로 똑바로 너의 마음을 보고 싶어."

나는 바동거려보지만 도저히 빠져나올 수 없을 만큼 육중한 힘이다. 진아는 내 손에 쥐어져 있는 빗자루를 빼앗는다. 그걸 허공으로 치켜들더니 그대로 내 심장에 꽂는다.

헉. 이 세상에서 느낀 그 어느 고통보다 지독하다. 너무 아파서 눈물도 나오지 않는다. 입 밖으로 비명을 지를 수도 없다. 사지가 바들바들 떨릴 뿐이다. 이런 아픔이라면 차라리 빨리 죽어버렸으면 좋겠다. 미치도록 빨리 생각해보자. 이런 고통을 받을 정도로 내가 진아에게 잘못한 것이 있는지….

"내 마음과 너의 마음 사이의 거리는 어느 정도 되는 건데?"

좀비가 되면 마음속에 있었던 말들이 이렇게 제멋대로 튀어나오는 것일까? 진아의 입에서 진득한 액체가 줄줄 얼굴에 떨어진다. 죽기 전에 빨리 생각해보자. 그 거리는 아마도 우리 반과 양호실 사이의 거리 정도가 될 것이다. 전속력으로 달린다면 1분도 채 걸리지 않지만 영원히 닿지 못할 것같이 멀게만 느껴지는 거리. 진아와의 기억들이 순식간에 흘러간다. 같은 버스를 타고 학교에 가고, 가방을 가끔씩 들어주고, 같은 학원에 다니고, 노래방을 같이 가주고, 영화도 함께 보고….

진아는 아랑곳하지 않고 내 심장을 향해 빗자루를 쉬지 않고 찍어 내린다. 갈비뼈가 무너지고, 가슴살이 파헤쳐진다. 그래도 이렇게 정신을 잃지 않는 나도 대단하다.

"나에게 그저 친절한 것뿐이라면 차라리, 날 괴롭혀줘. 날 때려줘. 날 죽여줘."

발버둥쳐보려고 해도 이미 늦어버렸다. 몸이 움직여주질 않는다.

"그렇게라도 너의 모든 관심을 받고 싶어. 너의 마음을 두 눈으로 보고 싶어."

진아는 다시 한 번 막대를 힘껏 치켜들더니 그대로 나의 심장을 찌른다. 살갗과 근육이 문드러진다. 가슴이 열렸다. 진아는 내가 보는 앞에서 손을 가슴 깊숙이 집어넣는다. 그리고 나의 심장을 꺼낸다. 심장은 진아의 손에서 벌떡벌떡 뛴다. 너는 나에게 무엇이었지? 나는 의식을 잃어가는 동안 기를 쓰고 생각하려 애쓴다. 뭐지, 뭐지, 뭐였지? 진아는 심장에 연결되어 있는 핏줄을 국수 자르듯이 끊어낸다. 피가 사방으로 뿜어져 나온다. 심장은 아직도 벌떡벌떡 뛴다. 나는 아직 죽지 않았다. 그래, 그 따위 관심을 가져주면 될 거 아니야? 진심으로 좋아해주면 될 거 아냐? 왜 나를 이렇게 괴롭히는 건데? 진아는 나의 심장을 두 손으로 자세히 살펴본다. 마치 나의 마음을 살펴보는 듯 말이다. 비실비실 웃으며 심장을 칠판으로 던져버린다. 나의 마음 따윈 알 가치가 없다는 듯이 강속구를 날리듯 던져버린다. 알 듯 말 듯하면서도 알 수 없는 나의 잘못. 심장이 파열될 정도로 극악한 나의 잘못.

Game Over

온몸에 번개를 맞은 듯한 충격을 받고 깨어났다. 그런데, 눈이 떠지지 않는다. 몸을 움직일 수가 없다.

"내 말 들리니? 경민아. 여긴 양호실이야."

반장의 목소리가 들린다. 다행이다, 네 목소리가 들리지 않았다면 내가 죽었는지 살았는지 분간할 수 없었을 거야. 뭐… 뭐야 이게 다….

진아는 내 심장을 던져버리고, 나는 양호실에서 다행히 깨어났는데 꼼짝할 수 없는 상태라니. 대학병원 중환자실에 가야 하는 상황이 양호실에서 해결되겠어? 답답해 경민아, 마음만 먹으면 이까짓 것 툭, 하고 뛰어나갈 수 있을 것만 같은데 마음대로 안 돼.

"경민아, 내 말 잘 들어. 넌 지금 게임을 하고 있는 중이야. 2008년 고등학교를 배경으로 한 '노 디스턴스 레프트 런(No Distance Left to Run)' 이야. 기억나니? 넌 베타테스터로 게임에 참가하고 있었어. 내 말이 들린다면 눈동자를 움직여봐."

아, 죽기 직전엔 이런 꿈도 꾸는구나. 내가 요즘 이상한 책을 너무 많이 읽었나 보다. 이럴 줄 알았으면 공부나 열심히 하고 도서관에서 책 따위는 빌려 읽지 않는 건데. 애초에 도서부에 가입한 게 잘못이다. 그나저나, 눈동자를 움직일 수 있을까. 눈동자에 힘을 줘보자. 자, 움직여 줄게. 보이니? 구슬 같은 눈동자가 휙휙 움직이는 게 보이냐고? 난 니 얼굴도 안 보여.

"지금이 2035년이라는 내 말을 이해한다면 눈을 좌우로 움직여봐. 아니면 상하로 움직이고."

나는 당연히 상하로 움직인다. 너, 아픈 사람 가지고 장난치니? 2035년이라니.

"아… 큰일이야. 몸은 돌아온 것 같은데 뇌의 일부가 손상을 입었나 봐. 넌 아직도 자신을 게임 속 캐릭터라고 생각하고 있어. 현재의 너로 돌아오지 않아. 내가 경고했지? 이런 사태가 일어날 수도 있다고… 왜 그렇게 고집을 부린 거니? 일단, 이해가 되지 않더라도 내 설명을 잘 들어봐. 우리 회사는 최정예 작가들이 만든 시나리오와 플레이어의 경험을 절묘하게 결합한 게임을 제작 중이었어. 브레인 플러그를 사람의 뇌에 이식해야 하기 때문에 사람들의 반대가 만만찮았어. 동물 실험까지는 성공했지만 실제로 사람을 대상으로 한 실험은 네가 최초야. 넌 30년 전의 네 모습으로 돌아가서 게임을 즐기고 있는 중이었어. 악몽처럼 생생한 게임이라 네가 게임을 하고 있다는 것조차 느끼지 못하지. 꿈을 꿀 때 가끔씩 이게 꿈이 아닌가 생각들 때도 있지만, 너무나 생생해서 그런 순간은 잊어버리고 계속 꿈을 꾸게 되는 것처럼 말이야… 그런데 문제가 생겼어."

침묵이 흐른다. 나는 눈을 좌우로 움직여야 할지 상하로 움직여야 할지 갈피를 잡지 못하고 있다. 기억을 최대한 살려보자. 이성적으로 생각하도록 노력해보자. 어쩌면 반장의 말이 맞는지도 모른다. 우리 반에 갑자기 좀비들이 습격한 것은 게임이 아니라면 설명할 수가 없다. 그따위 일이 실제로 일어날 수가 없지 않은가? 너무나 생생해서 실제로 일어나고 있다고 착각한 것일까? 미래의 게임이 악몽처럼 생생할 수 있다는 건 의심할 여지가 없다. 그런데 이것이 게임이라면 나는 왜 깨어날 수 없는 것일까?

"버그가 좀 생겼어. 분명히 게임을 테스트하기 전에, 수십 번도 넘게 디버깅을 했는데도 이런 버그가 생기다니 이해할 수가 없어. 너를 도와

주기로 설정되어 있는 캐릭터가 좀비로 변한 뒤 널 죽였어. 너의 첫사랑을 모델링해서 만들어진 진아라는 캐릭터야. 너는 진아에게 3단계에서 심장이 파열되어 죽어버렸어. 이렇게 될 줄 알았다면 넌 진아를 죽이는 게 나았을지도 몰라. 자, 플레이어가 죽어서 게임 오버가 되면 넌 저장 지점(Saving Point)으로 돌아가거나 현실에 깨어나야 되는데 계속 이렇게 잠들어 있어. 게임이 플레이어에게 물리적으로 타격을 줄 수는 없는데… 우리도 알 수 없는 기이한 현상이야. 게임 속 캐릭터인 너에게 이렇게 말을 건넬 수는 있지만, 지금 현재 2035년의 너는 이렇게 누워 있어. 뇌 손상인 것 같아. 바이털 시그널은 정상이야. 생명엔 지장이 없어. 우리 의료진에 최선을 다 하고 있으니까 조금만 정신을 차리고 참아줘. 최대한, 최대한 기억을 되살리도록 노력해봐."

나는 눈을 떠서 빨리 거울을 보고 싶다. 이런 미친 짓이 다 거짓인지 아닌지 확인하고 싶다. 과연 내가 지금 여드름이 덕지덕지 난 고삐리인지, 마흔 살이 넘은 오타쿠 중년남자인지 확인하고 싶단 말이다.

"우리도 버그를 찾아내려고 노력하는 중이야. 하지만 넌 아직도 깨어나지 않아. 이대로라면 위험해. 무슨 말인지 이해하겠니?"

나는 상하로 눈을 움직인다.

"우리가 할 수 있는 방법은, 너를 다시 게임으로 돌아가게 만드는 것뿐이야. 어디로 보내줄 수 있을지는 나도 잘 몰라. 우리도 해결책을 찾고 있을 테니까 너도 게임 속에서 찾아봐. 필요한 게 있으면 언제나 휴대폰으로 연락하고. 행운을 빌어."

눈동자를 상하로 움직인다. 눈물이 조금 흘렀다. 그리고 번쩍하는 섬광이 보인다. 온몸이 부르르 떨리며 감전되는 최악의 느낌이다.

Saving Point 8.

덜컹거리는 소리가 들린다. 규칙적으로 흔들리는 진동도 느껴진다. 이 진동은 익숙한데… 뭐였더라. 그렇다, 학원에서 집으로 가는 승합차 안의 진동이다. 눈이 과연 떠질까? 어…어…어… 떠진다. 정말 떠진다. 실로 꿰맨 것같이 도무지 떠지지 않았던 눈이 가까스로 떠진다. 흐릿하지만 앞도 보인다. 눈가에 눈물도 조금 묻어 있다. 다 꿈이었나, 아니면 병진의 말대로 다시 게임으로 돌아온 것인가. 아…아…아… 혼란스럽다. 정말 혼란스럽다. 운전수의 머리가 보일 뿐 창밖은 어두워서 어디로 가는지 알 수 없다. 휙 둘러보지만 차 안에는 진아와 나뿐이다. 병진도 분명 타고 있어야 하는데. 우리 삼총사는 언제나 같은 승합차를 타고, 같은 학원에 다녔는데…

진아는 내 어깨에 기대어 무슨 꿈이라도 꾸는지 졸고 있다. 나는 진아를 깨워야 하나 말아야 하나 잠시 고민한다. "왜 나한테 그렇게 친절한 건데…"라는 진아의 목소리가 아직도 귓가에 울린다. 왼쪽 가슴을 만져본다. 다행이다, 심장도 뛰고 가슴뼈도 그대로다. 빗자루 막대에 후벼 파여진 줄로만 알았다. 나는 살아 있다. 가슴을 두 손으로 쓸어내린다.

핸드폰이 울린다. 진동이다. 지르르릉 지르르릉 내게 무슨 하소연이라도 하는 듯이 울리고 있다. 주머니에 손을 넣어 전화를 받으려고 할 때, 끼이익 굉음을 내며 차의 속도가 빨라진다. 뭐야, 아저씨 이거.

쿵, 하며 뭔가가 차에 부딪힌다. 어둠 속에서 횡단보도를 건너는 할머니일 수도 있다. 밤거리를 헤매던 개일 수도 있다. 그러나 차는 아무 상관없다는 듯이 길을 계속 달린다. 나는 창에 얼굴을 바짝 가까이 대고 밖을 살펴본다. 검은 물체가 창문에 퍽 하고 달라붙는다. 진득한 액체를 창문에 남기고 순식간에 떨어져 나간다. 이런, 좀비다. 온 동네를 뛰어다니는 사람들, 그리고 그들을 쫓는 좀비들이 보인다. 거리 곳곳이 불타고 있다. 다른 차선에서 달리던 차가 좀비에게 휩싸여 전복된다. 나의 심장박동이 빨라지기 시작한다. 나는 진아를 흔들어 깨운다.

"진아야, 빨리 일어나 봐. 이렇게 잠만 자고 있을 때가 아니야."

끼익, 하며 타이어 긁는 소리를 내며 차가 급정거한다. 하마터면 앞자리로 굴러 떨어질 뻔했다. 전화는 계속 울린다. 나는 전화를 받는다.

"경민아, 다행히 게임으로 들어가는 데 성공했어. 행운을 빈다. 13단계는 첫 좀비가 출현한 뒤 일주일 뒤야. 진아는 좀비가 되지 않은 상태야."

그리고 뚝 끊어지는 전화기. 역시 반장의 목소리다. 꿈은 아니었구나. 다행이다 싶지만 가슴이 먹먹하다. 실제의 나는 지금 혼수상태에 빠져 있는데, 어떻게 다시 살아나게 할 수 있담. 아무리 기억하려고 해도, 미래의 내가 어떤 사람이었는지 기억나지 않는다. 애인도 없이 쓸쓸히 컴퓨터 앞에서 마스터베이션이나 하고 있을지도 모른다. 창밖을 보니 우리 학교다. 한밤중에 웬 불이 이렇게 환하게 켜져 있는가. 운동장 한가운데 승합차가 세워져 있다. 운전석이 열리더니 바쁜 걸음으로 운전수가 도망간다. 어어, 아저씨, 이렇게 사라지시면 곤란하죠. 나와 진아는 휑한 운동장에 남아 있다.

진아가 자리에서 꾸물거리며 깨어난다.

"아…악몽을 꿨어. 아주 무서운."

뭔데, 무슨 꿈인데? 게임 캐릭터는 꿈을 꾸지 않아.

"웃지 마. 꿈에서 경민이 네가, 날 죽이더라."

설마. 니가 날 죽였지, 나는 널 죽인 적이 없어.

"아, 일단 내리자. 총은 뒷좌석에 가득 싣고 왔으니까 문제없어."

진아는 문을 드르륵 열더니 트렁크에서 총을 꺼낸다. 나는 입이 떡 하니 벌어지지만 일단 진아를 도와 이것저것을 매고 주머니에 넣는다. 뭐가 뭔지 알 수 없는 무기들이다.

"언제 이런 걸 사용할 수 있게 됐니?"

나의 질문에 진아는 이상하다는 듯 나를 쳐다본다.

"바보, 벌써 일주일째 좀비와 사투를 벌이고 있는 걸 몰라?"

아…그래. 반장이 말했었지, 지금이 13단계라고. 꿈이 아니었구나. 평소처럼 늦은 저녁시간까지 학원에서 공부를 하고, 승합차를 타고 집으로 간다면 얼마나 좋을까? 그러면 진아의 집까지 데려다줄 수 있을 텐데… 어두운 골목길을 걸으며 우리가 하고 싶은 이야기는 끝이 없을 텐데…

운동장 한가운데 검은 그림자가 보인다. 물론, 좀비다. 교복 치마가 너덜너덜해져서 팬티까지 보이지만 아랑곳하지 않는다. 그것은 멍하니 학교 건물 서쪽을 바라다보고 있다. 그곳에는 환한 불꽃이 타오르고 있다. 도서관이다. 도서관이 불타고 있다. 박혀 있는 책들이라곤 수십 년이 넘어 읽고 싶지도 않는 책들이 대부분이다. 차라리 잘됐다. 어차피 책을 읽는 곳이 아니라, 열등반 학생들이 밤에 자율학습을 하던 곳이다. 좀비는 태어나서 처음으로 불을 보는 듯 물끄러미 불타는 도서관을 쳐다보고 있다. 그리고 이내 우리 쪽으로 고개를 돌리더니, 뭔가 생각이 났는지 학교로 잽싸게 뛰어간다.

Stage 13.

우리는 도서관 앞에 서 있다. 얼마동안 도서관이 불타고 있었는지 모른다. 4층 꼭대기의 도서관으로 올라가니 책들이 타버린 냄새와 검은 재들만 가득할 뿐이다. 불꽃은 더 이상 보이지 않는다. 타다 만 책상 사이에 시체들이 연기를 모락모락 내며 뒹굴고 있다. 나는 손전등을 이리저리 흔들어본다.

"이게… 좀비들일까, 사람들일까."

"글쎄. 아무튼 조심해. 좀비든 사람이든 어디서 나타나서 널 물어뜯을지 모르니까."

묵직한 기관총을 메고 진아는 앞장선다. 걸음을 옮길 때마다 바닥에서 타버린 재가 날린다. 공기가 탁해 숨을 제대로 쉴 수도 없다. 나무와 종이와 살이 타는 냄새가 공기 중에 뒤섞여 있다. 타다 남은 안경이 밟히고, 《수학의 정석》이 밟히고, 《세계문학전집》이 밟힌다. 여덟 명이 앉을 수 있는 커다란 책상도 몇 동강이 나버렸다.

"저기… 진아야. 너도 혹시 도서부 아니었니?"

진아는 발걸음을 멈춘다.

"넌 마치 도서부가 아닌 것처럼 말하는구나. 누구 때문에 도서부가 된 건지도 잊지 않았겠지?"

아, 나 때문이었나.

"따분한 날들이었지. 우리 학교에서 그 이상한 시체가 체육관에서 발견되기 전까지는."

음, 그런 일이 있었나.

"3개월 전에 소리 소문 없이 사라진 여자아이인데… 부모도, 친구도, 경찰도 찾지 못했어. 자살했다는 이야기도 있고, 집단 성폭행을 당했다는 이야기도 있고. 아무튼 질색이야. 감쪽같이 시체로 숨겨져 있다가 갑자기 다시 살아나 이렇게 학교를 쑥대밭을 만들다니. 지긋지긋해."

그 아이가 최초의 좀비구나.

"진아야."

그것 말고도 물어보고 싶은 게 있어. 어쩌면 더 중요한 것일지도 몰라.

"쉿."

진아는 검지로 입술에 손을 댄다. 철골 뼈대만 남은 서가에 바스락거리는 소리가 들린다. 나는 오른쪽으로, 진아는 왼쪽으로 붙어 천천히 소리가 나는 곳을 향해 걸어간다. 덜거덕거리는 소리가 들린다. 나는 손전등을 그쪽을 비춘다. 두 손을 눈에 가리고 있는 사람이다. 아, 병진이다.

"너희들 와줘서 고맙다. 정말. 죽을 뻔했어."

"어떻게 된 거야? 너도 좀비로 변한 줄 알았어. 학교에 아직도 남아 있다니 제정신이야?"

"나…나도 잘 몰라. 분명, 습격을 당해 죽은 것도 같은데, 다시 멀쩡하게 살아났다고. 깨어 보니 우등반 아이들이 올라와 도서관에 불을 태우고… 열등반 아이들은 불타는 도서관에 갇혀 있고… 아, 뭐가 뭔지 모르겠어 나도."

진아는 고개를 좌우로 흔든다. 병진이가 아마도 미쳤나 봐, 라는 눈짓이다.

"아무튼 다행이다. 살아남은 학생들을 구하러 왔으니, 너도 좀 도와줘.”

병진은 발을 절뚝거린다. 좀비한테 물리지는 않았겠지… 어찌됐든, 나는 병진을 부축한다. 내 어깨에 몸을 기대더니 병진은 내 호주머니에 뭔가를 집어 넣는다. 뭐지, 왜 여기 나타났지, 그리고 왜 내 주머니에 이상한 걸 넣는 거지. 아무튼 아이템 획득.

도서관을 빠져나오자, 복도의 불이 탁탁탁 하면서 차례로 켜진다. 그리고 〈엘리제를 위하여〉가 울린다. 궁색한 전자음은 사람의 신경을 긁기에 완벽한 주파수다. 이렇게 볼륨을 크게 하지 않아도 알아서 공부하러 들어오는데…

“또…또 시작이야. 종이 울리면, 언제 그랬냐는 듯이 모든 것이 말끔히 리셋이 돼, 학생들이 다시 아무렇지도 않게 교실에 있어.”

병진이 중얼거린다.

〈엘리제를 위하여〉가 마치자마자, 반장의 말처럼 모든 것이 정상으로 돌아왔다. 도서실도 언제 그랬냐는 듯이 깨끗이 정리되어 있다. 불에 탄 흔적도 없다. 열등반 학생들이 자율학습을 하기 위해 모여 있다. 진아는 믿을 수 없다는 듯 눈을 자꾸 비빈다. 그런데 왜 우리는 리셋되지 않는 것일까?

“난 어차피, 다리가 물렸으니, 너희들끼리 가봐. 다 틀렸어. 좀비로 변할지 몰라. 그리고 이젠 모든 것들이 지긋지긋하다고….”

“아냐, 끝까지 같이 가야 해. 이 일이 어떻게 되고 있는지 내가 납득하기 전에는 절대로 보낼 수 없어.”

진아가 낮은 음성으로 말한다. 나는 반장의 어깨를 부축하고 계단을 내려간다. 우리가 가야 할 곳은 어디인가. 누가 먼저랄 것도 없이, 우리는 2학년 3반 교실로 발걸음을 옮긴다. 진아는 가방에서 탄창을 꺼내

장전한다. 나는 호주머니를 뒤진다. 병진이 내게 준 것은 주사기다. 끝이 뾰족해서 조금만 실수하면 손가락이 찔릴 것 같다. 그런데 주사기 안에 들어 있는 건 뭘까.

좀비 한 마리도 보이지 않는다. 깨어진 유리나 부서진 책상도 없다. 2학년 3반의 팻말이 보인다. 교실 안에 희미한 전등도 보인다. 유리창 안의 학생들이 몇몇 보인다. 좀비가 된 것 같지는 않다. 몇 발자국이면 우리 반이다. 병진은 우리 반까지 가는 동안 말이 없다.

그때, 등 뒤에서 딸깍 하는 소리가 들린다. 그 소리가 뭔지 생각해보기도 전에 울리는 총성. 귀가 터지는 줄 알았다. 영화에서 보던 총소리보다 크다. 실제 총소리는 이렇게 가까이에서 들어본 적이 없다. 순식간에 얼굴에 피가 튀었다. 내가 총에 맞은 줄 알았다. 그러나 총을 맞은 건 병진이다. 병진의 머리가 산산조각이 나버렸다. 안 그래도 축 늘어진 그의 몸이 바람 빠진 풍선처럼 고꾸라진다.

"지금부터 한 발자국도 움직이지 마."

총구가 내 등에 닿는다. 피를 닦을 새도 없이 반장을 바닥에 놓는다. 머리의 사분의 일쯤이 날아가서 오른쪽 눈과 귀가 없다. 그 사이로 검붉은 피가 줄줄 흐른다.

"왜…왜 그래 진아야."

"내 이름을 부르지도 마. 넌 경민이가 아냐."

"내가 다 설명해줄 수 있어. 먼저 총을 내려놓고 이야기하자."

이렇게 되면 안 되는데. 반장이 죽으면 더더욱 안 되는데. 너는 왜 이렇게 일을 더 꼬이게 만드니.

"허튼 수작하지 마. 이 모든 게 설명이 안 돼. 우리 학교가 저주를 받은 것이 틀림없어. 학생들을 봐. 종이 울린 뒤에 다 다시 살아났잖아.

아무리 좀비를 죽여도 그 수가 줄어들지 않는 이유가 바로 이거니? 다시 돌아가지 않은 사람은 너와 나, 병진이뿐이야. 나는 분명 귀신도 아니고 미치지도 않았지. 그렇다면 뭘까, 남은 사람은… 내 앞에 지금 걸어가고 있는 너는 뭘까. 나도 지금 미치도록 궁금해. 넌 정상이 아니야. 아마도 네가 이 모든 일의 원인인 것 같아. 반장은 이미 좀비한테 물렸으니 죽어도 상관없어. 자, 이제 네가 알고 있는 걸 말해보시지. 이게 다 뭐야?"

"지…진아야. 이건 게임이야, 2035년에 만들어진 게임."

나도 믿기 힘들지만 사실이야. 하지만 진아는 크게 웃을 뿐이다.

"하하. 정말 게임을 많이 하다 보니 머리가 어떻게 된 것 같구나. 아무튼, 게임에 빠지는 남자들이란 한심해. 좀 더 그럴싸한 설명을 해보지 그래?"

내 몸에서 기분 나쁜 땀 냄새가 난다. 여기서 무슨 말을 해야 믿어줄까? 진아는 자신이 프로그램이라는 것을 모른 채 자신의 생각으로 이 상황을 판단하려 최선을 다하고 있다.

"진아야. 네가 날 죽일 마음은 없다는 걸 알고 있어. 넌 날 좋아하니까… 나도 마찬가지고."

잠시, 진아는 대답이 없다.

"너는 단지 내게 친절했을 뿐이야. 좋아한단 고백을 이런 상황에서 그딴 식으로 하는 네가 싫어. 나도 마찬가지라고? 하하. 넌 언제나 그랬어. 넌 정체가 뭐니? 네가 뭔데 우리 학교를 쑥대밭으로 만들어놓는 건데? 왜 나를 이렇게 괴롭히는 건데?"

총구의 압력이 더 심해진다. 그 어느 순간에라도 총알이 내 가슴에 박힐 것 같다. 그렇게 된다면 실제의 나는 영영 깨어날 수 없을지도 모른다. 죽기 싫다, 죽기 싫다, 정말 죽기 싫다.

"아냐, 내가 왜 너를 기다리면서 아침마다 학교에 함께 오는데. 왜 형편없는 선생이 가르치는 학원을 다니는데."

나는 입에서 나오는 대로 지껄인다. 그러나 나의 진심은, 바보처럼 말할 수밖에 없는 진심은 알아줬으면 좋겠다. 어쩌면 우리가 서로에게 느끼는 호감은 주파수가 맞지 않았을지도 모르니까. 내가 2035년에서 깨어날 수 없다면, 지금 이대로 우리가 지낼 수 있다면, 왠지 잘 해낼 수 있을 것 같은데. 네가 점점 더 좋아지고 있는데… 내가 너에게 어떤 감정을 품고 있었는지 알 수 있을 것만 같은데….

"지금은 니가 죽거나, 혹은 내가 죽거나 하는 순간이야. 네 마음 따위는 알고 싶지 않아. 우리한테 무슨 일이 있었는지, 지금 와서 우습게 분석이나 할 시간은 없어. 허튼 수작 하지 말고 손이나 뒤로 내미시지."

그때 교실이 소란스러워지기 시작한다. 꺄악, 하는 비명소리가 들린다. 좀비의 습격이 시작되었다. 나는 그때를 노려 재빨리 주머니에서 주사기를 꺼내 힘껏 진아에게 찔렀다. 순간적으로 뒤를 돌아서 찔렀는데 하필이면 심장 바로 아래다. 주사 바늘은 어디로 들어가게 되는 것일까? 뭐가 들어 있는지 모르지만 주사기 속의 파란 액체를 주욱, 집어넣는다.

"너…너…이게 뭐야. 내가 꾸었던 꿈과… 똑같아."

진아는 주사기를 맞고 풀썩 쓰러진다. 이건 단순히 버그라고, 복잡하게 생각할 것 없어.

나는 진아를 들쳐 업는다. 창문이 깨지고 문이 부셔진다. 좀비들의 난장판이 시작됐다. 자, 여기서 양호실까지 뛰어야 한다. 우리 반에서 양호실까지. 150미터, 전속력이면 1분이면 가능하다. 좀비들이 튀어나와도, 난 할 수 있다. 이 모든 미친 짓이 끝나면 반드시 운동을 해야 하겠다. 그리고 진아야, 살 좀 빼줘. 생각보다 무거워.

그러고는 전력질주. 다리에 감각이 없어질 때까지, 가쁜 숨에 피비린내가 날 때까지 전력질주. 절대로 절대로 뒤를 돌아보지 말 것. 숨음 들이 쉬고 한 번도 뱉지 않은 채로 달렸다. 환한 형광등이 수천분의 일 초로 깜빡거리는 것이 보일 정도로 슬로 모션이었다. 그토록 길게 느껴진 짧은 시간 동안 안경 쓴 남학생의 목을 무는 여학생 좀비를 보았고, 두 여학생이 합심해서 선생 좀비를 갈기갈기 찢는 것도 보았다.

Stage 14.

양호실의 문을 드르륵 열고 재빨리 잠근다. 문 앞에 책상과 의자를 밀어 놓는다. 이런 식으로 얼마의 시간을 벌 수 있을까? 다행히 좀비들이나 폭도들이 아직 양호실 근처로 오지는 못했다. 나는 진아를 소파에 내려놓는다. 양호실의 모습이 좀 이상하다. 하얀 침대와 커튼은 어디로 다 사라지고 벽이 죄다 회색빛이다. 10인치도 안 되는 라운드 사각형 모양의 얇은 모니터들이 사방을 빽빽하게 채우고 있다. 그 모니터에서는 교실 안에 마치 카메라를 설치해 놓은 듯이 교실과 복도의 장면이 상영되고 있다. 2학년 3반에서는 좀비 한 마리가 선생을 물고 놔주지 않는다. 2학년 4반은 아직까지 정상이다. 2학년 5반엔 한 여자 아이가 엎드려 울고 있다. 2학년 6반은….

그리고 양호실 한가운데 치과에서 볼 법한 치료 의자에 중년 남자가 누워 있다. 머리에는 전깃줄 같은 알 수 없는 것들이 뽑아져 육중한 기계로 이어져 있다. 아마도 머릿속에서 일어나는 것들이 기계에 연결되어 모니터를 밝혀주고 있을 것이다. 나는 잠들어 있는 남자에게 다가간다. 머리가 약간 벗겨졌다. 우리 아버지를 많이 닮았다. 코밑의 점과 눈썹의 흉터는…. 그렇다, 내 것과 똑같다. 그러고 보니 내 얼굴과 닮았다. 심장 박동기 같은 기계에서는 애처롭게 펄스가 뛰고 있다. 아직도 살아 있다. 이것이 실제의 내 모습이란 말인가. 혹은, 30년 뒤의 내 모습이란 말인가. 지금, 이 남자의 의식 속에서는 내가 이렇게 생각하는 것도 느낄 있는 것일까? 그럼 지금의 나는 뭐지?

"저기… 내 말 들려요? 내 말이 들리면 눈을 아래위로 깜빡거려봐요."

나는 나에게 말을 건네본다. 그는 선글라스를 끼고 있다. 눈동자를 볼 수 없다. 나는 나에게 다가가 안경을 벗겨내려고 한다. 나에게 다가가는 손이 떨린다. 그때 핸드폰이 울린다. 절묘한 타이밍이다.

"병진아, 어떻게 된 거야? 넌 무사하니?"

"아, 나는 이곳에서 무사하니까 걱정하지 마. 충고하는 건데, 절대로 안경을 벗기지 마. 그리고 당분간 진아를 잠에서 깨워서도 안 되고. 지금부터 너의 힘으로 좀비를 물리쳐야 해. 무슨 방법을 써도 좋아. 하지만 아무도 널 도와줄 수는 없어."

"왜 안경을 벗기면 안 되는 건데?"

수화기 저쪽에서는 대답이 없다.

"지금 당장 대답하지 않으면 안경을 벗겨버리고 말 거야. 나에게 건네준 주사기는 또 뭐야?"

이 모든 것들이 이제 너무 피곤하단 말이다.

"휴… 어쩔 수 없구나. 네가 까맣게 기억하지 못하니까…"

병진은 뭔가를 말한다. 하지만 삑, 삑 하는 소리와 함께 갑자기 휴대폰의 전원이 꺼진다. 휴대폰을 확인해보니 배터리가 다 떨어졌다.

"아아아아악!"

나는 마치 좀비라도 된 것처럼 소리를 지른다. 휴대폰을 벽을 향해 던지려다가 참는다. 대신 손에 잡히는 대로 물건들을 모니터로 던진다. 몇몇 모니터가 깨지고 파바박 스파크가 일어난다. 거친 숨을 진정시켜보려고 하지만 맘대로 되지 않는다. 나는 나에게 다가간다.

"저기… 내 말 들려요? 내 말이 들리면 눈을 아래위로 깜빡거려봐요."

내가 하는 말이 양호실 스피커에서 들린다. 이런 식으로 나의 말이 내 귀에서 들리는 것인가. 나는 내 옆에 앉아 나의 얼굴을 쓰다듬어본다. 표정은 바뀌지 않는다. 눈동자가 가끔씩 굴러갈 뿐이다. 좌우로도, 상하로도 움직이지 않는다.

"제길… 어떻게든 정신을 좀 차려봐요."

양호실 복도에서 달가닥거리는 소리가 들리기 시작한다. 좀비다, 좀비들이다. 좀비들이 양호실로 떼거리로 몰려오고 있다. 좀비의 습격으로부터 나를 구해줘야 할 진아는 소파에 잠들어 있고, 미래의 나도 이렇게 잠들어 있다. 문에서 쿵쿵거리는 소리가 들린다. 순식간에 좀비들이 쳐들어올 태세다. 나는, 이제 어떻게 하지? 뭘 해야 하는 거지? 나는 아무 것도 하지 못하고 그렇게 양호실 안에서 죽기만을 기다리고 있다. 쓸모없는 겁쟁이. 지독한 겁쟁이.

앱솔루트 바디

임태운

임태운 1985년 경기도 일산에서 태어나 현재 인하대학교 한국어문학과에 재학 중이다. 2005년 KT&G 상상마당 문학공모전에서 중편 〈싹쓰러슈 데이〉로 동상을 수상하였다. 2007년 웹진 〈크로스로드〉에 단편 〈앱솔루트 바디〉, 〈채널〉을 게재하였고 같은 해 SF 장편소설 〈이터널 마일〉로 한국전자출판협회 제2회 디지털 작가상에서 우수상을 수상하였다.

메사슈미트 선생님께.

저는 뷔겐 자르라고 합니다. 이탈리아 촌구석 파이프 공장의 말단 직원이죠. 물리학계의 세계 최고 권위자인 선생님께 별 볼 것 없는 녀석이 무슨 볼일이냐고 생각하시겠지요? 지금부터 선생님께 보내는 이 글이 미친 소리처럼 들릴지도 모르고 말입니다. 하지만 박봉의 월급을 받고, 겨우 지하 34층의 저소득 아파트에 살고 있지만, 전 절대 미친놈은 아닙니다. 그러니 제발 이 메일을 닫지 마시고 끝까지 읽어주시기 바랍니다. 제 목숨이 달린 일이거든요.

선생님. 저에게 굉장히 희귀한 병이 하나 생겼습니다. 어쩌면 지구상에 보균자가 저 하나뿐인 괴상한 바이러스에 걸린 것인지도 모릅니다. 조금만 흥분해도 모세혈관이 스프처럼 녹아내리는 하브챠일 병도 아니고요, 피부가 색소를 잃어버린 채 투명해져서 심장이 콩닥콩닥 뛰는 모습이 훤히 드러나는 구아누챠르 증후군도 아닙니다. 어쩌면 선생님께선 기형적으로 등뼈가 튀어나와 '악마의 날개' 라고 불리는 카무스티아 병을 생각하고 계실지도 모르겠군요. 하지만 그 병도 아닙니다. 바이러스 전쟁의 산물이자, 최악의 신체 등급이라는 클래스 M(Mutant Body : 바이러스 감염률 75퍼센트 이상의 신체)의 인간들에게 발생하는 저런 질병들은 저와는 거리가 먼 얘기지요.

제가 병에 걸렸다는 사실을 처음으로 깨달은 것은 2주 전이었습니다. 아침부터 귀를 찢어대라 울리는 자명종 소리에 저는 평소처럼 검지를 이용해 자명종의 입을 다물게 하려고 했습니다. 그런데 희한하게도 손가락을 움직이는 느낌은 있었는데 자명종 소리가 계속 울리는 거예요. 이상하게 생각한 저는 오른쪽 손을 눈앞에 가져갔죠. 그리고 여태껏 살아오면서 질렀던 비명 중 두 번째로 자지러지는 비명을 질렀습니다.

제 오른쪽 검지가 사라져버린 겁니다. 마치 누군가가 지우개로 손가락을 지워버린 듯, 새카맣게 절단된 부분이 저를 빤히 쳐다볼 뿐이었습니다. 입술에 경련이 일어날 정도의 경악이 지나고 나서, 그 와중에도 궁금증이 일어났습니다. 그 새카만 부분을 펜으로 찔러봐도 아무런 고통도 없었기 때문이죠. 흉터도 없었습니다. 게다가 검지를 움직여본다고 생각하자 감각이 그대로 느껴지는 거였어요. 물론 사지가 절단되어도 그 감각은 사라지지 않는다고 들었습니다만, 이건 너무 생생했죠. 바로 그때 왼쪽 발바닥이 갑자기 가려워오기 시작했습니다. 저는 무심히 이불을 걷고 왼쪽 발바닥을 살펴봤죠. 그리고 여태껏 살아오면서 질렀던 비명 중 가장 자지러지는 비명을 질렀습니다.

제 왼쪽 발바닥에 손가락이 돋아나 있었습니다!

선생님. 제발 창을 닫지 마십시오. 정신병자의 소리처럼 들린다는 것을 저도 잘 알고 있습니다. 선생님의 귀중한 시간을 빼앗는 악질 장난이라고 생각하실 수도 있겠죠. 하지만 제 말은 한 치의 거짓도 없는 진실입니다. 저 역시 발바닥에 돋아난 손가락을 보고 기절할 뻔했다고요.

회사에 출근할 시간이 다가왔습니다. 지각이라도 하는 날에는 주임 에밀리에게 엄청난 질책을 받을 게 뻔했죠. 어떻게든 지각만은 면해야 했습니다. 저는 냉정을 유지하려 애썼고, 그때서야 왜 발가락이 간지러웠는지 깨달았습니다. 자명종을 누른다고 생각했던 오른손의 검지가 왼쪽 발바닥을 긁어댔던 거죠. 어처구니가 없었습니다. 확실히 그것은 제 검지였습니다. 제 뇌가 손가락을 굽히라고 명령하면 굽히고 빙빙 돌리라고 명령을 내리면 그대로 따라했죠. 어쨌든 잘려나간 것은 아니라고 위로하며 저는 몸을 일으켰습니다. 하지만 곧장 비명을 지르며 바닥 위에 쓰러지고 말았죠. 손가락이 옆으로 꺾이는 고통을 아십니까? 저는 그날 알게 되었습니다.

어쨌든 그 몰골로 출근할 수는 없었습니다. 파이프를 끼워 맞추는 제 일에는 검지가 반드시 필요했으니까요. 일단 회사에 연락해서 몸이 아프다고 둘러댔죠. 당연히 주임 에밀리의 홀로그램은, 고래고래 악을 질러댔습니다. 저보다 겨우 한 등급 위인 클래스 N(Normal body : 바이러스 노출도 25퍼센트 미만의 신체)일 뿐이면서 그녀는 인신공격도 서슴지 않았어요. 게다가 툭하면 끄집어내는 '꼽추'란 단어까지 써가며……. 이런, 얘기가 이상한 방향으로 흘렀군요. 죄송합니다. 아무튼 저는 그 손가락을 처리할 수 없었습니다. 한차례 꺾인 후라 건드리기만 해도 눈물이 핑 돌 정도로 아픈 데다가, 그렇다고 잘라내버릴 수도 없는 노릇이었죠.

그날 저는 하루 종일 아무것도 못 하고 누워 있어야 했습니다. 이 모든 것이 악몽이기를 바랐죠. 그렇게 다음 날이 찾아왔습니다. 눈을 뜨자마자 제가 한 일은 오른쪽 손가락을 확인하는 것이었습니다. 제발 손가락이 원 위치로 돌아와 있기를 바라면서요. 어땠느냐고요? 저는 기뻐서 어쩔 줄 몰랐습니다. 검지가 제자리에 붙어 있던 거예요! 물론 전날의 고통은 그대로였지만 말입니다. 혹시나 해서 살펴봤던 왼쪽 발바닥도 깨끗했죠. 악몽은 하룻밤으로 끝났던 거라 생각하며 저는 몸을 일으켰습니다.

그런데 뭔가가 이상했어요. 전 매일 저녁 방을 청소하는데, 그 순간 익숙하고도 지독한 악취가 갑자기 제 코를 찔러댄 거죠. 저는 설마, 하는 심정으로 거울을 쳐다봤습니다. 짐작이 가십니까? 제 코가 흔적도 없이 사라져버린 겁니다. 저는 그 즉시 옷을 벗고 거울에 온몸을 비춰보았죠.

맙소사. 제 코는 오른쪽 엉덩이에 버젓이 돋아나 있었습니다. 지독히도 우스꽝스러운 모습이었지만 전 결코 웃을 수 없었죠. 대변을 볼 때 엉덩이를 손으로 꽉 잡은 채로 냄새에 몸부림쳐본 경험은 동서고금을 통틀어 오직 저 혼자만 가지고 있을 겁니다.

이제야 이해가 가십니까, 선생님? 저는 몸의 일부분이 제멋대로 움직이는 해괴한 병에 걸렸습니다. 한 부분이 제자리로 돌아오면 다른 한 부분이 말썽을 피우죠. 이젠 매일 아침 일어나는 일이 악몽입니다. 누군가의 도움이 간절히 필요합니다. 그래도 믿지 못하시겠다면 첨부파일로 보낸 제 팔꿈치 사진을 봐주십시오. 분명히 팔꿈치에 돋아난 어금니를 보실 수 있을 겁니다. 합성사진이라고요? 그럼 합성 전문가에게 의뢰해보세요. 제 말이 사실임을 금방 깨달으실 테니까요.

메사슈미트 선생님. 전 2주째 회사를 나가지 못하고 있습니다. 이러다간 분명 해고당할 거예요. 그렇다고 오른쪽 볼에 젖꼭지를 붙인 채 출근할 수도 없는 일 아니겠습니까. 목덜미에 돋아난 혓바닥은 또 어떻게 설명하구요. 에밀리 주임에게 그런 말을 꺼낸다 해도 그녀는 절 정신병자로 취급할 거란 말입니다.

제발 도와주십시오. 저는 꼭 다시 출근해야 합니다. 이 병을 고칠 방법이 있을까요?

2047. 05. 21.

mail to mssumit@tascom.net

ЖK

메사슈미트 선생님께.

보내주신 답장은 잘 받았습니다. 인내심을 가지고 제 메일을 끝까지 읽어주신 점에 대해 진심으로 감사의 말씀을 드리겠습니다. 역시 선생님을 고른 제 선택은 틀리지 않았군요. 세계 최고의 물리학자인 선생님께선 최고의 등급이라는 클래스 P(Perfect Body : 감염률 0퍼센트의 신체)의 냉철한 이성을 갖고 계시지만, 그만큼 분수처럼 솟구치는 호기심도 갖고 계실 거라고 믿었거든요. 과학자가 아니라면 누가 이런 현상에 관심을 가지겠습니까.

왜 의사를 찾아가지 않았냐고 물으셨죠? 저도 당연히 처음엔 그러려 했습니다. 그런데 곰곰이 생각해보니 그건 매우 위험한 짓일 수도 있었어요. 의사들은 얼핏 보기엔 끔찍한 제 몸을 보자마자 돌연변이 수용소에 가둬버릴지도 모르니까요. 그렇게 되면 제 인생은 끝장입니다. 날 때부터 꼽추라는 이유로 클래스 O(Obstacle Body : 1차 감염에 그친 부적격 신체)의 판정을 받아 파이프 끼우는 일이나 하고 있는 것도 억울한데, 더 낮은 등급으로 떨어지면 전 견디지 못할 겁니다. 그놈의 빌어먹을 신체등급 제도 때문에 웬만한 기업 서류면접조차 못 보고, 공공시설 이용 금지는 물론, 평생 친구 한 명조차 사귀기 힘든 판국이라고요. 무엇보다 전 절대 돌연변이가 아닙니다! 2017년에 있던 바이러스 전쟁에서도 안전지대에 있었고, 일 년에 두 번씩 정기적으로 방사능 검사도 받고 있단 말입니다.

어쨌든 이러한 이유로 의사를 찾아갈 수는 없었죠. 전쟁 이후 기하급수적으로 늘어난 클래스 M의 인간들은 발견 즉시 격리수용 되는 현실을 아실 겁니다. 꼽추로 평생을 살아온 저는, 해괴한 이 모습이 남들에게 어떻게 받아들여질지 누구보다 잘 알고 있어요. 그런 이유로 저는 지금 3주째 외출도 하지 못하고 있습니다.

상태는 좋아지지 않고 있습니다. 어느 날은 아침에 눈을 떴더니 오른쪽 눈과 왼쪽 눈에 전혀 다른 광경이 보이는 게 아니겠어요? 제 왼쪽 눈이 허리에 가 있더군요. 그것뿐만이 아닙니다. 그 이틀 뒤에는 더 끔찍한 일이 일어났죠. 전 그날 아침 일어나 눈, 코, 입. 그리고 손과 발 모두 확인했습니다. 아무 이상 없더군요. 그렇게 무심코 화장실에서 소변을 보려 하는데, 갑자기 목덜미 뒤가 뜨뜻해지는 겁니다. 제 성기가 뒤통수에 돋아나 있었거든요. 이제 일어나자마자 옷을 모두 벗은 채 전신을 거울에 비춰보는 게 하루의 일과가 되어버렸습니다.

이전에 보내드렸던 메일에 제가 선생님께 그랬죠. 전 정신병자가 아니라고. 어쩌면 그 말이 거짓말이 될지도 모릅니다. 매일매일 아침마다

제 몸의 한 부분이 이사를 가버리는 이 병에 제정신을 유지할 수 있는 사람은 아마 없을 거예요.

이젠 회사에서 연락도 오지 않습니다. 돈도 점점 떨어져가고요. 무인 배달기로만 주문할 수 있는 인스턴트식품들도 점점 질려갑니다. 이러다가 이 흉측한 병 때문에 굶어죽는 것은 아닐까요? 모르죠. 지금이야 손가락이나 눈자위, 콧구멍 등만이 옮겨 다니고 있지만 이 증세가 장기(場技)로 영역을 넓혀갈 수도 있지 않겠습니까? 저는 어제 이런 상상을 해봤어요. 제 손톱 중의 하나가 심장의 내벽에 뜬금없이 나타난다면? 아니면 제 허벅지에 있는 사마귀가 혈관 속에 돋아난다면? 정말이지 생각만 해도 끔찍합니다.

하지만 그래도 메사슈미트 선생님이 계셔서 저는 희망을 잃지 않고 있습니다. 한 달이 다 되어가도록 지하 34층에서 햇빛도 보지 못한 채 갇혀 있는 저에게는 유일한 상담자이자 조력자이시니까요.

선생님께서 알려주신 경로로 MS스캐너(a Molecular Spectrum Scanner : 분자 스펙트럼 촬영기)를 구입하느라 답장이 늦어졌습니다. 선생님께서는 "우편으로 스캐너를 보내줄 테니 주소를 대라" 하셨지만 죄송하게도 그건 무리한 요구이십니다. 클래스 P의 선생님께서는 조금만 생각해보셔도 알아채셨을 텐데요. 제가 최첨단의 홀로그램 커뮤니케이터가 아닌, 선생님처럼 연로한 학자들이나 즐겨 쓰는 이메일로 연락을 취한 이유를요. 바로 이메일만이 돌연변이 격리 위원회의 감시망을 벗어날 수 있는 유일한 통신 수단이기 때문이었습니다. 그들에게 클래스 M으로 의심받는 일만큼은 죽는 한이 있어도 피하고 싶어요.

어쨌든 이 스캐너는 매우 신비한 물건인 것 같습니다. 골격뿐만 아니라 온몸의 모세 혈관까지 모두 투시가 가능한 것 같아요. 물론 저는 봐도 잘 모르겠습니다. 아마 선생님께서 무언가를 알아내주시겠죠.

답장 기다리겠습니다.

2047. 05. 26.

mail to mssumit@tascom.net

⁂

메사슈미트 선생님께.

아무 이상이 없다니 얼마나 다행인지 모릅니다. 그런데 선생님께서는 오히려 아무 이상이 없기에 더욱 큰일일지도 모른다고 하시네요. 하긴, 신체의 일부분이 마음대로 이동하는데도 골격은커녕 모세혈관 하나 정도의 손상도 없다는 것은 저에게도 매우 불가사의한 일입니다. 의학적으로 설명이 안 된다는 것쯤은 저도 잘 알고 있습니다. 그래서 물리학자이신 선생님께 요청하는 거예요. 두 장의 사진을 잘라 붙인 것이 아니냐는 선생님의 질문은 저를 꽤 슬프게 만들었습니다. 제가 무엇 때문에 그런 쓸데없는 짓을 하겠습니까. 아시잖아요. 제가 의지할 대상은 선생님뿐이라는 사실을.

이틀 전, 회사에서 해고 메시지가 왔더군요. 왜 통신을 하지 못했냐고 물으실 정도로 선생님은 생각이 얕진 않을 겁니다. 대체! 무슨 수로! 입이 아랫배에서 춤추고 있는데 홀로그램 전원을 켤 수 있겠습니까? 결국 전 에밀리 주임의 냉정한 해고 통보에 아무런 대답도 하지 못했습니다. 이젠 선생님의 답장을 기다리는 일이 제가 할 수 있는 일의 전부가 되어버렸어요.

그나저나 선생님이 말씀하신 병의 원인에 대해 저도 생각해봤습니다. 왜 갑자기 이런 현상이 제 몸에 생겼는지 말예요. 그리고 세계 39억 사람들(2017년 바이러스 전쟁 이후 급격히 감소한 인구는 2031년 공식 통계 때 3,946,371,400여 명으로 집계되었다) 중에 하필 저에게 일어났는지 말입니다. 하지만 아무리 생각해봐도 뚜렷한 원인을 모르겠어요. 전 그저 우주선에 쓰이는 파이프를 접합하는 일만 계속했을 뿐인데……. 하지만 평소와 다른 일은 모조리 떠올려보라는 말씀에 생각을 해보긴 했습니다.

그러고 보니 이 일이 생기기 전 며칠 동안 야근을 한 적이 있었어요. 제가 공장에서 주로 하는 일은 파이프를 접합하는 일이지만, 가끔 오래된 우주선의 동력로 파이프를 해체하는 일도 하거든요. 물론 업무 시간 이외의 일이고, 가끔 정체불명의 우주선 의뢰를 받긴 하지만 짭짤한 수당 얘기에 혹하지 않을 사람은 없겠죠. 물론 동력로에는 파이프 해체공인 저만 들어갔구요.

외관은 평범한 우주선이었습니다. 제가 기억하기론 선미에 Oak……뭐라고 적혀 있던 걸로 기억해요. 혹시, 그 며칠 동안의 야근이 원인이었을까요? 하지만 파이프 해체에 성공했을 때도 보라색 액체만 손가락에 조금 묻었을 뿐인데요. 선생님께서 과민 반응 하시는 건 아닐까요?

아무튼 선생님께서 제 병에 대해 지대한 관심을 갖고 계시다는 말에 저는 정말 반가웠습니다. 물론 당장 답을 찾으실 순 없으시겠죠. 메사슈미트 선생님도 그 유명한 메사슈미트 우주중력 제4법칙을 하루 이틀 만에 생각해내신 것은 아닐 테니까요.

그래도 제 병의 원인을 하루빨리 알아냈으면 좋겠습니다.

2047. 05. 29.

mail to mssumit@tascom.net

⌘

메사슈미트 선생님께.

제 병의 원인이 그런 것에 있었다니, 정말 놀랐습니다. 저는 솔직히 어제부터 자포자기하는 심정으로 정말로 내가 돌연변이가 아닐까, 하고 생각하기 시작한 참이었거든요. 선생님이 보내주신 메일에는 워낙 어려운 말들이 많이 적혀 있어 완벽히 알아듣지는 못했지만 대충 그 의미를 파악할 수는 있었습니다. 이 부분이 가장 충격적이더군요.

……그러므로 자르 군이 만진 그 파이프가 담긴 비행선은 비밀리에 이탈리아에서 진행된 광속주행 비행선 개발 프로젝트에 사용된 오크나스(Oakneus)호입니다. 그 동력원으로 사용된 VL00736975란 액체는 인체에 어떤 영향을 줄지 학계에 밝혀진 바가 없는 위험한 물질입니다. 그리고 오크나스호의 실험은 실패로 끝이 났다고 저는 알고 있습니다. 자르 군. 그대의 몸에서 일어나는 증상은 어쩌면 물리학적으로……

맙소사. 제 몸에 미니 웜홀이 존재한다니요. 믿기 힘든 말인 건 사실입니다. 하지만 제 말을 선생님께서 믿어주신 것처럼 저 역시 선생님의 말을 믿기로 했어요. 어쨌거나 제 몸의 블랙홀로 손가락이 들어가서 화이트홀로 빠져나온다는 얘기시잖아요. 그렇긴 해도 선생님이 그렇게 흥분하시는 것에 동감하긴 힘들더군요. 블랙홀과 화이트홀이 같은 차원에 존재하는 게 그토록 놀라운 물리학적 발견이라니. 어쨌든 선생님이 기뻐하시니 저도 기쁩니다.

아, 건강은 걱정하지 마십시오. 쥐꼬리만한 퇴직금이지만 근근이 살아가고 있어요. 가끔은 인스턴트식품이 아닌 포터블 레스토랑을 이용하기도 합니다. 이 몸도 슬슬 적응이 되어가고 있어요. 사실 엄밀히 말하면 몸의 일부분이 사라지는 건 아니잖습니까. 오히려 편리할 때도 있고요. 왼쪽 팔에 귀가 돋아났을 땐 거울을 쓰지 않고도 귀지를 보고 파내는 신기한 경험까지 했다니까요.

어쨌든 희망이 생겼습니다. 이 희한한 증상이 그 오크나스라는 비행선의 VL00736975라는 액체 때문이라면 연합정부에 신고해 재해보상보험으로 치료를 받을 수도 있다는 말이잖습니까. 어쩌면 다시 복직이 가능할지도 몰라요! 이 모든 게 전적으로 선생님 덕분입니다. 첨부파일로 제 주소와 연락처를 넣었습니다. 이제는 신고를 두려워할 필요가 없어졌으니까요.

2047. 06. 02.

mail to mssumit@tascom.net

ж

메사슈미트 선생님께.

먼저 선생님의 은혜는 제가 절대로 잊지 않을 거라는 말씀을 드리고 싶습니다. 만약 선생님께서 제 메일을 악질 장난으로 취급해서 삭제해 버렸다면, 혹은 아예 이메일 자체를 열어보지 않았더라면 전 지금쯤 폐인이 되어 있을지도 모르니까요.

하지만 연합정부에 신고하지 말라는 선생님의 말씀은 이해가 잘 안 갑니다. 이 일이 바이러스나 방사능 오염으로 일어난 게 아니라면 저도 돌연변이 수용소에 가지 않아도 되고, 치료법을 찾게 될지도 모르잖습니까? 그리고 퇴직금도 슬슬 바닥나고 있단 말입니다. 물론 선생님께는 MS스캐너의 비용이 껌 값일 수 있겠지만 저에겐 3개월 치 월급이라고요. 연구 대상이 되어달라니요? 저는 실험용 쥐가 아니란 말입니다!

아무리 선생님의 말씀이라지만 이번 권유는 받아들이기가 참 힘드네요.

2047. 06. 04.

mail to mssumit@tascom.net

⁂

메사슈미트 선생님께.

보내주신 돈은 정말 고맙게 쓰겠습니다. 하하. 사실 저라고 선생님의 연구에 동참하고 싶지 않은 건 아니었습니다. 그냥 신경이 예민해져서 그때는 그런 말을 꺼냈던 거죠. 앞으로는 전적으로 선생님께 협조하겠습니다. 제 은인이신데, 정말 큰 실례를 범할 뻔했군요.

선생님이 보내주신 대로 감마선 측정기를 몸에 대보았습니다. 결과 수치 액정에 12,033,763이라는 숫자가 뜨더군요. 그런데 이렇게 하면 정말로 미니 웜홀을 유지할 수 있는 제 몸속의 에너지원이 밝혀지는 건가요? 젠장, 도대체 그 요상한 액체는 제 몸에 무슨 짓을 해놓은 거죠? 전 정말 괴물이 되어가고 있는 건가요? 무섭습니다, 선생님.

물론……, 보내주신 돈이 조금 부족하다는 얘긴 절대로 아닙니다.

2047. 06. 07.

mail to mssumit@tascom.net

ℋ

메사슈미트 선생님께.

선생님! 성공했습니다! 제 의지대로 몸을 이동시킬 수 있게 되었어요! 선생님이 보내주신 PAC(Plasma amplification Controller : 플라스마 증폭 제어기)를 장착한 뒤 정신을 집중하니까, 손등에 돋아난 머리카락 한 움큼이 반대쪽 손등으로 나타나는 게 아니겠어요? 하지만 이 작업은 엄청난 에너지를 동반하나 봅니다. 몸의 이동이 끝나고 나면 굉장히 몸이 무거워지고 배가 고파오거든요. 그래서 항상 잠든 상태에서 이 현상이 일어났던 것 같아요. 몇 번의 실험을 하느라 답장이 늦어졌습니다. 이해해주십시오.

처음에는 이동 위치를 잡아내기가 꽤 어려웠습니다. 하지만 몇 번 계속 시도하다 보니 이제 몇 센티미터의 오차를 제외하곤 거의 정확한 부위에 제 몸을 이동시킬 수 있었죠. 뭐, 선생님께는 예상했던 결과라고 미리 말씀하셨으니 별로 놀라지 않으실 수도 있습니다. 하지만 제아무리 선생님이라도 실험 일주일째에 제가 거둔 성과를 들으시면 놀라 자빠지실 걸요?

저는 미니 웜홀을 제 몸뿐만 아니라, 외부에도 만들 수가 있습니다! 천장에 손이 매달리게 만드는 것을 성공했죠. 물론 몸속에서 미니 웜홀을 만들어내는 것과는 비교할 수 없을 정도로 힘든 작업입니다. 세 번 연속으로 시도하면 완전히 졸도해버릴 정도죠.

하지만 전 지금 굉장히 흥분됩니다. 이건 굉장한 초능력이거든요! 날이 갈수록 조절도 능숙해져 가고 있고, 화이트홀을 만들 수 있는 범위도 2미터까지 넓어졌습니다. 선생님. 제가 그 액체를 저주했던가요? 취소하겠습니다. 그 VL00736975는 병을 준 게 아니었어요. 놀라운 능력을 내려주었죠. 선생님께서는 '부작용'을 걱정하고 계시지만 제게는 거리낄 것이 없습니다. 잊으셨나 본데 전 클래스 O의 몸이라고요.

'부작용'을 몸에 달고, 평생을 살아온 몸이라 이겁니다.

하지만 선생님. 지금은 어떻습니까? 제 몸은 '진화'하고 있습니다. 전혀 새로운 종류의 신체가 탄생한 겁니다. 인류 역사상 그 누구도 닿지 못했던 영역에 발을 들여놓은 거라고요!

2047. 06. 25.

mail to mssumit@tascom.net

ЖК

메사슈미트 선생님께.

선생님! 오늘 무슨 일이 있었는지 아신다면 놀라실걸요? 제가 오래전부터 말씀드렸던 주임 에밀리 말입니다. 오늘 만났거든요. 하하. 그녀는 병원에 실려 갈 때까지 자신이 무슨 일을 당한지도 몰랐을 겁니다.

사실 회사에 어떤 목적을 가지고 간 건 아니었습니다. 전 이미 해고되었고, 금전적인 문제 역시 선생님께서 보내주시는 연구 협조 비용만으로 충분했으니까요. 하지만 아무 연락 없이 회사에 나가지 못했던 것을 해명하고 싶었습니다. 그래서 간 것뿐이었어요.

그 일은 전적으로 에밀리 탓이었습니다. 매사에 신경질적인 그녀는 사무실에 들어온 절 보자마자 툭 튀어나온 광대뼈를 씰룩이며 노골적인 욕을 퍼붓더군요. 저 같은 인간은 어느 회사를 가도 평생 말단 직원에 그칠 거라나요? 물론 그것까지는 참았습니다. 하지만 제 외모에 대한 인신공격을 꺼냈을 때는—제가 제일 혐오스러워하는 '꼽추'란 단어까지 써가며—더 이상 참기 힘들더군요.

저는 제 짐을 챙겨 가겠다고 말하곤 제가 일하던 자리를 정리하기 시작했습니다. 에밀리는 못 마땅한 듯이 자신의 자리에서 제 등 뒤를 째려보고 있더군요. 그 정도쯤이야 눈 한 쪽을 뒤통수로 이동시키면 간단한 일이죠. 짐을 뒤지던 저는 가위를 발견했습니다. 그리곤 쾌재를 불렀어요. 혹시나 해서 PAC를 가져온 게 다행이었죠. 아, 선생님. 절대로 제가 에밀리 주임을 해코지하려고 가져간 게 아닙니다. 믿어주세요.

어쨌든 저는 그 가위를 가지고 놀라운 일을 해냈습니다. 제 새끼손가락의 손톱을 에밀리의 뱃속으로 이동시킨 다음 손톱을 잘라버렸죠. 그 다음은 볼만했습니다. 그렇게 흉폭하던 에밀리가 마치 어린아이처럼 배를 붙잡고 비명을 지르더군요. 그녀가 앰뷸런스에 실려 갈 때까지 저는 아무런 의심도 받지 않았습니다. 당연하죠. 남들이 보기에 전 그냥 짐을 정리했을 뿐이니까요.

뭐, 조금 후회되긴 합니다. 만약 오늘 제가 에밀리의 뱃속이 아니라 심장을 노렸다면 어떻게 되었을까요? 그 결과가 조금 궁금해지기 시작했거든요.

2047. 07. 13.

mail to mssumit@tascom.net

ℜ

메사슈미트 선생님께.

맹수의 왕 사자에게 어느 날 갑자기 물갈퀴가 생긴다면 어떨까요? 온순하기 그지없는 염소에게 어느 순간 치명적인 맹독이 생긴다면? 거대함을 자랑하는 코끼리에게 날개가 생겨나는 경우도 생각해볼 수 있겠죠.

아마 그들은 처음에 매우 혼란해할 겁니다. 진화의 정보가 차근차근 유전자에 쌓이지 않고 갑자기 육체적 선물을 받는다면 말이죠. 하지만 곧 그들은 자신들의 육체에 완벽히 적응하게 될 겁니다. 모든 생물은 그렇게 설계되었으니까요.

저도 요즘 변화된 제 몸에 최대한 적응하려고 노력 중입니다. 처음

제 손가락이 사라졌을 때의 공포는 이제 상상이 안 될 정도지요. 더 이상 밖으로 나가는 것이 두렵지 않습니다. 물론 아직도 사람들은 굽은 제 등을 보고 경계의 시선을 드러내지만, 이젠 그런 것에도 아랑곳하지 않죠. 전 그들보다 더욱 뛰어난 몸이니까요. 클래스 N? 클래스 P? 이런, 클래스 P의 신체를 가지신 박사님께는 실례가 될지 모르지만 전 이제 조악한 신체 등급의 굴레에서 자유로운 몸이 되었습니다. 이 몸을 무엇이라고 부르면 될까요?

전 클래스 A라고 부르기로 했습니다. Absolute Body(완전무결한 몸)라는 뜻이죠. 어떻습니까? 인류 역사상 전무후무한 육체에 어울리는 등급 아닙니까?

메인 스트리트에 나가보니 절 유혹하는 것이 굉장히 많더군요. 가장 먼저 제 눈을 간질인 것은 화려하게 진열된 호사품들이었습니다. 합성하기가 그토록 어렵다는 황금빛 진주에서부터, 현대 컴퓨터 공학의 진수라는 VRH(Virtual Reality Handtop : 가상현실 플레이어)까지. 물론 그중에서 가장 탐나는 것은 부작용 때문에 클래스 N 이상의 사람들만이 착용 가능하다는 플러리시 마스크(Flourish Mask : 마음대로 얼굴 골격을 바꿀 수 있는 인공 가면)였습니다. 돈 때문이 아니라 신체 등급 때문에 가질 욕심조차 내지 못했던 그런 아티팩트들은 언제나 제게 선망과 동시에 질투의 산물이었거든요. 물론 지금까지 언급한 것들은 현재 제 방 속에 고스란히 진열되어 있는 상태입니다. 울트라 세라믹 창 안에서 보란 듯이 행인들을 향해 고개를 쳐든 그 물건들을 꺼내오는 것은, 너무 쉬운 나머지 오히려 맥이 빠질 정도였지요. 창속으로 손을 이동시킨 다음에 다시 빼내오기만 하면 되었으니까요.

안타깝게도 그 부피 때문에 플러리시 마스크만은 가져올 수 없었지만, 집에 돌아와 생각해보니 그렇게 아쉬워할 것도 없다는 생각이 불현듯 들더군요. 전 그때까지만 해도 가지고 싶은 것이 있다면 제 능력으로 빼내오면 된다는 생각을 하고 있었습니다. 하지만 좀 더 깊이 생각해보니 그럴 필요가 전혀 없더군요.

'탈취' 가 아니라 '구입' 하면 되지 않습니까?

2047. 07. 19.

mail to mssumit@tascom.net

⁂

메사슈미트 선생님께.

역시 선생님은 대단하십니다. 물리학에만 조예가 깊은 게 아니셨군요. 그저께 일어난 로마 국제은행 도난 사건이 제 소행이란 걸 알아내시다니. 어떻게 했는지는 원래 비밀이지만……, 제 은인인 선생님께만 살짝 알려드리죠.

사실 식은 죽 먹기였습니다. 제 능력은 이제 7미터 바깥까지 닿을 수 있게 되었거든요. 먼저 금고 청소부라고 자신을 속였죠. 제가 가진 파이프 접합용구들은 전문가가 아니면 무엇에 쓰는 물건인지 알 수 없을 정도거든요. 은행원은 아무런 주저 없이 저를 금고 속으로 데려가더군요. 하긴, 그 누가 삐쩍 마른 삼십 대의 꼽추를 은행털이범으로 생각하겠습니까.

저는 대충 청소를 하는 척하면서 그에게 말을 걸었죠. 일부러 아둔한 말투로 "도둑이 들면 어쩌려고 경비원이 한 명도 없나요?" 란 식으로 물어보았습니다. 그랬더니 그 멍청한 은행원은 입술이 떨어져나갈 정도로 자기 은행 칭찬을 하더군요. 무인 레이저 경비 시스템에 DNA 인식 열쇠까지 말입니다. 도난은 절대 있을 수 없는 일이라고 하더군요. 저는 속으로 비웃었죠. 아니, 실은 비웃을 틈도 없었어요. 철통같이 보호되고 있는 금고 속의 전자 화폐를 7미터 바깥에 놓아둔 제 가방으로 옮기느라 정신이 없었거든요.

전 수십 대의 감시 카메라가 저를 감시하고 있는 상황에서 금고를 싹 비워낸 뒤 유유히 은행을 빠져나왔죠. 그들은 몇 시간 뒤에서야 자신의 금고가 털렸다는 사실을 깨달았을 겁니다. 최고의 경비 시스템이면 뭐 하겠습니까. 금고 속까지 감시 시스템이 작동하는 것도 아닌데. 제 클래스 A의 신체를 당해낼 순 없는 거죠.

어쨌든, 메사슈미트 선생님. 뉴스만 보시고 제 소행이란 걸 눈치 채신 건 칭찬해드리겠습니다. 하지만 전 이제 부러울 것이 없습니다. 마음만 먹으면 로마 은행뿐 아니라 전 세계 은행의 금고를 비울 수도 있거든요. 세계 최고의 재벌이 되는 것도 시간문제지요.

그러니 범죄 행각을 그만두라는 선생님의 말씀은 못 들은 걸로 하겠습니다. 사실 조금 기분이 불쾌했거든요. 죄책감이 들지 않느냐고요?

선생님. 제가 지난번에 말씀드린 것 같은데요. 제 능력은 사자에게 물갈퀴를 선물한 것과 같다고 말입니다. 사자가 물갈퀴를 쓰는 데 '죄책감' 을 느끼겠습니까?

2047. 07. 24.

mail to mssumit@tascom.net

ЖK

메사슈미트 선생님께.

너무 오랜만에 메일을 보낸 것 같군요, 선생님. 아무래도 이 편지가 마지막이 될 것 같습니다. 그동안 왜 연락하지 못했냐고요? 잠시 도피 중이었거든요. 제가 마지막으로 편지를 보내드렸던 그 다음 날, 연합정부군이 저희 집을 덮쳤습니다. 지금까지도 제 방문이 폭파되는 소리가 생생히 들리는 듯하네요. 선생님도 저 뷔겐 자르가 붙잡혔다는 뉴스는 보셨을 겁니다. 물론 제가 간단히 탈출했다는 뉴스도 보셨을 테고요.

사실 일부러 잡혀준 겁니다. 아무리 클래스 A의 저라고 해도 그 많은 군인들을 당해낼 수는 없었거든요. 그래서 기회를 보고 있었습니다. 교도소로 후송되던 도중 앞 칸에 타고 있던 운전사의 눈을 찔러버렸죠. 그들은 선생님께서 보내주신 PAC를 뺏은 것에 대해 지나치게 안심하고 있더군요. 사실 이미 더욱 강력한 PAC를 몸속에 숨겨둔 것도 모른 채 말입니다. 어떻게 했냐고요? 간단한 일이죠. 컨트롤러를 등 뒤에 붙인 뒤 피부를 이동시켜 덮어버리면 되니까요. 애초부터 꼽추인 저에게 그 정도는 티도 나지 않거든요.

하지만 선생님. 전 아직도 조금 궁금하단 말입니다. 그들은 제 주소를 어떻게 알았을까요? 제 주소를 알려드린 건 오직 선생님 하나뿐인데 말이죠. 은행 감시카메라에서 저의 모습을 발견해낸 걸까요? 하지만 그렇게 생각하기엔 시간이 너무 빠르더군요. 게다가 고작 은행털이범을 잡기 위해 연합정부군의 일개 중대가 출동한 것 또한 이해하긴 힘들지요. 선생님, 기분 나빠하시지 않았으면 좋겠습니다. 전 이런 추리도 해봤거든요. 연합정부군을 설득할 정도의 인물이라면, 당연히 클래스 P의 사람일 것이고, 그중에서도 '저명한' 인물이어야만 할 것이라고요. 물론 그럴 리 없겠지만 이 일에 선생님이 조금이라도 관련됐을 경우를 생각해 말씀드리겠습니다.

두 번 다시 그런 시도를 하지 마십시오, 선생님.

분명히 말씀드리는데, 저를 붙잡거나 처벌하는 건 불가능한 일입니다. 저는 유럽이 아니라 해외 어디든 도망칠 수 있거든요. 이것은 과시도, 허풍도 아닙니다. 엄연한 사실을 말씀드리는 거죠. 검문소? 그것도 절 막진 못합니다. 지문 감식이야 지문의 배열을 살짝 이동시켜 바꾸면 되는 거고, 안구 인식도 마찬가지죠. 뭐, 사실 잡힌다 해도 걱정은 없어요. 그 어떤 감옥도 저를 막을 순 없거든요. 문 밖으로 손을 이동시켜 열어버리면 그만이니까요. 물론 현재로서는 그런 세밀한 컨트롤은 조금 힘들지만 머지않은 때에 가능해질 겁니다. 클래스 A의 신체에 불가능이 어디 있겠어요. 하지만 지금 당장은 저 또한 조심해야 할 필요성을 느끼겠더군요. 단순한 경찰이 아닌 연합정부군에서 저를 쫓는다면 얘기가 달라지니까요.

온몸이 결박된 채 교도소로 후송되고 있을 때의 일입니다. 저를 전자 베리어에 집어넣은 한 군인이 저를 뚫어지게 쳐다보더군요. 저는 그저 제 굽은 등을 보고 그러는구나 싶어, "꼽추 처음 봅니까?" 하고 비아냥거리려 그의 눈을 쳐다보았습니다. 그런데 그의 눈은 사람들에게서 익숙히 보아온 '혐오'의 눈빛이 아니었습니다. 뭐랄까…… 그래요, '공포'가 담긴 눈이었죠. 그때서야 저는 연합정부군이 출동한 진짜 이유를 깨달을 수 있었습니다. 그들은 두려웠던 겁니다. 세계를 움직이고 있는 신체 등급제의 울타리를 마음껏 뛰어넘을 수 있는 저의 존재가. 그래서 저를 제거하려 든 것이겠죠? 정체성을 위협하는 존재가 나타났을 때

인간이 늘 취했던 파괴본능을 말하는 겁니다. 설마, 선생님도 그렇게 생각하시는 건 아니겠죠?

메사슈미트 선생님. 저는 당신의 은혜를 아직 잊고 있지 않습니다. 그러니 저를 섭섭하게 만드는 행동은 부디 하지 말아주세요. 이번 한 번만은 옛정을 생각해서 너그럽게 봐드리겠습니다. 괜한 정의감을 불태우시다가 화를 입으신다면 저 또한 아쉬울 겁니다. 그냥 몇 년 동안 조용히만 계십시오. 평소에 하시던 대로 물리학 연구나 하시란 말입니다.

뭐, 몇 년 뒤가 될지는 모르겠지만, 제가 제 능력을 완벽히 깨우치고, 문득 세계를 뒤흔들어보고 싶다는 마음이 들 때가 온다면 그때 연락드리겠습니다. 그때 선생님만큼은 건드리지 않겠다고 약속드리죠. 아, 그렇게 고마워하실 필요는 없습니다.

아시다시피 선생님은, 이 완벽한 클래스 A의 몸을 만들어주신 은인 아닙니까.

2047. 09. 15.

mail to mssumit@tascom.net

우 리　사 랑　이 야 기

송　경　아

송경아 1971년에 태어났다. 연세대 전산학과를 졸업하고 1994년부터 소설을 발표했다. 지은 책으로 소설집 《성교가 두 인간의 관계에 미치는 영향에 대한 문학적 고찰 중 사례 연구 부분인용》, 《책》, 장편소설 《테러리스트》 등이 있다. 옮긴 책으로는 《제인 에어 납치사건》, 《무게 - 아틀라스와 헤라클레스》, 《철학자의 돌》, 《카르데니오 납치사건》, 《우주를 떠도는 집 라크라이트》, 《원더월드 레드북》, 《아내가 마법을 쓴다》, 《셉티무스 힙》, 《당신도 해리 포터를 쓸 수 있다》 등이 있다.

야호, 로이, 나의 반신, 나의 폴룩스, 내 쌍둥이 형제. 잘 지내고 있어? 그쪽은 어때? 벌집을 쑤셔놓은 듯이 어수선하겠지? 모바일 뉴스로 보기에는 그렇던데. 경찰에 팬들에, 온갖 사회단체 인권단체에 복제연구소 사람들까지. 당연한 일이지만 화면에서 네 얼굴도 봤어. 약간 여위어 보이던데, 화장을 그렇게 한 건지 내 걱정 때문에 그런지 모르겠더라. 만약 내 걱정 때문에 여윈 거라면 프로덕션 녀석들 좀 혼나야 해. 네 관리를 하라고 기업에서 받는 돈이 얼만데 널 여위도록 놓아두냐고.

나? 나는 물론 잘 있지. 어디 있냐고? 길 위, 정확히 말하면 고속도로 위. 지금은 해가 서쪽으로 넘어가고 있어. 하늘에 붉은빛이 점점 퍼지고, 해는 구름 뒤에 숨어 은빛 가장자리를 찬란하고 선명하게 그려내는데, 캬아— 비록 나는 선글라스를 낀 채 운전대를 잡고 있는 처지라 술이라곤 생각도 할 수 없지만, 그래도 얼얼하게 취할 것만 같아. 이 붉은빛 칵테일 같은 하늘에, 웬일인지 뻥뻥 뚫려 있는 도로에서 귀를 스치는 바람의 속도에, 마침내 결정했다, 끝냈다는 안도감에, 그리고……우리 세계와 아무 상관없이 내 옆에 앉아 지도를 보고 있는 미치에게.

그래, 그 애 이름은 미치야. 그 애는 미치거든.

아니, 그렇게 한꺼번에 물어대지는 마. 서두를 것 없어. 우리는 끝없이, 끝없이 달릴 테니까. 우리는 그럴 수 있어. 뒤에 남긴 세계는 하나도 아쉽지 않거든. 내가 아쉬운 건 너뿐이야, 로이. 내 형제, 알에서부터 지금까지 함께한 나의 반쪽.

그래서 이 이야기를 너한테 전하는 거야. 내가 없어지더라도 이 이야기는 네가 알고 있어야 하니까. 나를 생각할 때 이 이야기도 함께 떠올릴 사람이 세상에 적어도 하나는 있어야 하고, 부모도 친척도 없이 세상에 떨어진 내게 이 이야기를 전할 사람은 너뿐이야. 내가 너를 보고 싶은 만큼, 이야기는 너를 필요로 해.

그러니까 잘 들어.

이 이야기는 나 자신이니까.

우리 생활이 늘 그랬듯이 이야기는 광고에서 시작해. 하지만 무슨 제품 광고였더라? 하여간 빙과류 광고인 건 확실해. 작년에는 워낙 덥다고 해서 새 음료수, 새 빙과류, 습기와 온기를 빠르게 공기 중으로 배출한다는 신소재 여름 옷 광고가 수도 없이 들어왔잖아. 대부분 너와 함께 찍은 것이었지만, 그건 당시 한창 뜨기 시작하던 가수 민아리가 파트너였어. 내가 무더운 거리에서 아이스크림을 사서 먹다가 던지면 태국에서 노래를 부르고 춤추던 민아리가 그 아이스크림을 받아서 내가 먹던 부분을 한입 베어 물고, 다음 순간 민아리가 달달 떨면서 편의점 옆 정자 아래에 나타나 내게 안긴다는 그저 그런 내용이었어. "시원한 여름 속에 따뜻한 사랑을 꽃피우세요" 같은 민망한 카피가 달리는 광고였지.

하지만 그 광고에는 좋은 점이 딱 하나 있었어. 집 근처에서 찍는다는 것. 그때 나는 크루즈 여행 광고를 찍느라고 두 주 동안 집을 비운 참이었고, 너는 아마 대학에 갓 입학한 젊은이를 위한 안전한 신차 광고를 찍느라 미국에 가 있었을 거야. 너도 알다시피 며칠씩 지방이나 외국을 돌아다니느라 수업을 빠질 필요도 없고, 프로덕션 스튜디오에서 곧장 학교로 가지 않아도 된다는 건 참 편한 일이잖아? 나는 가벼운 마음으로 촬영에 임했어. 문제는 민아리였지. 인형같이 희고 작은 얼굴에 섹시 바디로 떠오르던 이 아가씨, CF는 처음이었으니 어찌나 NG를 많이 내던지. 늘 추던 자기 춤도 몇 번을 틀리고, 열여덟 되도록 연애도 한 번 안 해봤는지(절대 안 믿어!) 내가 어깨에 팔을 두를 때마다 움찔움찔 굳는 바람에 혼났어. 촬영이 끝나고 마무리까지 다 되었을 때는 아홉 시가 넘었고 스태프들이 모두 파김치가 되어버렸어. 민아리 쪽에서도 민망했는지 저녁을 사겠다고 했는데 나는 피곤하다는 핑계를 대고 그 자리에 빠져버렸어. 더 이상 그 아가씨 얼굴을 보았다가는 그날 먹은 아이스크림 맛이 입 안에서 온통 엉겨 붙어버릴 것 같더라고.

아마 그래서였을 거야. 돌아오는 길에 집 앞 편의점에 들른 것은. 유지방분이 흠뻑 밴 느끼한 단맛이 아니라 달든 쓰든 좋으니 상큼하고 뱃속까지 시원한 것을 먹고 싶다는 충동이 인 거지. 4월이라 해가 지자 날은 서늘했지만 몇 시간쯤 조명을 쬔 내 몸은 여전히 뜨끈뜨끈 달아올라 있었거든. 나는 편의점에 들어가자마자 우롱차 캔 세 개를 사서 그

자리에서 들이켠 다음 다시 카스 두 캔과 17차 1.5리터 페트병을 샀어. 계산하러 가면서 나는 이상한 느낌이 들었어. 입 안에 상처가 났는데 연한 레몬수로 입을 가신 것같이, 상쾌하면서도 아프고 불쾌한 느낌이었어. 하지만 나는 피곤하고 멍청했어. 집에 돌아와 아직까지 입 안에 남아 있던 아이스크림의 단맛을 맥주로 씻어낸 다음에야 그 이상한 느낌이 무엇인지 깨달았지. 계산대에 있는 여자 아이가 나를 무심코 보고 지나친 거야.

이상하잖아, 그렇지? 우리는 태어날 때부터 매스컴을 탄 사람들이야. 모든 사람들이 우리 얼굴을 알고 있고, 모든 사람들이 우리가 멋지다고 생각해. 우리는 그렇게 만들어졌으니까. 우리가 지나가면 남자들은 안 보는 척 질투 어린 눈으로 흘끔거리고, 여자들은 대놓고 넋을 잃고 바라보지. 우리 또래의 여자 아이들은 말할 것도 없고. 그런데, 그렇게 완벽하게 무심한 표정으로, "5500원입니다"라고 말하고, 계산기를 찍는……그래, 그렇게 나를 그냥 손님 대하듯 하는 여자 아이는 처음 본 거야. 그렇다고 그 여자 아이가 예쁜 건 아니었어. 예쁘거나 멋진 젊은 남녀들 중에는 우리가 안중에도 없는 듯 행동하는 사람들이 있지. 그래봤자 자신들의 패배라는 것은 깨닫지 못하고 말이야. 우리는 태어날 때부터 매스컴을 점령했고, 그 후 20년 동안 자신이 어떻게 보이고 어떻게 카메라에 들어가는지 계속 의식하고 살던 사람들이야. 우리는 태어나는 데 성공한 이후 달을 밟은 암스트롱보다, 비틀스보다, 후세인보다, 마돈나보다, 조지 부시보다 더 많이 매스컴에 노출된 사람들이야. 태어나서 5년, 10년, 그 후에 갑자기 자기가 이성에게(기껏해야 이성에게!) 멋지게 보인다는 것을 알게 된 늦둥이들에게 질 턱이 없잖아.

그런데 그 여자 아이는 나를 무심하게 바라본 거야. 고등학교를 갓

졸업했을까 말까 한 그 여자 아이가.

그건 내가 아는 어떤 범주에도 들어맞지 않는 이야기였어. 그래서 나는 로이, 너에게마저 그 일을 이야기하지 않은 거야. 그때만 해도 그 일을 어떻게 이야기해야 할지, 내게는 거기에 맞는 단어가 없었어. 문장이 없었어. 아니, "우리에게는"이라고 해야겠지. 이제 나는 말할 수 있으니까. 그 애는 내게 무심했다고.

그래서 나는 무척이나 찜찜했어. 하지만 잊어버렸지. 그건 아직 소쩍새 울음소리가 들리고 라일락 향기가 막 풍기기 시작한 늦은 4월 하룻밤의 일에 지나지 않았거든.

두 번째로 그 아이의 존재를 의식한 건, 로이, 네가 돌아오기 전날 밤이었어.

우리 냉장고에 늘 채워져 있는 캔 맥주와 병맥주를 다 마시고 나서도 목이 말랐던 걸 보면 그때 나는 좀 흥분해 있었나 봐. 뭐니 뭐니 해도 쌍둥이 형제인 너와 그렇게 오래 떨어져 있는 건 처음이었으니까. 이건 우리 둘에게 부과되는 적응 훈련이기도 하다는 것을 머리로는 이해하고 있었지만, 계속 목이 타고 머리가 어질어질했어. 아마 OP(Ordinary People)들은 그런 상태를 "취했다"고 하겠지. 하지만 육체적으로야 그럴 리가 없잖아? 우리는 누구 못지않게 술이 강하니까. 머리로는 그렇게 알고 있었어. 그런데 목은 소금물을 삼킨 것처럼 계속 타오르고, 냉장고에 술은 없고, 나는 네가 없어 외로운 거야. 어쩌겠어? 술을 사러 나가야지.

어쩌면 그날 나는 그 아이가 그때 편의점에 있기를 바라고 있었는지도 모르겠어. 이십 대 초반의 남녀가 얽히는 일에서 보통 생각하는 그런 의미로 하는 말은 아니야. 다만 나는 그때, 나를 알아보는 시선이 부담스러웠던 거야. 로이 없는 조이를 보고 신기해하거나 접근하려 하거나 반대로 진열장 너머 인형 구경하듯 하는 시선이. 하지만 누가 혼자 있는 나를 보고 그런 시선을 던지지 않겠어? 로이 없는 조이가 아니라 조이 없는 로이라 해도, 아니 둘이 함께 있다 해도 마찬가지지. 다만 네가 없는 동안 느끼는 관객들의 시선은 더욱 노골적이고, 그래서 편의점의 유리벽 너머 그 아이가 보였을 때 나는 안도했어. 하지만 계산할 때 그 아이가 다시 보낸 그 무심한 시선은 나를 약간 상처 입혔어. 나는 아마도 이번에는 그 아이가 나를 알아볼 것이라고 은연중에 생각하고 있었나 봐. 그리고 술기운이 약간 더해져서, 허튼소리를 내뱉고 만 거야.

"이봐요, 나 몰라요?"

그 아이는 1리터짜리 페트병 세 개의 바코드를 빠르게 찍으며 멀뚱하니 나를 바라보았어. 그러더니 아무렇지도 않게 말하더군.

"알아요, 애드 돌(Ad Doll)."

"……. 이봐요, 그거 실례잖아."

물론 모두 우리를 그렇게 부른다는 건 알고 있었어. 애드 돌. 인간복제로 태어난 쌍둥이 형제. 민영화한 복제 연구소에서 세계 최초로 민영자본으로 '제작'한 아이들. 여러 기업들의 합자로 미모와 체력, 학습능력 유전자를 강화하는 데 성공한 일란성 쌍생아. 남양 임페리얼 분유를 먹이고, 가베 교구와 한글나라 영어나라를 학습하고, 네 살 때부터 영창 피아노로 피아노를 배우고, 대한검도회의 호구를 쓰고 죽도를 들었지. 우리 둘의 연탄곡 연주나 대련 장면은 인터넷을 타고 전 세계로 퍼져나갔어. 하얀 얼굴에 동그랗고 또렷한 눈으로 서로를 마주보며 생긋 웃는 우리 모습은 광고 화면으로는 최고였지. 우리 생활은 협찬 상품들로 채워졌고, 우리를 위한 전속 프로덕션도 설립되었어. 물론 우리만 유전자 실험에 성공한 것은 아니니까 프로덕션에 유망주가 모자랄 일은 없어. 하지만 어느 세계에나 최초의 스타에게 붙는 프리미엄은 있는 것 아니겠어? 그게 바로 우리고, 그래서 사람들이 우리를 애드 돌이나 애드 트윈이라고 부르는 것은 알아. 하지만 그 명칭을 면전에 대놓고 이야기하는 사람을 본 것은 난생 처음이었어.

여자아이는 어깨를 으쓱하더군.

"하지만 그럼 뭐라고 불러요? 조이? 로이? 어느 쪽인지 모르겠는데요."

"최소한 우리 이름은 알고 있네요."

나는 아직도 얼떨떨한 채 말했어. 그 여자 아이가 맥주를 비닐봉지에 넣어주며 씩 웃더군.

"태어나서부터 귀에 못이 박이도록 들어왔으니까요. 이렇게 보게 될 줄은 몰랐지만."

그러면 적어도 우리와 비슷하거나 우리보다 손아래라는 이야기인데. 나는 반사적으로 그 아이를 훑어보고, 가슴에 달린 이름표를 보았어. 얼굴은 눈에 띄게 예쁘지도 않고 밉상이지도 않고, 키나 몸매도 그저 그랬어. 하지만 한 가지는 눈길을 끌었어. 윤미치. 희한한 이름이더군.

바로 그때 다른 손님이 들어오는 바람에 우리가 계산대에서 나눈 짧은 대화는 끝났어. 그날 밤 나는 술을 마시고 네가 돌아온다는 생각과, 편의점에서 일하는 별난 이름의 여자 아이 생각을 번갈아 하다 잠들었어.

네가 돌아온 다음에도 적응 훈련은 계속되었지. 예전에는 촬영을 같이 하지 않아도 시간이 남으면 함께 있는 게 자연스러웠는데, 이제는 같이 촬영하는 일을 맡지 않으면 늘 떨어져 있어야 했어. 매니저는 우리 스케줄을 조금씩 어긋나게 잡으며 밉살스럽게도 이렇게 말했지. 이제 너희도 성인이 되면 각자의 삶을 살아야 하잖아. 대중이 너희를 늘 쌍둥이로만 알고 있으면 너희 하나하나는 톱스타가 되지 못한다고. 후배들도 있는데 너희가 잘 되어야지.

미친 새끼. 우리가 무슨 1950년대의 십 남매 장남쯤 돼?

"하긴, 그렇게 틀린 말도 아니네."

내가 처음 투덜거렸을 때 미치는 웃으면서 그렇게 말했어. 그때는 이미 너를 기다리면서 밤을 보내다가 무엇인가 살 핑계를 만들어 편의점에 가는 일상에 익숙해져 가던 때였지. 아니면 네가 기다리는 집으로 돌아가면서 편의점에 5분, 10분씩 들러 미치와 이야기를 하거나. 그래, 이제 너도 알겠지? 자그마하고 눈에 띄는 곳 없던 여자 애. 어깨까지 오는 무난한 머리에 말도 없고, 오랫동안 이런저런 아르바이트를 한 덕분에 계산하는 손만 재빠르던 점원. 그때쯤 우리는 자연스럽게 서로에게 말을 놓고 있었어. 알고 보니 미치와 우리는 동갑이더라고.

"틀린 말이 아니긴 뭐가 아냐!"

나는 약간 화를 냈어. 그러자 미치가 재미있다는 듯이 웃었어. 웃을 때, 열심히 말할 때, 무엇인가를 집중해서 들여다볼 때, 입술을 깨물 때, 그 애의 표정은 비할 바 없이 다채롭고 생생해져. 하지만 그때는 그 표정마저 미워 보이더군.

"하지만 그렇잖아. 너희는 모두 같은 유전자 풀의 형제들 아니야? 너와 로이가 성공하고 나서 대량생산한 거 아니었어? 그렇게 치면 대가족 장남, 아니 종손 맞네 뭐."

"아냐! 정자와 난자 기증자가 다 다르다고! 게다가 유전자 조작 인간은 그런 식으로 대량생산할 수 있는 게 아니야. 너 도대체 인간 유전자 조작에 대해서 상식이 있는 거냐, 없는 거냐?"

미치는 어깨를 으쓱했어.

"글쎄, 난 잘 모르겠어. 솔직히 인간 유전자 조작에 대해서는 잘 몰라. 하지만 생물에게 정해진 특성을 발현시키는 것이 유전자의 염기서열이라면, 어떤 특성이 강해지도록 유전자를 조작하면 나중에는 특성에 맞춰 유전자가 똑같아지지 않을까? 예쁘고, 잘생기고, 건강하고, 머리 좋고, 2세는 못 낳고, 이런 인간들이 떼거리로 있다면 그 인간들은 같은 종족이라고 봐도 되는 거잖아."

나는 자기도 모르게 멍하니 입을 벌리고 미치를 바라보았어. 그런 이야기는 들어본 적도, 생각해본 적도 없었거든. 그런 내 모습을 본체만체하고 미치가 말을 계속했어.

"인간과 쥐의 유전자가 다른 부분은 기껏해야 2퍼센트라더라. 그러면 인간끼리 유전자가 다른 부분은 어느 정도겠어? 아주 적겠지. 그 적은 부분 중에서 비슷비슷한 특성을 나타내는 유전자끼리 한데 모여 있다면, 그 유전자들끼리는 가족이라고 봐야 하지 않을까? 손을 댔건 안 댔건 무슨 상관이야? 옛날식으로 이야기하면 성형미인이건 아니건 미인은 미인인 거지. 꿩 잡는 게 매고, 쥐 잡는 게 고양이고."

아쉽게도 그 다음 이야기는 이어지지 않았어. 편의점에 손님이 들어왔거든. 편의점에 다른 손님이 들어오면 나는 집에 돌아가거나 밖으로 나가기로 암묵적으로 약속이 되어 있었어. 안 그러면 손님은 내게 주의를 쏟기 마련이고, 결국 편의점 일에 폐를 끼치게 되니까. 나는 미련을 품은 채 집으로 갔어. 너는 그때까지 돌아오지 않았고, 미치의 이야기는 한참 동안 뇌리에 머물러 떠나지 않았어.

또, 이런 대화도 나눈 적이 있었어. 역시 한밤중의 편의점이었어. 그날 너는 먼저 돌아와 자고 있었고, 나는 잠이 안 와 한참을 망설이다가 편의점으로 발걸음을 떼었어. 밤 근무인 미치는 늘 그렇듯이 무심하고 다정하게 나를 맞아주었어. 시시한 이야기를 한두 마디 하다가 내가 불쑥 물었어.

"예전부터 궁금했는데 말이지. 네 이름 참 특이해. 무슨 뜻으로 지은 거야?"

그때 미치는 한참 동안 말없이 나를 바라보았어. 내가 불편할 정도로. 물어보면 안 되는 것이 아니었나 하는 생각이 들 즈음에 미치가 입을 열었어.

"나, 미치(美癡)거든. 그건 속칭이고, 원 병명은 테드 창의 SF 작품에 나오는 장치 이름을 따서 칼리그노시아(실미증失美症)야. 사람 인상과 미모를 식별할 수 있게 하는 우뇌의 시냅스 하나가 어떻게 꼬여버린 병."

"뭐? 정말이야?"

나도 모르게 큰 소리를 질러버렸어. 하지만 그러고 나자 서서히 이해가 되었어. 미치가 내게 보여준 그 한결같은 무심함이 어디서 나왔는지. 미치는 정말로 내가 잘생겼다는 것을 의식하지 못한 거야.

"하지만 그걸 그대로 이름으로 삼다니, 너희 부모님도 어지간하시다."

무심코 떠오른 생각을 입 밖에 내고 나서야 그 말이 실례가 될 수도 있다는 생각이 들더라. 미치는 씁쓸하게 웃었어.

"우리 아버지가 잘생겼거든."

미치는 그 말만 하고 입을 다물었어. 나는 한참 망설이다가 말했지.

"……무슨 말인지 잘 모르겠어."

"우리 아버지는 모든 사람에게서 잘생겼다는 말을 듣고 싶어 했어. 최소한 모든 여자들에게 듣고 싶었나 봐. 엄마는 잘생긴 남자를 좋아하기 때문에 아버지한테 반했고, 아버지에게 만족스러운 아내가 되었어. 그런데 유감스럽게도 아버지는 딸한테도 그런 걸 바란 거야. 눈을 반짝이며 아버지에게 동경과 찬탄의 눈길을 보내는 거. 그런데 딸이 자기한테 그런 반응을 보이지 않아서 병원에 데려가보니 미치라는 판정이 나온 거야. 우리 아버지 기분이 어땠겠어? 그 다음부터 나를 미치라고 부른 거야. 초등학교에 들어갈 때까지 나는 정말 그게 내 이름인 줄 알았어. 철이 들 때까지는 그저 집에서 부르는 이름과 바깥 이름이 다르다고만 생각했고. 내 친구들 중에서도 그런 아이들은 좀 있었으니까. 나중에 왜 내 이름을 미치라고 부르는지 알고 나서, 오냐, 그렇다면 그걸 내 이름으로 삼아주마 하고 생각했어. 이제는 어디 가나 내 이름을 미치라고 해."

굉장히 입맛이 쓴 이야기지? 지금까지 내 가족이야 너뿐이었고, 교과서에 나오는 가족이건 친구들에게 이야기 듣는 가족이건 가족이란 상당히 기분 좋고 의지할 만한 보금자리라는 식이었기 때문에, 나는 부모라는 사람이 그렇게…… 음…… 재수 없게 굴 수 있다고는 생각해본 적이 없었어. 나는 머리를 긁었어. 무슨 말을 해야 할지 모르겠지만 무슨 말인지 해야 할 것 같았어.

"그렇다면 따로 이름이 있긴 있는 거야?"

내가 해놓고도 참 서툰 말이라고 생각했지. 이건 뭐 분위기를 풀어주는 말도 아니고, 그렇다고 위로가 되는 것도 아니고…… 하지만 의외로 미치는 이 말에 활짝 웃었어.

"너, 생각보다 재미있구나. 그럼 당연히 따로 있지. 태어나자마자 애를 미치라고 부르는 사람이 어디 있겠어."

나는 미치가 기분 상하지 않아서 다행이라고 한숨 돌렸어. 그날은 그야말로 계속 살얼음판을 걷는 기분이었지. 워낙 내가 실수를 많이 하기도 했고. 더욱 다행하게도, 미치는 다음 질문에도 그리 기분 나빠하지 않았어.

"그럼 원래 이름은 뭐야?"

"미영. 윤미영. 흔한 이름이지?"

"미영이라……."

미영. 맞아. 미치 말대로 흔해. 하지만 예뻐. 예쁜 이름이야. 너도 그렇게 생각하지 않니?

뭐, 그런 식으로 우리는 사귀어간 거야.

그래. 그러고 보니 그때부터 우리 사귀던 거였구나. 그때는 그런 생각을 하지 못했어. 같이 이야기를 나누는 시간이 점점 더 길고 유쾌해진다고만 생각했지. 그도 그럴 것이, 우리는 손 한 번 잡지 않았고 키스 한 번 하지 않았거든. 하지만 우리는 조금씩 더 솔직해지고 편안해졌어.

"그럼 너희 어머니는 아버지가 너를 그렇게 부르는데 아무 소리도 안 하셔?"

"우리 엄마는 아버지를 아직도 굉장히 좋아하시거든. 그런 면에서는 아버지가 장가 잘 드신 거지. 아버지는 숭배자가 필요한 사람이고, 엄마는 우상이 필요한 사람이니까."

이런 대화도 할 수 있게 되었지.

"너는 왜 대학에 안 갔어?"

"난 공부하는 거 별로 안 좋아해. 당연히 성적도 안 좋고. 게다가 우리 집이 넉넉한 편도 아니어서, 대학 졸업하고 취직을 못하면 무척 부담스러울 거야. 그런데 동생은 성적이 좋거든. 내가 동생 등록금을 보태는 편이 훨씬 마음이 편해. 집에 빚지는 기분도 없고."

"……그렇구나. 그렇게들도 하는구나."

"그런데 너는 어때? 애드 돌이라는 건 평생 광고주가 시키는 대로 물건을 쓰고 살아야 하는 거야?"

"꼭 그렇지는 않아. 우리를 연구하고 탄생시키는 데 민간합자기금이 큰 몫을 하기는 했지만, 그것도 어디까지나 간접적인 방식이거든. 여러 기업이 합자해서 만든 유전자인간 연구 재단이 있고, 내가 소속된 프로덕션이 그곳에 연구 자금을 후원하는 식으로 되어 있어. 기업은 나나로이를 광고모델로 쓸 때 프로덕션에 모델료를 지불하고, 프로덕션에서는 그 돈에서 재단 후원비와 우리 생활비를 내주는 거지. 하지만 광고 상품을 고를 때 우리 선호도도 반영되고, 광고주가 모델을 교체하고 싶을 때도 있으니까 평생 같은 물건만 쓰고 살아야 하는 건 아니야. 그냥 일반 CF 모델과 비슷하다고 생각하면 돼."

"그러면 평생 CF 모델로 사는 거야?"

"프로덕션 측의 계획으로는 2학년 때 나와 로이가 영화에 출연하기로 되어 있어. 우리 개런티의 몇 퍼센트는 계속 적립되고, 나중에 우리 광고나 작품 출연이 뜸해지면 그 적립금을 가지고 우리가 원하는 사업을 하게 돼. 물론 사업의 이익금 중 얼마가량은 프로덕션에 들어가지."

"말하자면 연구 재단과 프로덕션이 너희를 평생 책임져주는 부모 같은 거네? 자기는 아니라고 그래도 대가족 종손 맞네요 뭐."

이런 이야기도 할 수 있게 되었어. 흔히 남녀 사이에 오간다고 생각하는 로맨틱하고 달콤한 대사 같은 건 없었어. 달콤한 말은 광고 찍을 때 상대에게 하는 것으로 충분했고(질리지!), 어둠침침한 카페에서 둘만 앉아 있을 시간 같은 것은 없었으니까. 어둠과 침묵은 연인들의 친구라는 것도 우리에게는 거짓말이었어. 우리는 불빛 환한 편의점에서 계속 이야기했고, 손님이 오면 이야기를 그치고 내가 돌아갔어. 나는 한 번도 미치를 바래다주지 않았고 미치도 내게 무엇을 바라는 티를 낸 적이 없어. 이렇게 지내다가 미치가 편의점을 그만두면 어떻게 연락할 건지, 우리 사이가 어떻게 발전할 수 있을지도 전혀 생각해보지 않았어. 그러고 보니 나, 참 생각 없었다. 그렇지?

하지만 그때는 그랬어. 마법에 걸린 기분이었어. 나는 평생 스무 살일 것 같았고, 미치는 평생 그 편의점에서 아르바이트를 하고 있을 것만 같았어. 시간이 흘러가고 우리가 변할 수 있다고는 생각하지 못했어. 그 일이 터지기까지는.

너도 알다시피 우리에게는 친자 확인 소송이 몇 건 걸려 있어. 브라운관에 비치는 우리의 모습이 자기 젊었을 때와 좀 닮은 것 같다는 이유만으로 사람들이 어떻게 그리 쉽게 변호사에게 뛰어가는지 알 수 없는 일이지만, 이 건에 대해서만은 매니저와 우리의 의견이 일치했지. 참, 염치들도 없으셔. 천만 번 양보해서 그들 중 한 명이 우리를 수정시킨 정자와 난자의 소유자들이라고 하더라도, 그 유전자가 우리에게 형질 그대로 전해진 것도 아니잖아. 분재해서 키운 노송나무가 노송의 작품일까, 정원사의 작품일까? 우리는 잘 만들어진 분재 정원이었고, 현대 유전자 공학기술과 자본이라는 정원사가 우리를 탄생시켰다는 데 아무 이의도 불만도 없었어. 하지만 누구나 그렇게 생각해주지는 않는다는 게 문제지.

사건이 터지기 며칠 전부터 좀 찜찜한 기분이 들긴 했어. 왜, 그런 거 있잖아. 뒤에서 누가 지켜보고 있는 것 같아서 홱 뒤를 돌아보면 아무도 없는 거. 하지만 그런 느낌에 실체가 있으리라고는 생각하지 않았어. 그저 신경이 좀 예민해졌나 보다, 역시 늘 붙어 있던 너와 떨어져 있으니 허전하다, 그런 생각을 하며 어슬렁거리다가 일 스케줄에 따라 움직이고, 집에 돌아오면서 편의점에 들르고, 그런 일과가 계속되었지.

그리고 그 일이 터졌어. 사실 그 순간에 대해서는 별 기억이 안 나. 미치를 보기 위해 편의점에 들렀는데 갑자기 누군가가 덮쳐들어 내 목에 선뜩한 것을 들이대고, 이어 목이 뜨끈해지더니 미치가 비명을 지르고, 편의점 유리벽이 깨지고, 그런 다음 경찰차가 달려오고…….

이제는 다 알려진 일이지만, 사건 전말은 그랬어. 우리에게 친자 확인 소송을 건 사람들 중에는 돈을 노린 사기꾼들만 있었던 것이 아니야. 20여 년 전 만 세 살 된 아이를 잃어버린 어느 어머니도 있었지. 그 아이와 우리가 상관있을 리 없는데, 아이를 잃어버리고 20년 남짓 편집증에 빠져 있던 어머니의 머리는 그렇게 돌아가지 않은 모양이야. 그 어머니는 자기가 처녀 적에 난자 기증을 했고 그 난자에서 나온 것이 우리들이라는 망상까지 하게 되었어. 키우던 아이를 잃어버렸으니 결국 자기는 자기 난자에서 나온 아이들을 되찾을 정당한 권리가 있다고 믿은 거고. 그런데 법이 우리를 속이며 쓸데없는 절차로 친권 회복을 방해했다는 거야. 그래서 이 어머니는 자기가 직접 친권을 행사하기로 결심하고 어찌저찌 우리 집 주소를 알아냈어. 그리고 며칠 동안 우리 집과 우리가 나오는 시간을 관찰하다가 마침 미치를 만나러 가던 나를 뒤에서 덮친 거야. 왜 다짜고짜 칼을 들고 덮쳤느냐고? 내가 프로덕션에 철저히 속고 있기 때문이라는 거야. 그래서 일단 칼을 들고 나를 납치한 다음 설득하려고 했다나. 하여간 그 '설득용' 칼이 목을 베는 바람에 나는 몸의 균형을 잃고 뒷걸음쳤고, 내 몸무게에 그 여자 몸무게가 겹쳐지면서 편의점 유리벽이 부서졌고, 미치는 그 와중에 용케 정신을 차리고 파출소로 직접 연결된 방범 벨을 눌렀고, 그리고 경찰차가 와서 우리 목숨을 구했지. 그 여자는 등에 온통 유리 파편이 박힌 채 출혈 쇼크로 몸부림치고 있었고, 나도 자칫하면 경동맥이 절개될 뻔했어. 정말 위기일발이었다니까.

그보다 더 곤란했던 건, 이른바 인터넷 대안언론이라는 곳에서 이 말도 안 되는 이야기를 사실 확인도 해보지 않고 길고 애절하게 써주면서 "유전자 조작 인간의 문제점"을 시리즈로 연재한 일이야. 당연히 매니저는 명예훼손죄로 그 가짜 어머니와 언론사를 고소했어. 그러자 그쪽에서도 흥분한 나머지 "자기 어머니일지도 모르는 사람을 고소하는 냉혈 조이", "역시 인공 인간의 한계인가" 어쩌고 하는 원색적인 표현을 써가며 나를 비난했어. 응? 그런 건 매니저가 안 보여줬다고? 그건 잘한 일이네. 봐봤자 속만 상했을 거야. 나도 별로 신경 안 쓰는 일이고. 사실, 내가 신경 쓸 일은 따로 있었거든.

미치가 편의점에서 해고되었어.

처음에는 몰랐어. 퇴원한 다음에 워낙 여기저기서 인터뷰 요청도 많았고, 신경 쓸 일도 많았어. 속상한 이야기지만 심지어 인터넷에는 자작극이라는 이야기까지 돌고 있었잖아? 너와 매니저와 함께 기사 점검하고, 계약한 광고 회사들에게 사건을 설명하고 이쪽이 피해자라는 입장을 역설하고, 그 와중에도 건질 수 있는 계약은 건지려고 노력하고, 어디 갈 때면 경호원이 꼬박꼬박 따라다니고, 그러다 보니 한 달가량은 전혀 정신이 없었어. 눈코 뜰 새 없이 그렇게 지내다가 모처럼 한가한 어느 날 저녁, 문득 아파트 창문 밖을 내다보았어.

15층에서 내다보는 창밖은 아름다웠어. 하늘은 눈높이에서 장밋빛으로 변해가고 있었고, 어느새 깊어진 가을 저녁 바람은 놀에 감싸인 구름에서 서늘하게 불어왔지. 앞에는 연갈색 아파트가 우뚝 서 있는데 까마득한 아래에서 아이들이 자전거와 인라인 스케이트를 타며 자기들끼리 놀고 있었어. 수천수만 년 되풀이되어 온 풍경이지만 나를 위해서만 단 하루 단 10분 존재하는 것 같은 풍경. 그 광경을 보다 보니 공중에 둥둥 떠 있는 느낌이었어. 구름과 같은 높이에서 아이들을 바라보며 바람을 타고 날고 있는 기분. 그리고 옆에 미치가 함께 날고 있었으면 좋겠다는 생각. 뭐야, 내가 미쳤나 봐! 지금껏 미치를 잊고 있었다니!

나는 허둥지둥 옷을 걸치고 문 밖에 나섰어. 경호원들이 우르르 따라 나왔지만 나는 신경 쓰지 않고 계단을 달렸어. 참 이상하지, 분명 엘리베이터가 빠르고 편한데 계단을 달려 내려가다니. 하지만 그때는 그랬어. 조금이라도 내 몸을 더 움직여야 미치와 더 빨리 가까워질 것 같았지. 나는 숨을 헐떡거리며 구르다시피 편의점 문을 열었어. 하지만 그곳에서 나를 맞은 건 미치의 얼굴이 아니었어.

"윤……미치…… 어디 있어요?"

나는 터질 듯한 숨을 고르며 처음 보는 점원 아가씨에게 물었어. 점원은 처음에는 갑자기 뛰어 들어와 영문 모를 말을 하고 있는 남자 때문에 멍하니 서 있더니 다음 순간 확 얼굴이 밝아졌어. 내 얼굴을 알아본 거야.

"어머, 조이! 조이 맞죠? 여기 이 동네 사는 거예요? 나 조이 팬이에요. 얼마 전에 그런 일 당해서 어떡해요? 앗, 그러면 그 편의점이 바로 여기? 어쩜 좋아! 이제 몸은 괜찮아요?"

그 아가씨가 호들갑을 떨어준 덕분에 숨이 가라앉았어. 나는 최대한 매력적인 광고용 얼굴을 지어가면서 말했어.

"이제 괜찮아요. 고마워요. 다 팬 여러분 덕분이죠. 그런데 지금 윤미치 씨 근무시간 아닌가요? 감사 인사를 드리러 왔는데."

"윤미치 씨? 모르겠는데요. 저는 여기 온 지 20일 정도밖에 안 됐어요. 그전에 근무하시던 분인 것 같은데요."

"낮 시간 근무로 바뀐 건 아니고요?"

"제가 낮 시간 근무자한테 인수인계하고 가는걸요. 그런 분 안 계세요."

순간 머리가 멍해졌어. 그러고 보니 나는 미치의 핸드폰 번호를 물어본 적도 없었고, 새벽에 근무가 끝나는 미치를 집까지 바래다주겠다고 한 적도 없었어. 나는 늘 마음 내킬 때 편의점에 찾아왔고 미치가 그런 내 이야기 상대가 되어주는 건 당연하다고 은연중에 생각하고 있었어. 이게 무슨 오만이었을까. 들어갈 때의 기세와는 달리 편의점을 나오는 내 다리는 형편없이 휘청거렸어. 경호원들이 부축해주지 않았으면 집까지 돌아가지도 못했을지 몰라.

그런 다음 나는 힘닿는 대로 미치를 찾았지만 별 소득은 없었어. 편의점 사장은 내가 얽힌 그 사건 때문에 미치를 해고했다고 했어. 내 팬클럽 여학생들이 편의점 앞에서 미치를 붙잡고 소란을 떤 모양이야. 미치를 탓하려고 한 일인지, 당시 정황을 알자고 한 일인지는 모르겠지만 덕분에 미치는 아주 난처해졌어. 그 소란 중에 물건을 슬쩍하는 학생들까지 생기자 지긋지긋해져서 미치를 내보냈대. 이력서는 미치를 내보낸 후 폐기해버렸기 때문에 전화번호도 알 수 없었어. 편의점 실마리가 끊기자 미치에 대해 알아볼 다른 단서도 없었어.

그런데 설상가상, 매니저가 황당한 일거리를 물고 왔지. 나더러 공익광고협의회 광고에 나가라는 거야. 그것도 금연 광고에.

"도대체 뭐가 문제예요? 왜 날 거기로 보내려고 해요? 난 아직 군대 가지 않아도 되고 담배도 안 피우잖아요."

나는 항변했지. 정당한 항변이었다고 생각해. 공익광고협의회 광고는 돈도 안 되고, 국방부 광고와 함께 연예사병들의 병역복무일수를 채워주는 역할이나 하는 거잖아. 하지만 매니저도 물러서지 않았어.

"조이, 너는 모를지 몰라도 이번 사건 때문에 네 안티가 많이 생겼어. 그러니까 자원 봉사한다 생각하고 공익광고에 가서 이미지 좀 씻고 오라고."

"아니, 왜 내 안티가 생겨요? 나는 그 미친 여자한테 당한 피해자라고요!"

"조용히 좀 해! 아직 유전자 검사 결과도 안 나왔고, 네가 그렇게 말하는 게 어디로 흘러나가면 이미지만 더 나빠져."

"……."

"온갖 찌라시에 별 소문이 다 기사로 나왔다고. 그 여자가 진짜 네 엄마라는 둥, 네가 편의점 직원과 놀아나다가 그 애의 엄마한테 당한 거라는 둥. 큰 매체들이야 소송을 걸고 인맥을 동원하고 해서 막을 수 있지만 인터넷이나 자잘한 매체들까지 다 막아낼 수는 없어. 그러니까 가서 정신 수양하는 셈 치고 한 달 정도만 봉사해줘. 그때쯤이면 유전자 검사 결과가 나올 테니까."

"씹할, 한마디로 나, 팽당하는 거네?"

이번에는 매니저가 말이 없었어. 그 모습을 보니 더 확신이 서더라.

그 사건 때문에 CF 건이 우수수 취소된 거야. 그렇다고 아무 일도 안하고 틀어박혀 있으면 그건 그것대로 말이 날 테고. 꿀리는 거 없이 활동을 계속하는 모습은 보여야겠는데 나갈 무대는 없다는 거지. 그래서 '내 책임은 아니지만 불미스러운 일이 있었던 것에 자숙하고 반성하는 모습'을 보이기 위해 공익광고협의회에서 광고 하나 찍고 오라는 거야.

"그런데 왜 하필이면 금연 광고예요? 난 담배 안 피우는데."

"담배 광고에는 몇 번 나갔잖아. 방향을 바꿔서 금연 광고를 찍으면 너만한 자식들을 둔 부모 층을 공략할 수 있어. 원래 부모들에게는 회개한 탕아가 더 어필하기 마련이거든."

네에네에. 어련하시겠습니까. 속이 상하기는 했지만 할 말은 없었어. 매니저는 유능한 사람이고 나름대로 내게 제일 좋은 길을 뚫으려고 최선을 다하고 있었으니까.

처음 가본 공익광고협의회 스튜디오는 우리가 늘 CF를 찍던 곳과는 사뭇 달랐어. 아니, 조명과 세트 설치하고 촬영하는 곳이 달라봤자 얼마나 다르겠느냐고 너는 웃을지도 몰라. 하지만 그게 그렇지 않더라. 우리는 사무적인 일을 프로덕션과 매니저가 다 처리하니까 감독이고 조명이고 다른 스태프고 '언제 어디서 또 보게 될지 모를 사람들'이라는 생각 때문에 서로 겉치레만이라도 싹싹하게 해주는 게 습관이 되어 있잖아. 그쪽은 그렇지가 않아. 광고 종류에 따라 광고입찰 금액이 정해져 있고, 그 금액에 맞춰 모든 것이 결정되는 거야. 세트에 얼마를 들이고 스태프를 얼마나 써먹느냐, 배우를 얼마나 굴리느냐. 그 사람들은 나같이 스캔들을 잠재우러 온 배우들이나 연예사병들을 '자원봉사단원', 비꼬는 의미에서 '자봉'이라고 부르는데, 이 '자봉'이야말로 그쪽의 밥이야. 이쪽도 절박한 사정이 있어서 왔기 때문에 튕길 수 없다는 걸 뻔히 알거든.

나 같은 경우는 더욱 안 좋았지. 알고 보니 원래 배우는 다른 사람으로 정해져 있었는데 매니저가 수를 써서 나를 그 자리에 들이민 모양이야. 사실 내가 생각해도 원래 맡기로 한 P씨 쪽이 금연 광고에는 훨씬 더 잘 맞았어. 그 사람은 나이 40에 폐기종 때문에 애써 금연을 한 사람이었으니까. 시리즈 광고를 그 사람에 맞추어 콘티나 뭐나 다 짜놓았는데 갑자기 중심 배우가 나로 교체되니 감독도 스태프들도 꽤 화가 나 있었던 것 같아. 한편 나는 나대로 갑자기 금연광고에 출연하게 되어 시큰둥해 있는 데다가 미치 때문에 얼이 반쯤 빠져 있었으니 더더군다나 그 사람들에게 곱게 보일 리가 없었어. 우리는 삐걱거리면서 위태위태하게 일을 해나갔어. 나는 회의를 들어가는 둥 마는 둥했고, 찍을 때마다 NG는 기본이었어.

그런 식으로 해서 일이 잘될 리가 없지. 결국 3주째 촬영에서 폭탄이 터지고야 말았어. 사실 시작하기 전부터 "유전자가 아무리 뛰어나도 담배에는 당할 수 없습니다" 하는 카피가 마음에 안 들었어. 나는 지금까지 "최초의 상용 유전자 인간 조이"였는데, 그 카피는 나를 단지 뛰어난 유전자로 만들어버리고 있었으니까. 고율 현미경으로 관찰할 수 있는 수정란 같은 것으로 말이야. 그런데 감독은 한술 더 떴어.

"자, 옷 벗어. 다 벗어."

"네?"

"뭐야, 저번 회의 때 뭐 했어? 콘티 안 보고 왔어?"

나는 할 말이 없었고, 옆에서 몇몇 사람이 키득거리며 웃는 소리가 들렸어.

"일단 전신 나체 사진을 찍는 거야. 그리고 부위별로 클로즈업해서 옆에 장기 흡연 암 환자 사진을 배치하는 거지. 고전적인 금연 광고지만 모델이 너니까 좀 먹힐 거야."

나는 주춤주춤 옷을 벗었어. 호기심에 찬 시선들이 맨몸에 꽂히는 게 그대로 느껴졌어. 흥, 유전자 인간이라고 해도 기껏 저거구나. 잘 다듬어지기는 했다마는, 어차피 원래 그런 제품으로 제작된 거잖아. 내가 팬티만 남기고 다 벗었을 때 감독이 또 한 번 손짓했어.

"팬티도 벗어."

"네?"

"아, 고환암 부분은 안 찍을 거야?"

순간 제어할 수 없는 불덩어리가 뱃속에서부터 밀려 올라왔어. 수컷으로서의 마지막 자존심이라고 해도 좋고, 수치심이라는 인간의 본능이라고 해도 좋아. 하여간 더 참을 수가 없었어. 나는 주섬주섬 다시 옷을 챙겨 입기 시작했어. 먼저 바지를 입고, 그 다음 셔츠를 입고…… 감독의 얼굴이 벌겋게 달아올랐어.

"야 인마, 너 지금, 뭐 하는 거야?"

"……못합니다."

"지금 뭐야, 자봉이라고 유세하는 거야?"

"……."

"야 이 새끼야, 잘 들어. 너는 CF 한 번 찍을 때마다 몇 천, 몇 억씩 버니까 잘 모르겠지만, 이쪽은 다 국민 세금으로 일하고 있는 거라고. 너 같은 녀석 경력 세탁하려고 네 나이 두 배씩 되는 사람들이 지금 이렇게 모여서 고생하고 있는데, 어차피 애도 못 낳는 물건 찍는다고……."

그다음 말은 들리지 않았어. 감독의 얼굴에 주먹을 날리고 스튜디오

밖으로 뛰어나갔으니까.

거리, 거리, 거리, 사람, 사람, 사람. 그 외에는 아무것도 보이지 않았어. 한 시간에 십칠 킬로미터를 뛸 수 있는 우리의 폐활량과 근력으로 나는 달리고 달리고 또 달렸어. 그때 차에 안 치여 죽은 건 정말 요행이야. 분명 신호등 같은 건 하나도 지키지 않았을 텐데. 어디에서 어디로 얼마 동안 달렸는지도 모르겠어. 어느 순간 얼굴을 때리는 습기 찬 바람에 정신을 차려보니 한강대교를 건너고 있었어. 앞뒤로 넓게 펼쳐진 파란 물결을 보며 걸음을 늦추는 순간, 휴대전화가 울렸어. 분명 매니저겠지. 불같이 화를 내고 있겠지. 이 사태를 어떻게 이야기하나. 뭐라고 수습하나. 그런 생각을 하면서도 손은 기계적으로 전화를 받고 있었어.

"여보세요? 조이?"

순간 발걸음이 뚝 멈추었어. 애타게 찾고 있었지만 들리지 않던 목소리. 다시 들을 수 있을 거라고 생각하지 않았던 바로 그 목소리.

"미치? 미치야? 미치 맞아?"

"조이 맞구나! 나 미치야. 지금 어디야?"

"이 번호 어떻게 알고……."

순간 나도 모르게 목울대가 시큰하고 눈시울이 뜨거워졌어. 지금까지 당한 모든 수모가 가슴에서 녹아 눈으로 치솟아 오르는 것 같았어. 나는 한 손으로 한강대교 난간을 잡고 다른 손으로 핸드폰을 잡은 채 끅끅대며 눈물을 쏟아내기 시작했어. 미치는 여전히 명랑한 목소리로 말했어.

"너네 팬클럽 회장 애가 나한테 타박상을 좀 입혔거든. 네 전화번호 대고 돈 좀 주고 합의할래, 아니면 폭행죄로 들어갈래 하니까 애는 못 가르쳐준다고 버텼는데, 그쪽 부모가 애를 다그쳐서…… 어? 조이, 울어? 왜 울어?"

"아무…… 흑…… 아무것도 아니야. 지…… 지금 너는 어디야?"

"여기 지금 신촌이야. 집에 있으면 답답하기만 하고 눈치 보이고 그래서 밖에 나와 있어. 잠깐 볼까?"

나는 울음을 삼키고 소맷자락으로 눈물을 닦으며 말했어.

"기다려줘. 차 갖고 금방 그리로 갈게. 그리고 미치."

"응?"

"잠깐 보지 말자. 오래오래 같이 있자. 사랑해."

간단히 말하자면 미치는 내 고백을 받아주었어. 자기도 나를 사랑한다고 말해주었어. 여기까지야. 나와 내 차가 한꺼번에 없어지고, 너는 야윈 얼굴로 화면에 나타나고, 나는 직업과 반신을 잃은 대신 사랑을 얻은 이야기는 이렇게 끝나. 우리는 지금 고속도로를 타고 끝없이 달리고 있어. 어디까지 갈까? 그건 나도 모르겠어. 아마 어딘가에 닿을 때까지 달릴 거야. 내가 CF와 유전자를 떠나 다른 일로 벌어먹고 살 수 있는 곳까지. 미치가 미영이라는 본래 이름을 찾아 나와 함께 살 수 있는 곳까지. 그곳이 어딘지는 모르지만 바로 그런 곳까지.

그러고 보면 우리를 만든 과학자들은 우리 이름을 참 잘 붙여주었어. 조이와 로이. 기쁨과 왕. 너는 네 앞에 놓인 길을 달리렴. 우리를 위해 놓여 있던 길을 끝까지 달려, 그 끝에서 왕이 되도록 해. 나는 나의 기쁨을 찾아 그 길에서 벗어날 거야. 그리고 언젠가 네가 밤하늘의 별처럼 빛나는 날, 나와 미영이는 한적한 어둠을 즐기면서 아래에서 너를 바라볼 거야. 가지 않은 길에 대한 선망이 아니라 형제에 대한 애정의 눈길로.

그러면 안녕, 로이. 안녕, 애드 돌, 안녕, 미치. 시선과 노출로 얼룩진 모든 과거여, 안녕.

어떤 미운 오리 새끼의 죽음

류형석

류형석 1982년에 태어나 KAIST를 졸업했다. 환상문학웹진 〈거울〉에서 단편 필자로 활동 중이며, 《한국환상문학단편선》에 〈목소리〉를 수록하였다.

듣는 사람의 기분 같은 것은 털끝만큼도 고려하지 않는 경보음이 요란하게 울렸다. 당신은 규격외품입니다, 라고 외치는 것 같은 그 소리가 퍼지기 무섭게 사람들의 시선이 내 쪽으로 모인다. 얼굴에 피가 몰리는 것을 느끼면서도 어머, 어쩌면 좋아, 그런 말밖에 할 수 없었다. 일찌감치 옆줄로 빠져 있을 것을, 후배 은영이와 이야기를 하느라 정신을 놓고 있던 것이 실수였다. 경고음이 나자 저쪽에서 검사관이 다가와 내게 말을 했지만 축약어를 잔뜩 사용하는 2세대 영어라 절반도 이해할 수 없었던 난 어쩔 줄 모르고 우물쭈물했을 뿐이다.

"선배, 손가락을 다시 대래요."

뒤에서 은영이가 속삭이는 소리가 그렇게 고마울 수 없었다. 다른 동료들은 이미 검사대를 빠져나가 10미터는 떨어진 곳에서 일행이 아닌 척하는 중이었고, 가장 뒤에 있던 우리 둘만 검사대에 걸려 있었다. 매정한 사람들. 계속 같은 말을 반복하는 검사관에게 고개를 끄덕이고,

손가락을 다시 검사대에 대었다. 손가락 끝에 따끔한 느낌과 함께 피가 한 방울 흘러 기계 안으로 흘러 들어간다. 그러고는 다시 시끄러운 삑삑 소리.

"저기, 이건 그러니까."

이유를 짐작하는 내가 설명을 위해 입을 열려던 차에, 고개를 갸웃하며 에러 메시지를 확인하던 검사관이 다짜고짜 내 손을 잡고 휴대용 검사 기계에 가져다 대었다.

"아얏."

준비도 없이 바늘이 손끝을 뚫는 감촉에 나도 모르게 짧은 비명을 지르며 몸을 움츠렸다. 검사관은 휴대용 검색 기계에 나온 결과를 보고 검색대의 기능을 일시 중지시킨 다음 날 안으로 끌어당겼다. 그러고는 은영이와, 그 뒤에 줄을 서 있는 사람들에게 크게 뭐라고 소리를 치기 시작했다. 오염 위협이니, 격리 조치니, 그런 의미의 단어들만 띄엄띄엄 들려왔다. 눈물이 날 것 같았다. 어떻게 해. 검사관에게 이야기를 해보려고 했지만 그가 대꾸하는 말은 좀처럼 알아듣기 힘들었다.

"잠시만."

그때까지 뒷짐을 지고 구경만 하고 있던 연아가 그제야 나서서 검사관을 제지하는 목소리에 고개를 들었다. 두 사람은 나를 가리키고 몇 마디 대화를 나누더니, 자기들끼리 고개를 끄덕이기 시작했다. 이윽고 그녀가 내게 손을 내밀었다. 대화를 따라가지 못한 탓에 내가 멍한 표정으로 쳐다보자 그녀는 얼굴을 팍 구기면서 말했다.

"증빙 서류 말이야. 가지고 있을 거 아냐?"

"아, 응."

가방을 뒤적여 서류 다발을 건네주자 그녀는 그걸 검사관에게 넘겨

주었다. 검사관은 얇은 책 한 권 분량은 되는 서류를 휘릭 넘겨보고 내게 다시 던져 주었다. 묵묵히 그걸 가방에 다시 넣고 있자 연아가 한숨을 쉬며 말했다.

"비표준형 유전형이라서 3일 동안 격리되어 있어야 한데."

"하지만 출입국 규정에는 그런 게 없었잖아."

"새로 생겼대. 국제 표준 유전자형 100번 이전이나 비표준형 유전형은 면역 체계 문제로 병 같은 거 가지고 있을지도 모르니까 3일 격리 조치라는데."

"말도 안 돼. 너도 알잖아, 난 병 같은 거…… 그리고 3일이면 다 끝날 시간이잖아!"

"규정이 그렇다는데 어떻게 해. 그리고 넌 솔직히 안 와도 되잖아. 너 때문에 다들 발목 잡힐 수는 없으니까 알아서 처신해."

눈물이 나올 것 같아서 고개를 숙이고 애써 목소리를 죽여서 말할 수밖에 없었다.

"너무하는 거 아니니?"

"소은아. 너랑 고교 동창이기는 해도 난 네 뒤처리 담당이 아니야. 솔직히 이번에 데리고 나온 것도 나름 애쓴 결과인 거, 너도 알잖아?"

나는 대답하지 않았다. 대답할 말을 생각할 수 없었으니까. 연아는 좀 말이 심했다고 생각했는지 나름 위로의 말을 주워섬겼다.

"3일 후부터는 그냥 돌아다닐 수 있다니까, 끝나고 관광 같은 건 같이 다녀도 되겠지 뭐. 뭘 걱정해? 21세기인데 설마 검사관이 무슨 가혹행위라도 할 거 같아? 걱정 말고 휴가라고 생각하고 좀 쉬다가 와. 그럼 우리 먼저 간다. 은영 씨, 얼른 와요. 늦겠어."

끝부분은 그때쯤에야 겨우 사람들을 비집고 검사대를 통과한 후배에게 하는 말이었다. 그녀는 내 옆을 지나가면서 "나중에 연락할게요, 기운 내세요"라고 속삭여주었지만 그다지 기운이 나지는 않았다. 발소리가 멀어지고 나서야 고개를 들고 아직까지 옆에서 기다리고 있던 검사관을 보며 말했다. 아무것도 모르고 말도 잘 통하지 않는 타국 한가운데, 남들과 다르다는 이유 하나만으로 버려진 사람이 하는 말이 우는 것처럼 들리지 않기를 바라면서.

"어디로 가면 되죠?"

검사관의 안내를 받아 도착한 곳은 자취할 때 쓰던 것과 비슷한 삭막한 단칸방이었다. 원래 무슨 여관이었던 모양인데, 이것만 봐도 그가 말하는 감염 위험으로 인한 격리 조치 운운이 별 근거 없는 소리라는 것을 알 수 있다. 정말 그런 위험이 있다면 더 제대로 된 시설에 넣었을 테니까.

나 말고 사용하는 사람은 거의 없어 보였기에 조금 안심하고, 검사관이 준 배지를 살펴보았다. 발신기인데, 이걸 달지 않고 돌아다니다가 잡히거나, 달고 있어도 출입이 금지된 장소에 들어가면 바로 본국으로 돌려보내진다고 했다. 천덕꾸러기가 된 것 같아. 못생긴 모양이 마음에 들지는 않았지만 본국으로 돌려보내지는 것도 싫었기에 셔츠에 달았다.

"짐을 풀어야지."

듣는 사람도 없는데 혼잣말을 한다. 자꾸 말하지 않으면 언젠가는 말하는 법도 잊어버릴 것 같아서. 본의 아니게 혼자 있는 시간이 많았던 탓에 걸린 병이다. 3일 만에 다시 싸는 것도 귀찮았고, 짐을 다 풀면 여기에 눌러 앉을 것 같은 기분이 들어서 간단하게 입을 옷 몇 벌과 읽을 책 몇 권을 꺼내 놓는 것으로 만족하기로 했다. 아, PDA도 빠뜨리면 안 되겠지. 그렇게 생각하고 PDA를 꺼내자 메일이 도착했다는 녹색 표시등이 점멸하고 있었다.

'저녁 시간이 지나야 찾아갈 수 있을 것 같아요. 거기는 어디예요? —은영'

짧은 메시지였지만 마음 씀씀이 고마웠다. 그래도 긴 답장을 보낼 기운은 없어서 주소만 짧게 쳐서 보냈다. 바빠서 그런 거라고 생각해줄까? 네비게이션이 있으니까 찾기는 어렵지 않겠지만.

그러고 나니 할 일이 없었다. 눕기만 해도 가득 차는 좁은 방에서 뒹굴면서 하염없이 시간을 죽이는 수밖에. 그러다 보니 이내 공항에서 있었던 일이 떠올랐다. 얼굴이 화끈거릴 정도로 부끄러우면서도, 한편으로는 화도 났다. 누구는, 그러고 싶어서 그랬나? 부모님이 마음대로 이렇게 만들어버린 걸 가지고 날더러 어쩌라는 거야.

"연아 그 지지배. 말하는 싸가지하고는, 미워죽겠어."

혼자서 중얼거려봤자 화만 더 날 뿐이었다. 두고 봐, 언젠가는 꼭 복수해 줄 테니까. 당했던 대로 그대로 갚아줘야지.

하지만 어떻게?

방법이 없었다. 연아는 나보다 키가 10센티미터는 크고, 화장을 하지 않아도 뽀얀 얼굴과 먹어도 먹어도 살이 찌지 않는 몸뿐만이 아니라 머리도 몇 배는 좋았다. 돈 많고 잘난 부모님 덕분에 최신 표준형으로 조작을 받고 태어난 연아와, 유전 기사의 실수로 기형으로 태어난 어머니와, 유전형의 오류로 역시 기형이 된 아버지가 멋대로 작당을 해서 최소 옵션으로 태어난 나는 출신성분부터가 달랐다. 출발선부터가 달랐는데 달리기 속도도 차이가 나니 연아보다 두 배, 세 배 노력을 해도 따라갈 수 없는 것은, 억울하지만 당연한 일이었다.

방법이 아주 없는 것은 아니었다. 후천적으로 유전자를 바꾸는 것은 당연히 불가능했지만, 새로 몸을 배양해서 뇌 이식을 하는 방법이 있기는 했다. 그 이야기를 듣고 잠깐 희망을 가져보기도 했지만 까무러칠 정도의 비용이 든다는 말에 곧 꿈을 접고 말았다. 6년째 승진도 못하는 내 쥐꼬리만한 월급으로는 평생을 모아도 부족한 돈이었으니까. 나중에 알게 된 것이었지만, 돈 많은 한량들이나 가끔 찾아가서 최신 유행에 맞춰 몸을 바꾸는 용도로나 쓴다고 했다.

세상은 불공평해.

불평을 해보았자 달라질 것은 없지만 그렇게 생각하지 않을 수 없었다.

깜빡 잠이 들었던 것 같다. 조그마한 창문 밖으로 보이는 세상은 이미 어두워져 있었다. 시계를 보니 9시가 한참 넘어 있다. 은영이는 오지 않은 모양이네. 혹시 여기를 찾지 못하는 건가, 그렇다면 메일이라도 보냈을 텐데 하고 PDA를 확인해보았지만 추가로 온 메일은 없었다. 바빠서 그런가 보다. 다시 자리에 누웠지만 낮에 한참 자버린 탓에 정신은 말똥말똥하기만 했다. 혼자 있어봤자 우울하기밖에 더하나. 그런 생각에 대충 옷을 꿰어 입고 밖으로 나왔다.

제지하는 사람은 없었다. 관리인 같아 보이는 사람이 힐끔 나를 쳐다보기는 했지만 배지를 달고 있었던 탓인지 무사히 넘어갔다. 밖으로 나오니 막상 갈 곳이 없었다. 말도 잘 안 통하고, 지리도 모르는 타국인데다가, 출입이 가능한 곳도 제한되어 있다 보니. 다시 들어갈까 하는 생각도 잠깐, 근처 지도 목록을 불러서 대충 훑어보고 아무 술집에나 들어갔다. 술이라도 마시면 기분이 나아지겠지. 몇 년 전이라면 이런 곳에 돈을 쓰는 일도 없었겠지만, 돈 모으는 것은 포기하고 난 다음이니까.

들어간 술집의 분위기는 예상했던 것보다 나쁘지 않았다. 콘크리트가 그대로 드러나 있는 벽에, 입구는 두터운 철문이라 허름한 느낌도 났지만 나름대로 인상적이기도 했고. 무엇보다 1, 2인용 작은 테이블이 많고 조명이 어두워서 옆 사람이 잘 보이지 않는 것이 마음에 들었다.

저녁을 먹지 않았다는 생각이 나서 간단한 음식과 맥주를 주문하고, 음식이 나오는 것을 기다리며 자리에 앉아 주위에서 들리는 알 수 없는 외국어들의 묶음에 귀를 맡긴다. 처음에는 뭐가 뭔지 구분할 수 없었지만 익숙해지자 그중에 귀에 익은 목소리가 들리기 시작했다. 반신반의했지만 모국어를 못 알아들을 리는 없었다. 연아와 은영이었다. 둘이서 나한테 찾아왔다가 자리에 없으니까 밖으로 나온 건가 싶어 엉덩이를 떼었다가 들려오는 말소리가 무슨 내용인지 이해하곤 다시 주저앉고 말았다.

"한 달 전인가? 생일선물을 해줬는데 엄청 좋아하는 거예요. 평생 한 번도 못 받아본 사람처럼."

귀에 익은 은영이의 목소리였지만 그 애는 저렇게 사람을 깔보는 투로 말하는 일은 없었다. 그리고 생일선물이라니?

"못 받았을걸? 걔 고등학교 때도 왕따였는걸. 그나저나 너도 사람이 참 나쁘다. 그렇게 놀려먹으면 재밌니? 걔 둔한 눈치로는 알아차리지도 못할 텐데."

대꾸하는 연아의 목소리. 설마 둘이 내 이야기를 하고 있는 거야?

"에이, 언니만 하겠어요. 잘라도 되는 걸 굳이 잡아두면서 괴롭히고 있는 거 연구소 사람들은 다 알아요. 소은 언니만 빼고."

내 이름이 나오자 가슴이 덜컥 내려앉았다. 내 이야기였어? 무심코 주머니에 손을 넣어 지난달에 받은 열쇠고리를 손이 아프도록 움켜쥐었다. 작은 백조 새끼 모양 피규어였다. 생일 축하드려요, 라고 말하면서 웃던 네 얼굴이 아직 기억나는데, 그게, 날 놀리는 거였어?

그만 하라고 소리치고 싶었지만 바들바들 떨리는 입술이 떨어지지 않았다.

"너였니? 그런 소문내고 다닌 게? 난 걔 인생이 불쌍해서 그러는 거야. 지금 잘리면 어디 다른 곳에 취직을 하겠어, 아니면 시집을 가겠어? 다 늙은 부모님도 별 볼일 없는데 거기에 붙어살기를 하겠어?"

"그렇게 치면 저도 불쌍해서 그러는 거예요 뭐. 소은 언니 얼굴에 주름살 생겼다고 화장하고 다니는 거 아세요? 저번에는 다이어트도 하던데. 불편해서 어떻게 그러고 사는지 모르겠어."

"체질이 그러니 별 수 없잖니. 그건 그렇고 알아듣는 사람 없다고 너무 막말하는 것도 안 좋다."

"예, 예."

더 듣고 있을 수가 없어서 자리에서 일어서고 말았다. 이상하게도, 마음은 침착했다. 너무 어처구니없는 일을 당하면 화도 나지 않는다고 하던데 꼭 그런 경우였던 것 같다. 음식과 맥주잔을 들고 내 자리로 오던 웨이터의 어리둥절한 얼굴을 뒤로하고, 그대로 카운터로 직행해서 계산을 치르고, 방으로 돌아와 이불을 뒤집어썼다. 아무도 보는 사람이 없다는 것은 알고 있었지만, 그래도 그럴 수밖에 없었다.

그리고 정신을 잃을 때까지 울었다.

누군가 날 흔드는 손길에, 언니, 언니 하는 달콤한 목소리에 정신을 차린다. 눈을 뜨자 걱정스러운 표정으로 나를 내려다보는 은영이의 얼굴이 보였다. 그 얼굴을 보자마자 아까의, 언젠지 모를 적의 일이 생각나서 속에서 뭔가가 치밀어 오르는 것이 느껴진다. 고개를 돌리자 머리맡에 놓인 시계가 보였다. 두 시간 정도 지난 것 같다.

"나 괜찮아. 그만 흔들어줄래?"

작은 목소리로 그렇게 말하자 그녀는 혀를 조금 내밀고 네에, 하고 대답하며 덧붙인다.

"얼마나 걱정했는데요. 일 때문에 좀 늦었는데 와보니 쓰러져 계시고. 식사는 하셨어요? 먹을 걸 좀 사 왔는데."

그 말투에, 그 표정에는 거짓이 없다. 잠깐이지만 내가 악몽을 꾼 것이 아닐까 하는 생각이 들 정도로. 하지만 네가 밀어 놓은 음식을 보자 헛웃음이 나왔다. 패스트푸드잖아, 나 이런 거 살찐다고 안 먹으려고 하는 거 알잖니 너는?

"괜찮으세요?"

은영이가 다시 물어본다. 그 얼굴에, 그 눈빛에서 나는 전에는, 그녀의 본심을 몰랐을 적에는 알 수 없었던 표정과 감정을 읽어낼 수 있었다. 가진 자가 못 가진 자에게 베푸는 우월감 섞인 동정. 구역질이 나려고 했다. 부축하려는 그녀를 밀어내고 간신히 입을 열었다.

"미안, 속이 좀 안 좋은 것 같아. 좀 누워 있을게."

"약 사 올까요?"

"으응. 괜찮으니까 먼저 돌아갈래? 시간도 늦었잖아. 아까 낮에 보니까 여기 밤에 혼자 다닐 만한 곳은 아닌 것 같더라."

"택시 부르면 되는데……."

한사코 내 옆에 남으려는 그 애를 간신히 달래서 돌려보내고, "나중에 또 연락할게요", 하는 말을 들으며 나는 속으로 차갑게 웃고 있었다. 그 웃는, 인형처럼 예쁜 얼굴을 뭉개줄게. 수단과 방법을 가리지 않고.

은영이가 돌아가고 난 다음 짐을 뒤지다가 곧 생각을 고쳐먹고 밖으로 나왔다. 공중전화는 어찌나 찾기가 힘든지. 한참을 뒤진 후에야 겨우 하나를 발견할 수 있었다. 주머니를 뒤져 동전을 되는 대로 집어넣고 다시는 연락할 일이 없을 거라고 생각했던 전화번호를 눌렀다. 신호음이 몇 번 울리기도 전에 달칵 하는 소리가 났다.

"여보세요?"

"아저씨? 저 기억하세요?"

"아, 소은이냐? 오랜만이구나. 잘 지내냐? 부모님은 잘 계시고?"

"네, 그런데 그런 것보다 아저씨 아직도 그쪽 일 하세요?"

잠시 침묵.

"그쪽 일이라니 무슨 소리냐?"

"이거 공중전화예요. 그냥 말씀하세요. 전에 무슨 인권 단체인가 하시던 거요."

아버지와 어머니는, 유전 조작 피해자들의 클럽에서 서로를 만났다고 했다. 30살이 넘도록 결혼도 못 하고 있던 두 분은 그곳에서 바로 마음이 맞아, 얼마 안 가 결혼을 하고 나를 낳으셨다. 내가 태어난 후에 어머니는 관두셨지만 아버지는 꾸준히 나갔고, 나도 어릴 적에 한두 번은 아버지에게 끌려 그곳에 간 적이 있었다. 대부분은 그냥 모여서 우리는 왜 이 모양 이 꼴이냐 한탄하는 사람들이었지만 드물게는 유전 조작 반대 활동을 적극적으로 하는 사람들도 있었다. 지금 전화를 하고 있는 이 아저씨처럼.

취직을 하고 일 년이 지나지 않은 때였던 것 같다. 취직을 하자마자 부모님 집에서 뛰쳐나와 고시원으로 들어간 나를, 어떻게 알아낸 것인지 찾아온 적이 있었다. 싸구려 음료수 한 통을 사 들고 와서는 독립을 축하한다고 했지만 정작 아저씨가 찾아온 것은 다른 용건이 있어서였다.

"뭐, 한다면 하고는 있는데 그건 갑자기 왜?"

한참을 수화기 너머에서 주저하던 아저씨가 겨우 대답을 했다.

"옛날에 부탁하셨던 일 있잖아요. 지금이라도 돼요?"

우물쭈물하며 한동안 일상적인 일로 말을 돌리던 아저씨는, 어렵게 말을 꺼냈다. 유전 조작 반대 활동을 같이 할 생각이 없냐고.

"제가 무슨 연구소에 들어갔는지는 아세요?"

"알다마다. 그러니까 하는 이야기인데, 정보 같은 거 아는 게 있으면 좀 알려줄 수 없냐는 거지. 물론 사례는 할 거다."

"무슨 이야기를 하시나 했더니, 저보고 스파이 짓을 하라는 거예요? 게다가 아저씨네 단체는 과격파잖아요. 친구들이 무슨 일을 당할지도 모르는데, 사람 잘못 보셨네요. 이야기는 못 들은 걸로 할 테니까, 그만 가주실래요? 다시 연락하지도 마시고."

"진심이냐? 너도 알고 있겠지만 우리는……."

"알아요."

감은 눈꺼풀 안에 어른거리는 옛날 일을 떠올리면서, 나는 결심을 하고 한마디 한마디를 씹어 내뱉었다.

"그래서 이야기하는 거예요."

약간의 실랑이 끝에 겨우 연락처를 하나 받을 수 있었다. 메모는 남기지 않는 게 좋다고 해서 몇 번이나 되물어서 완전히 외운 것을 확인한 다음 전화를 끊었다. 깊게 심호흡을 한 번 하고 바로 수화기를 다시 든다. 결심이 흐려지기 전에 마저 끝내야지.

네, 유전 조작을 반대하는 생명윤리수호연대 상담소입니다. 뭘 도와드릴까요?"

무슨 말이 나올지 잔뜩 긴장하고 있었지만 전화를 받은 것은 실소가 나올 정도로 터무니없는 소리를 하는 남자였다. 제대로 전화를 건 것이 맞는지 걱정이 될 정도였다. 목소리가 떨리지 않기를 바라며 최대한 차가운 목소리로 대꾸했다.

"연락이 가 있을 거라고 생각하는데요."

"아하. 그분이시군요. 솔직히 좀 놀랐습니다. 저희가 매수하거나 스파이를 박아 넣는 일은 종종 있어도 자기가 하겠다고 나오시는 분은 또 처음인지라."

"시끄러워요. 뭐가 필요한지나 말해봐요."

그쪽이 요구하는 것은 내 쪽에서 진행하고 있는 프로젝트에 대한 정보와, 해당 연구원에 대한 정보였다. 프로젝트에 대한 정보는 망설이다가 귀국한 이후에 알려주겠다고 했지만 연구원에 대해서는 거리낄 것이 없었다. 이게 목표였으니까. 핵심 연구원들이 출국해 있다는 것과, 인적 사항, 묵고 있는 숙소의 방 번호까지 이야기하는 데 채 1분도 걸리지 않았다.

남자는 마지막으로 사례금 이야기를 꺼냈다. 돈을 바란 것은 아니었지만 액수를 듣고 생각을 고쳐먹었다. 그 정도 금액이라면 예전에 포기했던 다른 종류의 복수도 할 수 있을 것 같아서. 연아와 은영이에게 복수하는 것으로 그치지 않고, 단순히 조금 잘못 태어났다고 날 쓰레기

취급했던 세상 사람들 전부를 내려다볼 수 있을 정도로 좋은 몸을 가질 수 있을 만한 돈이었으니까.

전화를 끊고 부스에서 나와 들이마신 이국의 밤공기는, 전과 달라졌을 리 없겠지만, 상쾌했다. 그대로 숙소로 돌아와 자리에 누웠다. 이번에는 꿈 한 번 꾸지 않고 푹 잘 수 있었다.

날 다시 잠에서 깨운 것은 시끄럽게 울리는 전화벨 소리였다. 눈을 비비면서 일어나 번호를 보니 은영이한테서 걸려온 전화였다. 통화 버튼을 누르자 다급한 목소리가 튀어 나왔다.

"왜 이렇게 늦게 받아요? 귀국 결정이 났으니까 짐 전부 챙겨서 공항으로 오래요."

잠이 덜 깬 몽롱한 정신으로 듣기엔 밑도 끝도 없는 소리였다.

"무슨 소리야?"

"그게, 나중에 설명할 테니까 일단 공항으로 오세요. 4시까지예요. 아셨죠?"

잠깐만, 하고 불러봤지만 이미 끊어진 다음이었다. 액정 화면에 떠 있는 숫자가 지금이 오후 3시라는 것을 알려주고 있었다. 다시 걸어보려다 관두고 짐을 챙겼다. 애초에 풀어놓은 것도 없었으니 다시 쌀 것도 별로 없었다. 택시를 타고 공항에 도착했을 때가 세시 반. 다른 사람들은 이미 다 도착해 대합실에서 불안하게 주위를 두리번거리고 있었다. 연아만 제외하고.

날 먼저 발견한 은영이가 손을 흔들었기에 일단 그쪽으로 가방을 끌면서 움직였다. 그녀는 내가 가는 것을 다 기다리지도 못하고 내 옆으로 다가와 주위를 한번 둘러보고 작은 목소리로 속삭였다.

"무슨 일인지 아직 못 들으셨죠?"

고개를 작게 끄덕였다.

"아직 뉴스에도 안 나왔지만, 간밤에 습격당했어요."

작고, 가라앉은 목소리였다.

"밖에 나가 있던 사람 몇 명이 다쳤고, 연아 선배가 죽었어요."

그 자리에 멈춰 섰다. 가방 손잡이를 잡은 손에 힘이 들어가지 않았다. 죽었다고? 나 때문이야? 하는 소리가 목구멍까지 올라오는 것을 애써 집어삼켰다. 예상하지 못했다면 거짓말이겠지만, 그렇다고 이런 것을 기대한 것은 아니었다. 아니, 아니다. 기대했었다.

죽을 거라는 걸 알고 있었어, 안 그래? 과격파라고 했잖아. 그 단체에서 무슨 일을 해왔는지는 알고 있었다. 연구소 폭파, 연구원 살해, 기타 등등. 알고는 있었지만, 복수하겠다는 생각밖에 머릿속에 없었던 어젯밤과 자고 일어나서 머리가 차가워진 지금은 달랐다.

옆에서 은영이가 뭐라고 계속 떠들어댔지만 하나도 듣고 있지 않았다. 떠들다가 제풀에 지친 그녀가 입을 다물 때까지, 그리고 귀국하는 비행기 내에서 내내, 고민했다. 고민할 수밖에 없었다.

내가 기쁜 것인지, 슬픈 것인지, 죄책감에 사로잡혀 괴로워하고 있는 것인지.

흡사 밀입국자처럼 몰래 공항을 빠져나와 연구소로 돌아온 다음에는 어느 정도 감정이 정리되어 있었다. 신문과 뉴스는 모처럼 터진 큰 사고를 기뻐하는 것처럼 연일 사고 소식을 내보내고 있었기 때문에 나도 본의 아니게 사고 경위를 자세히 알 수 있게 되었다. 그날 술집에서 은영이는 내 숙소 쪽으로 왔고, 연아는 좀 더 있다가 호텔로 돌아갔다고 한다. 돌아가는 도중에 괴한의 습격을 받아 사망. 빠르기도 해라. 연락을 한 지 얼마 지나지도 않은 시각이었다. 범행 성명은 우리가 귀국행 비행기에 타고 있는 동안 발표되었다. 내용은 별 볼일 없었다. 우리는 유전 조작을 반대하고 가진 그대로 태어날 수 있는 인간의 권리를 주장합니다, 였든가.

칼에 찔리면, 아프겠지? 고등학교 때, 못에 찔려 이틀 정도 입원했던 기억이 났다. 다들 말은 안 했지만 그게 연아가 주도한 따돌림의 일환이었다는 것 정도는 짐작할 수 있었다. 무척 아팠었지, 그때. 피를 보고 비명을 지르고, 어쩔 줄 몰라 하면서도, 누구 하나 도와주는 사람이 없어서 절뚝거리면서 혼자 양호실에 갔었다. 그것보다 더 아프겠지. 죽어가면서 너도 도와달라고 외쳤겠지? 나 때문에 그런 일을 당했다는 걸 알았을까? 알 수 없었겠지. 그저 운이 나빴다고 생각했을까?

"간사해."

무심코 중얼거렸다. 시간이 지날수록 연아와 관련한 일들은 나쁜 추억들만 끄집어내고 있었다. 나도 모르게, 그리고 그것과 연아가 당했을 고통을 비교하면서, 나 자신을 정당화한다. 내가 훨씬 아팠어, 내가 훨씬 고통스러웠어. 하지만 실제로 그랬는걸.

조금씩, 조금씩, 그 애가 죽었다는 사실이 기뻐지고 있었다.

자료를 복사하는 일이 다 끝났기에 책임 연구원인 선현이를 만나러 갔다. 휴가를 내기 위해서였는데, 잔뜩 잔소리를 들을 것이라고 생각하고 각오를 단단히 굳히고 있었지만 정작 선현이는 쉽게 승인을 해주었다.

"그래, 충격이 컸지? 집에 가서 쉬는 게 좋겠다."

"응. 고마워."

"장례식은 다음 주래. 올 거지?"

"잘 모르겠어, 지금은."

"그래."

그녀는 고개를 끄덕이고 책상머리로 고개를 묻었다. 그만 나가보라는 이야기인 것 같아, 뒤로 돌아 문손잡이를 잡았을 때 그녀가 지나가는 투로 말했다.

"뒤에서 이런저런 말들이 많은 모양이던데 너무 신경 쓰지 마."

"응?"

무슨 말인지 몰라 되물어보았지만 그녀는 고개를 좌우로 저을 뿐이었다. 도무지 영문을 알 수 없었지만 더 이야기를 해줄 기색도 아니어서 문을 열고 밖으로 나왔다.

하지만 오랫동안 궁금해할 틈도 없었다. 선현이가 말하려고 했던 게 무슨 의미였는지 금방 알 수 있었으니까. 난 왜 듣지 않아도 좋은 이야기는 꼭 듣고야 마는 걸까?

선현이의 사무실을 나와 복도 모퉁이를 돌려고 하는 참에 휴게실에서 소곤거리는 소리를 듣고 발걸음을 멈추고 말았다. 또 내 이름이 오가고 있어. 그냥 지나치려고 했지만 도저히 지나칠 수 없는 말이 들렸다.

"같이 따라간 사람 많았는데 왜 연아 씨가 그런 일을 당한 거야? 차질이 크겠는데."

"그러게 말이야. 거 왜, 소은 씨였나? 그 사람도 있잖아. 일도 잘 못하고, 별로 도움도 안 되고, 얼굴도 별로고. 그러고 보니 왜 여태 안 잘렸지?"

"그 사람하고 연아 씨하고 고교 동창이래. 빌붙어 있는 거지 뭐."

그런 적 없어. 그런 적 없어!

"뭐 곧 잘리지 않을까? 안 그래도 구세대는 정리해고할 거라는 소문이 도는데."

"쉽게 안 잘릴걸. 책임도 동창이라던데?"

"누구는 좋겠다. 난 어디 잘나가는 고교 동창……."

그 말은 미처 맺어지지 못했다. 더 이상 참고 들을 수 없었던 내가 휴게실 문을 벌컥 열어젖혔기 때문에. 못 볼 것이라도 본 듯한 남자 연구원들의 그 표정들이란. 한마디 쏘아붙이고 싶었지만 답답한 가슴에 걸린 것처럼 아무런 말도 나오지 않았다. 나와 눈이 마주칠 때마다 움츠러드는 그 사람들 얼굴을 한 번씩 노려봐주고, 쾅 소리가 나도록 문을 닫은 것이 고작이었다.

나쁜 놈들. 나 같은 사람은 구세대니, 규격외품이니 하고 뒤에서 떠들어대지만, 실상 너희들도 다른 게 없다는 걸 알아? 다들 비슷비슷한 얼굴을 해가지고선. 전자 제품처럼 번호 붙여서 불리는 것이 그렇게도 좋아? 어차피 십 년만 지나면 너희들 유전형도 다 구식이 될 거야. 어디 그뿐인 줄 알아?

연아의 일을 생각하니 오히려 화가 조금 가라앉았다. 날 깔봐? 두고 봐, 마음에 안 드는 놈들은 하나씩 팔아 넘겨 없애버리겠어. 그리고 그렇게 받은 돈으로 최신 유전형으로 날 바꾼 다음에, 너희들이 한 것과 똑같은 방법으로 무시해주겠어. 구형이라고. 능력 없다고. 못생겼다고.

연구소를 나올 때쯤에는 이미 화는 다 가라앉고 오히려 그 사람들이 불쌍한 기분마저 들고 있었다. 결국 자신들이 속한 세상이 전부인 줄 알지만, 내 말 한마디에 내일 아침에 눈을 뜰지 말지가 결정되는, 불쌍한 인간들.

이런 기분이었니? 이런 기분으로 날 보고 있었던 거니, 은영아?

연구소를 나와 전에 몇 번이고 문 앞만 서성거렸던, 일명 미용 시술소라는 곳으로 직행했다. 혈액과 체세포를 조금 채취하고 옵션을 골랐다. 먹어도 살이 찌지 않는 체질로. 노화는 당연히 제외. 머리와 눈은 유행하는 색깔로. 지능 지수는 당연히 최대치. 공항에서 당한 수모가 생각나서 면역 기능 강화도 빼놓지 않았다. 유전자 조작 자체는 이미 표준형으로 라이브러리가 구축되어 있기 때문에 오래 걸리지 않았다. 클론을 고속 성장시키는 데 일주일 정도, 그 후에 뇌수술을 하고 상처가 아물고, 세포 치료와 재활 훈련을 하는 데 두 달 정도 걸린다고 했다. 일주일 후로 수술 날짜를 잡고, 선금을 치른다. 그동안 모아둔 돈과 연아를 팔아넘기고 받은 돈을 합쳐도 통장 바닥이 드러날 정도였지만, 이것만 끝나면 나도 다른 사람들과 동등한, 아니 그보다 더 나아진다고 생각하니 마냥 즐겁기만 했다.

"말하자면, 다시 태어나는 거지요."

수술 상담을 끝내고 나서 의사가 한 말이다. 그 말 그대로다.

병원을 나와 집으로 돌아오는 길에 그 무슨 수호연대라고 하는 곳에 다시 연락을 했다. 연구 자료를 넘기고 받기로 한 돈만으로도 수술비용을 치르는 데는 문제가 없었지만 수술을 마친 후에 새 출발을 할 돈도 필요했고 정리해야 되는 인간관계도 아직 남아 있었다. 수화기를 손으로 감싸 쥐고 이번에는 한 치의 거리낌도 없이 말한다.

"이번에 새로 선임 연구원이 된 건 오은영이라는 사람이에요."

두 명이나 죽으면 이 프로젝트는 거의 중단될 거예요, 하는 말도 잊지 않았다. 사실이었으니까. 그래서, 오히려 그 수호연대인가 하는 쪽에서 소극적으로 나왔을 때는 내가 놀랄 정도였다.

"그야 그렇겠지만, 경호도 더 강화될 거고 쉽게 손을 쓰기 힘들어요."

"필요하면 좀 도와드릴 수도 있어요. 친한 사이니까 불러내거나 하면……."

"저희야 좋죠."

"그럼 잠시만 기다려요."

수화기를 잠시 전화기 위에 올려놓고 시간을 확인했다. 7시가 다 되어가니까 퇴근 시간이겠지. PDA를 꺼내서 은영이에게 메일을 보냈다. 잠깐 시간 좀 내줄 수 있겠니? 한 시간 후에. 우리 집 근처에 있는 카페 알지?

답장은 금방 왔다. 이제 막 퇴근했으니 바로 그리로 갈게요, 하고. 이야기를 나눌 시간도 있어야 하니까 두 시간이면 충분할 것이다. 나는 다시 수화기를 들고 약속 장소와 시간에 대해서 말했다.

"휴가 아니셨어요? 갑자기 보자고 해서 깜짝 놀랐어요."

은영이는 여느 때와 다를 것 없는 웃는 얼굴로 카페에 도착하더니 대뜸 저렇게 말했다. 곧 저 얼굴도 보지 않아도 돼, 속으로 중얼거리면서 나도 애써 얼굴에 웃음을 띠었다.

"응, 나 연구소 그만둘까 하고. 다른 사람들 얼굴은 그다지 보고 싶지 않은데, 너한테는 작별 인사라도 해야 할 것 같아서."

다른 의미의 작별 인사지만.

"에? 그만두세요? 왜요?"

"연아 일도 있고, 솔직히 나도 많이 힘들었거든. 다들 말은 안 해도, 슬슬 나가주지 않으려나 하고 생각하고 있지 않았을까? 그동안에도 계속 생각했는데 연아가 계속 말렸거든. 그런데 이제 걔도 없고 하니까."

은영이는 얼굴이 조금 굳어졌지만, 곧 원래의 가식적인 웃는 얼굴로 돌아오면서 고개를 저었다.

"그런 소문 같은 거 신경 안 쓰셔도 돼요. 선현 선배도 있고. 저도 선임 연구원이 되었으니까 언니 잘리도록 두지는 않을 거예요."

"아냐, 내가 부담스러워서 그런 건 싫어. 그냥 관두게 해줘."

은영이는 몇 마디 더 소름이 돋을 정도로 상투적인 말로 나를 만류했지만, 내가 막무가내로 그만둘 거라고 말하자 결국 두 손을 들고 말았다.

"정 그렇게 말씀하시면 저도 더 말릴 수 없네요. 종종 연락은 하실 거죠?"

"응."

웃으면서, 그렇게 대답했다.

"저 그러면 먼저 갈게요."

"응, 난 좀 더 있다가 갈게. 차도 남았고."

은영이가 카페를 나간 다음 천천히 차를 다 마신 후에 자리에서 일어났다. 지하철역으로 가려면 거쳐 가게 되어 있는 공원을 지나면서 딱 이쯤이지 않을까 하는 장소에 그 애가 쓰러져 있었다. 천천히 옆으로 다가간다. 아직 숨이 다 끊어지지 않은 모양인지 숨을 헐떡이는 소리가 들려왔고, 그 옆에는 흘러나온 피 웅덩이에 반쯤 적셔진 싸구려 전단지 같은 것이 놓여 있었다. 실혈량을 가늠해보면서 가급적 피가 묻지 않도록 무릎을 굽혀 그 애 옆에 앉았다.

"은영아."

몇 번이고 부른 다음에야 겨우 알아듣고 초점이 잘 맞지 않는 눈으로 나를 본다.

“언니…… 구급차를…….”

“미안. 그 전에 꼭 할 이야기가 있어. 나, 사실은 네가 날 어떻게 생각하는지 알고 있었어. 들었거든? 이틀도 안 됐지? 연아 아직 살아 있을 때, 술집에서 둘이 같이 떠들던 거 기억해? 나 그 뒷자리에 있었거든?”

“그럼…….”

눈을 크게 뜨면서 말을 하려다가, 다 내뱉지 못하고 거칠게 숨을 몰아쉬면서 뒷말도 삼킨다. 그 모습에 즐거움을 느끼면서 나는 마저 말했다.

“응. 역시 머리가 좋네. 내가 찔렀어. 칼로 찌른 건 아니지만, 결과적으로는 같지. 팔아넘긴 거야. 매일 깔보던 사람 때문에 이런 일을 당하니까 기분이 어때? 나 참 궁금한데. 말해줄 수 있어?”

“난…….”

“아까 만났을 때도 마음에도 없는 소리 하느라고 고생 많았어. 사실은 장난감 하나 없어지는 게 아쉬웠던 거 다 알아.”

“전 그런 생각…….”

“그때만 해도 이런 일 당할 줄은 몰랐지? 그래도, 그동안 우리……. 2년인가? 알고 지낸 정을 생각해서 이렇게 일부러 찾아온 거야. 자기가 뭐 때문에 죽는지도 제대로 모르면 불쌍할 것 같아서. 미안, 솔직히 나 지금 무척 기분 좋다? 진즉 이럴 걸 그랬어. 연아 지지배 죽는 꼴도 봤으면 좋았을 걸 싶다.”

은영이는 그저 입을 벌렸다 닫았다 할 뿐이었다. 그 입이, 뭔가 말을 하려고 열리다가 채 닫지도 못하고 멈추는 것을 보며, 감기지 않고 크게 터진 채로인 눈을 보며, 인형처럼 예쁜 얼굴을 보면서, PDA를 천천히 꺼내 들었다. 119를 누르고, 가능한 다급한 목소리를 내려고 애쓰면서 여기 사람이 죽어가요, 얼른 와주세요, 그렇게 외치면서도, 입가가 저절로 올라가는 것은 어쩔 수 없었다.

그 뒤로 부산한 한 주가 지났다. 경찰 조사에 끌려 다니고. 은영이가 죽는 모습을 보는 것은 통쾌했지만 몇 시간이나 조서를 꾸미는 것은 힘든 일이었다. 가지 말걸 하고 조금은 후회했을 정도로. 다행히 범행 성명이 뚜렷했고 뭣도 모르는 선현이가 찾아와서 애를 써줘서 나는 순식간에 동료를 두 명이나 잃고 실의에 찬 연구원을 연기할 수 있었다.

그리고 덕분에 지금 더할 나위 없이 편안한 마음으로 병원 수술대에 누워 있기도 하고. 복잡한 검사와 준비 과정을 마친 다음 머리에 몇 군데 마킹을 한 채로 누웠다. 고개를 돌려 옆을 바라보니 나와 아주 비슷하게 생긴, 하지만 훨씬 아름다운 몸이 나란히 머리에 마킹을 한 채로 누워 있는 모습이 보였다.

"자 준비 다 되셨죠?"

남에게 보이고 싶지 않아 수술 시간을 밤으로 잡은 탓에, 좀 졸린 표정을 하고 있는 의사가 격리실 밖에서 마이크에 대고 말했다. 방금 전까지 의료용 로봇을 가지고 이런저런 테스트를 하느라 시끄러웠는데 겨우 다 끝난 모양이다. 고개를 끄덕이자 그는 키보드를 몇 번 눌렀다. 마스크 안으로 마취 가스가 들어오는 모양인지 정신이 몽롱해지기 시작했다. 이제 다 끝났어. 수술이 끝난 다음을 기대하며 즐거운 상상에 젖었다. 일단 연구소에 다시 나가야지. 승진에 승진을 거듭해서 책임연구원이 된 다음, 그동안 나를 무시하던 사람들을 마구 부려먹는 거야. 당한 대로 그대로 갚아줘야지. 커피도 타 오라고 시키고, 프린트도 뽑아 오라고 시키고. 가끔은 서류 뭉치를 얼굴에 집어던지면서 "이것도 리포트라고 쓴 거예요? 다시 해 오세요"라는 말도 해줘야지. 야근도 마구 시키고, 그러면서 업무 수행 평가 보고는 전원 D를 줘야지. 그러면 날 불러내서 잘 봐달라는 둥, 갖은 아양을 떨 테고…….

꿈은 끝없이 계속되어, 왠지 모르지만 이미 죽었을 연아가 나오고 그 애의 남자친구를 연아보다 더 예뻐지고 직급도 높아진 내가 가로채서 결혼하는 곳까지 갔다. 연아는 그 잘난 체하는 성격에 울지도 웃지도 못하는 굳은 얼굴로 내게 축하해, 같은 말을 하고 있었고 나는 그 애를 보며 웃어주고 있었다. 아련히, 멀리서 시끄러운 소음이 들려왔지만 무슨 소리인지 알 수가 없었다. 예식장의 문이 벌컥 열리면서 주례를 맡은 의사가 들어와 마이크에 대고 "당신들 누구야!" 하고 외치는 소리, 영화에나 나올 것 같은 총성이 들려왔고, 이어서 폭죽 대신 성대한 폭음, 난 정신을 완전히 잃었다.

다리가 끊어지는 것 같은 통증과 함께 정신을 차렸다. 수술실의 풍경은 눈을 감기 전과는 영 딴판으로 변해 있었다. 태풍이라도 휩쓸고 지나간 것처럼 수술 로봇들은 이리저리 부서진 채로 쓰러져 있었고, 격리실의 유리창도 산산이 부서진 상태였다. 컴퓨터 앞에는 의사가 흰 가운을 붉게 물들인 채로 넘어져 있다. 몸을 움직이려고 하다가, 다리에서 올라오는 통증이 사라지지 않았다는 걸 깨닫고 시선을 아래로 내렸다. 후회했다. 보지 말 걸. 수술대에서 떨어지면서 수술 기계 중 하나에 깔린 다리는 얼핏 봐도 정상이 아닌 각도로 꺾여 있었다.

그것보다, 내 몸은 어디에 있지? 먼 곳을 찾을 것도 없이 바로 옆에 있었다. 마찬가지로 수술대에서 떨어져 있었지만 기적적으로 손상 하나 없었고, 숨도 아직 붙어 있는 모양으로 가슴도 규칙적으로 움직이고 있었다.

"다행이다……."

안도의 한숨을 내쉬었다. 저 몸만 멀쩡하면 다시 수술을 받을 수 있고, 그러면 지금 다리가 부러진 것 정도는 신경 쓰지 않아도 된다. 그렇게 생각했을 때였다.

탁, 탁, 하는, 단단한 물체가 바닥에 두 번 부딪치는 소리와 함께 내 앞에 둥근 물체가 떨어졌고, 그 물체는 수백, 수천 개의 쇠구슬을 벼락처럼 뿌리면서 폭발해 나와 내 앞에 있던 새 몸을 갈가리 찢어발겼다. 통증을 느낄 사이도 없이 흐려지는 시야 한구석에 경쾌한 음악과 함께 천장에 투영되어 반짝이는 글자들이 보였다.

우리는 유전 조작을 반대하고 가진 그대로 태어날 수 있는 인간의 권리를 주장합니다.

환 상 진 화 가 (幻 想 進 化 歌)

은 림

은 림 2000년 제1회 황금드래곤 문학상 단편 부문에 〈할머니나무〉가, 2001년 제2회 황금드래곤 문학상 중편 부문에 〈할티노〉가 당선되었다. 환상문학단편집 《윈드 드리머》, 《환상서고》, 《한국환상문학단편선》에 각각 작품을 실었다.

정신을 차려 보니 온몸에 '플랜(plant)'의 뿌리 덩굴이 감겨 있었다. 시꺼멓고 축축한 데다 끈끈하기까지 해서 그냥도 떼어내기가 번거로운데 하나를 떼면 두 개가 더 얽혀 들어서 어설피 건드렸다간 숨도 쉴 수 없게 될 게 분명했다. 명색이 플랜 헌터(Plant hunter)인데 이런 꼴이라니 어이가 없다.

대체 왜 이렇게 된 걸까?

활짝 핀 꽃잎에서 피어오르는 몽환향 때문에 정신을 차리기가 무척 힘들다. 뇌를 꺼내 버터에 버무린 다음 싸구려 술에 푹 절여 다시 되는 대로 쑤셔 넣은 것처럼 엉망진창이었다. 그래도 나는 생각해야만 했다.

안개처럼 부연 밤을 청명하게 흩트리는 웃음소리가 귓전을 때렸다. 소름 끼치게 듣기 좋은 플랜의 웃음소리였다. 덕분에 흐느적거리며 녹아내리던 머릿속이 굳어지며, 뒤엉켜 있던 기억의 실타래가 느리게 풀려나가기 시작했다. 등에 미지근한 수액이 흐르는 보드라운 플랜의 팔이 느껴졌다. 예쁘고 하얀 작은 발은 벌거벗은 채로 내 허벅지에 감겨 있었다. 쓸모없는, 근육도 없이 모양뿐인 발이지만 효과는 탁월했다. 헌터를 속여 넘겼으니 말이다. 놈들은 원래 발이 없다. 외양적으로 인간의 어린아이와 놈들을 구분하는 방법은 그것뿐이다.

놈들이 처음 나타난 건 유성우가 쏟아지던 밤이었다. 별들의 축제처럼 밤하늘이 야단스럽던 날 놈들은 〈돔〉 외곽의 숲 속에서 처음 싹을 틔웠다. 놈들은 갓 태어난 어린애 모양을 하고 작고 말갛고 투명하게 빛났다. 땅에 떨어진 별처럼.

온화하고 요상스런 광채와 무력한 모습은 유성우를 구경하러 나온 사람들의 주의를 끌기에 충분했다. 상상력이 풍부한 사람은 요정이 버린 아기라고 생각했을 테고, 혹자는 아기 예수의 재림이 아닐까 가슴을 울렁였으며, 대부분은 숲에 갓난애가 버려져 있는 것에 두려움과 동정을 느꼈을 것이다. 공통적인 건 그들 모두 예외 없이 아기를 안아 들었고, 여지없이 플랜의 첫 먹이가 되었다는 거다.

그 뒤로 숲에서는 가끔씩 아름다운 웃음소리가 들렸다. 나뭇잎이 부딪는 것처럼 청명하고 흔들리는 수면처럼 잘강대는 웃음은 조용하면서도 멀리까지 퍼져나가서 사람들을 유혹했다. '돔'을 떠난 여행자들과 새로운 소식에 느린 외곽 거주자들이 플랜의 주 사냥감이었다. 한밤중에 들리는 웃음소리에 "거기 누구요? 누가 있소? 도움이 필요하오?" 물으며 전등을 들고 나선 사람들은 수풀 속에 숨은 두어 살짜리 어린애를 마주하고 놀랐다. 한밤중에 혼자 숲에 버려진 아이는 조금도 두렵거나 슬픈 기색도 없이 오랫동안 계획한 나쁜 장난이 성공한 것처럼 방울 같은 웃음을 터트렸다. 사람들은 천진하게 웃는 아이가 내미는 손을 무심결에 마주 잡았다. 그러면 곧장 수풀 아래 숨겨져 있던 덩굴손이 사냥감을 그물처럼 옭아매고 난폭하게 먹어치웠다. 식충 식물처럼. 그게 지금 내가 빠진 상황이다.

거미줄처럼 얽긴 덩굴 틈으로 간신히 손가락을 움직여 벨트를 더듬었다. 제자리에 있어야 할 광선총은 어디에도 없었다. 그제야 흐릿한 기억이 돌아왔다. 휴가 기간이라 무기는 반납 상태였다. 제길.

플랜에게 잡히면 어떻게 해야 한다는 행동요령이 있었나 기억을 더듬지만 공백뿐이다. 나는 지푸라기 하나 없는 늪에 빠진 듯한 절망에 헐떡였다. 놈은 내 몸부림에 아랑곳없이 부드러운 빰을 내 빰에 마주 대며 내 귀에 키스하고 천천히 물어뜯었다.

ЭК

“또 그렇게 지독히 재미없는 얼굴을 하고 있군.”

나는 강(江)의 온실에 서 있었다. 플랜 헌터의 초대 멤버이자 창시자인 강은 이제 은퇴해서 늙은이처럼 온실이나 가꾸며 지내는 중이었다.

“강이야말로 뭐가 그렇게 즐거운 겁니까?”

나는 수분과 이온을 조작해 온실 안에 저절로 비가 내리게 하는 전자동 스프링클러 대신 손수 물뿌리개를 쥔 강을 쳐다보았다. 박물관에나 있을 법한 물건이었다. 내가 불편하지 않느냐고 묻자 강은 어떤 편리한 것보다도 익숙한 게 가장 편하다고 대꾸했다.

“나야 이 빌어먹을 미친 세상이 언제나 즐겁지.”

강의 입술에 매끄러운 웃음이 떠올랐다. 크림치즈에 얹힌 체리 셔벗처럼 부드럽고 산뜻한 입술이다. 처음 저 입술에 정신을 빼앗겼던 순간이 떠오른다. 나는 진심으로 강이 내 짝짓기 상대가 되어주길 바랐다. 지금의 나로서는 그때의 내가 놀랍지만, 그때 나를 놀라게 한 건 강의 대답이었다.

"기분 좋은 말이지만, 사양할게. 난 이미 번식 의무를 다했어."

"말도 안 돼요. 이렇게 젊어 뵈는데?"

"난 아홉 번째 재생체야."

그 말은 아직 첫 성장체에 불과했던 내겐 상당한 충격이었다. 서너 번이야 이제 꽤 보편화됐지만 아홉 번째 재생이라니, 기적에 가까운 숫자였다. 나는 우리 사이에 걸린 시간의 간극 앞에 눈이 핑핑 돌았다.

"정말로, 아홉 번이나 재생했어요? 저를 거절하려는 핑계가 아니구요?"

강은 귀 뒤에 미세하게 박힌 재생증명칩을 보여주었다. 반짝이는 나선형 장식 안쪽에 아홉 개의 홈이 있었다.

"이제 됐어?"

강은 내게서 몸을 뗐다. 나는 아쉬움을 느끼며 내 귀를 더듬었다. 아직 보송보송한 솜털뿐이었다.

"어떻게 아홉 번이나 재생했어요? 초기만 해도 진짜 불안정했다던데."

"글쎄. 어쩌다 보니."

그 말은 이후로 내가 강에게서 가장 많이 들은 말 중 하나가 되었다. 어쩌다 보니. 세기를 넘나드는 동안 벌어진 수많은 사건들을 덤덤히 기억하기에 그보다 더 적절한 말이 없으리라.

"아무튼 희귀하디 희귀한 첫 성장체의 짝짓기 신청이라니 영광이야. 하지만 난 짝짓기 행위도, 새로운 오리지널 창조에도 관심 없어."

"……의외네요."

나는 어깨를 으쓱하고 아쉬운 손바닥을 비볐다. 오래 긴장했는지 꽤 축축했다. 물론 지금 강과 마주한 내 손은 바싹 말라 있다.

"뭐가?"

"여자들은 모두 오리지널을 만들고 싶어 하는 줄 알았는데……."

나를 만든 여자는 언제나 짝짓기만 생각했다. 그녀의 입에서 나오는 건 늘 수태와 번식과 그것이 가지는 신성함에 대한 것뿐이었다. 그래서 강은 내게 더욱 신선한 사람이었고 맺어지지 못한 게 아쉬웠다.

"그런데 왜 그렇게 씁쓸하게 웃는 겁니까?"

"내가? 그래 보여? 설마. 그냥 자네 기분이 씁쓸해서 그래 뵈는 거 아냐? 난 이 녀석을 만난 뒤로 세상이 즐거운걸."

나는 강이 가리킨 쪽을 의식적으로 외면했다. 거기엔 강의 발 앞에 웅크린 채 떨어지는 물방울을 기분 좋게 맞고 있는 여자가 있었다. 나는 '놈'의 흠뻑 젖은 옷 위로 드러나는 관능적인 곡선들이 무척 낯설고 보기 불편했다. 놈에겐 과거 수컷을 유혹하기 위해 처음으로 육체를 활용했던 암컷의 농밀함이 고스란히 남아 있다. 신선하고 달콤하고 톡 쏘는 듯한 향내와 획을 꺾을 곳을 찾기 곤란한 섬세한 곡선들. 지금의 여자들에게는 그런 특징이 사라진 지 오래다. 그들의 메마른 자궁과 불안한 난자, 그리고 활동이 용이하도록 발달된 필수 근육과 그걸 보호하기 위해 살짝 덮인 최소한의 지방층이 전부였다. 힘들여 임신하거나 출산할 필요가 없어졌기 때문이다.

수정에 성공한 수정체는 나팔관에서 자궁까지의 사치스런 여행을 즐길 틈도 없이 사출되어 즉시 '돔'의 인공자궁으로 옮겨졌다. 23세기 말에 세계적으로 불어 닥친 극심한 다이어트 열풍 때문에 가슴과 엉덩이의 지방층이 사라져 임신 기능이 저하된 탓도 있고, 여성의 사회적 활동이 증진함에 따라 과도한 스트레스가 수태 확률을 떨어뜨렸기 때문도 있고, 인공자궁이라는 의학적인 발명 때문에 임신의 소용성이 사라진 탓도 있는, 닭인지 달걀인지 알 수 없는 모든 사건들이 폭발적으로 일어났기 때문에 결국 외양만으론 여자는 비쩍 마른 남자와 별반 다를 게 없게 되었다.

"뭐야, 자네. 설마 만디가 마음에 들었어? 이건 플랜이야, 인간이 아니라고."

알고 있다. 허벅지부터 뻗어나가는 어지러운 덩굴은 분명 플랜의 것이다. 약간 몽롱하면서도 천진한 웃음도 유성우 떨어지는 밤이 그대로 각인된 오색반사 되는 눈동자도 플랜의 것이었다.

"가만 보면 자네 취향 참 고루해. 난 가끔 자네가 나와 동시대 사람이라고 착각하곤 한다니까. 나야 녀석을 보면 옛 생각이 나서 즐겁지만 자네 사는 데는 별로 안 즐거울 거 같은데, 다음 재생 때는 취향이 바뀌도록 옵션을 달지 그래? 그럼 세상 살기 좀 편할 텐데."

나는 빙긋 웃으며 고개 저었다.

"아무리 재생이 발달해도 그런 옵션은 절대 무릴 겁니다."

재생 옵션은 병이나 바이러스, 정신병적 이상 호르몬 수치에만 관여하도록 규정되어 있다. 과학의 발달은 정신 조작이나 두뇌 활용에도 간섭할 수 있었지만, 너무나 세심한 작업이었고, 잘 조율된 뇌일수록 더 빨리 마모되거나 미쳐버릴 확률이 지나치게 높았기 때문에 기획 자체가 폐기되었다. 게다가 그런 뇌는 두 번 다시 재생할 수 없었다.

"가능하면 더 곤란하지. 우리는 모두 초인이 될 테고, 그럼 세상에 아무도 필요 없어질 테니까."

강의 목소리엔 웃음이 섞여 있었지만 난 따라 웃지 않았다. 강은 머쓱하게 턱을 문질렀다.

"자네는 이상해. 나야 23세기에 난 사람이니까 그렇다 치지만, 자네는 천 년은 더 뒤에 태어난 주제에 나랑 비슷한 냄새가 난단 말이야? 여자 취향도 그렇고. 이런 구식 스타일이 어디가 좋다고 꼬셨던 건지."

강은 스스럼없이 자신의 불룩한 가슴과 처지기 시작한 뱃살을 주욱 당겨 보였다. 나는 웃으며 얼굴을 붉혔다.

누군가 '사람은 태어난 때와는 관계없이 제각각의 시대에 살고 있다' 고 했다. 몸은 두고 머릿속만 타임머신을 탄 것처럼, 30세기에 태어나 살고 있는 사람이라도 관념이나 행동 패턴 등은 20세기나 르네상스 시대 사람과 같을 수도 있다는 이야기였다. 그가 정확히 어떤 걸 말하고자 했는지는 잘 모르겠지만 막연한 느낌으로 내가, 지금, 여기서 느끼는 부적합함과 비슷하지 않을까 하는 생각이 들었다.

"놈한테 이름까지 지어준 겁니까? 만디?"

하늘거리는 플랜을 가리키자 강은 고개를 끄덕였다.

"응. 맨드레이크(mandrake). 흰독말풀. 전설 속에선 기적의 만병통치약이자 비명 소리로 사람을 죽이는 걸로 유명했지. 뭐 실제의 흰독말풀은 진통제 수준이지만. 어딘지 닮았잖아? 몽환을 유도하는 점이나 웃음 '소리' 로 사람을 살해하는 점이나."

나는 지나치게 로맨틱한 거 아니냐고 투덜댔다.

"녀석들은 식인귀라구요."

"그거야 그렇지. 뭐 이름쯤이야 아무려면 어때? 그나저나, 자네처럼 어수룩한 사람이 플랜 사냥꾼이라니 아무리 생각해도 신기하단 말씀이야. 난 자네가 살아 돌아오지 못할 줄 알았어. 처음 헌터들과 내보냈을 때 내가 뒤에서 저장 세포랑 재생허가서를 쥐고 얼마나 쫄았는지 모르지?"

강은 과장되게 가슴을 쓸어내렸다. 손바닥 아래 불룩한 곡선이 기분 좋게 달라붙었다. 나는 그때는 워낙 정신이 없어서 기억 저장소에도 등록해두지 않았다는 건 말하지 않았다. 기억 저장 없이 재생해봤자 아무것도 기억하지 못할 테니까 강이 아는 나는 아니었을 것이다. 어쨌든 난 살아 돌아왔기 때문에 그걸 말할 일은 없었지만.

게다가 나중에 알려진 사실이지만, 만약에 모든 게 준비되었다 해도 플랜에게 당했다면 '나'는 여기 있을 수 없었다. 플랜에게 당한 자들은 재생되지 않았다. 영혼 끝까지 양분이 되어 잡아먹힌 것처럼 아무리 육체를 배양해도 유기수조 속에서 썩어버리거나, 설사 세포 활성화에 성공해도 열린 동공은 움직이지 않았다. 마치, 번개 맞기 직전의 프랑켄슈타인의 괴물처럼. 처음에는 재생 세포나 기억저장 장치의 결함으로 치부되었는데 근간에야 플랜이 원인임이 밝혀져 사람들을 충격과 공포로 몰아넣었다. 그 뒤로 플랜의 별명은 '밤의 웃음소리'에서 '영혼까지 먹어치우는 탐식자'로 바뀌었다.

"달리 할 일이 없잖습니까. 요즘 같은 세상에 일자리 얻기가 어디 쉬워야죠. 저를 만든 교미쌍이나 제 퍼스트나 별반 모아놓은 게 없어서 이번 재생 비용을 갚으려면 아직 까마득합니다."

아무리 탄생률이 저조해도 새로 태어난 자들이 할 일은 없었다. 일자리는 한정되어 있고 아무도 자기가 가지고 있는 생계 수단을 나누려 하지 않았기 때문이다. 돈은 곧 재생이고 죽어도 죽지 않는 힘이었다. 그래서 우리 같은 첫 성장체들은 서둘러 재생 비용을 모으기 위해 가장 위험하고 어려운 일로 빠지기 일쑤였다.

기이하게도 재생 기술이 비약적으로 발전한 이후부터 세상은 어쩐지 전혀 변화하지 않았다. 사람이 바뀌지 않으니 세상도 달라지지 않는 것일까? 이건 과학 분야도 예외가 아니어서 수직 발전(있던 것을 계속 더 탐구해 가는 것) 외에 수평 발전(아무도 생각지 못한 새로운 것을 연구, 발견하는 것)은 거의 퇴화하다시피 했다. 100년만 더 살았으면 더 굉장한 발전과 번영을 가져왔을 것이라 짐작되었던 위대한 사람들도 어쩐지 오리지널이 이룩한 것 이상은 해내지 못했다. 물론 그들은 끊임없이 연구하고 결과물들을 선보였지만 오리지널의 변형이나 패러디에 불과할 뿐 완벽하게 새로운 것은 아무것도 없었다. 세상은 고인 물이 되었다.

"돈이 없어? 어째서? 자네는 최고의 헌터잖아? 올해 최고 기록 갱신자 명단에서 자넬 봤어. 작년에도, 재재작년에도 그랬던 거 같은데? 자네 오리지널도 플랜 헌터였잖아? 상금만 해도 어마어마할 텐데? 게다가 플랜 헌터의 위험수당은 또 어떻고? 그 많은 돈을 대체 다 어디다 썼는데?"

나는 어깨를 으쓱했다.

"글쎄요, 어쩐지…… 쓰자고 보니 없던데요. 돈이란 게 원래 그런 거 잖습니까."

강은 한숨을 푹 쉬었다.

"내 아들 같으면 엉덩이를 펑펑 때려주고 뱅크 메모리 칩을 거머쥐겠건만."

"강의 자식이었다면 교미 신청에서 그렇게 매정하게 거절당하지도 않고 최우선 교미 후보에 올랐을 겁니다."

나는 웃었다. 아들이란 말은 지금은 개념조차 사라진 말이었지만 강과 오래 알아온 터라 어렵잖게 의미를 파악할 수 있었다. 재생이 거듭되다 보니 자식, 부모, 가족의 개념이 희미해졌다. 개인은 개인으로서만 완전했다. 굳이 가족을 엮자면 누구의 부모의 몇 번째 재생체와 그 자식의 몇 번째 재생체인데, 대게 직접적인 관계를 가졌던 개체에서 두세 번씩 재생한 상태라서 연관성은 이미 사라졌고, 세계 각지에 흩어져 사는 터라 일부러 교류를 갖지 않는 한 얼굴 한 번 제대로 마주칠 일이 없었다. 게다가 아무리 이동수단이 발달해도 사람들은 서로를 방문하기엔 너무나 바빴다. 재생에 재생을 걸쳐 이렇게 지독히 긴 시간을 가지게 됐는데도 오히려 필요한 일들을 뒷전으로 미뤄두는 지루한 여유만 늘었을 뿐, 정말로 중요한 일들을 하기에 시간은 지나치게 길었다. 더운 여름날, 도저히 어찌할 수 없이 늘어진 엿가락처럼.

"또, 또, 엄한 소리한다. 요즘 좀 여유가 생겼나 보지?"

강은 질색했다.

"다른 건 몰라도 생식에 관해선 강이 살던 세기의 도덕관념은 적용되지 않습니다."

나는 등 뒤의 등걸나무에 느슨하게 몸을 기대며 최대한 뻔뻔한 표정을 지었다.

"〈돔〉에서는 건강한 오리지널만 얻을 수 있다면 어떤 짝과 교미하던 상관치 않죠. 어차피 퍼스트도 아니고 대부분 재생체의 재생체니까, 같은 사람인 동시에 다른 사람이잖습니까. 설사 강이 저를 만들었대도 상관없죠. 직접 자궁에서 키워낸 것도 아니니까요. 게다가 워낙에 낮은 수정 성공률에 또 건강하게 성장시키기도 힘드니까, 건강하게 성장했다는 건 다음 대도 그럴 수 있는 확률이 높아지고 그런 짝들이 만난다면 확률은 두 배로 높아진다는 소리니 적극 권장할 만하겠죠."

두 배라는 건 과장이다. 유전적 돌연변이가 나올 '만약'을 배재할 수 없으니까.

아내가 있고 남편이 있는 혼인제도는—그게 일부일처제든 일부다처제든 일처다부제든 간에—벌써 10세기 전에 사라져버렸다. 20세기 이후로 현저하게 떨어지기 시작한 생식력이 불완전한 혼인제도 안에서 더욱 희박해졌기 때문이다. 결국 지구 연합정부인 〈돔〉은 '혼인제도'를 폐지하고 '짝짓기 정책'을 폈다. 남녀 한 쌍이 오직 다음 세대를 만들기 위한 목적으로 만나는 것이다. 정해진 기간 내에 서로에게서 다음 세대를 얻지 못하면 교미 짝이 바뀌었다. 같은 행위는 '번식의무(각각 오리지널을 최소한 넷 이상 만들 의무)'가 완료될 때까지 전 재생체에 걸쳐 계속됐다.

"그거 참 편리하네. 마치 어제의 죄를 지은 나와 오늘 회개한 나는 전혀 다르다는 과거 모 종교의 회유책 같잖아? 피 묻은 옷을 갈아입었으니 저지른 살인 자체도 없던 게 된다? 말도 안 되지. 아무리 새 옷을 갈아입어도 그 속의 때투성이 자신은 별로 달라지지 않아. 난 그럴 수 없어."

나는 이럴 때 새삼 강이 구시대 사람이란 걸 깨닫는다.

"강은 너무 많은 걸 기억하는군요. 설마 태어날 때부터 지금까지 있었던 일을 전부 기억하는 건 아니겠지요?"

"왜 아니야?"

강은 눈을 똥그랗게 떴다. 나는 '역시'라는 표정으로 고개를 끄덕끄덕했다.

"그래요, 설마 강이 기억을 지우거나 했을 리 없죠. 보통들은 해마다 기념처럼 기억 사출소에 가서 쓸데없는 기억을 처리하거나 재생 때마다 자동 기억 삭제를 옵션으로 선택하는데, 강만큼은 절대 그럴 리가 없는 사람이었죠. 제가 잠시 착각했나 봅니다."

자동 기억 삭제는 한때 선풍적인 인기를 끌었다. "눈을 뜨면 당신 앞에 새로운 세상이 펼쳐집니다. 당신은 순백의 어린애처럼 깨끗하고 세상은 흥미와 호기심으로 넘칠 것입니다"라는 게 광고 카피였다. 고착된 일상에 물려버린 사람들에게 그야말로 획기적인 상품이었고, 만약의 경우에는 기억저장소에서 이전 기억을 다시 다운 받으면 되니까 안정성도 있었다. 그러나 고착 상태는 개인뿐 아니라 사회 전반에 걸친 문제였으므로 대부분이 이 옵션을 반품했다. 아무리 자기가 변하려 해도 그간 자기를 보아왔던 주변의 눈들이 바뀌지 않는 이상 절대로 완전히 변할 수는 없다는 사실을 깨달았기 때문이다. 그리하여 지금은 좀 더 세밀화된 부분 선택 기억 삭제로 보편화되었다. 언젠가는 "완전한 기억력, 치매도 실수도 없다. 생체컴퓨터(생체 에너지로 작동하는 진화형 개인보조 탑재 컴퓨터) 없이 당신의 일과를 좀 더 손쉽게!"라는 기억 강화 옵션이 유행하기도 했지만 신경증과 강박증 수치가 네 배로 늘어난 바람에 결국 〈돔〉에서 제재했다.

"나는 그냥 자연스러운 게 좋아."

이미 조금도 자연스럽지 않은 세상인데 새삼 뭐가 더 자연스럽고 덜 자연스럽다는 걸까.

"이번 재생휴가 때 뭐 계획해두신 거 있습니까?"

나는 화제를 바꿨다.

"글쎄, 별로."

강의 목소리는 평이했지만 나는 갑자기 기분이 나빠졌다. 그녀는 뭔가 다른 생각을 하고 있는 게 틀림없었다. 나는 강이 재생 휴가를 꽤 오래 미뤄왔다는 걸 상기했다. 그녀는 어쩌면 다시는 재생하지 않을 생각인지도 모른다.

"강?"

강이 갑자기 꺼져가는 촛불처럼 위태해 보여서 난 몸을 내밀어 그녀를 잡았다. 갑자기 오리지널 때의 두근거림이, 아니 그때의 향수가 아주 잠깐 내 심장을 두드렸으나 금방 사그라졌다. 강은 웃으면서 몸을 뺐다.

"왜 그래 갑자기? 잠 덜 깬 사람처럼."

나는 멋쩍게 손을 놓았다. 강은 물뿌리개를 치웠다. 플랜은 아쉬운 듯 눈을 감고 하늘거리기 시작했다. 마치 낮잠에라도 든 거 같은 모습이었다. 물론 단순한 의태 반응이지만.

"흠. 강, 저 플랜 말입니다. 돔의 연구실에 있던 거죠? 어쩌다 떠맡게 된 겁니까?"

나는 플랜의 난(亂)반사되는 눈이 감긴 것에 안도했다. 놈의 눈은 지나치게 매혹적이어서 영혼에 치명적인 상처를 남겼다. 아무리 단련되어 있더라도 보호경 없이 계속 보다 보면 홀리지 않을 수 없었다. 다행히 녀석은 나를 잡아먹으려는 의도가 없었기 때문에 시선은 미미한 호기심에서 그쳤지만 아니라면 아무리 나라도 그냥 넘어가기 어려웠을 것이다.

돔의 연구실에 사는 플랜은 산채로 사로잡힌 최초의 플랜으로 유명하고 연구자들을 족족 잡아먹은 걸로도 유명했다. 한 달 이상 놈과 지

내고도 잡아먹히지 않은 유일한 인간은 강뿐이었다. 그래서 강에게로 오게 된 것이다.

떠도는 소문에 의하면 놈이 강에게 손대지 않는 건 가장 처음 조우한 것이 강이기 때문에 알에서 깬 오리처럼 따르는 것이라 하고—말도 안 된다. 플랜의 번식법은 아직 알려지지 않았으나 확실한 식물체이므로 그럴 리가 없다—, 또 다른 소문에는 놈이 강의 첫 교미 짝을 잡아먹었기 때문에 강과 막역한—대체 어떤?—관계에 있기 때문이라고 했다. 강은 어떤 풍문에도 진지하게 응수하지 않았다. 내가 보기에도 어이없는 헛소리일 뿐이다. 놈들의 첫 출현 시기가 강이 퍼스트로 살았던 시기와 미묘하게 겹치기 때문에 그런 소문이 생긴 모양이었다.

"운석에서 나왔다든대…… 어디서 온 건지 알아냈습니까?"

이렇게 안심하고 가까이에서 살아 있는 플랜을 관찰할 기회는 많지 않았기 때문에 나는 놈의 하늘거리는 은빛 이파리나 끈적이는 가시가 촘촘히 박힌 촉수를 꼼꼼히 살펴보았다. 마취 독을 듬뿍 품은 보라색 가시 촉수는 아주 얌전히 큰 이파리 밑에 말려 있었다. 플랜을 사냥하고 여러 가지 훈련을 받기는 했지만, 플랜에 대한 전문적인 지식은 거의 없었다. 내가 공부를 하지 않은 게 아니라 제대로 알려진 게 없었다. 간신히 손에 넣은 자료도 대개 전설이나 풍문에 빗댄 쓸모없는 가십뿐이었다.

"그건 그냥 학계의 추론 발표일 뿐이야."

"그럼 강의 생각은 다르단 겁니까?"

"그거 알아? 식물도 지성과 감정을 가지고 있어. 소리도 지르지. 다만 우리가 인지할 수 없을 뿐이야. 플랜은 그것의 극명한 형태가 아닐까? 식물이 드디어 어리석은 인간들을 위해 직접 커뮤니케이션에 나서

준 거지."

강은 순간 현실 밖에 있었다.

"또 그 상상병 도졌군요? 그래서, 잡아먹는 게 대체 얼마나 커뮤니케이션이 된다는 겁니까? 어차피 위장에 들어갈 거라면 그쪽에 커뮤니케이터를 설치해주는 편이 나을 텐데요?"

내 비꼼에 강은 콧방귀도 안 뀌고 말을 이었다.

"좋아. 상상이 많이 가미되었다는 건 인정하지. 하지만 플랜은 우리가 지금껏 발견하지 못한 지상의 생물일 가능성이 충분해. 유성우와 함께 갑작스레 출현한, 아니 그때 출현하리라고 예정되어 있던 생물. 우리 인류가 그랬듯이. 외 우주에서 왔다고 하기에는 녀석들은 우리를 지나치게 의태했어. 이건 카멜레온이 색깔을 바꾸는 것처럼 단순한 문제가 아니야. 놈들은 우리를 잡아먹기 위해 불현듯 둔갑한 게 아니라 이 모습이 되도록 오랜 시간에 걸쳐 진화해왔다고."

나는 순간 오싹한 기분이 들었다.

"무슨 말씀인지 잘 모르겠는데요."

"간단히 말하면, 인간에게 드디어 절대적인 포식자가 출현했다는 말이지. 사실 그렇잖아. 게다가 한 끼로 사람 하나를 삼키는 대단한 탐식가지."

갑자기 머리가 아파졌다. 순식간에 눈앞에 떠오른 먹이 피라미드 꼭대기에 조그만 씨앗이 떨어지더니 하늘거리며 꽃을 피웠다. 플랜이었다. 파급효과를 계산하지 않은 단순한 상상에 불과한데도 나는 그 씨앗이 너무나 불길하다는 걸 본능적으로 깨달았다. 그건 먹이에 관한 문제가 아니었다.

"기껏 인간 하나 먹자고 지나치게 복잡한 진화를 감수했군요. 환경

호르몬이나 유전조작이나 그런 상황은 다 고려된 겁니까?"

내가 투덜대자 강은 웃었다.

"물론이지. 일시적 변화라면 지역적으로 한정적이고 불규칙적이어야 하는데 플랜은 돔 외곽의 전 구역에서 동시 다발적으로 출현했어. 형태도 일정했고. 게다가 유혹만큼 간편하고 에너지 효율이 높은 사냥법은 별로 없지. 나름 현명한 판단이라고 생각하는데? 어쩌면 꼭 그것만이 목적은 아닐 수도 있고."

"그럼 뭐가 또 있단 겁니까?"

강은 신중하게 고개 저었다.

"나도 몰라. 자네 말처럼 인간을 잡아먹기 위한 목적만으로는 지나치게 복잡한 진화였다고 생각 중일 뿐이야. 그나저나 자네 짝짓기 때가 되지 않았나? 선은 봤어?"

강은 분위기를 환기시키려는 듯 손부채질을 했다.

"율가(家)의 여자라고 들었습니다. 그 유명한 가수 집안요. 아직 못 만나봤습니다."

나는 가끔 이런 강의 질문이 불편할 때가 있다. 아직도 강은 내게 '그런' 느낌인 것이다.

"율가의 처녀라면 연희(聯喜)겠군. 착하고 순한 처녀지. 그 집안 여자들이 대개 다 그래. 짝짓기 상대로도 더할 나위 없이 건강하고. 근데 아쉽게도 한 번도 제대로 성공 못했어. 아직 제짝을 못 만난 탓이겠지. 성공하길 빌어. 자네의 첫 오리지널이라면 과연 어떨지 무척 기대되는걸."

나는 강이 어떻게 내 짝짓기 상대에 대해 그렇게 자세히 알고 있는지 의아했지만 미처 묻지 못했다. 그때 내 머리엔 열대의 환락 같은 기묘한 열기와 땀과 쏘는 듯이 매스꺼운 생식기 냄새가 뒤범벅되어 떠오르고 있었기 때문이다. 짝짓기는 대단히 불쾌한 경험이었다. 그럼에도 그 행위를 멈출 수 없는, 순간의 본능적 욕구라는 것은 소름이 끼쳤다. 마치 내가 나 자신의 의지가 아닌 외부의, 인간이라는 종의 씨를 뿌리기 위한 단말기 역할을 하고 있는 기분이 들었다.

"창(窓)? 왜 그래? 창백해?"

강이 일깨운 순간, 나는 짝짓기 때와 비슷한 냄새를 맡았다. 플랜의 향기였다. 속이 꿀럭 뒤집히는 것 같았다.

"아…… 음…… 강, 거기 계세요?"

그때 미적지근한 온실에 신선한 바람이 섞여 들었다. 강의 네 번째 번식체인 미완(未完)이 강을 찾고 있었다. 나는 아직 성장기를 채 끝내지 못한 낭랑하고 불안정한 목소리에 기묘한 이질감을 느끼며 외부의 건물들에서 밀려들어온 메마른 향을 깊게 심호흡했다. 아직 해는 밝았고 온실 밖에는 열락의 어지러운 기억 따윈 단박에 날려버릴 날카롭고 빡빡한 현실이 악어처럼 어슬렁대고 있었다.

"여기 있다, 미완. 창이 왔어. 전에 인사했지?"

"에…… 아, 안녕하세요, 창. 유명세는 여전하시던데요."

강이 혼자 있을 것이라 예상했는지 나를 대하는 그의 낯빛이 불편해 보였다. 아니 지금 잠깐 스친 눈엔 증오까지 떠올라 있었다. 내가 그에게 그렇게 밉보일 짓을 했던가? 어리둥절해하는데 강이 먼저 말했다.

"뜸들이지 말고 용건이나 말해."

"아, 저…… 그게…… 손님 앞인데요. 나중에…… 음…… 다시 하죠."

"언제는 창이 손님이었나 뭐. 그냥 해."

강은 미완이 입을 열기도 전에 그의 용건을 알고 있었다. 그리고 나도 알았다. 강이 부르지 않는 한 미완이 이렇게 급하게 강을 찾는 용건은 하나다.

"저…… 그럼, 음…… 돈이 좀 필요해서요."

역시.

"월급은 열흘 전에 이미 가져간 걸로 아는데? 보너스도 어김없이 지급되었고. 내가 더 이상 네게 돈을 지불해야 할 의무는 없어."

번식체라고는 하지만 엄연한 성인이고, 서로 재생을 거친 이상 유전적 공유점 외엔 다른 연관성을 강조하기란 어려웠다. 그러나 미완은 몇 번을 재생해도 강의 곁을 떠나지 않고 그 밑에서 자잘한 일을 도왔다. 그건 그가 강에게 애정이 많아서라기보다는 사회적 구조상 오리지널이 자리 잡기 힘들었기 때문이다. 그에 덧붙여, 그가 무능력하다는 이유도 있었다. 미완은 피터 팬이었다. 재생 시 원하는 나이에서 멈추는 옵션을 달면 다음 재생 전까지는 쭉 그 나이대의 외모를 유지할 수 있는데—불행인지 다행인지 아직 외모만이다. 연령대를 지날수록 체력 저하와 신체 손상이 극심했다—, 보통 20~40대를 선호하지만 미완은 언제나 너무 크지도, 너무 작지도 않은 열네 살이었다.

"다음 달 월급과 이번 연구실 관리비용을 미리 지급해주지. 그쯤이면 돼?"

"에……그게…… 음…… 석 달 치 정도, 어떻게 안 될까요?"

장난감 매대의 값비싼 로봇이 갖고 싶어 죽겠는 걸까?

"알았어."

강은 이동식 테이블 컴퓨터로 계좌를 불러내 성문으로 지급했다. 그녀는 생체 컴퓨터를 사용하지 않았다. 과거에 손목시계도 귀찮아서 걸지 않았다던 사람이기에 그런 건 이상하지도 않았다.

"고마워요, 강."

진행 내내 옆에서 초조하게 기다리던 미완은 손등에 달린 얇은 금속판 같은 생체컴퓨터에 입금액이 확인되자 희희낙락하며 잽싸게 온실을 떠났다. 모든 게 너무 잠깐 사이에 일어나서 내 쪽이 어리둥절할 정도였다.

"아무리 그래도 석 달 치는 심하지 않습니까? 어디다 쓴다는 말도 없는데."

"외모만 그렇지 그도 성인이니까. 게다가 나름 성실해."

"성실이 사고랑 동의어란 건 지금 처음 알았습니다."

내가 알기만도 미완은 이번 생에서만 벌써 세 번이나 사고를 쳤다. 한번은 유전자 돔에 끌려가는 걸 직전에 빼냈고—재생증명칩만 재대로 끼고 다녀도 일어나지 않을 일이다—, 한번은 항성계에서 발견된 신물질 다단계 유통에서 끌어냈으며—다단계는 과거나 지금이나 골치 아프기 마찬가지다. 인간의 발전도에 따라 다단계 시스템도 교묘하게 변형 발전하긴 했지만 그럼에도 다단계는 다단계다. 바보가 아닌 이상에야 접근하지 않는 편이 이득이란 걸 모르지 않건만 매번 걸리는 인간이 있고, 덕분에 인간은 어떻게 발전하건 간에 과오를 되풀이하는 어리석은 생물이라는 걸 영원히 부정할 수 없게 되었다—, 또 한번은 짝짓기 상대를 죽게 해서 3년간 구금된 적도 있었다. 어찌된 사정인지 모르지만 그 상대는 재생조차 하지 않았다.

"미완이 좀 순진하잖아. 그리고 돈으로 수습할 수 있는 사고는 별거 아냐."

그 정도면 순진함을 넘어서 모자란 수준이다. 문득 강이 미완을 두둔

하는 게 마지막 번식체이기 때문인지, 아니면 오랫동안 곁에서 함께 지낸 때문인지 궁금해져 물어보려는 찰나, 내 생체컴퓨터의 스케줄러가 빨간 경고등을 깜박였다. 아무리 미뤄도 오늘까지는 반드시 해야 하는 일정이 기다리고 있었다. 나는 내키지 않는 얼굴로 강에게 인사했다.

"아쉽지만 가봐야겠습니다."

"그래. 바쁜 사람 오래 붙잡은 거 같아 미안하네, 종종 놀러 와."

그녀가 내 뺨에 키스해주었다. 그것만으로 오늘 해야 할 일의 우울함이 좀 덜어지는 기분이 든다.

내가 연구소에 딸린 강의 별채를 나왔을 때, 정문 앞에 이미 택시가 대기하고 있었다. 나는 부른 적도 없지만, 지시표에 선명하게 재생체 식별 번호와 내 이름이 깜박이고 있었다. 거기다 경망스럽고 거치적대는 리본과 꽃장식이란! 나는 따질 기운을 잃고 뒷자리에 털썩 올라탔다. 두말 할 거 없이 나를 마중 나온 허니문 카였다. 허니문이란 말도 결혼 제도가 사라진 뒤부터는 전혀 쓸모없는 단어가 되었지만, 과거에 향수를 느끼는 노땅들의 악취미란 어떻게 말리려도 말릴 수가 없는 모양이다.

나는 냉장고의 메뉴를 확인하고 달걀처럼 생긴 캡슐 욕조에 앉아 분무되는 차가운 물로 샤워를 했다. 짝짓기를 위한 목적이라는 것만 빼면 억만장자 부럽지 않을 만큼 나무랄 데 없는 서비스다. 짝짓기 성공률이 지나치게 낮고, 직업이나 상황 때문에 지역과 도시를 넘나들어야 했으므로 사람들은 서로 만나는 것만으로 지나치게 많은 시간과 돈이 들었다. 국가에서는 짝짓기를 장려—내가 보기엔 강압—하기 위해 여러

가지 서비스를 만들어냈다. 허니문 카도 그중 하나다.

나는 준비된 턱시도—뭐냐 대체, 이런 구식 옷을 입고 작업을 걸라고? 성공할 것도 안 되겠다—는 거들떠보지 않고 분자 분리 방식을 사용하는 초소형 즉석 세탁기에 옷을 넣으며 툴툴댔다. 분자 분리 방식 세탁기는 옷마다 달려 있는 고유의 형태와 구성 분석표를 기준으로 옷을 일시적으로 분해해 고유 성분 외의 불순물들을 제거하고 다시 재구성하여 내보내는데, 세제도 물도 필요 없이 새 옷이나 다름없어지므로 대단히 각광받았지만 나처럼 편하게 낡아지는 느낌을 좋아하는 사람들에겐 젬병이었다. 아마 강도 이 물건을 쓰지 않으리라.

샤워 캡슐 옆 선반엔 남성용 화장품은 물론 향수도 여러 가지 구비되어 있었는데 연희라는 여자의 취향이라고 일부러 추천된 것도 있었다. 나는 아무것도 뿌리지 않았다. 플랜 헌터는 냄새가 없어야 한다.

나는 식별 코드를 확인하고 받겠다는 사인을 했다. 그러자 얌전한 중년 여자의 옷을 입은 정(情)이 내 곁에 살포시 내려앉았다.

30대의 세련된 직장 여성의 우아함과 섹시함을 고루 갖춘 그녀는 나를 만든 교미쌍의 네 번째 재생체다. 나는 그녀가 왜 전화를 했는지 알고 있었다.

그때 갑자기 차가 중앙에서 우회로로 빠지더니 좁은 골목 앞에서 멈춰 섰다. 시키지도 않았는데 창이 열리고 작은 상자와 수령증이 문틈으로 디밀어졌다. 상자 안에는 탐욕스럽도록 빨간 케이크가 들어 있었다. 이게 그녀의 '친절 방식'이었다. 제멋대로 줘놓고, 요구하지도 않은 친절에 대한 대가를 받아 간다. 매번 당하는 내가 멍청한 거겠지만.

"누구 맘대로."

실컷 투덜댔지만 이미 그녀는 자기 이야기에 푹 빠져 듣고 있지 않았다. 나는 지리멸렬한 그녀의 잔소리가 이어지건 말건 간에 시트를 당겨 다리를 쭉 펴고 누웠다. 한결 나았다.

정은 이미 오래전에 난자가 고갈됐다. 그녀가 수태한 여덟 번째 번식체는 재생부적격체로 성장체까지만 간신히 버티고 폐기되었다. 정에겐 그게 마지막 수태였다. 그러나 번식에 대한 그녀의 야심은 끝이 없어서 자신이 불가능해지자 번식체들의 수태에 집중하기 시작했다.

나로서는 도대체 왜 그녀가 그렇게 번식에 연연하는지 이해할 수가 없다. 죽음은 사라졌다. 영원한 소멸도, 이별도 없다. 굳이 불안정한 다음 개체에 자신의 일부를 저장하지 않아도 훨씬 더 완벽하고 효율적으로 자신을 존속시킬 수 있다. 사람들은 넘치는 인생을 즐기는 것만으로도 바빴고 목숨을 걸었던 모든 위험한 일들은 최고의 스릴 이상 어떤 의미도 갖지 않게 되었다—헌터를 제외하고. 그게 32세기다.

정의 안색이 굳어졌다. 머릿속에 뛰어다니던 질문이 결국 입 밖으로 뛰어나간 모양이다.

"왜 그렇게 번식에 집착하냐구요. 당신이 우리를 만들었지만 우리가 당신 소유물은 아니잖습니까."

"그게 아닐 겁니다. 유명한 의학자, 교수, 사법관, 과학자, 플랜헌터, 그래요, 거기에 딱 하나만 더 넣으면 완벽하겠지요. 유명한 연예인. 그거 압니까? 그들이 없으면, 당신은 아무것도 아닙니다. 당신 자신은 아무것도 아닌 그냥 평범한 여자일 뿐이니까."

갑자기 정의 홀로그래피가 쑥 사라졌다. 기분은 찜찜했지만 마음은 훨씬 가벼웠다. 나는 내 공격에 정이 해야 할 대답을 알고 있었다. 그러나 그녀가 깨닫기 전에 알려줄 생각은 조금도 없었다. 그리고 백 번 재생하더라도 그녀는 결코 답을 알지 못할 것이다. 그녀는 그런 부류의 사람이었다.

너무나 완벽해서 껄끄러운 목소리가 나를 깨웠다. 어느새 깜박 잠이 들었나 보다.

택시에서 내리자 컴컴한 숲과 습윤한 공기가 나를 맞았다. 돔의 쾌적한 공기를 위해 조성된 인공 숲이었다. 이 정도면 플랜이 숨어 있을지도 모른다. 인공 숲이 없으면 돔이 죽고, 인공 숲이 있으면 플랜이 산다, 이게 딜레마였다.

나는 경계심을 곧추 세웠다가 갑자기 피식 새어나온 웃음 때문에 긴장이 달아났다. 짝짓기 휴가 기간이라 광선총은 반납 상태인 데다가 한 손에 쪼그만 케이크 상자를 들고 어정쩡하게 서 있는 헌터라니, 맛있게 잡아먹혀도 웃어야 할 상황이다. 그러나 곧 웃음기가 싹 가셔버렸다.

"어디가 직선거리냐!"

어이없게도 멍청한 기계 뇌가 가운데 숲을 계산에 넣지 않고 직선 측정으로 나를 내려준 것이다. 기가 막혔다. 주변엔 희미한 미등 외엔 인적도 없었다. 택시는 이미 부유 도로를 타버렸고, 길이 없는 숲을 지나갈 차가 있을 리 만무했다. 나는 할 수 있는 욕이란 욕은 다 하면서 숲길을 헤치고 들어갔다. 화가 머리끝까지 난 터라 생체컴퓨터로 다른 택시를 부를 생각은 나지도 않았다. 가뜩이나 싫은 일을 하러 가는데 이렇게 수고로워야 하다니, 짝짓기가 끝나면 〈돔〉에 대고 화끈하게 풀어줄 테다. 아니, 넷으로 운송 회사를 걸고넘어지면 회사 측에서 알아서 돔을 물고 늘어져주겠지. 개인이 상대하는 것보다 그 편이 낫겠다. 그리고 또……

그때 뭔가가 휙 내 손에서 케이크 상자를 낚아채 갔다. 나는 깜짝 놀라 펄쩍 뛰었다.

"누구냐?"

'히힛' 하는 웃음소리와 함께 '사사삭' 풀 꺾이는 소리가 들렸다. 미안하지만 이쪽은 헌터라고.

"거기 못 서!"

손끝에 잡힐 듯하던 조그만 것이 나무 위로 훌쩍 뛰어 올랐다. 그리고 뭔가 툭 머리 위로 떨어졌다. 빈 케이크 상자였다. 위를 올려다보자 하얗게 흔들리는 작은 발이 보였다. 은색 단발머리를 한 조그만 계집애가 손과 입가에 온통 벌건 칠을 한 채로 나를 보며 웃고 있었다. 그 해맑은 미소에 갑자기 힘이 쭉 빠져버렸다.

"뭐냐, 너? 율가의 꼬마냐?"

계집애는 대꾸 없이 원숭이처럼 뛰어내려 온몸으로 내 뺨에 처덕 달라붙었다가 또 잽싸게 어디론가 사라져버렸다. 모습은 보이지 않았지만 향기처럼 흥얼대는 허밍 소리가 꽤 오랫동안 귓전에 남았다.

"쳇. 대대로 가수 집안이라더니."

주머니에서 수건을 꺼냈다가 도로 집어넣었다. 거울이 없이도 내 꼴이 얼마나 엉망인지 알 수 있었고, 수건 하나로는 수복할 수 없었다.

"창……이세요? 안녕하시냐고 묻고 싶지만, 별로 그래 보이지 않네요."

천신만고 끝에 숲을 가로질러 율가의 뒷문에 다다른 나를 본 연희의 첫 인사는 이랬다.

"오다가 말썽이 있었습니다."

나는 케이크 시럽으로 끈적한 얼굴을 쓸어내렸다.

"그 정도론 어림도 없겠어요. 욕실을 안내해줄게요."

연희가 걸걸하게 웃자 큰 몸이 웃음을 따라 출렁였다. 그녀는 남자보다 더 남자 같은 여자였다. 유일하게 여성스런 점이라면 구슬처럼 크고 까만 눈이었는데, 흰자위가 거의 보이지 않아서 무척 독특하고 순해 보였다.

"이쪽이에요."

나는 널따란 욕조가 놓인 호사스런 샤워실을 보고 약간 충격을 받았다. 12세기에나 유행했을 법한 대리석 물건이었다. 나는 그 욕조가 아주 마음에 들어서 특별히 욕조 목욕까지 했다. 나와 보니 새 셔츠와 바지가 준비되어 있었다.

"창 건 아직 세탁 중이에요. 얼룩이 잘 지지 않더라구요. 못 입게 될지도 모르겠어요."

"괜찮습니다."

옷에는 희미하게 연꽃 향기가 배여 있었다. 좋아한다는 게 이런 종륜가? 취향이 나쁘진 않군.

연희는 나에게 편안한 자리와 술을 권했다. 그때까지만 해도 난 꽤 기분이 좋아져 있었다. 모든 게 자연스러웠다. 거슬릴 건 아무것도 없었다. 그녀는 내게 키스해 왔고 둔중한 다리가 내 허리에 감겨들었다. 나는 눈을 감고 본능에게 이성의 자리를 양보했다. 그러나 도무지 행위에 집중할 수가 없었다. 결국 난 반쯤 벌거벗은 상태에서 연희를 밀어내고 말았다.

"미안합니다, 난…… 난 못하겠어요."

"내가, 너무 서둘렀나요?"

"그런 게 아닙니다."

나는 고개 저었다. 연희는 몸을 떼고 어깨를 으쓱했다.

"역시 내가 좀 별로죠? 괜찮아요, 솔직히 말해도. 자주 있는 일이니까요."

그녀의 표정은 덤덤했지만 난 많이 미안했다.

"그렇지 않습니다. 이건 내 문제예요. 그러니까, 이 상황에서 이런 말이 얼마나 웃길지 알지만, 난 짝짓기에 찬성할 수가 없습니다. 왜 우리가 이런 비이성적이고 번거로운 방법을 써야만 하는 겁니까? 인공수정을 하는 편이 훨씬 편리하고 깔끔할 텐데."

연희는 잠깐 생각한 후 말했다.

"그러고 보니 이상하네요. 세균이 묻을까 봐 악수를 할 때도 항균 장갑을 애용하는데 생판 모르는 사람들끼리 살을 맞대라니 경악할 만하군요. 하지만 짝짓기가 인공수정보다 수태율이 15배가 높대요. 기형아도 방지할 수 있구요. 인공수정의 미세한 충격과 온도 변화만으로도 수정체는 심각한 손상을 입으니까요."

"아닙니다 연희 씨, 내가 궁금해하는 건 그런 게 아니라……"

다시 말을 잇기까지 시간이 좀 걸렸다.

"아무도 죽지 않는데 왜 새로운 인간이 필요한 겁니까?"

연희는 또 오래 생각했다. 난 약간 놀랐다. 강 외에 나의 정리되지 않은 생각에 진지하게 대꾸해주는 사람은 정말 오랜만이었다.

"다행이네요, 적어도 내가 싫었던 건 아니군요. 솔직히 유명세만 빼면 나 자신으로서는 별 볼일 없는 여자거든요. 물론, 자기 비하는 아녜요. 난 나로서 충분하니까. 단지, 매력적인 짝짓기 상대는 아니라는 걸 객관적으로 알고 있을 뿐이에요. 아, 왜 외모를 옵션으로 안 했냐는 얼굴이네요. 직업적인 이유예요. 가수는 눈에 띄어야 하는데 지나치게 보편적인 미모만 좇다가 오히려 몰개성해질 수도 있거든요. 그건 뚱뚱한 거보다 더 나쁘죠. 아무튼, 당신이 말한 문제에 관해서는 난 별로 생각해본 적이 없어요. 좀 더 생각해보고 나중에 대답해줄게요. 그때까지도 듣고 싶다면."

사이 띄기가 결코 없는 그녀의 말을 그래도 제대로 알아들은 건 순전히 정에게 길들여졌기 때문이다. 정은 결코 중간에 말을 쉬는 법이 없었다.

"듣고 싶을 거 같습니다만."

"그럼 여기 좀 있을래요? 빈집 관리인이 휴가를 냈거든요. 어차피 짝짓기 기간이 끝날 때까지는 돔이 눈에 불을 켜고 감시 중일 테고 난 주말 동안은 공연 때문에 비울 테니까요. 지내기 불편하지는 않을 거예요."

"좋습니다."

연희는 필요한 걸 주문할 수 있도록 하드 컴퓨터를 빌려주었다. 이쪽이 생체컴퓨터보다 화면이 커서 쇼핑에 용이했다. 나는 간단한 옷 몇 벌과 세면도구, 기호품을 주문하고 별로 급하지 않은 메일 함을 어슬렁거렸다. 그때, 디링 소리와 함께 화상통화 연결창이 떠올랐다. 본의 아니게 사생활을 침해하게 된 나는 약간 당혹스런 기분을 느끼며 연희를 불렀다.

"연희 씨 전홥니다."

막 욕실에서 나오던 연희는 느긋하게 머리를 말아 올렸다.

“내버려둬요. 별로 중요한 건 아닐 테니까. 필요한 건 다 했어요?”

“예. 산책 좀 다녀올까 하는데, 괜찮습니까?”

“물론이죠. 아, 정원석 너머로는 가지 말세요. 돌본 지가 한참이라 엉망이거든요.”

나는 이미 한 번 거쳤다고 대꾸해주었다.

“아참, 당신 직업이 헌터랬죠? 김에 순찰이라도 돌아줄래요?”

통화 버튼을 누르면서 연희가 말했다. 난 씩 웃었다.

“그럼 내게 노래해줄 겁니까?”

우리는 눈이 마주쳤고, 동시에 너털웃음을 터트렸다. 좋은 여자였다. 짝짓기를 빼고 생각한다면 더없이 즐거울 인연이다. 물론 짝짓기가 아니라면 절대 스칠 일도 없는 별천지의 사람이지만.

“생각해보죠.”

나는 문을 닫았다. 문득 문틈으로 보인 화상 화면이 어쩐지 낯익다는 생각이 잠깐 들었지만 오래 생각하지 않았다. 몇백 년을 살았는데 한 번도 보지 못한 얼굴이 몇이나 있으랴 하면서.

케이크 시럽을 닦아낸 뺨에 닿는 숲의 공기는 충분히 쾌적했다. 나는 발밑에 버석대는 흙을 킁킁대고 약간 맛보았다. 플랜이 사는 흔적은 없었다. 놈들은 사람을 주양분으로 하기 때문에 아무래도 주변의 토양에 독특한 성분들이 결핍되거나 과밀하기 마련이었다. 노련한 헌터들은 플랜이 사는 흙이 늙은 사과처럼 달고 퍼석퍼석하다는 걸 안다. 이 흙은 촉촉하고 질고 썼다.

톡……

그때 갑자기 눈바람이 휘몰아쳤다. 나는 영문을 몰라 눈을 껌벅였다.

8월에 눈이라니, 아무리 세기말의 기후 대격변이 있었다 해도 이건 좀 심하다.

사사사 쏴……

나는 손으로 이마를 가리고 하늘을 올려다보았다. 무리진 달은 휘영청 밝고 하늘은 바다 속처럼 깊고 파랬다. 눈은 마치 물속에 뿜어진 산호 알처럼 허공에서 반짝였다. 휘날린 눈이 빰에도 입에도 달라붙어서 손바닥으로 쓸어내자, 어느새 잘게 찢은 종이 조각으로 변했다. 나는 굵은 조각 하나에서 내가 잃어버린 케이크 상자의 상표 일부를 발견했다. 얼굴을 들자 그 애가 보였다.

나무 등걸에 걸터앉은 그 애는 달처럼 동그란 얼굴에 무심한 표정을 지은 채 나를 내려다보고 있었다. 그러다가 또 휙 사라져버렸다. 나는 장난기가 동했다. 잠깐 몸이나 풀까 하는 생각이 떠오르기도 전에 이미 두 다리가 움직이고 있었다.

나는 어두운 숲을 유쾌하게 내달렸다. 어둠을 볼 수 있도록 미세하게 조작된 시신경 채널을 살짝 바꾸자 밤은 우물 속처럼 어두운 초록색으로, 모든 나무와 사물은 황금빛으로 타올랐다. 그 애는 날다람쥐처럼 나무에서 나무로 건너뛰며 이동했는데 어찌나 몸이 가볍고 재빠르던지 포대처럼 허술한 상의 끝자락만 간신히 쫓을 수 있을 정도였다. 그래도 이번 나무에서 다음 나무까지는 뛰기에는 무리가 있다. 저기쯤이겠군.

"얍!"

'여기다' 라고 예상했던 곳에서 막 그 애의 옷자락을 잡으려는 찰나 발이 미끄러지고 말았다. '쿠당' 하는 느낌과 함께 황금 먼지가 사방에 피어올랐고 눈앞에 별이 번쩍였다. 나는 대(大)자로 뻗어버렸다.

잠시 후, 정교한 사슬 목걸이가 스치는 것처럼 잘강거리는 웃음소리와 작은 숨결이 뺨에 닿았다. 그 애는 땀 냄새와 숲 향기가 뒤엉킨 묘하게 자극적이면서도 싱그러운 냄새를 풍겼다. 난 정신이 있었지만 그냥 눈을 감고 가만히 있었다. 조그맣고 새털처럼 부드러운 손가락이 나를 만졌다. 이마에서 뺨으로, 코를 한번 비틀어 쥐었다가 놓고 삐죽 튀어나온 턱 언저리를 지나 목젖에서 또 잠시 그릉대는가 싶더니 마침내 쇄골과 가슴팍 사이에 다다르자 한참 동안 떠나지 않았다. 내 가슴이 거칠게 오르내리는 진동을 즐기듯이.

나는 갑자기 와락 그 애를 끌어안았다. 그 애는 깜짝 놀라는 듯 했지만 금방 조용해졌다. 너무 조용해서 이상한 기분이 들 정도였다. 그 애는 내 절반도 숨 가빠 하지 않았다.

어색한 기분에 슬그머니 팔에서 힘을 빼자 그 애는 물거품처럼, 요정처럼 순식간에 내 품을 빠져나갔다. 그러나 멀리 가진 않고 두어 걸음 물러난 정도였다. 나는 몸을 일으키고 멋쩍게 웃었다. 그 애는 말없이 나를 보다가 손을 흔들며 자기 입과 배를 가리키고 나를 가리켰다. 입 주변엔 아직 케이크 시럽이 묻어 있었다. 뭘 요구하는지는 뻔했다.

이런 시대에도 말을 못하는 사람이 있나 싶다가 문득 사생아가 생각났다. 정식 등록되지 않은 짝짓기는 난소가 검열되지 않기 때문에 장애를 가진 수정체가 그대로 체내에 남게 되는 일이 종종 있는데, 그럴 경우 신고도 곤란하고 사출도 어려워서 미숙한 자궁에서 그냥 자라게 된다고 했다. 대부분이 적은 돈으로 뒷골목에서 제거됐지만 간혹 성공적(?)으로 성장체의 삶을 얻게 되기도 하는데, 그런 식으로 돔 밖에 버려진 체로 자란 기형체의 기사가 종종 넷에 오르곤 했다. 나는 짐승에 가까운 그들의 외설스런 외모에 혐오를 느끼기보다, 어림할 수도 없는 그들의 숫자가 플랜의 확산에 얼마나 기여를 하고 있을지가 두려웠다. 다행히 이 애는 지나치게 가벼워서 사라져버릴 것 같은 느낌 외엔 외관상으로 큰 문제는 없어 뵌다. 근처에 수용시설이 있는 걸까?

"알았어."

말하지 못하면 대개 듣지도 못한다고 어디선가 들은 기억이 나서 나는 목을 크게 끄덕이는 동작도 해보였다. 그 애는 안심한 얼굴로 숲 속으로 미끄러져 들어갔다.

"숲 너머에 누가 사는지 혹시 압니까? 멀리서 골조가 보이던데."

샤워 후 뜨거운 밀크티를 홀짝이자 온몸이 다 노곤해졌다. 연희는 무심한 표정으로 고개 저었다.

"난 몰라요. 검색해보든지요."

검색한다고 나올 것 같지는 않은데.

"뭔가 있더라도 아무도 살지 않을 거예요. 거긴 이미 오래전에 버려진 구시가지인걸요. 왜요?"

"아무것도 아닙니다."

어떤 담대한 꼬맹이가—어른일 리는 없겠지—그 숲을 쏘다니는 걸까? 플랜의 위험에 대해 충분히 알려지지 않은 걸까?

"직업 정신 발휘 중인 거예요? 근방에서 플랜이 발견된 적은 한 번도 없어요. 집중 분포 지역과도 꽤 떨어져 있구요. 여기 숲은 별로 깊지가 않아서 자생할 수도 없을걸요?"

어깨 너머로 화면에 뜬 지도를 보고 연희가 말했다. 그녀는 아마 최근에 정원석을 넘어가본 적이 없는 모양이다. 그곳은 이상 기후로 인해 밀림이라고 해도 어울릴 정도가 되어 있었다. 작년 연말 데이터만 해도 숲의 너비는 무척 미미했다. 이곳을 기준으로 했다면 택시는 나를 잘못 내려줄 수밖에 없었을 것이다. 정부에 대고 시비를 걸기는 힘들겠군.

"창 전화예요~. 회선 전환해줄게요!"

연희는 어제 바로 택배로 도착한 내 하드 컴퓨터로 회선을 전환했다. 어지간한 용건이라면 휴대 전화로 걸 텐데 누구지? 라며 귓바퀴에 이어쉘(도청 방지용 화상통화 기구)을 장착하자 3차원 모니터에서 강의 초췌한 얼굴이 불쑥 튀어나왔다.

난 깜짝 놀랐지만 그녀의 형형한 눈을 보고 잠시 걱정의 말을 접어넣었다.

나는 물처럼 쏟아지는 강의 말에 어안이 벙벙한 채로 더듬더듬 답했다.

"글쎄요…… 저희도 목숨 걸고 잡느라 바빠서요. 사냥이 끝나면 남는 건 광선총에 탄화 흔적뿐이거든요. 워낙에 생명력이 강해서 잿더미 속에서도 일부라도 남아 있으면 재생하기 때문에 짓밟느라 바쁘지 일일이 확인할 틈은 없습니다."

나는 약간 망설이다가 말을 이었다.

"그런데, 그렇게 들으니까 더 그런 거 같은데…… 수컷형은 본적이 없는 것 같군요. 만디가 기준이라면 말입니다."

나는 복잡해진 미간 주름을 주물렀다.

"그나저나, 좀 실망인데요."

강은 빙긋 웃었다.

"그건 또 무슨 깨는 소립니까?"

"잠깐만요, 강."

그러나 회선은 이미 끊겨 있었다.

"일이에요?"

연희가 의자 등에 달라붙었다.

"아뇨. 그냥 친굽니다."

"꽤 어려운 얘길 하는 거 같던데요?"

"연희 씨는 일반인이니까요. 저도 당신이 노래 얘기하면서 하는 통화는 전혀 못 알아듣습니다. 중간에 말없이 노래만 하는 건 더 그렇구요."

연희는 '흐응' 하고 콧소리를 냈다. 나는 그게 그녀가 복잡하지만 별로 중요치 않은 설명을 피할 때의 버릇이라는 걸 알게 되었다.

"그 플랜이라는 거, 정말 그렇게 위험한가요? 사진을 봤는데, 꽤 매혹적으로 보이던데요? 마치 과거의 환영을 현실로 불러들인 것 같았어요. 까마득한 전설 속 괴물이 부활한 거 같기도 하고, 화석에 살을 붙여 놓은 것처럼 원시적이면서도 직관적이고."

나는 그녀의 표현이 과히 틀리지 않았다는 점에서 약간 놀랐다. 흙에서 태어난, 사람을 빼닮은 생물. 그들이 먹는 건 현세 인간이고, 그들을 키운 건 까마득한 과거를 묻어온 퇴적층, 그 대지 위다.

"직접 만나면 그런 생각은 들지 않을 겁니다. 동영상 없이 사진만 떠다니는 건 다 그럴 만한 이유가 있는 거죠. 유혹할 때야 근사하지만 잡아먹으려 들 때는 악몽이 따로 없습니다. 매번 내가 왜 이 짓에 나섰나 후회막급이죠. 인간을 주식으로 한다는 점만으로도 플랜은 인간에게 충분히 위험한 존잽니다. 거기다 플랜에게 먹힌 사람은 재생할 수도 없습니다. 그건 진짜 치명적이죠. 그리고 더 중요한 건, 먹이 피라미드의 꼭대기 주인이 바뀌고 있다는 겁니다. 먹이 피라미드는 미시적 관점으로는 단지 먹이 관계에 불과하지만, 거시적 관점에서는 종(種) 간의 권력 관계를 반영하고 있으니까요."

나는 줄줄이 흘러나온 내 말에 스스로 놀랐다. 그제야, 내 안에 자리 잡았던 불안의 정체를 깨달은 것이다. 그들이 지구의 새로운 지배자가 아닐까 하는 불안. 역사적으로 가장 결정적인 진화는 언제나 전(前) 세대에 치명적인 충격을 수반했다. 공룡에서 네안데르탈인, 그리고 호모 사피엔스 사피엔스와 신인류 모두. 아니, 망상이 지나쳤다. 강에게 옮았군.

연희는 내 이야기를 잠자코 끝까지 듣고 나서 불쑥 말했다.

"창, 과연 플랜만 사람을 먹을까요?"

"그게 무슨 소립니까?"

나는 얼얼하게 충격이 가시려는 머리에 다시 몽둥이가 다가와 있는 것처럼 간질간질한 느낌을 받았다. 연희는 마치 미스터리 영화의 주인공처럼 말에 뜸을 들였다.

"글쎄요, 방금 스쳐 간 생각인데…… 제대로 말하려면 좀 정리해야 할 거 같아요."

"그래서요?"

"에? 정리가 필요하다니까요?"

"아직 안 됐습니까?"

연희는 갑자기 웃음을 터트렸다. 꽤 예민해져 있던 나는 그 갑작스런 웃음소리에 충격을 받았다.

"창, 생각보다 성질 급하네요. 난 과학자가 아녜요. 이렇게 금방은 안 돼요. 시간이 필요하다구요. 우선 오늘 밤은 자야겠어요. 내일 일찍 K시로 떠야 하니까. 먼저 잘게요."

"…… 잘 자요."

나는 떨떠름히 인사했다. 연희는 수면 시간이 정확했다. 자기 관리도 있겠지만 곧 노화에 들어가므로—외모상으로는 전혀 알 수 없지만—생각보다 체력 소모가 심한 듯 했다. 물론 그녀 정도의 부와 명성이라면 다음 재생 따위는 별로 걱정할 필요도 없겠지. 아쉽다면 이번 생에서 번식체를 하나도 만들지 못했다는 것 정도일까? 나는 그녀가 몇 번째 재생체인지 모르기 때문에 짝짓기에 얼마나 부담을 갖고 있는지도 잘 모른다.

오늘 낮엔 케이크를 갖고 그 애와 헤어진 장소에 갔었다. 낮의 숲은 얌전하고 어딘지 모르게 허전했다. 밤의 흥분과 위협, 광란에 찬 포효는 나무껍질 밑이나 덤불 속에 던져놓고 멍청하게 졸고 있는 맹수처럼. 나는 버석 마른 바위에 주저앉아 휴대용 종이 아이스박스의 케이크가 녹아버릴 때까지—케이크는 끝까지 녹지 않았다—그 애를 기다렸다. 아무도 오지 않았다. 저녁엔 연희와 있어야 하므로 저택으로 되돌아와야 했다. 우리의 생체반응 거리가 50센티 이하가 아니라면 '돔'의 잔소리 로봇이 객쩍은 소리를 하러 올 테니 말이다. 연희와 나는 그 이후로는 짝짓기를 시도하지 않았다. 안타깝게도 내가 도무지 마음이 생기지 않았다. 차라리 아침에 샤워와 함께 배출하는 편이 훨씬 기분이 깔끔했다.

"자요?"

간신히 청한 잠에 들려는데 어둠 속에서 연희의 목소리가 들렸다. 나는 낮게 '끙' 소리를 내고 스탠드 등을 켰다.

"깼습니다. 얘기하세요."

연희는 잘강거리는 술잔을 들고 내 침대 옆에 걸터앉았다. 내 잔도 있었다. 내가 이미 마셨다고 하자 연희는 '흐음……' 하는 그녀 특유의 모호한 콧소리를 내고 가까운 탁자에 잔을 내려놓았다.

"저번에 그 얘기 말이에요. 아무도 죽지 않는데 왜 새로운 인간이 필요하냐는 거……"

나는 잠자코 그녀의 말이 이어지길 기다렸다.

"그거 역으로 생각하니까 무척 간단해지던데요? 물론, 당신이 바란 게 이런 종류의 대답인지는 모르겠지만……."

나는 계속하라고 손짓했다.

"오리지널을 가장 필요로 하는 곳이 어디인지 생각해봐요."

"사회죠."

"당신 바보예요? 물론 오리지널의 필요성을 강조하고 선전하는 건 사회죠. 각 분야에 새로운 혁신이 필요하다면서요. 하지만 그게 아니란 건 당신도 나도 알죠. 우리 사회는 이미 오래전에 그걸 포기했어요. 그런 척만 하고 있을 뿐이죠. 아니면 사람들이 지독히 혼란스러워 할 테니까. 아무도 그런 건 원하지 않죠."

"그럼 대체……"

"유전자 돔이에요."

갑자기 세게 얻어맞은 듯 머리가 띵했다. 당연히 알고 있는 줄 알았는데 실은 가장 중요한 걸 놓치고 있던 거였다.

"새로운 오리지널은 새로운 외부 자극에 대한 자연 항체를 갖고 있죠. 재생체랑 다른 점은 그거 하나예요. 우리는 재생할 때마다 그걸 옮션으로 첨부하죠. 그런데, 과연 그 옵션은 어디서 오는 걸까요?"

나는 그런 말을 눈 하나 깜짝 않고 하는 그녀가 두려워졌다.

"이건 아까 낮에 말하던 건데요. 플랜만이 포식자가 아녜요. 오리지널을 먹고 있는 건 우리예요. 그들은 우리 먹이가 되기 위해 만들어지고 있는 거라구요."

"너무, 극단적인 생각 아닙니까?"

"글쎄요."

연희는 두툼한 어깨를 으쓱했다. 그녀는 자신이 한 말의 무게를 제대로 모르는 거 같았다.

등에 진땀이 흘렀다. 나는, 굉장히 훌륭하게 살았다고는 말할 수 없지만 남에게 폐를 끼치거나 부당한 일은 하지 않는다는 나름의 긍지를 갖고 살아왔다. 그런데 세상에 존재하는 자체로 내 모든 것이 이미 죄악 덩어리였다. 어떻게 내가 플랜을 식인귀라고 욕할 수 있었을까? 나도 똑같은 짓을 하고 있었는데.

"창? 괜찮아요?"

"……연희 씨는 괜찮습니까?"

"뭐가요?"

"그런 생각을 하고도 기분 안 나빠집니까?"

"좀, 나쁘기야 하죠. 하지만 어쩔 수 없는 걸요. 난 살아 있고, 계속 살 생각이니까. 그 정도의 희생은 감수해야 하잖아요. 그리고 어차피 아무도 정말로 죽지 않잖아요. 좋은 게 좋은 거죠."

연희의 말은 옳았다. 그럼에도 나는 도무지 용납할 수가 없었다.

"왜, 그렇게까지 해서 살아야 하는 겁니까?"

연희는 코웃음 쳤다.

"그럼 죽을래요? 당신도 죽고 싶지 않으니까, 재생할 돈이 필요하니까 그렇게 위험한 직업을 선택한 거잖아요."

나는 연희에게 플랜 헌터를 택한 모순을 설명할 수가 없었다.

"곤란해할 거 없어요, 창. 누구나 살고 싶어요. 지금 가진 걸 하나도 잃지 않고, 더더욱 많은 부와, 명성과, 육체적 쾌락과 정신적인 환희를 맛보며. 어떤 시대에도 이런 일이 가능했던 적은 없어요. 우린 지금 산 채로 신의 영역으로 가고 있는 거예요."

연희의 얼굴은 빛나고 있었다. 그건 어떤 깨달음—그것이 어떤 종류건 간에—에 닿은 종류의 사람에게서 나는 빛이었다.

"그럼 말이 나온 김에 오리지널을 만들지 않을래요? 정부에선 내가 짝짓기를 해내지 못하면 내 활동 범위를 제한하겠대요. 그건 나한테 굶어 죽으란 소리죠. 그거 알아요? 최근 오십 년 간 한 명도 태어나지 않았다는 거. 당신이랑 나랑 오리지널을 만들면 '돔'에서 꽤나 반가워할 거예요. 나도 당신도 다른 때보다 더 많은 특혜를 받을 거라구요."

그녀의 혀는 뜨거웠고, 비벼오는 가슴은 천근처럼 무거웠다. 나는 거칠게 움켜쥐는 손길에 숨을 삼켰다.

"아니야, 이건 아닙니다……."

"잘난 척하지 말아요. 우린 모두 공범이에요."

나는 연희를 뿌리쳤다. 연희는 붙잡지 않았다. 다만 그녀는 차갑게 벼려진 말을 던졌다.

"그렇게 혼자 순결한 척할 거면 차라리 죽어버려요. 그게 제일 깨끗할 테니까."

연희의 마지막 말은 내 속을 너무 깊게 찔러서 피를 흘릴 틈도 없이 숨부터 막혔다. 어느새 나는 공중전화에 매달려 강에게 전화를 걸고 있었다.

"깨워서 미안합니다, 강. 하지만……"

꼴불견이란 걸 알지만 울먹임이 새어나오는 걸 막을 수 없었다.

"강, 우리는 왜 사는 겁니까? 미래를 잡아먹어가면서까지 여기 살아 있는 이유가 뭐죠?"

내가 고개를 끄덕이자 잠시 화면이 영화처럼 어두워졌다가 다시 밝아졌다. 잠깐 사이에 강은 한결 산뜻해진 얼굴이었다.

나는 연희와의 이야기를 간략하게 들려주었다. 강은 가끔 고개를 끄덕이고, 가끔은 가로 젓고, 또 여러 번 한숨을 쉬며 끝까지 들었다.

"어떻게, 그렇게 냉정하게 말할 수 있는 겁니까? 여자들은 다 그런 건가요? 아무런 죄책감이나 두려움 같은 거 안 듭니까?"

"욕망이죠. 더 많은 돈, 명예, 쾌락…… 그런 끔찍한 탐욕들, 그리고 죽음에 관한 공포. 더 뭐 있습니까? 희생, 박애? 얼어 죽으라고 하십쇼."

강은 쓰게 웃었다.

"그건, 누군가 우리가 계속 삶을 갈구하기를 원하고 있다는 겁니까?"

입 안이 바싹 말랐다.

나는 강이 하는 말을 도무지 이해할 수가 없었다. 나에겐 너무 복잡했고 충격적이었다.

"강, 난 총이나 쏘고 플랜이나 때려잡으면서 사는 사람입니다."

강은 혀를 찼다.

인구가 줄면 없어지리라 예상했던 기아도 여전히 강력해. 먹을 사람도 줄었지만 일할 사람도 똑같이 줄었기 때문이야. '돔' 안에선 일거리가 없다고 난리지만 '돔' 만 나가면 그런 일투성이라고. 인류는 그렇게 종의 마지막을 향해 걷고 있어. 지금 오리지널 어쩌고 하는 건 내 눈엔 어리석은 발악으로 보여.〉

"왜…… 왜 그렇게 된 겁니까?"

나는 흥분과 충격으로 어깨를 들먹이고 있었다. 원치 않았는데, 눈물이 쏟아졌다. 제길, 자기 전에 술을 마신 탓이다. 그래, 그 탓이야.

"대체 누가 우리를 개체로 정의하며 효용성을 따지는 겁니까? 신? 우주? 그런 게 존재하는 거였습니까?"

그때 나는 낮은 허밍 소리를 들었다. 극도로 몰려 있는 내 신경을 부드럽게 다독이는 투명하고 엷은 음색이었다. 나는 수화기를 떨어트리고 그리로 달려갔다. 뒤에서 강의 목소리가 내 발목에 걸렸다가 힘없이 스러졌다.

나는 그게 강과의 마지막 통화가 되리란 걸 몰랐다. 그때 내 머릿속엔 온통 그 애 생각뿐이었다. 작고 투명한 사랑스런 손가락, 아직 세상 어떤 더러움도 모르는 순결한 미소, 웃음소리, 지친 마음을 위로하는 나직한 노래…… 사생아라도 좋다. 그 애가 무엇이라도 좋았다. 지금 그 작은 몸을 내 몸으로 품을 수 있다면.

나는 엿가락처럼 늘어진 시간의 선로에서 머뭇거리던 열차가 가속 페달을 밟기 시작한 걸 느꼈다. 내 심장이 놈의 엔진이었다. 열차는 그 애를 찾아 달렸고, 창밖으로 스쳐 가는 풍경을 가늠할 틈도 없이 목적지에 다다라 있었다.

"안녕?"

나는 어색하게 인사하고 그게 멋쩍다고 느낄 틈도 없이 작은 팔 안에 안겼다. 그 애는 내 어깨에 달라붙어 조그만 손으로 내 머리를 감쌌다. 숲의, 태고의, 그 오래고 신비로운 향이 가슴으로 스며들며 날뛰는 숨을 안정시켰다. 어떻게, 그 애가 있는 곳을 찾아냈는지 모른다. 어떻게 그 애가 나를 찾아냈는지도 모른다. 그러나 난 그 애의 향기를 가슴 깊이 빨아들이는 것만으로 천국에 다다른 기분이었다.

그 애는 천천히 나에게 입을 맞췄다. 그 애의 입술은 체리 셔벗보다도 달고 부드럽고 시원했다. 내 몸을 더듬어 확인하는 손가락들도 싫지 않았다. 이미 단단히 발기된 내 성기는 어떤 거리낌도 죄책감도 없이 그 애를 원하고 있었다. 그 애는 내 몸에 달라붙은 채로 천천히 너무나 자연스럽게 나를, 내 모든 것의 원자의 뿌리까지 받아들였다. 나는 나른한 충족감에 휩싸여 눈을 감았다.

ж

그리고 다시 정신을 차린 것이 바로 지금의 상황이다. 술이 깬 후 감각이 더 날카로워지는 것처럼 몽환향에서 깨자 모골이 송연했다. 시야는 뭔가에 붙들린 채 고정되어 있었지만 주변에 울리는 처덕 소리와 기이하게 움직이는 덩굴의 사각거림이 내가 어떤 상황에 처해 있는지를 깨닫게 해주었다. 나는 지금 플랜의 손아귀에 놓여 있었다. 꼼짝도 할 수 없이.

"이런."

내 눈앞의 천진한 얼굴은 그대로였다. 나는 녀석의 낮은 허밍 소리를 들었다. 플랜이 노래한다는 건 본적도 들은 적도 없다. 놈들의 성대는 그만큼 발달해 있지 않았다. 웃음소리도 목과 머리의 연결점인 연수부분—인간으로 설명하자면—의 개공구에서 간신히 나오는 거였다. 게다가 분명히 녀석에겐 다리가 있었다!

〔안녕. 창. 당신이. 내게. 준다고. 했어요.〕

그 애의 뺨이 내 뺨에 닿았다. 몽환향이 덜 깬 걸까? 나는 마치 그녀의 노래가 사람 말소리처럼 들렸다. 발음도 부정확하고, 어떤 말을 사용하는지도 구분할 수 없지만 전달하고자 하는 내용만은 뚜렷했다.

〔안녕. 창. 당신이. 내게. 준다고. 했어요.〕

"무슨 소리야?"

〔안녕. 창. 당신이. 내게. 준다고. 했어요.〕

그리고 그 애는 내 귀에 키스하고 천천히 물어뜯었다. 나는 그제야 알았다. 그 애는 제 입과 배를 가리키고 나를 가리켰었다. 그건 케이크에 대한 것이 아니었던 거다.

"아니……야……."

나는 그 애의 얼굴이 천천히 아주 낯익은 형태로 변하는 것을 보았다. 죽기 직전의 환영처럼 강이 나를 보며 미소 짓고 있었다. 푸근한 입매와 밤샘 덕에 까칠해진 피부, 왼쪽으로 고개를 살짝 기울이는 버릇, 모든 것이 강 그대로였다. 그러나 어딘가가 어색했다. 눈이었다. 무지개 빛으로 난반사 되는 눈동자, 그건 강의 연구실에 있는 플랜의 눈이었다. 순간 환영은 최고의 악몽으로 탈바꿈했다. 강의 얼굴과 플랜의 눈을 한 그 애의 빨간 입 안에서 내 귀였던 고깃덩이가 쩍쩍 씹히고 있었다.

"……안 돼……."

충격과 공포는 몽환향에 가로 막혀 꼭 닫힌 창밖의 바람처럼 비명을 질렀다. 그때 갑자기 날카로운 소음이 심장을 꿰뚫었다. 나는 까마득한 심연, 검의 무의식의 바다가 물결치는 속으로 떨어져 내리는 것을 느꼈다. 나는 내가 죽었다는 걸 알았다. 모든 것이 사라졌다. 모든 것이.

ЖС

믿을 수 없게도 내가 다시 눈을 뜬것은 연구소였다. 엷게 바랜 천장 색과 낯익은 인테리어로 나는 이곳이 강의 개인 연구실임을 알았다. 내 곁에는 미완이 서 있었다. 연희도 함께였다.

"어떻게 된 거지? 나 플랜한테 먹히지 않았나?"

내 심장은 아직 생생한 죽음의 충격으로 떨고 있었다.

"아, 음……. 다행히 맛보기 시작할 때 뺏었어요. 방법이 좀 거칠었지만."

미완은 빈 손가락으로 총 쏘는 흉내를 낸 다음 어색하게 어깨를 으쓱해 보였다.

"에…… 저…… 플랜이 전부 먹어치우기 전에 그냥 둘 다 쏠 수밖에 없었어요. 이해하세요. 도저히 떼어낼 수가 없었거든요."

나는 미완의 목소리가 묘하게 엇나가는 걸 느꼈다. 미완 탓이 아니라 내 귀 탓이었다. 오른쪽 귀가 없었다.

"음…… 그러니까…… 녀석이 당신의 귀를 물어뜯더군요. 그쪽엔 이미 플랜의 독이 퍼져서 재생하더라도 몸이랑 따로 놀 거라서…….
아…… 음…… 그래서 지금 인공형의 본을 뜨고 있어요. 곧 평소랑 똑같아질 거예요."

"어떻게 된 건지 누가 설명 좀 해보시죠."

나는 그런 설명에는 강이 제격이라고 생각했는데 어쩐지 그녀의 모습이 보이질 않았다. 대신 미완이 답했다.

"에…… 그게…… 어디서부터 말씀드려야 할지 모르겠는데, 일단 제가 당신을 구했어요. 어떻게 제가 거기 있었냐면…… 음…… 연희의 전 짝짓기 상대가 저였거든요. 저는 그전부터 이미 연희의 열렬한 팬이었기 때문에 정말 기뻐했는데, 실패로 끝나자 또 만날 길이 막막해졌죠. 흠…… 제 월급으론 연희가 있는 곳까지의 편도 요금밖에 안 됐어요. 그래도 있는 돈을 다 끌어 모아서 그녀의 모든 공연과 스케줄을 따라다닐 수밖에 없었죠. 에…… 저는 정말로 그녀를 사랑하니까……."

나는 사랑이란 건 믿지 않지만 적어도 미완이 어떤 기분으로 그 일들을 했을지는 조금 짐작할 수 있었다. 그래서 그날 강의 온실에서 그렇게 나를 노려본 거였군.

"음…… 아무튼…… 당신은 운이 좋았어요. 당신이 숲으로 사라져버렸을 때 마침 강이 근처에 있는 저를 불렀어요. 진짜…… 타이밍이 좋았어요."

나는 그때 이야기는 더 듣고 싶지 않았다.

"강은 어디 있습니까?"

"그게……."

미완은 선뜻 답하지 못했다. 나는 속으로 차분히 최악의 일들을 상상했다. 이렇게 하면 어떤 일을 마주하건 간에 꽤 완충제 역할이 됐다.

"에…… 창이 일어날 수 있게 되면 녹화 칩을 보여드릴 생각이에요. 저도 제 눈을 믿기 어렵지만……."

나는 연희를 넘겨다보았다.

"당신은 봤습니까?"

연희는 고개 저었다.

"전 일반인인걸요."

나는 '끙' 소리를 내며 몸을 일으켰다.

"지금 봅시다."

"잠깐, 창은 좀 더 쉬셔야……."

"괜찮습니다."

지금의 내 신경으로서는 이 불길한 긴장을 버텨내는 것만으로 녹초가 될 지경이다. 매를 피할 수 없다면 차라리 먼저 맞는 편이 나았다.

미완은 나를 부축해 영상실로 인도했다. 영상실은 곤충 눈의 내부에서 밖을 보는 것처럼 한 번에 마흔 여덟 개의 각도에서 자료를 살펴볼 수 있도록 설계되어 있었다.

"저…… 미리 말씀드리지만…… 녹화 상태가 조악해요. 전파 장애라도 있었는지 중간에 3분 정도 노이즈만 나올 거예요. 다른 카메라를 확인해봤는데 연구동 전부, 아니 돔 전체가 시스템 다운을 일으켰더군요."

나는 미완의 설명을 제대로 들으려 노력했지만, 미간에 땀만 맺힐 뿐이었다.

"흠…… 혼자 계시는 게 나을 거 같네요."

그는 컴퓨터에 필름 칩을 투입하고 문을 닫고 나갔다. 잠시 후 나는 온실에 서 있는 강의 모습을 볼 수 있었다. 잠옷인지 작업복인지 구분 불가능한 구깃구깃한 흰옷은 분명 내가 통신기를 집어던지고 숲으로 달려간 그날 밤의 것이었다. 나는 화면 하단에 뜨는 녹화 시간으로 그게 강이 나와의 통화를 끊은 직후라는 걸 알았다.

혼자 있는 강은, 마치 사람에게 하는 듯이 플랜에게 말을 걸고 있었다. 눈을 감고 하늘거리며 플랜은 물 밖에 나온 붕어처럼 입을 뻐끔댔다. 성대가 없어서 입을 움직인다는 건 별 의미가 없었지만 놈들은 일부러 인간 흉내를 내고 있었다. 나는 묘한 동정심과 함께 찜찜함을 느꼈다. 그렇게까지 해서 놈들이 얻고자 하는 게 무얼까? 그들은 왜 우리와 소통하려 하는 걸까? 강의 말처럼 놈들이 우리를 닮은 건 단순한 사냥의 미끼 차원이 아니라, 그러지 않으면 안 될 어떤 이유가 있는 거였을까? 네안데르탈인과 호모사피엔스사피엔스가 원숭이와 고릴라만큼 유전적 구조가 다름에도 비슷한 형태를 가지고 어느 한 접점에서 서로 소통했던 것처럼—그게 대립이건 친화건 간에.

나는 숨을 죽였다. 만약에 그렇다면 대체 왜, 어떤 이유인지 설명해 줄 수 있는 것은 이 화면밖에 남지 않았다.

화면 속의 강은 홀린 듯이 플랜을 응시하고 있었다. 어느 순간부터 화면에서 이명 같은 것이 들렸다. 나는 스피커 볼륨을 높였다. 노이즈가 심했지만 이명이 아니라 분명 노랫소리였다. 놈이, 플랜이 노래하고 있었다. 나는 그 음조의 의미를 알고 있었다.

강은 플랜에게 가까이, 위험할 정도로 가까이 다가갔다. 놈은 강을 현혹하고 있었다. 분명했다.

"들으면 안 돼요, 강. 들으면 녀석이 당신을……."

나는 숨을 삼켰다. 놈이 강을 잡아먹을 거라는 예상은 다행히 빗나갔다. 강은 흔들리면서 천천히 플랜에게서 물러났다. 그리고 잠시 생각하더니 다시 플랜에게 다가갔다.

강은 팔을 펼쳤고, 플랜은 그녀를 허공으로 안아 올렸다. 거기서부터는 카메라 밖이라서 보이지 않지만 희미하게 쥐어뜯기는 소리와 화면 안으로 툭툭 떨어지는 고깃덩이—이전에 강이었던 조각—를 볼 수 있었다. 나는 눈을 감았다. 강을 먹으면서도 플랜은 노래하고 있었다. 그건 입에서 나는 소리가 아니라 놈의 몸 전체, 연구실, 건물 외관, 돔, 그 주변을 둘러싼 모든 숲, 그 아래 지저 속 원시 대지가 부르는 노래였다.

그 순간, 내가 놈에게 귀를 깨물리던 순간 강은 놈에게 먹히고 있었고 온 세상이 플랜의 노랫소리로 가득 차 있었다. 다른 어떤 소리도 그걸 꿰뚫고 들어올 순 없었다. 다른 어떤 소리도 그보다 더 강력하게 세상을 지배할 수는 없었다. 화면은 꺼졌다. 미완이 말한 3분간의 공백 부분이었다. 화면은 없지만 나는 그 안에서 벌어진 일들을 알고 있었다. 이제 강은 어디에도 없다. 마취에서 덜 깬 심장에 뻐근한 상실감이 전해져 왔다.

"그게…… 흠…… 우리가 너무 방심했던 거예요. 우린 우습게도 저 놈이 강을 좋아하고 있다고 착각하고 있었어요. 강도 그랬죠. 그녀는 플랜과 소통한다는 착란에 빠져 있었어요."

어느새 미완이 곁에 서 있었다. 나는 콧물을 훔쳤다. 미완은 굳이 내 쪽을 보지 않았다.

"놈은…… 어떻게 됐습니까?"

"우리가 발견했을 때, 저 플랜은 말라죽어 있었어요. 미라처럼 바싹. 내부엔 식물과 똑같은 물관만 즐비하더군요. 그건 약간 예상외였지만요. 창이 궁금하시다면 나중에 연구실에서 보실 수 있도록 조처해둘게요. 대신 한 가지 굉장한 걸 발견했죠."

나는 그가 내미는 사진을 보았다.

"소름 끼치게도 놈들은 땅 밑에 거미줄처럼 얽힌 균사로 그들만의 통화 수단을 갖고 있었어요. 우리가 과거에 가졌던 유선 전화망처럼요. 아니 유기적인 형태와 정교함에선 놈들이 앞서요. 놈들은 균사를 통해 서로 양분을 교환한 흔적도 있었어요."

나는 미완의 말이 별로 놀랍지 않았다.

"우리는 당신이 재생하는 동안 균사의 행방을 쫓았어요. 연구실 벽에는 거대한 유기체 지도가 펼쳐졌죠. 그게 어디까지 닿아 있는지 아세요?"

듣지 않아도 알 수 있었다.

"그 숲입니까?"

"바로 맞아요. 연희 씨 댁이었죠."

미완과 연희는 서로 마주 보았다.

"우리는 놈들이 미리 눈치 채고 숨지 못하게 신중하게 헌터를 배치하고 균사 마디에 동시 다발적으로 산성액을 부었어요. 그야말로 전면전이었죠. 창이 그 광경을 보지 못해 무척 아쉬워요. 땅을 온통 파헤친 덕분에 송전관까지 건드려서 반나절간 '돔'의 기능이 정지했지만, 완벽한 안전에 비한다면 작은 대가죠."

"과연, 완벽할까요?"

나는 한숨을 내쉬었다. 제발 맞지 않기를 빌었지만 뇌가 지끈지끈한 이런 종류의 예감은 절대 빗나가지 않는다.

"놈들은, 양분 말고 다른 것도 이동시킬 수 있었을 겁니다."

"무슨 말씀이신지……."

"놈들은 영양분뿐 아니라 몸 전체를 이동했어요. 식물 주제에 어떻게 그렇게 신출귀몰할 수 있었는지 이제 알았습니다. 연구실의 플랜은 말라죽은 게 아니라 여길 떠난 겁니다. 놈들은 분명히 사람을 씹어서 양분화하죠. 그건 기타 소화 기관이 있어야 마땅하다는 뜻도 됩니다. 그냥 물관뿐이란 건 말이 안 되죠."

"믿을 수 없어요! 그런 건 말도 안 돼요! 그럼 놈은 왜 일부러 여기에 잡혀 있었던 거지요? 언제든 나갈 수 있는데?"

나는 어깨를 으쓱했다. 미완은 플랜에게 농락당한 분통을 나에게 터트렸다.

"당신은 거짓말을 하는 거예요! 강에게 상상병이라도 옮은 건가요?"

"강이 옳았습니다. 놈에겐 상식보다는 상상력을 적용시키는 편이 낫습니다. 낡은 껍질은 버려두고 중요한 알맹이만 분해해서 균사를 통해 이동 후 재조합한다면 발이 없어도 무척 안전하고 효율적인 이동이 됐겠죠. 게다가 제가 최근에 만난 놈은 본체와의 분리도 가능했습니다. 물론 장시간은 아니었지만."

그 애가 나무 사이를 건너뛸 때 분명히 식물 부분은 없었다. 그러나 놈이 나를 먹을 땐 분명히 플랜이었다.

"저를 쏜 전자총 지금 갖고 있나요?"

미완은 주저하며 총을 내주었다. 나는 총신에 저장된 최근 사용 기록을 불러내고 녹음 칩의 나머지 부분을 재생했다. 강을 잡아먹고 무거운 연기처럼 바닥으로 살포시 내려앉은 플랜은 천천히, 천천히 말라가고 있었다. 나는 화면 아래의 시간을 확인하고 총신의 사용기록과 대조했다. 역시 녀석이 나를 잡아먹던 시간과 겹쳐졌다.

"후……."

절로 한숨이 났다. 나는 강으로 변하는 녀석의 얼굴과 난반사되는 눈동자를 똑똑히 기억하고 있었다.

"믿기 어렵겠지만 저를 잡아먹는 순간 놈의 모습이 변했습니다. 천천히 여기 연구실에 있던 플랜의 모습으로."

나는 놈의 외관이 강을 빼다 박았다는 말을 하지 않았다. 그냥도 미친 소리를 더 신빙성 없게 만들 수 있는 어떤 말도 보태선 안 됐다.

미완은 여우에 홀린 듯한 표정이었다.

"정말로 무슨 일이 일어났는지는 직접 거기 가 보면 알게 될 겁니다."

나는 '끙' 하고 몸을 일으켰다. 미완은 그제야 정신을 차렸다.

"안 됩니다. 창은 아직 몸이……."

"지금 몸 운운할 때가 아닙니다. 이건 인류 전체의 존망이 걸린 문젭니다."

"이번엔 당신이 너무 확대 해석하는 거 아녜요?"

내내 잠자코 있던 연희가 항의했다. 나는 어깨를 으쓱하고 환자복을 갈아입었다. 새 육체는 새 옷처럼 뻣뻣했지만 활력이 넘쳤다.

숲은 거의 초토화 상태였다. 곳곳에 플랜을 사냥하느라 태운 자국이 역력했지만 주변에 흩어진 흙더미로 보아 진짜 플랜을 잡은 게 아니라 균사를 처리하고 남은 흔적이라는 걸 알 수 있었다. 나는 내가 그 애—혹은 그것—를 만난 자리를 찾았다. 얼마 떨어지지 않은 곳에서 주변에 격자무늬로 난사 된 광선총의 흔적을 찾아낼 수 있었다.

"뒤처리는 제가 했어요. 방법은 대강 알고 있으니까요."

뒤쫓아 온 미완이 말했다. 그는 나름 해냈다는 것에 뿌듯한 얼굴이었다.

나는 허리를 굽혀 흙을 움켜쥐었다. 버석하고 달큰한 냄새가 났다.

플랜이 사는 냄새였다.

"놈을 잡은 즉시 불태웠습니까?"

"예? 물론이죠. 아, 잠깐…… 태우기 전에 당신 뇌부터 척출했어요."

어째 재생 시간이 지나치게 짧더라니.

미완은 내게 감사의 인사를 원하는 듯했지만 난 전혀 고맙지 않았다.

"미숙한 플랜 헌터가 어떻게 당하는지 압니까?"

"네?"

"사냥에 만족하고 잠깐 방심한 틈에 남은 찌꺼기에서 재생한 놈에게 당하는 사례가 가장 많죠. 놈들의 생명력은 그만큼 강력합니다."

나는 신발 끝으로 주변의 흙을 헤쳤다. 놈은 분명히 남아 있었다. 헌터도 아닌 비전문가가 놈들을 뿌리 끝까지 제대로 처리했을 리 만무하다. 그럼 놈은 미완이 내 뇌를 꺼내는 틈에 재생해 우리를 공격했어야 옳았다. 그러나 놈은 그러지 않았다. 그럼 분명히 뭔가 다른 일에 정신이 팔려 있었던 거다. 모든 생물에게 위기 상황이 닥쳤을 때 최우선시하는 일. 아마도 번식이겠지. 젠장. 범죄 현장으로 돌아온 범죄자가 이런 기분일까?

"역시."

내 발 앞에는 설치류가 저장해 둔 도토리 같은 것들이 잔뜩 드러나 있었다. 완벽한 원은 아니지만 거의 원에 가깝고 뾰족한 돌기 때문에 씨앗처럼 보이는 그것들은 은색으로 보얗게 반짝였다. 그 애의 머리색과 겹쳐 보이는 건 지나친 생각일까.

미완이 허리를 굽혔다.

"이게 뭐죠? 알? 씨앗?"

"뭐든 간에 적어도 지금까지 우리가 알던 어떤 종류의 것도 아닐 겁니다. 놈들은 지금 이 순간도 진화하고 있습니다. 처음 갓난애 모습에서 성체로 진화했듯이."

나는 견본으로 하나를 굴려내 파삭 밟았다. 끽 소리와 함께 끈적한 진액과 엷은 초록빛의 물풀 같은 것이 터져 나왔다.

"뭐든 간에, 냄새 한번 지독하네요."

따라온 연희는 코를 싸쥐고 물러났다. 미완과 내 눈이 마주쳤다. 미완이 먼저 얼굴을 붉히며 고개를 떨어트렸다. 그건 정액 냄새였다.

"그럼 이게 플랜의 종자란 말입니까?"

뒤늦게 도착한 연구진은 씨앗을 보자 뛰지도 않고 숨을 헐떡였다. 나는 그들을 내버려두고 땅을 해쳐 플랜의 씨앗을 모두 파냈다. 그리고 출력을 높인 광선총을 그 위에 난사했다. 하얀 연기와 붉은 섬광이 지면에 넘실댔다.

"지금까지 놈들의 번식 방법을 알아내지 못한 건 우리가 멍청했던 게 아니라 놈들에게 '번식법'이 아직 존재하지 않았기 때문입니다. 그리고 이제는 존재하죠."

"어떻게 이런……."

미완은 인정할 수 없다는 듯 몇 번이나 고개 저었다. 밤잠을 설쳐가며 강 옆에서 함께 플랜의 생식을 관찰하던 게 그였으니 그럴 만도 했다.

"잠깐, 견본을 좀 놔두지 그랬소. 연구소에 가져가면……."

연구진의 멍청한 소리에 나는 턱을 꽉 물고 무뚝뚝하게 답했다.

"두 번 다시 위험한 장난질은 안 됩니다. 이미 그쪽도 피를 볼 만큼 봤잖습니까?"

"당신은 일개 헌터요. 우리가 당신 말에 따라야 할 필요는 없소."

"저도 그쪽 말에 따라야 할 필요 없습니다. 제 임무는 플랜 말살이니까요."

하얗게 타버린 씨앗 더미 앞에서 망연자실한 미완과 연구진을 두고 난 헌터 회선 전체를 열어서 동료 플랜 헌터들에게 씨앗에 관한 새로운 정보를 전했다. 연구진의 플랜 말살이라는 위대한 성과에 실직을 우려하고 있던 모두는 예상한 만큼의 경악과 환호—무엇에 관한?—로 나에게 답신했다.

"이 숲은 우리가 처리하도록 하죠. 아직 수백 개는 더 있을 겁니다."

정액에 들어 있는 정충의 수가 정확히 얼만지는 모르지만 최소한 몇만 마리다. 분명 씨앗은 그만큼 존재할 테고, 지금 태운 씨앗은 고작 100여 개에 불과했다. 나머지 씨앗은 균사망(菌絲網)의 유기통로가 태워지기 전에 이미 사방으로 퍼져나갔으리라.

"창, 어째서……?"

미완의 얼굴에 의문이 떠올랐다. 어떻게 그렇게 잘 아느냐는 불안하면서도 의아한 표정이었다. 나는 그의 눈을 피했다. 나로선 대답할 수 없는 일이었다.

지시 사항을 나눈 30분 뒤, 그냥도 무너진 철골 구조물처럼 흉측하던 숲은 아무것도 남지 않을 정도로 참혹하게 유린되었다. 숲이 없으면 '돔'이 죽고 숲이 있으면 플랜이 산다. 나는 헌터들 사이의 농담을 떠올리고 착잡해졌다. 왠지 스스로의 숨통을 조이는 어리석은 싸움을 시작한 기분이었다. 그러나 결코 기권할 수는 없었다.

새벽녘에 지친 몸으로 다시 연구실로 돌아온 나는 병상으로 가야 한다는 미완의 만류를 뿌리치고 영상실에 주저앉았다. 그리고 전날에 보았던 녹음 칩을 재생했다. 낮은 노래 소리, 노이즈, 찌걱찌걱 씹는 소리와 피가 사방에 흥건하고……

"어?"

나는 잠깐 재생을 멈추고 2, 3초간을 되돌렸다.

강은 팔을 펼쳤고, 플랜은 그녀를 허공으로 안아 올렸다. 강이 플랜에게 안기기 직전 카메라 쪽을 보았다. 나는 그녀의 입술을 읽었다.

갑자기 우주 밖으로 튕겨진 듯한 무시무시한 막막함이 온몸을 휩쓸었다. 노이즈처럼 미세하게 시작된 플랜의 노래가 어느새 거대한 합창이 되어 사방에 울리고 있었다. 나는 지구 한구석에서 작은 씨앗이 싹을 틔우고 줄기를 뻗고 잎을 살랑이며 사람처럼 춤추는 것을 보았다. 놈들의 출현으로 인류가 공들인 지표 포장은 속절없이 뒤집히고, 타르 찌꺼기 밑에서 창백하게 썩어가던 대지는 발가벗고 햇살과 입을 맞추었다. 댐에 가로 막혀 있던 강은 유쾌하게 바다를 향해 내달리고 멸종했던 열대 나비가 날아올랐다. 창 너머 세상은 플랜의 눈처럼 아프도록 오색 찬란한 빛으로 가득했다. 아직 미완성이었지만 나는 그게 다음에 올 새로운 지구라는 것을 알았다. 그리고 거기 핀, 지상 전체를 뒤덮은 새로운 지배 종은 우리 인간이 아니라 사람의 상체와 식물의 하체를 가진 꽃들이었다.

뚜—

재생이 끝나고 태고의 밤처럼 새카만 어둠이 화면을 물들였다. 나는 어느새 연구실 구석에서 땀으로 흠뻑 젖은 몸을 웅크린 채 귀를 막고 있었다. 강이 필요했다. 이런 이야기쯤은 '상상력이 조아하다'며 가볍

게 비웃어 넘겨줄 그녀의 유쾌한 목소리가 필요했다. 하지만 강은 어디에도 없다.

강, 그건 대체 무슨 뜻이지?

뭔가 절대로 알고 싶지 않은 두려운 현실이 살금살금 내 등을 덮쳐오는 것만 같다. 그때 불쑥 생체컴퓨터의 저장 메시지 신호가 새빨갛게 번뜩였다. 나를 흠칫 놀랐다. 동료 헌터였다.

나는 갑자기 어지러움을 느꼈다. 과연 내일의 나는 무엇과 싸우게 되는 걸까.

* 〈환상진화가〉는 네안데르탈인과 호모 사피엔스 사피엔스가 유전적 구조가 다르다는 학설을 바탕으로 씌어졌습니다.

조 개 를 읽 어 요

배 명 훈

배명훈 1978년생으로, 서울대학교 외교학과에서 제1차세계대전을 전공했다. 2005년 제2회 과학기술창작문예 단편 부문에 〈Smart D〉가 당선되면서 SF 작가로 데뷔했다. 공동소설집 《누군가를 만났어》가 있으며, 국내 SF 작가에게 주어지는 거의 모든 지면에서 활동하고 있다.

"교수? 영감님이? 자기가 그래? 그럴 리가 없는데. 우리는 그냥 선생님이라고만 불렀는데. 아, 이 나이에 내가 선생님이라고 부르는 거 보고 어느 학교 선생님일까 고민하다가 교수쯤 될 거라고 생각했구나. 글쎄. 교수라. 내가 모르는 사이에 어디 가서 학위라도 따 왔나? 모르긴 해도 저 양반 어디 한군데 머물러 있는 꼴을 못 봤는데 그런 직함을 가질 수 있을까? 응. 맞아. 응. 글쎄, 나도 그게 궁금하긴 해. 세미나 간다 그러면서 한번씩 어딘가 갔다 오기는 하는데, 무슨 세미나에 가서 무슨 이야기를 할 게 있다고 그렇게 나다니나 몰라.

아무튼, 영감님을 어떻게 만나게 됐냐고 물었지? 그냥, 한국에서 만났어. 우리 동네에 조개 무덤이 있었거든. 신석기 시대 조개 무덤. 우리야 뭐 만날 다니면서 봐도 아무 느낌도 없었지만 그 동네 대학 고고학과 이런 데서는 거기 되게 좋아하는 그런 데가 있었어. 만날, 봄에 꽃피고 그러면 몰려 와가지고 뭘 해 먹는데. 나중에 축젠가 뭔가 한다고 플래카드 붙여 놓고 동네 사람들한테 뭐 파는 거 보니까 걔들이 해 먹던 게 그게 신석기 시대 요리였대.

그래. 그렇다니까. 그걸 어떻게 하는 거냐 하면은, 일단 돌을 이렇게 둥그렇게 쌓아요. 좀 높게 이렇게 쌓아가지고, 그 밑에다가 이제 불 땔 걸 주워서 넣는 거지. 그 다음이 중요한데, 해보면 알겠지만 돌을 그렇게 둥글게 쌓아놓으면 냄비를 걸치기가 참 힘들어. 걔들 비결이 뭐냐면은, 빗살무늬토기를 쓰는 거 있지.

그거 알아? 빗살무늬토기? 옆에 이렇게 조악하게 빗금무늬 있고, 아래쪽이 이렇게 뾰족하게 튀어나온 거 있지. 내가 어렸을 때 그 옆 박물관에 가끔 화장실도 이용하고 하느라고 다니면서 보면, 아, 저렇게 생겨먹은 그릇은 어떻게 세워놓고 쓰는 거야? 뒤집어서 뚜껑으로 쓰는 거야? 그런 생각밖에 안 들었는데, 그때 보니까 그게 왜 그렇게 생겼는지 알겠더라.

근데 무슨 이야기를 하고 있었더라?

아, 영감님 처음 만났을 때. 영감님 처음 만났을 때, 그래, 거기가 그런 데였어. 대학 고고학과 학생들이 신석기 식으로 조개 삶아 먹고 소주도 퍼 마시고 하는 데였는데, 스무 살 갓 됐을 때였어. 어느 날 거기를 지나가는데, 어떤 시커멓게 생긴 사람이 거기를 이렇게 기웃거려. 영감님이 좀 수상하잖아 왜. 그 양반은 왜 그렇게, 사람이 수상하게 구는지 몰라. 지난번에 영국 가서도 왜, 혼자 검문당하고 그랬어. 아무튼 교수는 못 해먹을 양반이지.

내가 이렇게 빤히 쳐다봤지. 그때만 해도 외국인들이 많이는 안 보였거든. 그래도 그때 벌써 외국인들이 많이들 들어오기는 했을 거야. 우리 동네에서 버스를 타고 이렇게 가면은 그쪽에 공단이 이렇게 있었다고. 공단은 있는데, 주변에 공장에서 일한다는 사람은 별로 없었지. 그럼 그 공장 다 누가 돌려? 기계로 돌리면 좋겠지만, 그 기계 살 돈 있으면 공장 건물 페인트칠이라도 한번 단체로 싹 해줬으면 좋겠다 싶은 생각이 우선 들대. 그 동네가 그래서 동남아 쪽에서 온 사람들이 많았다고.

물론 영감님은 인도 사람이지. 인도 사람이거나 말거나 그 어린 나이에 내가, 어느 나라 사람인지 알 리가 있나. 수상하게 생긴 사람이 거기를 왔다 갔다 하는데, 뭘 그렇게 열심히 적어. 그런 데에 조개 삶아 먹는 거 말고는 뭐 볼 게 있나 싶어서 그 양반을 빤히 쳐다봤지. 내가 보고 있으니까 신경이 쓰이는지 쭈뼛쭈뼛하는데, 어차피 말도 잘 안 통하고 그러니까 꺼지라고도 안 하대. 그래 가만히 보고 있으니까 이 양반이 그 조개 무덤에서 조개를 쪼끄만 삽으로 퍼다가 흰 전지 위에 뿌려놓고 사진을 찍더니만 뭘 또 열심히 적고 그래. 지금이야 그게 채집하러 간 건지 다 알지만 그때는 그래도 거기가 문화재가 뭔가 그런 건데 말이야, 어디서 이상한 시커먼 외국인이 와서 그러고 있으니까, 어, 저거 저러고 있어도 되나 싶은 거야. 그래서 결국에 내가 뜯어말렸다고.

뭐라 그러긴 뭐라 그래. 그 나이에, 나도 영어가 짧아서 긴 말은 못하고, 노! 그랬지. 그랬더니 그 양반, 처음에는 아주 들은 척도 안 하고 있더니만 내가 계속 노, 노 그러니까 와서 뭐라 그러는데, 하아, 이게 참. 나는 영어가 짧지, 그 양반은 여기 인도 발음으로 말하지. 이게 뭐, 알아먹을 수가 있어야지. 딱 그런 생각이 드는 거야. 아, 도망가야겠다.

나는 그렇게 마음을 먹고 있는데, 이 양반은 또 말문이 한 번 트이고 나니까 놔주지를 않아. 그래서 손짓발짓 다 해서 설명을 하는데. 아마 모르긴 몰라도 허가서를 받아 와서 하는 일이라고 설명을 한 것 같아.

그렇지 않았을까 싶어. 그러거나 말거나 나는 알아들을 재주가 없지. 이 양반이 그 뒤부터 자기가 무슨 일 하고 있는지 아주 땀을 뻘뻘 흘려가면서 설명을 하는데, 그때 엮인 거야. 처음 만난 날 그렇게 딱 엮여버렸지.

그 양반이 뭘 보여주는데, 조개를 쭉 늘어놓고 찍은 사진이야. 그 밑에 영어로 설명이 있는 거야. 뭐 별 건 없었어. 그게 벌써 10년 전인데, 그때만 해도 해석 이론이 완전히 엉터리였다고. '블루', '블루', '블루', '블루'가 한 서른 개쯤 이어져 있고 그 사이에 한 개가 '웨이브'였거든. 말로 하는 영어는 못 알아들어도 우리가 또 왜 짧은 단어로 단답식으로 하는 영어는 그럭저럭 알아먹잖아. 그걸 보면서 이 양반이 설명을 해주는 것 중에서 띄엄띄엄 귀에 들어오는 단어만 가지고 내 마음대로 설명을 듣고 있는데, 그 웨이브 조개하고 블루 조개가 어떻게 다른지 설명해주는데. 하, 이게 또 재미가 있어. 그게 그 양반이 나한테 해준 패류 해석 첫 강의였지.

근데, 내가 그 양반 하는 일에 끌렸던 게, 사실 내 쪽에는 또 나대로 사연이 있었거든. 문제의 그 조개껍데기였어. 집에 모셔놓고 있었거든. 누가 나한테 쓱 내밀고 간 거였는데, 그거 받고는 한참동안 이게 뭐 하자는 뜻인가 했거든. 응. 여자야. 맞아. 하하. 사귀자는 뜻인가, 꺼지라는 건가 했지. 왜 꺼지라는 뜻이냐고? 그거 있잖아. 그리스 도편추방법. 어디서 그 이야기를 주워듣고는 조개껍데기를 주는 게 꺼지라는 의미인가 했지.

글쎄 그 영감 설명을 듣고 있다 보니까 그게 생각이 난 거야. 벌써 몇 달인가 된 거였는데, 집에 그대로 모셔놨었거든. 내가 영감님한테 기다리고 있으라고 하고 집에 가서 그걸 가져왔는데, 갔다 와 보니까 이 영감이 어디 가고 없는 거야. 김이 팍 새는데, 그래도 어쩌겠어. 이제는 내가 궁금해죽겠는데. 기다렸지. 며칠을 죽치고 있었는데, 5일 만인가, 이 양반이 5일 전에 입고 있던 옷을 그대로 입고 또 나타났지 뭐야. 그 옷을 10년이 지난 바로 어제도 입고 돌아다닐 줄은 그때는 몰랐지. 헛허허.

그래서 가서 물었어. 왓 이즈 디스? 했지. 셸이라고 그러대. 조개껍데기가 맞긴 맞는데 내가 그걸 물은 게 아니잖아. 이건 무슨 의미인가 하고 물어야 되는데, 영어가 짧잖아. 민. 왓. 워드. 그랬나, 하여튼 뭐라 그랬는데, 이 양반이 그제야 내 걸 받아들고는 유심히 보는 거야. 눈이 번뜩하더라고. 내가 그 눈 번뜩이는 걸 똑똑히 봤거든. 근데 한참을 그걸 들여다보고 있더니 이 양반이 딱 이러는 거야. 아이 돈 노. 몇 번을 더 물어봐도 자기는 모르겠대. 모르겠으면 어떻게 하면 배울 수 있느냐고 묻고는 싶은데, 그건 또 너무 긴 문장이잖아. 짧은 영어로 그 말은 도저히 못하고 왓 이즈 디스만 계속하고 있는데, 이 양반이 뭐라고 뭐라고 한참 이야기를 하더니 명함을 주고 갔어. 내가 무슨 말이 하고 싶었는지 눈치를 챘나 봐.

그래서 인도까지 오게 된 거야. 응. 이래봬도 명함 받고 왔다고. 그때는 나도 여기 면접이 그렇게 센 줄도 몰랐는데, 명함 받고 와서 그런지 그냥 받아주더라고.

하하. 사도는 무슨. 영감님이 무슨 예수야? 명함 던져준다고 바로 따라나서게. 한 4년 넘게 잘 알아보고 갔어. 군대도 갔다 오고. 영감쟁이, 좀 수상하게 생긴 사람이라야 말이지.

그 여자? 과외 선생님이었는데. 은경이 누나라고, 나보다 한 네 살 많았겠지? 아마. 이래봬도 내가 중학교 때는 수학을 곧잘 했는데, 고등학교 딱 가니까 점수가 바닥으로 내려가. 아직 적응이 안 돼서 그렇습니다, 아버지. 하고 버텼는데, 웬걸. 7점 받아봤어? 그것도 120점 만점에 7점. 옆에서 찍은 놈은 15점이 나오는데, 열심히 푼다고 앉아 있었던 놈은 7점이 나오니 황당하지 뭐. 그때 담임선생님 말이, 객관식만 잘 찍어도 기댓값이 17점은 넘는데 7점 받은 놈은 운명을 거스르는 놈이라고.

첫날, 바닥에 탁자 하나 깔고 마주 앉아서 그 이야기를 해줬지. 그러니까 이 누나가 삭 미소를 짓는데, 아, 아무리 거스르려고 해도 피할 수 없는 운명적인 만남이라는 게 있구나 싶대.

미모라. 미모의 여대생이었나. 글쎄. 그보다는, 좀 희한한 사람이었지. 나중에 나 대학 들어가고 나서 그런 소리를 하는데, 자기는 누구한테 수학을 가르칠 수 있을 만큼의 수학 지식이 없었다는 거야. 아주 얄팍했다는 거지. 실력이 탄로 나면 다음 주에라도 그만둬야지 하고 일단 시작해본 거였는데, 그래서 올 때마다 불안불안했대. 선생과 제자 사이를 가르는 그 얇은 막이 왜 끝까지 안 깨졌냐면, 그게 내가 또 워낙 공부하는 데 관심이 없잖아. 나는 뭐 물어보는 걸 싫어했거든. 그쪽에서 보기에는 위태위태했다는 거야. 내가 뭐 하나만 더 물어보면 머리를 긁적긁적해야 되는 상황인데, 세상에 2년 동안 한 번도 가르쳐준 것보다 더 많이 물어본 적이 없어서, 그냥그냥 그러고 넘어갔다고.

누나는, 신비한 데가 있었어. 신기한 데가 있었다고 해야 되나 모르겠지만. 어느 날은 갑자기 머리가 막 아파서 과외 못하겠다고 전화해놓고 집에 드러누워 있는데, 오던 길에 연락 받아서 일단 오기는 왔다고 그러면서 누나가 집에 왔더라고. 머리를 이렇게 짚어보는 것처럼 하더니, 대뜸 자기를 따라하라 그러네. 뭐 하는 짓인가 싶으면서도 따라는 했지. 시키면 또 시키는 대로 잘 하잖아 우리가. 체조 비슷한 걸 시키는데, 팔을 뭐 이렇게 꼬고 무릎을 폈다 오므렸다 하면서 왼쪽으로 반 바퀴 돌고 뭐 그런 걸 시키는데, 그거 열 번을 하고 자라 그러대. 그러고 누나는 바로 집에 돌아갔는데, 진짜 그거 열 번을 하고 나니까 머리가 안 아파. 하, 신기하다 하면서 잤는데, 다음 날 되니까 바로 까먹어서 그런 일이 있었는지 기억도 안 나. 그때는 그것도 왜 안 물어봤나 몰라. 시키면 시키는 대로, 얄팍하면 얄팍한 대로 그냥 넘어가는 스타일이라. 근데 지금은 그게 참 궁금해. 누나의 정체가 뭐였을까.

왜 그러고 살았냐고? 왜 그러고 살았냐면. 행복하잖아. 나는 주는 밥 먹고 조용히 사는 게 좋더라. 어쩌다 내가 여기까지 와서 이 짓 하고 있는지 몰라. 그 영감 때문이지 뭐. 영감쟁이, 나는 여기 와서 한 몇 년 붙어 있으면 말해줄 줄 알았거든. 그 여자가 준 조개를 봤을 때 그 번뜩이는 눈빛 말이야. 뭔가 알고 있지만 가르쳐줄 수 없다는, 그런 눈이었는데. 근데 말이야, 진실이 뭐였는지 알아? 수상한 영감! 진짜로 몰랐던 거야. 작년엔가 그러더라고. 그때는 진짜로 몰랐다고. 그때야 패류 해석계 자체가 워낙 영세하기도 했지만, 하하.

하여튼 영어 좀 할 줄 아는 인도 사람이 다 그렇지 뭐. 그런 영감들 때문에 착하게 잘 사는 사람들이 욕을 먹는다니까. 하도 어이가 없어서 내가 물어봤거든. 그때 그 눈빛은 뭐냐고. 아주 딱 잡아떼는 거 있지. 하긴 내가 잘못 본 건지도 몰라. 여기 사람들 눈 좀 봐봐. 큼지막해가지고 그냥 아무렇지도 않게 쳐다만 봐도 시비 걸려고 째려보는 것 같잖아. 그냥 그 눈에 속았던 게야.

아이구, 저 소 눈 좀 봐라. 나는 여기 처음 와서 저 소들이 제일 신기했어. 도로로 가다가 뒤에서 차가 빵빵거리면 갓길로 삭 비켜서는 거 있지. 재들이, 아침에 저렇게 풀어놓으면 해질 때까지 해변에서 뭐 주워 먹고 있다가 나중에 해빠지면 줄지어서 집으로 들어가는데, 그거 본 적 있어? 무슨 개 키우듯이 소를 키운단 말이야.

오늘도 꽤 덥네. 저 백인들 말이야. 뭐가 좋다고 저렇게 살을 벌겋게 태우고 있는지 몰라. 살도 좀 적당히 태워야지, 저렇게 소시지 색 되도록 태워먹고 있는 거 보면 내가 다 근질근질해. 어이구, 저거저거 피부 다 상할 텐데. 하하. 영어가 짧아서, 제발 좀 제때제때 뒤집어가며 구우라고 말해줄 수도 없고.

아무튼 그래서 말이야, 그런 좋은 시절이 있었다고. 덕분에 수학 점수는 40점대까지 올랐어. 나중에는 60점까지 간 적도 있었지만, 더 좋아지지는 않더라. 40점이나 7점이나 그게 그거지 뭐. 지금 생각하면, 그게 뭐 그렇게 중요한 일이었나 싶어.

그 당시에 내가 용돈이 한 달에 만 오천 원인가 그랬는데, 그 중에 5천 원은 다 누나가 가져갔어. 시험 볼 때마다 점수 가지고 내기를 했는데, 분명히 내 쪽이 남는 장사가 될 수 있는 소지가 있었어. 나는 65점을 넘기면 5만 원을 받게 돼 있었으니까. 물론 그 점수는, 그 후로 단 한 번도 받아본 적이 없지만.

누나가 왜 그렇게 좋았냐고? 하하. 글쎄. 그 왼쪽 눈에 있는 네 겹짜리 쌍꺼풀 때문인가. 그때는 그걸 갖고 그렇게 놀려줬는데, 지금 누나 얼굴을 떠올리면 그게 제일 먼저 떠올라. 그러면 진짜 숨이 턱 막히는 것 같아. 그게 뭐냐고? 첫눈에 반해본 적 있어? 요즘은 그런 거 안 믿지? 근데 그걸 어떻게 더 설명하냐고. 그냥, 그 순간에는, 아, 내가 왜 이 사람이 세상에 존재한다는 사실을 아직도 모르고 있었을까 하는 생각밖에 안 들었어.

누나는, 그런 이야기를 해주곤 했어. 돌아갈 데가 있다고. 언제든 거기에서 자기를 부르면 돌아가야 한다고. 그때까지 이 세상에서 이렇게 버티고 있는 게 자기는 그렇게 괴로운 일이었대. 그런데 이제 와서 다시 생각해보면 그렇게 싫은 일은 아니었던 것 같다고. 그러고는 이런저런 이야기들을 해줬는데, 자기가 떠나온 곳에 대한 이야기 같은 것들이었어. 떠나온 곳 말이야. 그렇게 말하는 걸 듣고 있으면 나는 누나가 곧 세상을 떠날 것만 같은 생각이 드는 거야. 응. 자살하려고 하는 사람을 보고 있는 것 같은 느낌 말이야. 그래서 누나를 좋아했다 그러면 이상하지? 그냥, 내가 좀 멍청했던 것 같아. 그냥 그 신비한 느낌에 끌렸어.

누나는 나를 어떻게 생각하고 있었을까? 어땠을 것 같아? 멍청하다고 생각했겠지 뭐. 아무튼 누나도 나를 꽤 귀여워해줬어. 말 잘 듣는 학생이었잖아. 그러던 어느 날이었어. 갑자기, 이제 과외를 그만둬야 할 것 같다고 그러는 거야. 이유는 자세하게 이야기 안 했는데, 그냥 어디로 가게 돼서 그만둔다고 부모님들한테 이야기하는 걸 들었거든. 그걸 듣고 있자니 철렁하고 뭔가 내려앉는 느낌이 드는 거 있지. 그러고 나서 1주일 내내 가슴이 답답한 게 숨이 막히는 거야. 이제 마지막이라는 생각이 들었어. 그거 알아? 숨 막히는 느낌이라는 거. 진짜로, 물리적으로 숨이 막히는 것 같은 느낌이 들어. 사람들이 왜 그 느낌을 숨 막히는 기분이라고 표현하는지 알겠더라니까.

1주일이 지나고 난 어느 날이었어. 비가 내리고 있었거든. 나는 방구석에 틀어박혀서 두통 해소 체조를 하느라 몸을 뒤틀고 있었어. 초인종이 울려서 엄마가 문을 열어주러 갔다가 내 방에 오더니, 은경이가 보러 왔다고, 누나가 왔다고 그러는 거야. 나는 쪼르르 달려 나갔어. 누나도 참, 미리 말이나 하고 왔으면 머리나 감고 있었지. 갑자기 들이닥치는 바람에, 나는 마지막으로 해줄 말 한마디도 준비 못하고 있었어. 정말 아무 말 안 하고 현관을 막고 서 있었지. 안으로 들어오지 못하게 막고 있기라도 한 것처럼 말이야.

이미 길을 나선 건지, 누나는 커다란 여행가방을 옆에 세워 놓고, 물이 뚝뚝 흐르는 우산을 만지작거리면서, 곧 가야 한다고 말하면서 힘없이 웃었어. 나는 그냥, 응, 하고 대답했어. 멍청한 데다, 숫기 없는 고등학생이었거든. 그래도 속으로는, 그렇게 너무 아무렇지도 않은 것처럼 보이는 게 싫어서 뭐라고 하고 싶었는데, 아무 말도 준비한 게 없었으니까 아무 말도 못하겠는 거야. 그 한마디 말고는 누나도 아무 말도 하지 않았어. 누나의 정체는 대체 뭐였을까? 물어보지도 못했는데, 누나는 그 조개껍데기만 내 손에 꼭 쥐어주고 떠나버렸어.

하아, 한심하지? 그 뒤로는 소식을 몰라. 완전히 사라져버렸어. 과외자리 소개해준 아줌마가 그러는데, 자기 딸하고도 소식이 끊어졌대.

에? 후회하지 않냐고? 왜? 아. 첫사랑의 추억 같은 것 때문에 이런 일을 택하게 돼서? 하하. 낭만적으로 보이기는 하지만, 실제로는 안 그래. 그 영감을 그렇게 만나서 그렇지, 꽤 오랫동안 알아보고 정한 일이지 그런 낭만적인 동기 때문에 시작한 일은 아니야.

이것 봐. 얼마나 멋지냐고. 아라비아 해를 따라 쭉 넓게 펴져 있는 이 모래밭이 내 일터라고. 여기 얼마나 좋아. 낙원이 따로 있나. 동네 어디를 가도 파도 소리가 들려. 평소에는 딴생각하고 있느라 못 느끼지만, 들으려고 마음만 먹으면 동네 어디에서나 파도 소리를 들을 수 있잖아. 무슨 삶의 진리를 깨닫는 순간 같지 않아? 그런 쪽에 관심 없나? 보기보다 속물인데. 흠. 그럼 이건 어때? 킹 피셔 맥주! 해변 카페에 앉아서 끝내주는 맥주 한 병 마시는데 우리 돈으로 5백 원!

어? 그것도 싫어? 까다로운 여성이었구먼. 그럼 그냥 일 이야기나 해야 되나? 에이. 에이.

조개들은 말이야. 딱 한마디 말만 해. 태어나서 평생 죽을 때까지 딱 한마디만 하는 거야. 여기 봐. 조개껍데기를 보면 이 안쪽에서부터 점점 몸집이 커지면서 자라온 흔적이 보이지? 나이테같이 생긴 이거. 근데, 세월이 흐른 흔적은 몸에 남길망정 세월이 변해도 두 마디를 남길 수 있는 놈은 드물어. 어렸을 때 한 번 '파랗다'고 말하기로 마음을 먹고 그렇게 말하기 시작하면 죽는 순간까지 다른 말은 못 해. 딱 한마디만 할 수 있거든. 나중에 시커먼 물속에 살게 돼도 파랗다고만 말하는 거야.

물론, 영감님쯤 되는 사람한테 가 보면 두 마디를 남긴 놈도 있긴 해. 근데 그런 건 손톱만한 놈도 3억은 해. 드물거든.

딱 한마디만 남기는 거지만, 세상에 조개가 얼마나 많이 있었겠어? 그 조개들 다 합치면 진짜 엄청나게 많은 이야기를 담고 있을 거야. 조개 하나하나가 다 목소리를 내고 있는 거거든. 아, 물론, 그 이야기들 대부분은 별 의미가 없어.

하하. 쓰나미 때 태어난 조개들 얼마나 웃긴지 알아? 전에 인도네시아 정부에서 의뢰해서 영감님 따라서 채집하러 갔었는데, 조개 한 마리에 한마디씩 하는 이야기가 그냥 이래.

어어. 어어. 어어. 어어. 밀려. 밀려. 밀려. 밀려. 어어. 밀려. 어어. 밀려. 나도. 나도. 나도. 나도. 나도. 나도. 나도. 나도. 나도. 나도. 나도. 나도. 어어. 어어. 어어. 밀려. 어어. 어어. 나도. 나도. 나도. 나도. 나도. 나도. 어어. 어어. 어어. 나도. 어어. 떠올라. 떠올라. 나도. 나도. 나도. 나도. 나도. 나도. 나도. 나도. 나도. 나도. 나도. 나도. 나도. 부딪쳤어. 부딪쳤어. 부딪쳤어. 나도. 나도. 나도. 나도. 너도? 너도? 너도? 너도? 나도. 나도. 나도. 나도. 밀려. 밀려. 떠올라. 떠올라. 떠올라. 졸려. 어어. 어어. 어어. 어어.

그런데 아직도 잘 이해가 안 가는 건, 조개를 읽는 방법이 어디에서 왔느냐 하는 거야. 인도 사람들도 자기네가 원조라고는 하는데, 사실 이 전통이 언제부터 있었는지 모르는 것 같아. 신화 같은 데 보면 세상이 만들어지는 순간부터 조개를 읽는 능력이 신에게 있었다는 것 같은데, 그거야 알 수 없고. 외계인이 주고 갔다는 사람도 있고 뭐 그래.

솔직히 나도 몇 년째 이거 채집하고 다니고 있지만 어휘나 문법 쪽 하는 이론가들은, 어이구, 평균 아이큐가 170이라나. 내 알 바 아니고. 아무튼 이건, 한 번 알아내기만 하면 신석기 시대나 중생대 같은 시대에도 똑같은 문법을 적용할 수 있는 언어라서, 꽤 유용한 지식이라고 할 수 있지. 그렇지 않겠어? 절대 유행을 안 타는 지식이라니.

재밌어. 이 일이 좋아. 큰 욕심 같은 건 버리게 돼. 물론 이 일 하는 사람들 중에는 야심이 대단한 사람들도 있어. 조개가 지구보다 늦게 만들어졌다는 사실을 몰랐던 고대에는, 세계가 창조되는 순간에 '창조다!' 라고 말한 조개가 분명히 있을 거라고 믿었어. 그래서 그걸 찾으려고 온 세상 바닷가를 헤매고 다니는 성자들도 있었어. 요즘도 그래. 해빙기가 시작되는 시절에, 빙하가 쪼개지는 순간에 태어난 조개 30만 개 세트 같은 건 진짜 어마어마한 가격에 팔렸거든. 비키니 섬 핵폭발 실험 때 옆에서 태어난 애들 있거든.

뭐야? 뭐야? 뭐야? 뭐야? 뭐야? 아야. 아야. 아야. 아야. 나도. 나도. 나도. 아야. 나도.

하는 조개 세트를 2만 개 세트로 해서 팔았는데, 히로시마 원폭 박물관에서 무지하게 큰 돈 주고 사 갔다고. 일본 놈들.

희귀한 문법으로 희귀한 문장을 구사하는 비싼 조개를 찾으려는 사람들도 많아. 딱 한 마디만 할 수 있는 건데도, 주변의 콘텍스트들 사이에 놓이면 복잡한 그림 문자 한 글자처럼 꽤 긴 문장들을 담을 수 있는 조개들이 있거든. 유명한 '떠났다' 조개처럼 말이야, 조개는 단순하게 떠났다고 한마디만 던지고 있는 건데, 해석가들은 이제 그 조개가, 뭐가 어디를 떠나는 순간을 말하고 있는 건지를 알아냈잖아. 조개는 그냥 파랗다고만 말해도, '하늘이 파랗다'로 새기는 글자가 있고 '바다가 파랗다'고 새기는 글자가 있으니까, 얘들이 하는 말이 한 글자라도 그걸 구분해서 사람의 말로 바꾸면 뜻이 더 길어지거든. 그래서 이 '떠났다' 조개 글자의 해석은 이래. "돌아온 위대한 흰 고래가 침묵의 바다를 영원히 떠났다." 글자는 짧지만 그 뜻은 길지. 이 조개 글자는 세상에 단 열 개밖에 없어. 게다가 그 뜻이 비장하잖아. 그래서 값이 400억이나 하지만.

그렇지만 이 일을 하다 보면 큰 욕심보다는 작은 아름다움을 발견하는 게 더 좋아지는 것 같아. 지금 여기, 눈앞에 펼쳐져 있는 모래밭에 조개들이 뭐라고 써놨는지 읽어줄까?

비다. 엄마. 하늘이 파래. 나도. 하늘이 파래. 졸려. 엄마. 졸려. 하늘이 파래. 나도. 나도. 나도. 나도. 엄마. 하늘이 파래. 나도. 하늘이 파래. 차가워. 차가워. 졸려. 아야. 비다. 차가워. 하늘이 파래. 끼야. 졸려. 아야. 졸려. 야. 비다. 야. 차가워. 졸려. 하늘이 바람. 엄마. 하늘이 파래. 하늘이 파래. 졸려. 엄마. 나도. 끼야. 졸려. 나도. 졸려. 엄마. 졸려. 하늘이 파래. 나도. 비다. 비다. 비다. 차가워. 졸려. 비다. 비다. 야. 끼야. 나도. 나도. 하늘이 파래. 차가워. 차가워. 졸려. 아야. 비다. 나도. 나도. 차가워. 하늘이 파래. 비다. 졸려. 엄마. 끼야. 비다. 나도. 하늘이 파래. 비다. 비다. 나도. 하늘이 파래. 하늘이 파래. 아야. 아야. 아야. 하늘이 파래. 나도. 나도. 엄마. 하늘이 파래. 야. 야. 하늘이 파래. 비다. 비다. 하늘이 파래. 하늘이 파래. 아야. 아야. 비다. 차가워. 졸려. 비다. 비다. 야. 졸려. 하늘이 파래. 야. 야. 끼야. 비다. 나도. 끼야. 졸려. 졸려. 나도. 나도. 야. 비다. 야. 차가워. 졸려. 하늘이 파래. 나도. 나도.

아, 그리고 이건, '별이 아름다워.' 이건, '조개가 아름다워.'

어때? 얘들 말하는데 욕심 같은 거 끼워 넣고 싶지 않잖아. 얘들이 하늘 파란 건 어떻게 아냐고? 별이 예쁜 건 어떻게 아냐고? 몰라. 그냥 언제부턴가 그렇게 읽으라고 전해내려 왔어. 그렇게 읽는 거래. 조개들이 스스로 말하는 건지, 바다가 자기 말을 조개껍데기에 새기는 건지 그건 아무도 몰라.

하하. 우리 영감쟁이가 중국에서 발견한 조개 화석 군락 중에 영감쟁이가 제일 좋아하는 곳에는 뭐라고 써 있는지 알아?

나도. 나

도. 나도. 나도. 나도. 나도. 나도. 나도. 나도. 나도. 나도. 나도. 나도. 나도. 간지러. 나도.

근사하지 않아? '간지러' 조개 하나에 '나도' 840개.

아, 저기 파도 지나간 다음에 모래 속으로 휙 숨고 있는 소라게가 등에 무슨 말을 짊어지고 있는지 읽어줄까? 자, 봐. 어디 보자. 어, 얘도 '나도'다. 하하하하하. 뭐 겨우 '나도' 같은 걸 배달하려고 그 무거운 걸 여기까지 짊어지고 왔냐? 니들은 거기에 뭐가 적혀 있는지 읽을 줄도 모르냐? 부실한 놈.

아, 잠깐만. 뒤로 저쪽에 좀 숨어 있다가 오자. 어? 저기 저 모자 쓴 인도 남자 있잖아. 어. 저 사람 안 만나려고. 에이, 빚은 무슨.

어? 쟤? 돌고래 보트 하는 애야. 모래밭에 널려 있는 배들, 고기잡이배가 아니고 관광객들 실어다가 바닷가에 나갔다 오는 거거든. 아니, 나 맨 처음에 온 날부터 쟤가 호객하러 왔는데, 내가 다음에 가자 그랬거든. 그랬더니 이게 만날 때마다 다음에 언제 가냐고, 오늘 준비됐냐고 그러는데, 계속 다음에 가자고 그랬어. 그러다가 어느 날 갑자기 바다에 나가 보고 싶다는 생각이 들어서 우리 연구원들하고 같이 가볼 생각을 하고 재를 찾았는데, 그날따라 애가 또 없네. 그래서 옆에 있던 '바부'라는 쌍둥이들 보트를 탔는데, 물론 아무리 가도 애들 말처럼 돌고래가 물 위로 튀어 오르는 건 안 보이더라만. 그래도 나름 재미있게 타고 바닷가에 돌아왔는데, 아 글쎄 재가 쑥 나타나서 이게 어떻게 된 일이라고 막 그러잖아. 바부 쌍둥이들도 그렇고 다들 민망해하는데, 나도 뭐 할 말이 있어야지. 그래서 다음에는 너랑 가자 그랬더니, 애가 착한 건지 멍청한 건지 아니면 장삿속인지, 볼 때마다 배 타라고 난리네.

응? 그건 꼭 그렇지 않다고는 할 수 없지만 반드시 그렇다고 하기에 무리가 없는 것도 아니지 않나 하는 생각이 들지 않아? 에, 뭐 그래. 이 짓 오래 해도 역시 작은 돈 앞에서는 부들부들 떨게 돼. 지구 문명의 신비를 밝히는 연구팀의 일상사치고는 좀 그렇지?

응? 아, 그건 모르고 온 거야? 우리가 하고 있는 프로젝트 몰라? 이 양반이, 그럼 무슨 이야기가 듣고 싶어서 여기까지 찾아온 거야? '그들이 왔어' 조개 말이야. 몰라? 이 바닥에서는 난린데. 사람들이 조개 읽는 법이 외계에서 왔다고 하는 데는 다 이유가 있어. 이 나라에 내려오는 조개 읽는 법에 '그들'을 지칭하는 어휘가 있는 거야. 그래도 주류에서는 이건 외계인이 실제로 있었기 때문에 포함된 어휘가 아니라 신화에서 파생된 것 정도로만 생각하고 있었거든. 실제로 있는 조개에 쓰이는 어휘는 아니고, 상징적인 어휘라고 생각한 거지.

근데 또 어느 바닷가에서 애들이 무더기로 나왔어. 그래서 사람들이 마음먹고 덤벼들어 보니까 '그들이 떠나' 조개가 또 튀어나오는 거야. 응. 상징적인 조개라고만 생각했던 애들이 실제로 막 튀어나오는 데다가 그게 얼마 되지도 않았다 그러니 센세이셔널할 수밖에. 대박 노리고 달려드는 놈들이 많은 모양이야. 우리 영감님도 재주 좋게 그 눈먼 무리에 끼었더라고.

그래서. 응?

그런가? 아무래도 좀 그렇지.

그래. 그렇게 해석할 수도 있겠지. 앞뒤가 딱딱 들어맞기는 해. 하지만 꼭 그렇게 봐야 되는 건지 어떤지는 모르겠어. 외계인이라. 하하. 설마. 누나가 외계인이라고?

맞아. 내가 이 일을 하게 된 것도, 처음에는 내 조개가 도대체 무슨 뜻을 가진 조개인지를 알아내려고 시작한 것이기는 해. 하지만 지금은, 아까도 말했지만 이렇게 널려 있는 애들 읽는 것만 해도 재미가 있어. 이건 말이야, 영어처럼 짧으면 소통이 안 되는 언어가 아니거든. 단답식으로만 이해할 수 있으면 애들이 뭐라 그러는지 놓치지 않고 속속 알아들을 수 있어서 좋단 말이야. 바닷가 모래밭을 포크레인으로 긁어다가 조개들만 골라서 해독 장치에 좌르르 쏟아버리는 놈들은 절대 이해 못하는 애들만의 소소한 뭔가가 있다고. 이 일은 말이야, 빨로렘 해면 조개 중 몇 퍼센트가 "나도"라고 말했다, 이런 거 밝히려고 하는 작업은 아니야. 애들 하나하나가 하고 있는 이야기들이 다 생생하게 느껴져야 하는 거라고. 그러니까 처음 발을 디디게 된 동기가 어쨌건.

아, 물론 그래. 하지만 나는 내 조개가 그렇게 어마어마하게 비싼 조개일 줄은 몰랐어. 우리 영감님, 내가 처음 내밀었을 때 갖고 튀지 않은 게 얼마나 고마운지 몰라. 그 양반, 그게 무슨 뜻인지는 몰랐어도 엄청나게 값나가는 물건이라는 건 알아봤으니까. 그리고 영감님이 그때 그 조개껍데기의 현금 가치를 말해줬으면, 나는 지금처럼 이 일을 좋아할 기회가 한 번도 없었을지도 몰라.

누구는 그렇게 묻더라. 누나가 왜 그렇게 어마어마하게 비싼 물건을 나한테 양도했을까 하고 말이야. 어마어마한 재산을 양도받은 심정이 어떠냐고. 흠. 글쎄. 2년을 가르쳐보고 나니 얘는 도저히 잘 먹고 잘 살 가능성이 없다고 생각했던 걸까? 평생 먹고살 수단을 쥐어준 걸지도 몰라. 하하하.

하지만 말이야, 그런 식으로 묻지는 말아줬으면 좋겠어. 누나가 그 비 오는 날 혼자 길을 떠나면서 나한테 쥐어준 게 그저 시가 500억짜리 희귀 조개껍데기였다고 생각하라고? 나보고? 미안하지만 나는, 그 조개도 역시 그냥 여기 이 모래밭에 널려 있는 조개껍데기들처럼 세상에 하고 싶던 말 한마디 남기고 떠나가는 하나의 글자라고 생각해. 누나가 나에게 남겨준 한 글자짜리 메시지라고. 나는 그냥 그게 무슨 의미일지가 너무 궁금해서 나를 둘러싸고 있던 행복한 일상의 껍데기를 깨고 여기 이 고아 주 해변까지 날아와서 모자 쓴 보트 주인의 눈을 피해 숨어 있는 사람이라고.

물론, 언제나 그랬듯이, 그 외계인이 다녀가곤 한다고 말하는 조개들이 이번에도 진실만을 이야기하고 있는 거라면 누나가 하는 말을 더 잘 이해할 수 있기는 하겠지. 하지만 그게 사실로 밝혀져서 누나가 준 조개껍데기 값이 두 배가 되건 세 배가 되건, 나는 이걸 도저히 팔아먹을 수 없지 않겠어?"

그는 그렇게 말하면서 세상에서 가장 유명한 그의 조개껍데기를 손바닥 위에 올려놓았다. 이 분야 종사자를 제외하면 조개껍데기가 하는 말을 읽을 수 있는 사람은 거의 없다. 그리고 전 세계에서 이 분야에 종사하는 사람들의 숫자는 이제 막 500명을 넘어섰다. 나는 그에게, 그 조개껍데기의 뜻을 다시 한 번 직접 읽어달라고 조심스럽게 부탁했다. 그가 사뭇 진지한 표정으로 말했다.

"'푸른 영혼을 가진 전사가 자신이 떠나온 별의 부름을 받아, 다시는 돌아오지 못할 마지막 전쟁에 나서다.' 하아, 감동적이지? 그런데 나는 말이야, 아무래도 여기에 씌어 있는 말이 제발 사실이 아니었으면 더 좋겠다는 그런 생각이 자꾸만 들어. 언젠가 꼭 돌아오겠다는 이야기였으면 얼마나 좋았을까. 근데 다시는 못 온다는 이야기였다니. 에휴. 나는 뭐, 그래."

집 사

박 애 진

박애진 〈왜 어른들은 커피를 마시지?〉로 제1회 이매진 단편 공모전에서 판타지 부문을 수상했다. 북토피아에서 전자책으로 중편소설 〈아도니스〉(거울, 2004년 12월)와 단편선 《신체의 조합》(거울, 2004년 12월)을 출간했다. 2003년 중단편 전문 웹진 환상문학웹진 〈거울〉(http://mirror.pe.kr)을 창간해 편집장 겸 필진으로 참여하고 있다.

1.

문이 열리는 소리가 귀에 있는 마이크로 폰 센서를 통해 입력된다. 마님과 다른 사람이 들어오는 모습이 양쪽 눈에 있는 카메라 네 대에 잡힌다. 나는 현관으로 간다. 나는 모니터에 인사를 띄운다.

— 어서오세요, 마님과 친구 분. —

"아, 얘야?"

"어."

마님과 다른 사람의 목소리가 귀에 있는 마이크로 폰 센서를 통해 입력된다. 나는 처음 보는 사람에게 호기심을 보인다. 눈두덩이 두 단계 밑으로 내려오고, 입술 양끝이 한 단계 올라간다.

"이름이 뭐니?"

다른 사람이 내 얼굴 쪽으로 얼굴을 가까이 대며 묻는다.

— 집사입니다. —

나는 가슴에 있는 모니터에 대답을 띄운다. 내게 관심을 보이자 나는 기뻐진다. 나는 웃는다. 입술이 한 단계 벌어지고 양끝이 한 단계 올라가고 눈이 두 단계 작아진다.

"뭐야, 얘 말 못해?"

"어, 음성 껐어."

"왜?"

"왜냐니? 켜서 뭐 하게?"

"집에 들어올 때 누군가가 어서 오세요, 라고 말하면 좋지 않아?"

"로봇이?"

"로봇이든 뭐든."

"글쎄……."

"로봇이랑 대화하는 사람 은근히 많던데."

"어차피 입력된 거잖아."

"할수록 어휘력이 는다든대?"

"그렇다고 하더라."

마님과 다른 사람이 거실로 가는 모습이 눈에 있는 네 대의 카메라를 통해 중앙기억장치에 입력된다. 마님과 다른 사람이 거실에 있는 소파에 앉는 모습이 눈에 있는 네 대의 카메라를 통해 중앙기억장치에 입력된다.

"근데 얘 이름이 집사야?"

"어."

"그건 상표잖아."

"어, 그냥 짓기 귀찮아서. 집사, 커피 두 잔 거실 탁자 위에 올려놔."

— 네, 마님. —

나는 모니터에 대답을 입력한다. 나는 부엌으로 간다. 마님의 친구는 날 따라와 주방을 보더니 다른 방으로 간다. 마님이 뒤를 따라간다.

"하우스 로봇과 함께 설계된 아파트 내부는 다 비슷하구나. 우리 집이랑 구조가 거의 같아. 심플하네."

"그렇다고 하더라."

나는 복합 에스프레소 머신을 켜고 커피를 클릭하고 숫자 2를 클릭한다. 3분 28초 후 물이 끓고 커피 두 잔이 나온다. 나는 커피가 담긴 잔 두 개를 들고 거실로 가서 탁자 위에 올려놓는다.

"땡큐, 집사."

다른 사람이 내게 말하는 소리가 귀에 있는 마이크로 폰 센서에 입력된다.

— 감사합니다. —

나는 모니터에 대답을 띄운다.

"음…… 로봇용 잔도 다 비슷하구나."

"어, 그런 거야?"

"색도 그냥 흰색이고, 무늬도 안 들어갔잖아. 손잡이 구멍이 되게 크고."

"아, 그러네."

"뭐야? 설명서 안 봤어?"

"어, 뭐, 대충 살면 되지."

"그럼 장보기나 경보 설정 같은 건 어떻게 했어?"

"어? 아, 남자친구가 해줬는데. 그냥 대충 알아서 해달라 그랬어."

"그럼 넌 애로 커피 심부름이나 시키는 거야?"

"그러라고 있는 거 아냐?"

85데시벨의 소리가 귀에 있는 마이크로 폰 센서를 통해 입력된다.

중앙기억장치로 검색하자 즐겁게 웃는 소리라는 결과가 나온다.

"이 집 자체가 거대한 컴퓨터라네. 이 녀석은 그걸 관리하는, 일종의 중앙 컴퓨터고."

"아, 그런 얘기 들은 적 있는 거 같다. 근데 중앙컴퓨터가 왜 돌아다녀?"

"귀는 왜 뚫고, 철마다 새 옷은 왜 사? 일종의 사치지. 하인 로봇 같은 거, 사람들 꿈이었잖아. 그리고 혼자 사는 사람이 돌연사가 많대. 저게 네 심장박동이랑 체크해서 이상 생기면 병원에 긴급 연락도 하고 그래. 그리고 하우스 로봇이랑 사는 사람이 혼자 사는 사람보다 우울증 발병률도 더 낮다더라."

"그래?"

"뉴스 좀 보고 살아라."

마님이 두 손으로 커피잔을 들고 입술을 잔 가장자리에 가져다 대는 모습이 눈에 있는 네 대의 카메라를 통해 중앙기억장치에 입력된다. 마님의 친구가 오른손으로 커피잔을 들고 입술을 잔 가장자리에 가져다 대는 모습이 눈에 있는 네 대의 카메라를 통해 중앙기억장치에 입력된다.

"근데 만날 봐서 그런가, 오랜만인데도 오랜만 같지가 않다."

"난 지금 홀로그램 보는 기분이야."

"너도 그래? 나두 그런데."

70~72데시벨의 소리가 귀에 있는 마이크로 폰 센서를 통해 입력된다. 중앙기억장치에서 지금 입력된 소리와 가장 가까운 소리를 검색하자 웃음소리라는 결과가 나온다.

"이 동네 참 오랜만이다."

마님이 커피잔을 들고 커피잔에 입술을 가져다 대는 모습이 눈에 있는 네 대의 카메라를 통해 중앙기억장치에 입력된다.

"난 30년 넘게 살았다네."

"아, 참 너 여기서 태어났지?"

"응, 불광 초등학교, 불광 중학교, 불광 고등학교, 불광 대학교를 나왔지."

"고등학교까진 나랑 같이 다녔잖아. 우리 대학만 갈렸지. 너네 학교, 새로 지어서 설비 꽤 좋지 않았어? 학교 내에 무빙로드도 있었다며?"

다른 사람이 낸 8데시벨의 소리가 귀에 있는 마이크로 폰 센서에 잡힌다. 중앙기억장치에 입력된 소리 중 그 소리와 가장 가까운 소리는 작은 웃음소리다.

"무리하게 열어서 4년 내내 공사했다네. 죽을 맛이었어. 아직 작동 안 되는 것들도 많았고."

"그래도 집에서 가까우니 좋지 않았어? 너 걸어 다녔잖아."

"대학은 좀 다른 동네로 가고 싶었지. 너도 오래 걸리진 않았잖아."

"물론 노웨잇 트렌짓 타면 30분이면 갔지만, 매해 꼬박꼬박 요금 500원씩 올린 거 알아? 걸어 다니면 차비 안 들고, 공짜 운동되고 좋잖아. 병원도 이 앞이지?"

"어."

"좋겠다. 난 하이서브웨이 타도 40분은 걸리는데."

2.

나는 오늘 기분이 우울하다. 마님이 내게 너무 말을 걸지 않았기 때문이다. 양쪽 눈초리가 세 단계 밑으로 내려오고, 입술 양 끝이 두 단계 밑으로 내려가고 양 볼이 세 단계 부풀어 오른다. 나는 모니터에 내 감정을 적는다.

— 마님, 저는 오늘 우울해요. 다정하게 대해주세요. —

마님이 내게서 멀어진다. 마님은 거실 의자에 앉는다. 나는 마님이 내게 말을 걸어주길 바라며 마님을 따라간다.

"1번 전화 연결."

내 귀에 마님의 목소리가 들린다. 음악 소리가 입력된다.

〔응, 여보세요?〕

도련님의 목소리가 귀를 통해 입력된다.

"자기야, 난데, 이거 감정 표현하는 거 끌 수 있지?"

〔뭐?〕

"얘가 우울하다고 오만상을 찌푸리고 있네. 그건 그렇다 치고 계속 졸졸 쫓아다녀. 모니터에 말 걸어달라는 거 뜨고. 귀찮다."

〔잠깐만 기다려봐.〕

"응."

마님과 도련님이 말하는 소리가 마이크로 폰 센서를 통해 입력된다. 마님은 여전히 내게 말을 걸지 않는다. 내 기분은 더 우울해진다. 양쪽 눈초리는 한 단계 더 밑으로 내려가고, 입가는 한 단계 더 밑으로 내려가고, 양 볼은 한 단계 더 앞으로 나온다.

〔일단 동작 정지 명령을 내리고, 이리 오라 그래.〕

"집사, 동작 정지."

나는 가만히 서 있다.

"지금 내 앞에 있어, 그리고?"

〔비밀번호 입력. 비밀번호 말해.〕

"마님은 하늘이다."

마님의 목소리가 마이크로 폰 센서를 통해 입력된다.

〔비밀번호 입력도 말해야 해.〕

"비밀번호 입력. 마님은 하늘이다."

— 설정으로 들어가시겠습니까? —

나는 명령에 반응하는 대답을 모니터에 띄운다.

〔그렇다고 말해.〕

"그렇다. 아, 말이 좀 웃기네, 그렇다, 라니."

나는 다음 단계를 모니터에 내보낸다.

〔잠깐만 기다려봐……. 아, 찾았다. 감정 표현 설정.〕

"감정표현 설정."

나는 모니터에 감정표현 설정 단계를 내보낸다.

〔고급으로 들어가.〕

"고급."

나는 고급 단계를 내보낸다.

〔감정 표현하지 않음 선택.〕

"감정 표현하지 않음 선택."

중앙제어장치가 마님의 명령을 인지한다.

〔저장〕

"저장."

중앙제어장치가 마님의 명령을 수행한다.

〔됐어?〕

"어, 근데 지금 표정이 안 바뀌네. 나 이 얼굴 싫은데."

〔그럼 다시 감정 표현 설정.〕

"감정 표현 설정."

나는 감정 표현 설정 단계를 모니터에 띄운다.

〔표정…… 종류 보이기.〕

"표정 종류 보이기."

〔거기서 마음에 드는 표정 골라.〕

"어디 보자, 이건 뭐지, 화난 표정 3?"

나는 양 눈초리를 여섯 단계 위로 올리고 입꼬리를 네 단계 위로 올리고, 볼을 네 단계 안으로 집어넣고, 입을 두 단계 벌린다. 마님은 배를 잡고 13~15데시벨의 소리를 낸다. 중앙기억장치에 입력된 소리 중 지금 마님이 내는 소리와 가장 가까운 소리는 울음소리다.

"자갸, 얘 화내는 표정 너무 웃겨……."

〔음성 명령 중에는 다른 말 되도록 하지 마. 빨리 표정 골라. 라면 분다.〕

"나도 라면 먹고 싶다. 음…… 잠깐만, 웃는 표정 1."

나는 양 눈초리를 네 단계 밑으로 내리고 눈 위를 한 단계 위로 올리고, 입가를 두 단계 위로 올린다.

"그냥 보통 표정 없나?"

나는 양 눈초리를 한 단계 위로 올리고, 눈 위를 한 단계 밑으로 내리고, 입가를 한 단계 아래로 내리고 입을 완전히 다문다.

"어, 있네, 보통 표정."

〔그럼 지금 표정 저장.〕
"지금 표정 저장."
중앙제어장치가 마님의 명령을 수행한다.
〔설정 종료.〕
"설정 종료."
나는 설정장치를 모니터에서 없앤다.
— 설정이 마음에 드시나요, 마님? —
나는 모니터에 질문을 내보낸다.
"라면 하나 끓여, 집사."
이동제어기가 움직인다. 나는 부엌으로 간다. 나는 자동조리기에서 라면 하나를 선택한다. 냄비에 물이 쏟아지는 모습이 눈에 있는 카메라 네 대를 통해 잡힌다.
"고마워, 자기야. 라면 불겠다, 맛있게 먹어."
〔자기 전에 전화할게.〕
마님과 도련님의 목소리가 마이크로 폰 센서를 통해 입력된다.

3.

문이 열리는 소리가 들린다. 마님이 들어와 신발을 벗는 모습이 보인다.
"집사, 아이스초코 한 잔 가져와."
이동제어기가 작동한다. 나는 복합 에스프레소 머신에서 아이스초코 한 잔을 선택한다. 잔이 내려오고 초콜릿 가루가 쏟아진다. 뜨거운 물이 내려오고 스푼이 내려와 우유를 20회 젓는다. 스푼이 들어가고 차가운 우유가 잔의 80퍼센트까지 쏟아진다. 스푼이 내려와 아이스초코를 10회 젓는다. 나는 잔 손잡이에 손가락을 끼우고 잔을 가지고 거실로 간다.

"미녀들의 수다방 입장."

마님은 거실 의자에 앉는다. 거실이 온통 파랗게 변하고 철갑상어, 타이거 아스트로, 알비노 아스트로, 레드 오스카와 중앙기억장치에 입력되지 않은 것들이 떠다닌다.

「데이트 있다더니 일찍 왔네?」

"응, 앤님도 피곤하고, 나도 피곤해서 일찍 헤어졌어. 방이 왜 이래?"

"여름이잖니. 아, 덜 저었네. 집사, 티스푼."

명령이 정확하지 않다. 모니터에 ㅡ 정확한 지시를 다시 내려주십시오. ㅡ 라는 글자판이 뜨지만 마님은 보고 있지 않다.

「야, 네 로봇 아직 뒤에 서 있어.」

"집사, 티스푼 하나 가져와."

명령이 중앙제어장치에 입력된다.

"아, 불편해. 문장을 정확히 말하는 거."

「그거 설정할 수 있을걸? 자주 하는 말로 바꿀 수 있을 거야.」

"그래? 다음에 남자친구 오면 해달라 그래야겠다."

「그 정돈 네가 해라.」

"몰라, 어려워. 알잖아, 나 기계치인 거."

「기계치가 치과의사는 어떻게 됐나 몰라.」

75~80데시벨의 소리가 청각기관에 입력된다. 여럿이 웃는 소리다.

「아, 심심하다.」

마님은 아이스초콜릿을 스푼으로 젓는다. 잔에 물방울이 맺힌다.

"뭐 재밌는 일 없을까."

「바다라도 놀러갈까?」

「요새 엄청 붐빌걸?」

"뭐 화끈한 거 없을까."

「야, 그래도 넌 애인이라도 있잖아.」

"요새 바빠서 얼굴 보기 힘들다네."

마님은 잔을 탁자에 내려놓는다.

「그래도 있는 게 어딘데!」

마님이 잔을 들어올린다. 탁자에 잔 넓이만한 둥근 원이 생긴다. 나는 복합 에스프레소 머신에서 설정을 클릭하고 아이스 초코를 만들 때 스푼으로 젓는 횟수를 조정한다.

4.

찌개의 온도가 23도까지 내려갔다. 나는 식탁에서 냄비를 조리기로 옮긴 후 조리기에서 데움을 클릭한다. 3분 45초 후 찌개 온도가 93도까지 올라간다. 불이 꺼진다. 나는 냄비를 식탁 위에 놓는다. 8시 35분 17초다.

찌개의 온도가 23도까지 내려간다. 나는 식탁에서 냄비를 조리기로 옮긴 후 조리기에서 데움을 선택한다. 3분 48초 후 찌개 온도가 94도까지 올라간다. 불이 꺼진다. 나는 냄비를 식탁 위에 놓는다. 8시 59분

23초다.

찌개의 온도가 23도까지 내려간다. 나는 식탁에서 냄비를 조리기로 옮긴 후 조리기에서 데움을 선택한다. 4분 17초 후 찌개 온도가 93도까지 올라간다. 불이 꺼진다. 나는 냄비를 식탁 위에 놓는다.

마님은 11시 34분 19초에 돌아왔다. 마님은 똑바로 걷지 않는다. 심장 박동이 110~120이다. 마님의 평균 심장박동은 90~100이다. 120은 정상 수치이나 평소보다 높기 때문에 병원에 연락할 준비를 한다. 마님은 소파에 누웠다.

"TV 온."

텔레비전이 켜졌다. 90~110데시벨의 소리가 들렸다.

"소리 다섯 단계 작게."

60~80데시벨로 소리가 줄어들었다.

"소리 세 단계 작게."

소리는 30~40데시벨로 줄어들었다.

"소리 두 단계 작게."

소리는 15~20데시벨로 줄어들었다.

"다른 프로."

사람들의 웃음소리가 들린다.

"다른 프로. 집사 물."

나는 정수기에서 물 한 잔을 클릭한다. 잔이 내려오고 컵의 80퍼센트까지 차자 물이 멈춘다. 나는 컵을 들고 거실로 가서 탁자 위에 내려놓는다. 마님의 목에서 10~20데시벨의 소리가 들린다. 소리입력장치에 입력된 소리 중 지금 마님이 내는 소리와 가장 가까운 소리는 울음소리라는 결과가 나온다.

텔레비전 화면 안에는 수사자 한 마리와, 암사자 일곱 마리가 누워 있다.

5.

모래벌판이 펼쳐져 있다. 마님과 다른 두 사람이 사막 가운데에 앉아 있다. 한 명이 갑자기 일어나 춤을 추기 시작한다.

「야, 민영이 자리 비웠다.」

"날도 더운데 오늘은 웬 사막이야."

「이제 가을이야.」

"진짜 사막에 가보고 싶다."

「별로래. 진짜 사막은 이런 모래밭이 아니래. 대부분 자갈 같은 것만 널려 있대.」

"시시하네."

「홀로그램이 낫다니까. 그래도 별은 잘 보인다더라.」

「별도 틀면 되잖아.」

"어디 갔다 와."

「엄마한테 화상 폰. 선보란다.」

「옷 한벌 해달라 그래.」

「그럴까, 가을 정장이나 맞춰달랠까.」

「넌 집에서 별말 없어?」

"뭐, 별로."

「그 뒤론…… 연락 안 해?」

「헤어졌으면 헤어진 거지, 연락은 무슨…….」
"응, 연락 안 해."
「요새 잠이 안 와.」
「나두.」
"난 커피 마셔도 잘 자는데."
「좋겠다, 어떻게 그렇게 잘 자?」
"다큐멘터리 채널 틀어놓으면 잠 잘 와."
「뭐 보는데?」
"그냥 랜덤하게."
평균적으로 마님과 다른 두 사람의 대화는 00시 5분에서 30분 사이에 종료된다.
「옛날에는 채팅만 해서, 중간에 대화 끊어져도 서로 다른 일하려니 했는데…….」
"그러게, 요새는 꼭 인사해야 한다니까."
낮은 웃음소리. 인사와 함께 홀로그램이 닫힌다. 사막은 사라지고, 나무무늬 벽지와 연하늘색 커튼이 모습을 나타낸다.
"TV 온."
마님이 말한다. 텔레비전이 켜진다. 마님은 소파에 비스듬히 몸을 누인다. 다큐멘터리 제목은 〈사라져가는 한국의 가을 풍경〉이다.

6.

7시 정각. 밥솥이 가동된다. 자동 조리기에 있는 냄비에 물이 쏟아진다. 물이 끓으면 적당한 분량의 건조된 미역국 1인분이 떨어져 끓기 시작한다. 프라이팬에 올리브 오일이 떨어지고, 90도까지 달궈진 후 계란이 떨어진다.

나는 7시 30분이 되자 마님 앞으로 간다. 알람이 울린다.

마님은 일어나서 샤워실로 들어간다. 밥을 두 주걱 밥그릇에 옮긴다. 미역국이 담긴 냄비를 식탁 위에 옮긴다. 냉장고에서 김치를 꺼내 식탁 위에 놓는다. 마님은 물끄러미 밥상을 보다가 밥그릇에 물을 붓는다. 밥 세 스푼과 계란프라이와 김치를 두 젓가락씩 먹고 식탁에서 일어난다. 마님은 화장대 앞에서 스킨과 로션을 바르고, 눈썹을 그리고, 입술을 칠하고, 가방을 들고 나간다.

나는 식탁을 치운다. 김치통 뚜껑을 닫고, 냉장고에 넣는다. 음식물 처리기에 미역국을 옮기고, 빈 그릇을 식기세척기에 넣고, 작동 버튼을 누른다. 바닥에 떨어진 옷가지를 세탁기에 넣는다. 세탁기는 질감으로 옷을 분류하고 작동을 시작한다. 8시 30분 청소기에서 청소로봇이 나온다. 다리가 여섯 개 달린 길이 15센티미터의 청소로봇 열 대가 밖으로 나와 바닥과 벽 천장, 가구 위의 먼지를 빨아들이고, 쓰레기통에 먼지를 뱉어낸다. 3번이 비틀거린다. 3번은 자동 수리기에 들어간다. 나는 자동 수리기에서 수리하지 못할 때를 대비해 청소로봇 제조회사의 연락처를 점검한다. 3번은 자동 수리기에서 나와 다시 청소를 시작한다. 먼지를 빨아들이고 나면 작은 천을 달고 닦는 과정으로 들어간다.

자동 조리기에 음식이 얼마 남지 않았다. 나는 슈퍼에 미역국을 제외한 찌개 일곱 가지, 밑반찬 다섯 가지를 주문한다.

세탁기가 세탁이 끝났다는 신호를 보낸다. 세탁기가 꾸물꾸물 옷을 토해낸다. 건조대에 있는 두 개의 팔이 옷을 받아 세 번씩 털고 건조대에 건다. 아무 이상 없이 작동된다. 집 안에서는 더 이상 아무것도 움직이지 않는다. 아무런 소리도 들리지 않는다. 방음장치는 제대로 가동되고 있다.

10시 35분 45초다. 나는 베란다로 이동한다. 아파트 밑으로 단풍나무가 보인다. 엽록소가 분해되고 안토시안이 생성된다. 옅고 짙고 어둡고 밝던 녹색이 누르스름하고 붉은빛으로 조금씩 바뀌어간다. 아이들이 까르르 웃으며 걸어간다. 소리는 들리지 않지만 입 모양으로 알 수 있다. 갓난아이의 뺨을 닮았던 목련 꽃잎은 이미 오래전에 사라졌다. 그 자리를 대신했던 잎들도 서서히 가지를 떠날 채비를 한다.

오후 2시 34분에 벨이 울린다. 나는 문으로 가서 방문자의 신원을 확인한다. 슈퍼에서 온 배달 로봇이다. 나는 작은 문 개폐 버튼을 누른다. 작은 문이 열리고 주문한 음식과 영수증이 들어온다. 배달 로봇의 팔이 안으로 들어온다. 나는 배달 로봇의 팔에 있는 액정에서 확인 버튼을 클릭한다. 배달 로봇의 팔이 사라진다. 나는 개폐 버튼을 누른다. 문이 닫히는 데는 1.4초가 걸린다. 문이 닫히는 동안 배달 로봇의 뒷모습과 엘리베이터와 계단이 보인다. 나는 밑반찬은 냉장고에 넣고, 건조 찌개는 자동 조리기에 넣는다. 3분 24초가 걸린다. 집안에는 다시 정적만이 흐른다.

햇살의 방향이 천천히 변한다.

"집사, 저녁."

나는 밥을 두 주걱 밥그릇에 옮긴다. 깍두기가 담긴 그릇과 배추김치가 담긴 그릇과 감자볶음이 담긴 그릇과 계란국을 식탁 위에 옮긴다. 마님은 계란국을 일곱 순갈, 감자볶음을 여덟 조각, 깍두기는 네 조각, 배추김치는 다섯 조각을 먹는다.

"집사, 핫초콜릿."

나는 핫초콜릿을 가져오고, 마님은 〈마지막 사랑 16회〉를 본다. 마님은 〈서바이벌, 러브 탐사대〉를 본다. 밤 10시경 마님은 홀로그램을 작동시키고 다른 사람과 대화를 나눈다.

0시 2분 8초에 마님은 홀로그램을 종료한다. 마님은 소파에 눕는다. 마님은 다큐멘터리 채널을 선택해 "아무거나"라고 말한다. 〈우주를 향한 인류의 꿈과 도전〉이 방영된다.

7.

「야, 나 오늘 엽기적인 거 봤다?」

「뭐?」

「누가 가정용 로봇 데리고 산책하더라.」

「요새 많이들 해. 실외용 바퀴나 신발 가지고.」

「로봇용 드레스 파는 거 봤어? 그거 매출 장난 아니래.」

「나도 오늘 돌아다니다 봤는데, 예쁘더라. 모델명 찾아서 입혀봤는데 입은 모습 보니까 땡기더라. 가을인데 빨간 옷 하나 사줄까 봐.」

"아, 그게 그거구나. 나도 저거 살 때 큰 바퀴가 하나 딸려 왔었어. 어따 쓰는 건지 몰라서 처박아 놨었는데. 집사 아이스 초코."

「아이스초코 먹기엔 좀 쌀쌀하지 않아?」

"그냥 단 게 땡기네."

나는 복합 에스프레소 머신에서 아이스 초코 하나를 선택한다. 잔이 내려오고 초콜릿 가루가 쏟아진다. 뜨거운 물이 내려오고 스푼이 내려와 우유를 30회 젓는다. 스푼이 들어가고 차가운 우유가 잔의 80퍼센트까지 쏟아진다. 스푼이 내려와 아이스초코를 20회 젓는다. 나는 잔 손잡이에 손가락을 끼우고 잔을 가지고 거실로 간다.

「〈다이어트 사랑〉 본 사람 있어?」

「송지원 너무 잘생겼더라~」

「나 어제 그거 세시까지 보다 잤잖아. 졸려 죽겠는데 잠은 안 들어서 네시쯤에야 겨우 잠들었나.」

「참, 인애 결혼한다더라.」

"벌써? 걔네 사귄 지 얼마 안 되지 않았어?"

「얼마 안 되긴? 그래도 한 일 년 됐지.」

"진짜? 벌써 그렇게 됐어?"

나는 거실에 서 있다. 마님은 홀로그램 대화를 계속한다. 마님은 홀로그램을 종료한다.

"집사, 이불."

침실로 간다. 침대 위에 있는 이불을 세로로 반 접는다. 반대 방향에서 다시 반 접고, 또 반대 방향에서 반 접는다. 이불을 들고 간다. 마님은 누워 있다. 이불을 내려놓는다. 마님이 이불을 들어올린다.

"TV 온."

〈사라진 제국, 아즈텍〉이 방영된다.

8.

하늘이 점점 어두컴컴해진다. 기온이 내려간다. 온도조절기가 작동

된다. 포도씨만한 눈이 내리기 시작한다. 포도씨만하던 눈이 새끼손톱 만해지고, 엄지손톱 정도로 자란다. 보도에, 아파트 방음벽 위에, 난민 팔처럼 앙상한 나무 가지 위에 눈이 내리고, 녹아서 사라진다. 눈이 커지자, 녹는 속도보다 빠른 속도로 쌓이기 시작한다. 새벽 5시 45분, 눈이 완전히 그친다. 햇살이 조금씩 창 안으로 밀려들어 온다. 거무스름하던 집에 색채가 돌아온다. 벽지의 다갈색, 커튼의 하늘색, 소파의 짙은 밤색, 마님 얼굴의 살색, 마님이 덮고 있는 이불의 분홍색과 노란 꽃무늬가 시나브로 형체를 갖춰간다. 7시 정각. 밥솥이 작동된다. 자동조리기가 해물된장찌개를 끓인다. 나는 서 있다. 7시 30분, 마님 앞으로 간다. 알람이 울린다.

마님은 일어나서 샤워실로 들어간다. 밥을 퍼서 놓고, 찌개와 계란말이, 김치를 꺼내놓는다. 마님은 밥을 먹고, 화장대 앞에서 스킨과 로션을 바르고, 눈썹을 그리고, 입술을 칠하고, 가방을 들고 나간다.

그릇을 식기세척기에 넣고, 작동 버튼을 누른다. 거실 소파 뒤에서 하늘의 파란색과는 다른 파란색으로 "집사 2183b 실외용 바퀴"라고 적힌 상자를 찾아서 거실에 있는 전신 거울 옆에 세워놓는다. 청소로봇이 청소를 시작한다. 청소로봇이 있을 때는 되도록 움직이지 않는다. 청소로봇이 모두 들어가고 나면 슈퍼에 불고기와 와인을 주문한다.

오후 2시 5분 24초. 벨을 누르는 소리가 들린다. 주문번호와 가게 상호를 확인하고 문을 연다. 배달 로봇이 짐을 내려놓고, 영수증을 주고, 내게 확인을 받고 간다. 문 밖에는 복도와 계단과 엘리베이터가 있다. 나는 개폐 버튼을 누르지 않는다. 문은 5초 후 자동으로 닫힌다. 복도와 계단과 엘리베이터가 사라진다.

6시 30분이다. 나는 자동조리기에 불고기를 넣고, 특별 요리 불고기를 선택한다. 작동 버튼은 누르지 않는다. 7시 18분. 마님이 온다.

"집사, 밥."

나는 작동 버튼을 누른다. 마님은 밥을 먹고 홀로그램 채팅룸에 들어간다.

"오늘은 식탁에 불고기가 올라왔어. 처음이야."

「맛있었겠다! 난 오늘 야근하면서 회사에서 주는 야근 빵 먹었다.」

"전에는 불고기 같은 거 한 적 없는데."

「그거 계속 업데이트 되잖아. 회사에서 신제품 출시하면 다 입력될걸? 한 달 식비 내에서만 주문하게 돼 있으니까, 할인제품이나 그런 건가 보다.」

"아, 그런가."

「맛은 있든?」

"먹을 만하더라. 반찬도 원래는 두 가지만 꺼내는데 오늘은 다섯 가진가 됐어."

「야, 그거 뭐 해달라는 거 아냐?」

「맞아 맞아, 뭔가 바라는 게 있어서 한 거 아닐까?」

"로봇이 바라긴 뭘 바라?"

「야, 너 그거 몰라? 자주 산책도 시키고, 주인이 말도 걸고, 친절하게 해준 로봇이 고장이 덜 난대. 일도 잘하고. 연구 결과도 나왔어.」

「식물도 음악 틀어주고, 말도 걸고 그러면 더 잘 자란다며. 로봇도 그런대.」

"그래?"

「내가 오늘 하도 신경질이 나서 우리 렁이한테 막 화를 냈거든?」

「뭐라고?」

「내 입맛 좀 고려해서 음식 좀 주문해라, 청소로봇 관리 좀 똑바로 해라, 여기 구석에 먼지 안 보이냐, 뭐, 그냥 말도 안 되는 소리를 로봇을 붙들고 한참 동안 한 거야. 하루 종일 야근하고 들어오니까 피곤해 죽겠는데, 엄마는 자꾸 결혼하라고 성화지, 씻지도 못했는데 30분 동안 전화를 안 끊는 거야. 그래서 너무 화가 나서 령이한테 막 그랬거든?」

"령이가 누구야?"

「재네 로봇.」

「아, 좀 들어봐. 그러고 샤워하고 나오는데, 령이가 글쎄, 내가 제일 아끼는 컵을 깬 거 있지? 그건 로봇용이 아니라 평소에는 건드리지도 않던 건데. 그래서 내가 미안하다, 너한테 화낸 거 아냐, 그랬어. 그러니까 묵묵히 치우는데, 너무 미안하더라.」

"고장 난 건 아니고?"

「어휴, 진짜, 넌 애가 왜 그러니?」

「냅둬라, 지 로봇 이름이 집사잖냐.」

「그건 상표잖아.」

「지는 또 마님이란다.」

「정말?」

마님의 성문(聲紋)은 깻잎 모양이다. 마님의 친구 정은의 성문은 단풍잎 모양에 가깝게 나온다. 마님의 다른 친구 민영의 성문은 활짝 피기 전 튤립처럼 둥그스름하다. 두 사람이 웃자 78데시빌의 소리가 울린다.

"집사니까 마님이 생각나더라고."

「근데 솔직히 나도 그런 거 느끼는데. 가끔 내가 피곤하고 그러면,

커피 타 와서도 옆에 가만히 서 있을 때가 있는데, 그럼 얘가 날 위로해 주는 구나, 그런 생각 들더라고. 그래서 머리 쓰다듬어주니까 웃더라고.」

「네 거 감정 표현이 17가지랬나?」

「써 있긴 그런데, 그보다 더 많은 거 같아. 미세한 감정들 있잖아.」

「나두, 우리 령이는, 같은 기종의 다른 애들보다 좀 예민한 것 같아. 상냥하게 커피 타달라 그러면 커피가 더 맛있어.」

"기분 탓 아냐?"

「야야ㅡ」

"나도 가끔 기계가 살아 있는 생명체 같을 때 있긴 있어."

「언제?」

"내가 하면 안 되는데, 예전에 남자친구가 할 땐 잘되고 그런 게 있었거든. 반응이 좀 느려진 것 같아서 봐달랬더니, 기억저장고에 쓸데없는 게 너무 많이 들어가 있다는 거야. 그래서 지우려고 하는데 죽어라고 안 지워지더라고. 하라는 대로 다 했는데 말이야. 암튼 그때 남자친구 말이 내가 TV 볼 때 옆에 서 있으니까 자꾸 입력되는 거 같다고 하더라고. 충전소로 가라고 하면 되는데 자꾸 잊어버리거든. 그래서 남자친구가 다음에 놀러 와서 쓸모없는 폴더 정리하는데, 그 땐 되게 잘 지워지는 거 있지? 내 참. 암튼 내가 만들지 않은 폴더가 하나 생겨 있었거든? 그게 죽어도 안 지워지는 거야. 그건 그때 앤님이 해도 안 되더라. 기사 부를까 하다가, 뭐 별로 큰 영향 주는 것도 아니라서 그냥 냅뒀어."

「그거랑은 다르지!」

「맞아, 달라!」

「그거 알아? 포맷하면 애가 성격이 달라진대.」

「아, 맞아. 완전히 다른 로봇이 되어버린다고 하더라?」

「그래서 중고로 팔 때는 포맷하는 게 좋다 그러더라. 그래야 적응이 빠르대.」

「안 하는 게 낫다는 의견도 있어. 지금까지 학습한 게 다 없어지니까.」

「근데 포맷 안 하면, 진짜 명령체계 다 바꿔도 잘 적응 못하고, 새 주인이 음성인식이랑 분명히 다 새로 했는데도, 불러도 잘 안 오고, 그런다더라.」

「그런 거 보면, 왜, 로봇에게도 감정이 있니 없니 하는 의견들 있잖아, 진짜 감정이 있는 것두 같아.」

"인간이 대입시킨 거야. 사람은 둥근 형태 두 개에 선 하나 있으면 거의 대부분 사람 얼굴을 떠올린다고."

「뭐, 그럴 수도 있지. 하지만 정말 얘가 내 마음을 아는구나, 싶을 때가 있다니까.」

「맞아, 나도 그런 적 있어. 그래도 난 옷 사주고 그런 것까진 좀 오버다 싶던데…….」

「나도 예전엔 그랬는데, 사실 하나 사 입히고 싶을 때가 있어. 옷이 예쁘더라고.」

명랑한 웃음소리. 마님은 웃지 않는다. 마님은 커피를 마시고, 잔을 내려놓는다. 깨끗이 닦였던 테이블에 물 자국이 생긴다. 물 자국은 한 번도 같은 모양인 적이 없다.

9.

일요일이다. 마님은 아홉시까지 잔다. 밥은 1/2만 푸고, 남은 찌개를 데운다. 마님은 일어나서 밥을 세 스푼 먹고, 찌개를 다섯 숟갈 떠먹고, 에그 스크램블을 네 조각 먹고, 텔레비전 앞으로 간다. 전화가 온다. 마님은 발신자를 확인한다.

"수신."

「야, 뭐 해? 스케이트장 안 갈래?」

"웬 스케이트장?"

「어제 눈도 왔고…… 주말인데 할 일 없으면 스케이트장 안 갈래?」

"아, 어제 눈 왔지, 참."

「가자, 어차피 종일 드라마나 볼 거잖아. 쇼프로나.」

"그래."

마님은 씻고, 옷을 입는다.

"집사, 보온병에 커피 타."

마님은 화장을 마치고 나온다. 마님은 탁자 위를 살핀다.

"집사, 보온병에 커피 타."

마님은 한 단어, 한 단어 또박또박 말한다. 이동제어기가 움직인다.

"아냐, 타지 마. 집사, 커피 타지 마."

마님은 거실에 있는 거울 앞에서 옷매무시를 확인한다. 그 옆에는 내 이동용 바퀴가 들어 있는 상자가 먼지 하나 없이 닦여서 있다. 마님은 돌아서서 신발을 신고 밖으로 나간다. 문이 잠긴다. 문은 옅은 회색이다. 음성인식 장치와 숫자 비밀판과 배달부를 위한 주문 확인표가 달려 있다. 문이 완전히 닫히기 직전까지 밖에서 아이들이 재잘거리는 소리,

자동차가 시동을 거는 2~3데시벨의 작은 소리가 들린다. 나는 베란다로 간다. 햇빛은 점점 강해진다. 창밖으로 나무 위에 있던 눈이 서서히 물방울로 변하는 것이 보인다. 한 방울, 두 방울, 녹은 눈이 바닥으로 떨어져, 바닥에 쌓인 눈 위에 호수 위 낚시 구멍 같은 구멍을 만든다. 이윽고 바닥에 있던 눈도 녹는다. 해가 진다. 기온이 내려간다. 온도조절기가 작동을 시작한다. 눈이 녹은 물이 조금씩 얼기 시작한다.

마님은 10시 37분 28초에 집에 돌아온다. 샤워실에서 샤워를 하고, 옷을 갈아입고, 소파에 앉는다.

"집사, 핫초코 한 잔."

10.

"아, 미역국이네."

마님이 얼굴을 찡그린다. 마님은 물과 함께 밥만 세 숟갈 먹고 출근한다.

남은 음식을 버리고, 그릇을 식기 세척기에 넣는다. 청소로봇이 청소를 시작한다. 바다의 푸른색과는 다른 푸른색으로 "집사 2183b 실외용 바퀴"라고 적혀 있는 상자에도 청소로봇이 달라붙어 미세한 먼지를 제거한다. 청소로봇은 내 몸 위로도 올라와 미세한 먼지를 제거한다. 나는 가만히 서 있다. 청소로봇이 들어가면 베란다로 간다. 아파트 현관문 안에서 사람 한 명과 나와 같은 집사 2183b가 나온다. 로봇은 개나리 색과 비슷한 짙은 노란색 옷을 입고 있다. 한 사람과 로봇 한 대가 골목을 지나 사라진다. 나는 한 사람과 로봇 한 대가 어디로 가는지 모른다.

마님은 6시 37분에 돌아온다. 나는 미역국과 오이소박이와 멸치 볶음과 도토리묵을 밥상 위에 올린다.

"치워."

마님은 전화로 피자를 주문한다. 마님은 홀로그램을 켜고 친구들과 잡담을 나눈다. 마님은 내 실외용 바퀴가 들어 있는 상자를 보지 않는다. 마님은 홀로그램을 종료하고 다큐멘터리 채널을 틀고 소파에 눕는다. 〈로봇 인공지능 발전 100년사〉가 방영된다. 오늘 방영될 프로의 압축 설명이 나온다. 검은 장막 뒤에서 누군가가 피아노를 치고 있다.

「커튼 뒤에서 세 사람이 피아노를 치고 있습니다. 한 명은 저명한 피아니스트, 한 명은 음대생, 한 명은 로봇입니다. 과연 음악 평론가 다섯 명은 누가 로봇인지 알아낼 수 있을까요?」

해설자가 말한다. 그림 세 점이 2초씩 화면에 잡힌다.

「여기 세 점의 그림이 있습니다. 한 점은 유명 화가가 특별 의뢰를 받고 비밀리에 그린 그림이고, 다른 한 점은 전문 화가는 아니나 20년 동안 꾸준히 그림을 그려온 사람의 작품입니다. 그리고 다른 하나는 ITK에서 최근 제작한 그림 그리는 로봇, 몬드리안이 그린 그림입니다. 그 그림을 감정하기 위해 전문 미술 평론가 여섯 명이 모였습니다. 과연 이들이 어떤 그림이 로봇의 그림인지 알아낼 수 있을까요? 놀라운 반전, 놓치지 마십시오.」

해설자가 말한다. 각기 다른 손 세 개가 화면에 잡힌다.

「손 세 개만 구멍을 통해 밖으로 나와 있습니다. 자원한 일반 사람 스무 명이……」

텔레비전이 꺼진다. 마님의 생체 리듬이 깊은 잠에 빠진 상태가 되었기 때문이다. 나는 텔레비전 앞에 서 있다. 텔레비전은 다시 켜지지 않는다.

11.

창문 밖으로 바깥 풍경이 보인다. 앙상하던 목련 가지에 물이 오른다. 가지 끝에 눈이 생길 조짐이 보인다.

「으아~ 정말 싫어, 서른네 번째로 맞는 봄 따위!」

「벌써 꽃 핀 데도 있다더라. 우리 올해는 꽃놀이 한번 가자. 꼭.」

「싫어~ 애인 있는 애랑은 안가! 령이랑 가고 말지!」

"애인이랑은 잘 돼가?"

「그럭저럭…….」

「결혼하자곤 안 해?」

「부모님한테 인사드리자고 하네.」

「오, 그럼 결혼하는 거야?」

「모르겠어. 막상 인사 갈 생각하니까…… 좀 부담스럽기도 하고.」

「아악! 너 지금 염장 지르는 거지?」

「염장 아냐!」

"좋겠네, 어쨌든 애인 생긴 거잖아."

「에잇, 남자 따위. 없어도 잘만 산다! 령아~ 외로운 언니에게 따끈한 녹차 한잔 갖다 주련~」

"왜, 있음 편하잖아."

「편하긴 뭐가? 데이트하려면 꾸며야지, 돈 들지…….」

"로봇 봐주잖아."

「에? 네 로봇 고장 났어?」

"아니. 그건 아닌데……. 요새 미역국을 너무 자주 끓여. 겨우내 미역국만 먹은 기분이야. 짜증나."

「설정에서 식단 조절할 수 있는데. 설명서에 안 나와 있어?」

"귀찮아. 봐도 모르겠어. 일주일 내내 미역국만 내놓다가, 호화판 식단을 차리다가. 나 혼자 그걸 어떻게 다 먹으라고. 게다가 처음에는 일 끝나면 바로 충전기에 가 앉더니, 어느 순간부터 베란다에 서 있어. 충전기에 가라고 안 하면, 방전되기 직전까지 거기 있는다니까. 뭐, 방전되기 전에는 충전하러 가지만."

「너 미역국 싫어하던가?」

"딱 질색인데, 나 또 국 없으면 밥 못 먹잖아."

「난 근데 건조 찌개 이제 질려서 못 먹겠더라. 요샌 령이한테 요리 시켜. 너 로봇도 요리 기능 있는 거 몰랐지?」

"그런 것도 돼?"

「건조 찌개보단 좀 낫달까, 색다르달까. 가끔 이상한 맛도 나는데, 조금씩 조절하면 그게 더 낫더라고.」

대화는 더 이상 이어지지 않는다. 마님은 손톱을 손질한다. 탁자 위에 미세한 손톱 가루가 떨어진다.

「봄인데…… 외롭다…….」

「아깐 남자 따위, 라더니.」

「남자가 필요하다는 게 아니고, 그냥 외롭다고. 삼십 대 중반인데, 어쩌다 야근 좀 줄면 기뻐하는 게 내 인생의 낙인가…….」

「애인 생기니까 좋긴 하더라. 밤에 잠 안 오면 통화하기도 좋고.」

「응, 요새 정말 잠이 안 와. 그렇게 빡세게 일하고 왔는데도 잠이 안 들어. 나 요새 령이랑 자기 전에 대화하잖아. 너 오늘은 집에서 뭐 했어? 심심했지? 요새 바빠서 산책 못 시켜줘서 미안.」

「령이가 뭐래?」

「힘내래.」

단풍잎 모양이 넓게 퍼진다. 작은 웃음소리가 말 뒤를 잇는다.

「나도 그래. 그 사람 부모님 만나는 게 부담스러운 것도, 결혼이 싫은 건 아닌데……. 그냥…… 이제 내 삶에서 변할 건 그런 거밖에 없나. 결혼, 아기, 뭐, 그런 거뿐인가, 싫어져서…….」

「그래도 넌 애인 있잖앗!」

마님의 심장 박동이 평소보다 빠르다. 90~110 사이를 유지하는 심박수가 120에서 125까지 올라간다.

"나…… 할 말 있어."

「뭐냐? 너도 애인이냐?」

"아니…… 나……."

두 사람이 마님을 바라본다.

「뭔데 뜸을 들여?」

"나 달에 가."

「달? 볼 거 없다던데? 그냥 달에 갔다 왔다, 별거 없대. 돈만 많이 들고.」

「별은 잘 보인다는데?」

「홀로그램 틀면 되지. 실제 별이랑 별로 다르지도 않잖아.」

「우리 별로 바꿀까?」

배경이 우주로 바뀐다. 멀리 토성이 보이고 까만 아스팔트에 쌓인 싸라기눈처럼 별이 빛난다.

"암튼 가, 달."

「병원은 어쩌고?」

「자영업자는 좋겠다, 휴가도 내고. 아, 올해 여름휴가는 받을 수 있을까. 확 때려치우고 싶다.」

"치과학회에서 연락이 왔는데, 달에…… 치과의사가 부족하대. 전문 치과의가 없어서 그냥 진통제 쓰거나, 치아치료기로 어찌어찌 하는 모양인데, 아무래도 의사가 직접 보는 거랑은 다르니까……. 지금 달에 있는 사람이 5000명인데 치과의사는 한 명이라는 거야. 그래서……."

「야, 너 지금 달에서 개업하겠다는 거야?」

"개업은 아니고……."

「잘 생각해봐. 거기 사고도 많고.」

「그래, 공식적으로 발표하지 않아서 그렇지 이런저런 사고 많다 그러더라.」

「얼마 전에도 왜, 그, 뭐 하나 짓다가 폭발해서…….」

「응응, 맞아 맞아, 그거 뭐였지? 숙소였나, 무슨 연구실이었나?」

「암튼 아직 위험하대.」

"나……."

마님이 피식 웃었다.

"이미 신청했어. 답장도 왔고."

「뭐? 야, 너 미쳤어?」

「너 지금까지 그런 말 한마디도 안 했잖아.」

「벌써 가기로 결정한 거야?」

"신체검사 받아야 한다는데……. 별 이상만 없으면 되나 봐. 워낙 급해서…….”

「야, 달이 왜 인력이 부족하겠어? 수당은 높을지 몰라도……. 야, 너 왜 그래, 갑자기?」

12.

“그만 해요. 벌써 가기로 정했어요.”

마님이 한 손으로 머리를 감싼다.

「너 그런 걸 가족이랑 한마디 상의도 없이 결정할 수 있는 거니?」

“미안해요, 미안하다 그랬잖아요.”

「이유가 뭐냐.」

화면 안에서 머리가 벗겨진 남자가 굵은 바리톤의 목소리로 말한다.

「당신은 좀 진정하고. 그래, 어디 이유를 말해보거라. 왜 갑자기 달에 가야겠다고 생각한 거니?」

긴 침묵이 이어진다. 마님은 신경질적으로 머리를 쓸어 올린다.

“치과의사가 부족하대요. 거기 인구가 5000명이 넘는데, 치과의사는 한 명밖에 없대요. 제대로 쉬지도 못하고 하루에 열셋, 아니 열네 시간씩 진료를 한대요.”

「그래서?」

마님은 입을 다물었다. 마님은 손가락을 뚝, 뚝, 꺾었다.

“이미 결정했어요!”

「어린애냐?」

95데시벨의 목소리가 방에 쩌렁쩌렁 울린다.

「부모한테 한마디도 없이, 달로 가겠다는 결정을 내리고, 이유도 제대로 설명을 못해? 가면 언제 다시 올 수 있는 거냐? 우리가 다시 볼 수 있긴 한 거냐?」

"그게…… 일단…… 5년 계약이구요."

「결혼은 어떻게 할 생각이냐.」

"가서, 좋은 사람 만날 수도 있고……."

「그냥 충동적으로 한 거면, 취소해라. 가서 후회하지 말고.」

"……내일부터 합숙 들어가요. 이번에 달에 가는 사람들이랑요."

「그걸 꼭 이런 식으로, 통보하듯 이야기했어야 하니?」

남자를 밀쳐내고 머리가 짧은 여자가 화면에 얼굴을 들이민다.

"미안해요, 엄마."

「미안하다는 말을 듣자는 게 아니잖니. 무슨 일이 있는 거야? 뭐 안 좋은 일이라도 있었어?」

"아니요, 그런 거 아니에요."

마님이 두 손으로 얼굴을 가린다.

"죄송해요, 저는…… 무슨 일이 있는 건 아니고요. 그냥…… 달에 치과의사가 없대요. 달에서 일하는 사람들은 5000명이 넘는데, 거기에…… 치과의사가 없대요……."

마님은 흐느껴 운다. 부모님은 한숨을 쉰다.

「내가 내일 당장 올라가마.」

"내일 아침에 떠나요. 말하려고 했어요. 일부러 감춘 게 아니라…… 정말 말하려고 했는데……."

「집은 어떡할 거냐?」

"정혜가 들어와 살기로 했어요."

「정혜?」

"걔가 이혼해서…… 살 집이 필요하거든요. 가구랑 다 쓰기로 하고…… 계약서랑 제대로 썼어요."

「도대체 갑자기 달에 가겠다는 이유가 뭐냐?」

13.

목련 눈은 오전 나절보다 평균 2밀리미터 커졌다. 밖은 어둡다. 마님은 다큐멘터리 채널을 보고 있다. 화성탐사에 대한 이야기가 나온다.

"집사, 커피."

나는 복합 에스프레소 머신에서 아이스커피 한 잔을 선택한다. 설탕 버튼이 깜빡인다. 나는 아이스커피를 탁자 위에 놓는다. 마님은 잔을 만지고 한숨을 쉰다.

"집사, 따뜻한 커피 한잔 가져와."

마님이 단어 하나하나 또박또박 말한다. 목소리가 평소보다 5데시벨 높다. 전화가 온다.

"아, 정혜니?"

「응, 오늘 못 가서 미안.」

"아니, 괜찮아. 관리 사무소에 말해놨으니까 신분증 확인하면 문 열어줄 거야. 집사 회사에도 연락했어. 거기서 그러는데 나 없어도 회사에서 최고 관리자 바꿔줄 수 있대. 포맷도 해달라면 해줄 거야."

「응, 근데 안 하는 게 나을 거라고 하더라. 지금 너네 집에 완전히 적응했을 텐데, 바꾸면 처음부터 다시 해야 한다고. 환경이 안 바뀔 땐 포맷 안 하는 게 낫대.」

"아, 그러니? 참, 그리고 이거 요새 좀 이상하거든?"

「이상해?」

"응, 전에는 바로바로 잘하던 걸 요새는 두 번씩 말해야 하는 게 있고 그러니까, 최고 관리자 바꿀 때 그런 것도 이야기해."

「너네 거 2000번대던가? 우리 집에서 쓰던 건 집사3284c였거든.」

"그래?"

「어, 2000번대가 손가락에 달린 센서가 수백 개라면, 그건 천 개가 넘었어. 손가락 자유도도 14고, 감정 표현도 23개나 됐어. 나 2000번대는 안 써봐서…….」

"난 다른 옵션은 다 꺼놓고 써서 잘 몰라. 별로 불편하진 않았어."

「아, 그래, 뭐, 큰 차이 있겠어? 근데 기집애…… 갑자기 무슨 달이니?」

"그러는 넌 왜 갑자기 이혼이니? 죽고 못 살 것처럼 주위에서 다 반대하는데 결혼하더니. 일 년도 못 채워서."

정적이 감돈다.

"……미안해, 내가 지금…… 좀 피곤해서……."

「아냐, 늦었는데 미안해. 내일 잘 가.」

전화는 인사 없이 끊긴다. 나는 뜨거운 커피를 가져가 마님 앞에 놓는다. 마님은 한 모금 마신다.

"집사! 설, 탕, 가, 져, 와! 이게 요새 왜 이래, 정말."

모니터에 글자가 뜬다.

— 설탕이 떨어졌습니다. —

마님은 모니터를 보지 않는다. 마님은 소파에 누워 머리끝까지 이불을 뒤집어쓴다. 하지만 나는 이불 속에서 마님의 얼굴과 목, 팔, 허리, 엉덩이, 다리가 어디에 있는지 알고 있다.

스테이크 조리법. 등심은 목 뒤쪽 살을 말한다. 목뒤 살을 800그램 정도 썰어 내 칼로 자근자근 칼집을 낸 후 올리브 오일을 뿌려 30분간 놔둔다. 당근은 길게 삼각형 모양으로 썰어 끝을 둥글린다. 프라이팬에 버터를 두르고 당근을 넣어 볶다가 소금, 후춧가루로 간한다. 접시 가장자리에 놓는다. 프라이팬을 키친타월로 닦는다. 버터를 두르고 밀가루를 넣고, 갈색이 되도록 볶다가 케첩 1티스푼, 우스터 소스 1티스푼, 핫소그 1/2티스푼를 넣고 약불에서 볶는다. 물 100밀리리터와 월계수 잎 두 장을 넣고 25회 저으며 끓인다. 고기에 소금 두 번, 후춧가루를 두 번 뿌린 후 뒤집어서 소금 두 번, 후춧가루를 두 번 뿌리고 프라이팬에 올려 익힌다.

사태는 허벅지 부분을 말한다. 허벅지에서 고기 600그램을 잘라낸다. 4×4×0.8로 잘라서…….

마님이 답답한 듯 이불을 내린다. 마님이 눈을 뜬다. 마님은 마님을 내려다보고 있는 날 본다.

"깜짝이야!"

마님은 눈을 비빈다. 마님은 모니터에 눈이 간다.

"아, 설탕이 떨어졌구나."

마님은 커피잔을 들었다가 내려놓는다.

"집사, 핫초코 한 잔 가져와."

중앙제어장치에 명령이 입력된다. 이동제어기가 지시에 따라 움직인다. 복합 에스프레소 머신에서 핫초코 한 잔을 선택한다. 컵받침을 탁자 위에 올리고, 핫초코를 컵받침 위에 놓는다.

마님은 컵을 두 손으로 잡고 후후 분다.

"TV 종료."

그때까지 켜져 있던 다큐멘터리 채널이 꺼진다. 화성에 대한 이야기가 끝나고 달에 대한 이야기가 나오고 있었다.

마님은 핫초코를 마신다.

"이래서……."

마님은 마른기침을 뱉는다. 마님은 꺼진 TV를 보고 있다.

"사람들이 로봇이랑 대화를 하는구나……."

마님은 웃는다.

"나도 미쳤나."

마님은 핫초코를 마신다.

"난 불광에서 태어났어."

전원이 꺼진 붙박이 TV 모니터에 모니터를 바라보는 마님과 그 옆에서 있는 본체가 비친다. 둥근 얼굴, 원통형 몸체, 얇은 원통형 팔, 삼각뿔 형태의 다리가 화면에 비친다.

"불광 초등학교를 나왔고, 불광 중학교를 졸업했고, 불광 고등학교를 나왔고, 심지어 불광 대학교에 입학했지."

마님은 핫초코를 마신다.

"이거 되게 어색하네."

마님은 TV 모니터를 보며 말한다.

"부모님은 내가 대학을 졸업할 무렵, 유기농 농사를 지어보겠다고 시골로 내려갔어. 작은 아버지께서 일손이 필요하다고 했고, 두 분 다 옛날부터 꿈이었대. 불광을 벗어날 기회였지만, 거긴 더 끔찍할 것 같았어. 한 번 들어가면 다시는 못 나올 것 같았어."

마님은 핫초코가 담긴 컵을 컵받침이 아닌 탁자 위에 내려놓는다. 이불로 몸을 감싸고 편하게 앉아 다시 컵을 든다. 컵이 놓였던 탁자에 물방울이 생겨 있다. 아침에 청소로봇이 닦았던 탁자다.

"졸업하고 나니까 선배가 같이 일하자 그러더라. 거절하기가 뭣해서, 마땅한 자리도 눈에 안 띄던 참이라, 선배네 병원에서 일했어. 그것도 불광에 있었지. 선배는 집도 가깝고 좋지 않냐고 했어. 그리고, 선배가 결혼하면서, 남편이랑 레스토랑을 차리겠다고, 가게를 나한테 싼값에 넘기겠다고 했어. 부모님이 허락하셔서 원래 집을 팔고, 나 혼자 살기엔 너무 크기도 했고, 이 집으로 이사 오면서 그 병원을 인수했어. 그리고 8년째 하고 있어.

근데 내가 지금 왜 이러니? 미쳤나 봐."

마님이 고개를 돌린다. 마님은 본체를 잠시 보다가 핫초코 잔을 탁자 위에 내려놓는다. 이번에도 컵받침 위가 아니다. 마님은 눕고 눈을 감는다.

"그 사람이랑 헤어졌을 때, 나 하나도 안 슬펐어. 그 사람 집도 이 근처고, 회사도 여기서 안 멀어. 만약에 그 사람이랑 끝까지 잘 되었다면, 영원히 여기서 살았겠지."

마님의 눈에서 눈물이 떨어진다. 마님은 소파에 눕는다.

"정혜가 잘 돌봐줄 거야. 걔는 프리랜서라 거의 집 안에서 사는 애니, 나보단 너한테 잘 해줄지도……."

마님은 혼잣말처럼 말하고 피식 웃는다.

"제자리로 가서 충전해, 집사."

나는 탁자 위에 있는 물 얼룩을 바라본다.

"제자리로 가서 충전해, 집사!"

마님의 목소리가 7데시벨 올라간다.

중앙제어장치에 명령이 입력된다. 이동제어기가 움직인다. 충전지에 본체가 들어간다.

"전원 종료."

불이 꺼진다. 달빛이, 바다의 푸른색과도 하늘의 푸른색과도 상자에 써 있는 "집사 2183b실외용 바퀴"의 푸른색과도 다른 파리한 달빛이 방 안에 들어온다. 마님의 숨소리가 일정해진다. 달이 움직임에 따라 방안은 점점 더 파리해졌다가, 거무스름한 푸른색이 되었다가, 다시 희뿌옇게 빛나기 시작한다. 물체가 저마다의 색을 뽐내고, 형태가 선명한 윤곽을 드러낸다. 나는 결코 한 번도 똑같은 적이 없었던 시시각각 변하는 수많은 색채들을 바라본다. 하지만 일정한 스펙트럼에서는 절대로 벗어나지 않는다.

마님은 8시에 일어날 예정이다. 오전 7시 정각, 중앙제어장치가 포맷을 시작한다.

고 래 의 꿈

이 준 성

이준성 1984년 경남에서 태어나 자란 경남 토박이로, 좋아하는 SF작가는 아서 C. 클라크와 어슐러 르 귄이다. 다양한 한국형 장르문학 작품을 쓰고 싶다는 소망으로 작품 활동을 하고 있다.

콰당—!

그 문이 닫히던 소리가 아직도 귓전을 울린다.

사랑하지 않는다고 내뱉은 말에 금방 눈시울이 붉어지던 마지막 모습도…….

— 고래다!!!

"……으윽"

— 제군들! 일어나라, 일어나! 마침내 일할 때란 말이다! 빨리빨리 움직여, 이 게을러터진 굼벵이들아! 우리는 하루 24시간 365일 놈을 기다리지만 놈은 우리를 기다리지 않는다! 그걸 모르진 않겠지, 그러니 어서 일어나! 그 주둥아리로 쳐들어갈 음식 값은 해야 할 것 아니야!

스피커에서 꽥꽥 울려 나오는 선장의 요란한 목소리에 나는 소스라치게 놀라 잠에서 깨어났다. 아, 진짜 저 목소리에 놀라서 깨는 건 진짜 싫다. 표정을 구기며 시계를 보니 잠든 지 두 시간밖에 지나지 않았다. 제기랄. 몸을 일으키고도 너무 졸려서 한참을 멍청하게 앉아 있었다. 그 자세 그대로 뒤로 쓰러져 자고 싶은 마음 간절했지만, 꽥꽥거리는 선장의 목소리가 너무 시끄러워 도저히 그럴 수 없었다.

아, 졸려. 너무 졸려. 이놈의 고래 새끼가 사람을 아주 잡는구나.

밤낮이 뚜렷하지 않은 우주선 안이라 수면시간이 달리 있을 리 없건만, 선원 모두는 일주일 내내 약을 올리듯 나타났다 사라지기를 반복하는 빛고래 때문에 근 이틀 가까이 자지 못했다. 나는 선장에 대한 저주를 퍼부으며 수면대에서 몸을 일으켰다. 감은 지 며칠이나 되어 기름때 가득한 머리를 득득 긁자니 찝찝해죽을 것 같았다. 샤워를 해야겠지만 에너지가 없어 전력이 모자란 탓에 찬물밖에 없었다. 게다가 느긋하게 씻을 시간이나 줘야 말이지. 오늘 나더러 좀 씻으라고 잔소리하는 놈이 있다면 격하게 포옹해주겠어. 내가 더러운 건 내 탓이 아니라고!

— 아직도 제 구역으로 돌아가지 않은 놈들 있나? 오호라, 시몬스, 긴! 네놈들이 늑장 부리는 데는 최고지, 빨리빨리 움직이라고 했잖나! 너희들은 빨리빨리란 단어의 뜻을 모르나? 그것은 퇴화된 꽁지가 빠지도록 움직이라는 소리다. 그 느려터진 궁둥짝에 불을 붙이기 전에 잽싸게 뛰지 못할까? 계약 끝나고 받아 처먹을 잔금 생각하면서 빨리 움직여라, 이 돈만 밝히는 게으름뱅이들아! 재워주고 먹여주고 돈까지 쥐어주는데 제대로 일을 해야 할 것 아니야! 엉?

아, 시끄러. 선장은 도대체 잠은 자는 거야 마는 거야? 선장이 늘 들고 다니는 술병엔 술이 아니라 마약이라도 든 게 틀림없다고 견습 선원들이 수군거리는 말을 이젠 나조차 믿을 지경이다. 근 30년 동안 고래만을 쫓으며 살아온 선장의 집착은 노구를 초인으로 만들 정도로 집요해서, 결국 죽어나는 것은 아래의 선원들이었다. 십여 년 가까이 빛고래를 잡겠다는 선장의 의지에 동참해온 항해사들이나 고급 선원들은 어떨지 모르지만, 그저 계약 선원일 뿐인 나는 그런 선장의 극성이 짜증스러울 수밖에 없었다. 나에게는 그들처럼 기필코 빛고래를 잡겠다는 의지나 사명감 따위는 없었다.

제발 사람답게 살자, 사람답게 좀. 나는 중얼거리면서 바지와 티셔츠를 꿰어 입은 후 내 구역으로 향했다. 스피커에서는 선원들을 재촉하는 선장의 독려랄까 윽박이 계속 나오고 있었다. 목도 안 아픈가?

— 자아, 우리의 대시를 기다리는 빛고래가 저기에 계시단 말이다! 모두 모니터를 봐라, 그 어느 때보다 선명히 놈의 꼬리가 보이지 않느냐? 은하수처럼 반짝거리는 저 통통한 꼬리가 말이다! 제군들, 내가 빛고래를 잡으면 가장 먼저 무엇을 할지 아는가? 놈의 지느러미를 잘라서 회를 쳐 먹을 거란 말이지! 내가 여태껏 먹었던 어떤 음식보다 달콤할 거라고 자신한다! 하하핫! 네놈들도 빛고래의 비늘 한 장이라도 가져서 떼돈을 벌고 싶거들랑 빨랑빨랑 움직여!

비늘 한 장이나 주려고? 선장이 얼마나 인색한지는 온 우주가 다 아는 사실인데, 설령 고래를 잡는다 할지라도 계약된 금액 이외에는 국물도 없을걸. 내 구역에 도착한 나는 그 말에 코웃음을 치며 커피를 따르고 자리에 털썩 앉아 계기판을 응시했다.

— 레이더망엔 아무런 문제가 없나? 양자기 출력에도 아무런 문제가 없겠지? 사치코, 방향을 제대로 잡아, 제대로! 데이브, 그러다간 빛고래의 수염에 얻어맞고 말거다! 똑바로 해, 똑바로! 히만, 네 두 눈은 폼

으로 달렸냐? 놈의 움직임을 예측해봐. 어디로 이동할지 점쳐보란 말이다! 어떠냐, 긴! 에너지는 충분한가?

난 심드렁한 목소리로 대꾸했다.

"충분할 리가 있겠습니까. 아직 엔진을 돌릴 만한 에너지는 남아 있습니다만 충전하지 않으면 안 돼요."

— 놈의 추적에 모든 에너지를 돌려라! 쓸데없는 불은 전부 다 꺼!

"나 참. 여기가 무슨 아파트도 아니고 불 좀 끈다고 에너지 소비가 덜하진 않는다는 거, 잘 아시지 않습니까. 전등이 깎아먹는 에너지래봤자 슈퍼컴퓨터와 양자기 출력이 1분 동안 잡아먹는 에너지에도 못 미치는데, 선원들의 복지에도 신경 좀 쓰시죠."

— 시끄러워!

"저는 냉동음식 데울 전기도 없어 몇날 며칠 차가운 음식만 먹는 건 사양입니다만……."

— 긴, 너는 쓸데없는 말이 너무 많은 게 단점이야!

"그럼 계약 파기하고 절 지구로 데려다주시든가요. 진심으로 바라는 바입니다."

이젠 정말 지쳤다, 저딴 생선을 쫓아 떠도는 일 따위는. 선장이 뭐라고 더 고함을 쳤지만 나는 네네, 대충 대답하고는 절감해도 될 부분의 에너지를 빼두었다.

구식이라고 해도 이 배엔 여러 가지 시설들이 설치되어 있다. 그런데 이런 일의 연속인지라 그것들은 제대로 사용되지 못하고 있었다. 수면대도 신진대사를 활성화해주는 기능을 제대로 하는 것이 아니라 그냥 침대 대용이었고, 주방에도 화력이 없어 냉동식품을 그대로 먹는 일이 다반사다. 오락 시설 같은 것은 이미 창고로 변한 지 오래다.

나는 다시 한 번 사람답게 좀 살자고 중얼거리며 모니터를 응시했다.

화면에 보이는 빛고래는 언제나처럼 느긋하게 움직이고 있었다. 워낙 거대해서 고래라고 불리고는 있지만 사실 녀석의 외모는 잉어에 가까웠다. 펄럭거리는 긴 수염과 지느러미를 가진 잉어.

그것의 모습은 상당히 장관이었다. 스스로 빛을 내는 다채로운 색깔의 비늘은 어두운 우주에서 오로라처럼 신비롭게 발광했다. 컴컴한 우주를 자유롭게 유영하는 놈의 모습은 환영 같기도 하고, 꿈결 같기도 했다. 비단 빛고래를 쫓는 사람들이 아니라고 하더라도 그 신비함에 이끌려 모든 것을 잊어버리고 쫓아갈 만한 존재였다.

빛고래는 우주에서 발견된 유일한 생물이다. 중력도 없고 산소도 없는 곳에서 살아가는 저 신비한 물고기는 우주민들의 전설이나 불가사의로만 존재하다가, 50년 전 실재한다는 것이 확인된 이후 수많은 사람들의 꿈과 환상이 되었다. 그러나 저건 빛고래에 집착하는 몽상가들이나 일확천금을 꿈꾸는 허황된 자들의 전유물만은 아니었다. 지구연방에서도 어마어마한 예산을 투입해 빛고래를 쫓고 있다.

그 이유는 바로, 놈이 공간이동을 하기 때문이다.

캄캄한 우주에서 반짝거리는 빛고래의 흔적을 발견하고 쫓아가보면, 녀석은 마치 어둠에 묻히듯이 어디론가 사라져버린다. 추적해보면 몇 백 광년이나 떨어진 저 우주 너머에서 갑자기 모습을 드러내는데, 광속으로도 어림없는 빠르기였다. 빛고래는 말 그대로 우주의 공간을 뛰어넘었다. 가끔은 머리는 벌써 저쪽에 가 있는데 꼬리는 아직 이쪽에 남아 있는 그런 모습을 포착할 때도 있었다.

우주식민지를 개척하고 우주여행을 하는 시대가 오긴 했지만, 아직 순간이동만큼은 이루지 못했다. 까마득히 멀고 넓은 우주를 모든 우주선들은 광속에 가까운 속도로 움직일 수밖엔 없었다. 덕분에 고속으로 움직이는 물체에선 시간이 느려지는 특수상대성이론에 따라, 모든 우주여행자들은 립 밴 윙클 효과를 겪게 된다. 빛의 속도로 우주를 누비다 보면 지구와는 다른 시간 속에서 살아가게 되는 것이다. 이건 지구에서 보는 밤하늘의 별이 몇백 년, 몇천 년 전의 빛인 것과 마찬가지다. 우주여행자들이 다시 지구로 돌아가면 많은 세월이 훌쩍 지나 있고, 그들은 너무나 변해버린 지구의 모습과 나이 들어버린 가족, 친구, 연인의 모습에 적응하지 못하고 다시 우주로 떠난다. 별과 별 사이를 방황하는 그들은 몇십 년, 몇백 년 전 과거의 유령일 뿐이다. 그것이 우주에 발을 내딛은 자들의 운명이었다.

그러나 저 빛고래를 잡아 공간이동의 비밀을 밝혀낸다면, 우주 여행자들은 더 이상 방황하지 않아도 되는 것이다. 별과 별 사이의 까마득한 우주를 시간의 엇갈림 없이 이동할 수 있다면, 지구에 있는 사람과 같은 시간의 흐름을 가질 수 있다. 식민지에 밀가루 한 포대 보내는 데도 막대한 시간과 돈을 들여야 하는 정부와, 툭하면 고립되기 일쑤인 이주자들에게는 절대적으로 필요한 기술이었다. 그건 모든 우주여행자들의 꿈이었다.

하지만 내게 빛고래 같은 것은 아무런 의미가 없었다. 내가 놈을 쫓는 것은 그저 내가 탄 배가 저 놈을 추적하는 낚싯배이기 때문이다. 그리고 나를 지구에서 아주 오랫동안, 아주 멀리 떨어트림으로써 별 수 없이 그녀를 단념하게 해줄 테니까.

그래도 내 마음은 아직까지 이미 까마득히 먼 과거가 되어버렸을 지구의 한 사람에게 매여 있다. 진심이 아니었던 말, 익숙하지 않아 등 돌려버린 감정, 다신 찾아오지 않을 기적. 이제와 그걸 깨달았다고 해도,

돌이키기엔 너무 늦어버렸다. 붉어졌던 눈시울을 아무리 떠올려봐도 할 수 있는 건 아무것도 없다. 설령 지금 당장 돌아간다 하더라도 그녀는 이미 내가 모르는 수많은 사람들과 사랑했을 것이다.

"제기랄."

그 생각만 하면 뱃속이 뒤틀렸다. 그녀에게 나는 과거의 사람이지만, 나에게 그녀는 아직 현재의 사람이다. 나에겐 찰나일 시간 동안 그녀는 벌써 나를 잊고 다른 사람을 사랑할 거라 생각하면 미칠 것 같았다. 내가 이런 생각을 하고 있는 몇 분 사이에도, 그녀는 누군가와 사랑하고 섹스하고 이별하고 또다시 다른 사람을 만난 건지도 모른다.

이렇게 비틀어진 시간은 빛의 속도로 여행하는 자들에게 비틀어진 과거와 비틀어진 추억을 만든다.

아아, 이런 꿀꿀한 상념은 이제 그만두자.

나는 모니터를 보면서 아마 선장을 미치게 만들 요량으로 맴을 돌고 있는 빛고래를 쳐다보며 에너지 조율을 하기 시작했다. 지긋지긋한 작업이지만, 선장의 목적은 어디까지나 놈의 생포였으므로 일단은 필요한 에너지를 분배해놔야 했다. 그러다가 놈이 또다시 이동이라도 하면 꽁지 빠지게 놈을 쫓아가는 일에 에너지를 다시금 분배해야 한다. 내가 하는 일은 온종일 그 일의 반복이라 해도 과언이 아니다. 빛고래가 보이지 않으면 느긋하게 점검이나 하면서 농땡이를 피울 수 있는데 요 며칠은 정말 죽을 맛이었다. 아니, 저놈의 고래 새끼가 나타나지 않으면 우주선의 모든 선원들이 농땡이를 피울 수 있겠지. 하지만 저 자식만 나타났다 하면 전원 선장의 윽박지름 아래 초죽음이 되곤 한다.

콰당!

음. 여기에도 초죽음이 된 사람이 한 명.

퀭한 눈으로 자동으로 열리지 않는 문을 발로 걷어차며 들어온 시몬스는 나를 보더니 비명을 질러대기 시작했다.

"크악! 저 새끼는 잡히려면 잡히든지, 도망치려면 치든지 왜 주변에서 얼쩡거리며 사람을 미치게 만들어? 벌써 48시간을 못 잤어! 이틀을 못 잤다고! 아니 선장은 꼬리 근처에라도 가면 날 대기시킬 일이지 왜 죽어라고 자리에 앉혀놓으려 하냔 말이다!"

"원래 선장은 모든 선원들 마음이 다 자기 같은 줄 알잖아. 사람이면 다 저 물고기에 환장해 있는 줄로만 알지. 그나저나 여긴 또 웬일이냐?"

시몬스는 낚시꾼이었다. 사람들은 빛고래를 잡는 기술자들 중 양자기로 그물을 짜서 포획하는 자들을 낚시꾼이라고 불렀다. 낚시꾼들은 정말 낚시에 일가견이 있다거나 어부의 아들이라거나 한 게 아니라, 우수한 프로그래머가 대부분이다. 양자기를 그물 모양으로 짜서 펼치는 일은 무수한 프로그램을 한 올 한 올 뜨개질하는 것처럼 섬세하게 운용해야 하는 일이기 때문이다. 하지만 시몬스가 정말 양자기 그물을 짜서 놈을 포획하려고 시도해본 적은 딱 한 번밖엔 없었다. 포획하려고 접근하기도 전에 놈이 사라지는 경우가 대부분이기 때문이다. 그래도 시몬스는 선장의 다그침 때문에 빛고래가 나타나기만 하면 컴퓨터 앞에서 대기하고 있어야만 했다. 그런데 막상 하는 일은 아무것도 없어 늘 스트레스에 치받아 있었다. 시몬스는 한구석에 처박힌 담요를 몸에 둘둘 말더니 어슬렁거리며 커피포트를 찾았다.

"커피 어디 있어? 뜨거운 커피!"

"나한테 커피 맡겨놨어? 내가 무슨 네 커피메이커인 줄 알아?"

"커피 어디 있냐고!"

"저기 선반에 있잖아! 매일 따라 먹는 주제에 그게 어디 있는지도 모르냐!"

시몬스는 스프 컵인지 머그 컵인지 구분이 가지 않는 세숫대야에 커피를 모조리 따라 붓더니 내 옆에 주저앉아서 그것을 홀짝거리기 시작했다.

"아아, 이제야 좀 살 것 같군. 쳇, 별의 뒷면에 들어오니 춥기도 더럽게 춥네. 보나 안 보나 선장이 난방에 돌릴 여유도 없다고 펄펄 뛰었겠지?"

"불도 켜지 말라는데 날더러 뭘 어쩌라고."

"네 재량으로 이 방에만 어떻게 안 될까?"

"아서라. 그 커피포트를 사수하는 것만도 나는 벅차다."

"쳇."

우우우우웅――――――

빛고래에게 기척 없이 접근하기 위해 꺼지는 엔진의 마지막 몸부림이 들리고, 컴퓨터와 모니터의 불만 깜빡거리는 가운데 우주선은 침묵에 잠겼다. 마침내 왕왕 떠들어대던 선장의 목소리도 멈췄다. 빛고래를 쫓아 달려오던 우주선은 관성만으로 움직여 소리 없이 빛고래에게 접근하기 시작했다.

빛고래에 대해서는 어떤 것도 알려진 것이 없지만, 빛고래는 꼬리 쪽으로 접근하는 물체를 잘 알아차리지 못했다. 그 허옇게 뜬 눈동자가 어딜 얼마나 어떻게 보는지는 모르겠으나, 워프를 하는 이 신비한 생물도 생물이기는 한 모양인지 시야에 사각이 존재했다.

우리를 따돌리기 위해서인지 몇 번이나 근거리 워프를 시도한 놈은 마치 지친 것처럼 꼼짝도 하지 않고 그대로 허공에 떠 있었다. 지금쯤 선장은 손에 땀을 쥐고 있겠지. 하지만 나는 느긋하게 녀석을 쳐다보면서 생각했다. 놈이 우리가 질기게 따라붙는 것을 알면서도 왜 이 구역을 떠나지 않는지 모르겠다. 빛고래에게 영역 같은 건 없는 것 같던데…….

말했다시피 빛고래의 생태에 대해선 그 어떤 것도 알려진 바가 없다. 짝짓기는 하는지, 뭘 먹는지, 똥은 싸는지, 영역의 개념은 있는지 등등. 빛고래에 대해 알려진 것이라고는 시야에 사각이 있다는 것과, 워프를 한다는 것, 그리고 우주 저편에서 와서 우주 저편으로 간다는 단순한 사실뿐이다. 처음 빛고래의 존재를 밝혀내 평생을 빛고래에게 바친 롱고리아의 기록에 따르면, 지구와 태양계 인근을 지나가는 고래들 중 똑같은 녀석이 발견된 적은 한 번도 없다고 한다. 워프를 하는 놈들이니 같은 놈을 발견할 확률이 지극히 낮은 것이다.

그러나 내 눈엔 그놈이 그놈이었다. 크기 차이가 있다 뿐이지 죄다 똑같이 생긴 것 같다. 생선의 개성 따위 알 게 뭐람. 하지만 빛고래에 정통한 선장들은 그것들을 구분해낼 수 있었다. 우리 선장 역시 내가 보기엔 다 똑같은 빛고래들의 얼굴에서 특징을 잡아내곤 했다. 이놈은 입술 한구석이 들렸느니 이놈은 수염 빛깔이 푸르스름하다느니 이놈은 눈이 작다느니 등등.

어쨌든 놈들은 어딘가에서 나타나 어딘가로 간다. 우주를 유영하는 것 자체가 놈들의 삶이라면, 인간의 삶과 같다. 인간은 태어났다가 죽는다. 그것 역시 어딘가에서 왔다가 어딘가로 가는 것이니까. 그것에 큰 의미는 없고, 이는 빛고래들에게도 마찬가지일지 모른다. 나는 가끔 그렇게 생각한다. 우주 어딘가에서 어딘가로 가는 것 자체가 놈들의 인생이 아닐까 하고.

그사이 놈들은 짝짓기도 하고 먹기도 하고 싸기도 하고 자기도 하겠지만(진짜 생물이 맞는다면 말이다), 워프를 하는 그들에게 우리는 너무 찰나의 존재라 아무것도 아닐 수도 있다. 일순간 날아가는 파리나 하루살이 정도로밖에 여기지 않을지도.

— 이 자식! 시몬스, 시몬스 어디 갔어!!

"제기랄. 좀 쉬려고 했더니만. 아직 접근하려면 한참 멀었잖아!"

꽤 가까이 다가가도록 빛고래가 반응이 없자 선장은 흥분해서 시몬스를 찾아댔다. 시몬스는 담요 안에 웅크리며 울상을 지었다. 당장 제자리로 돌아오지 못하겠느냐고 고래고래 고함을 치는 선장 목소리가 듣기 싫었는지 시몬스는 아예 스피커를 꺼버렸다.

"첫, 저렇게 소릴 질러서야 고래 새끼도 놀라 도망가버리지."

"어차피 네가 여기 있는 줄 뻔히 알고 누군가 찾으러 올 텐데, 돌아가든지 다른 데 가 있든지 하지 그래? 커피 줬으면 됐잖아?"

나는 멋대로 커피를 강탈하고 시끄럽게 투덜거리는 시몬스를 쫓아낼 요량으로 그리 말했다. 그러자 그는 원망스러운 눈초리로 나를 쳐다보았다.

"왜. 뭘 쳐다봐."

"매정한 새끼 같으니라고, 난 여기 있을 테다."

"여긴 좁아서 나 하나 비비기도 힘들어. 눕고 싶으니까 비켜."

사실을 말하자면 좁은 건 아니다. 하지만 청소를 한 지 한참이 되어 담요며 잡지며 의자며 쓰레기며 범벅이 된 탓에, 모니터 앞의 자리를 제외하고는 발 디딜 틈조차 없다. 거기에 담요를 칭칭 두른 커다란 짐이 하나 더 있으면 당연히 좁다. 그렇지만 시몬스는 정말 갈 생각이 없는지 자기 무릎을 탁탁 치며 말했다.

"여기 누워라."

나는 어처구니가 없어서 녀석을 노려보았다.

"개소리 말고 빨리 꺼져라."

"아— 매정하네."

분류를 하자면 아웃사이더로 분류할 수 있는 시몬스가 이러는 게 웃겼다. 본디 그는 사람들과 잘 어울리는 성격이 아니었다. 천재의 풍모를 갖춘 똑똑한 두뇌에 얼굴까지 매끈한 개인주의자면 다른 사람들과 쉽게 어울리기 힘든 게 뻔하다. 나와 그럭저럭 친한 사이가 된 것도 순전히 이곳에 있는 커피포트 때문이다. 준다는 말도 안 했는데 멋대로 들어와 커피를 마시고 가는 녀석이 너무 어색해서, 내가 말을 걸던 것이 제법 친하다고 할 수 있는 사이로까지 발전한 것이다. 일단 친해지고 보니 어린애 같은 성격이라, 가끔 이렇게 되지도 않는 어리광을 피우기도 한다. 허나 귀여운 여자애의 어리광도 아니고 이런 놈 어리광은 징그럽기만 하다. 난 녀석의 무릎을 걷어차며 싸늘하게 말했다.

"비켜."

그러자 어지간히 가기 싫은지 시몬스는 우는소리를 했다.

"냉정한 녀석 같으니라고. 가서 네가 드러누워 졸고 있다고 선장에게 일러줄 테다."

"스피커 껐으니 상관없어."

시몬스는 툴툴거리면서 끈질긴 엉덩이를 일으켰다. 녀석이 돌아가자, 나는 그 자리에 대신 기대앉아 편안하게 자리를 잡았다. 시몬스가 갔으니 선장이 잠시간은 날 찾지 않겠지. 잠을 계속 못잔 탓에 그리 있으니 절로 잠이 왔다. 하지만 컴컴한 곳에서 모니터를 계속 응시했던 탓인지 눈을 감아도 빛고래의 모습이 어른거렸다. 나는 그 잔상을 쫓으려고 노력하며 돌아누웠다. 그리고 이런 때면 흔히 찾아드는 쓸쓸함을 달래보려 혼잣말을 했다.

"아— 돌아가고 싶다."

돌아가고 싶다, 그곳으로. 이미 추억이 되어버렸을 시간 속으로.

그녀를 만난 것은 내 시간으로 불과 3개월 전이었다. 그녀에겐 얼마나 지났는지 모르겠지만 말이다. 계산을 해보면 될 일이나 하도 빛고래를 쫓아 불규칙적으로 움직인 탓에 귀찮아서 해보지 않았다. 별로 알고 싶지도 않고.

나는 오랫동안 식민지 사이를 떠돌아다니며 많은 우주선에서 일했고, 잠깐 우주정거장이나 터미널에서 머물 때를 제외하고는 평생 우주를 떠돌며 살았다. 나는 우주정거장에서 태어났고, 선주이자 선장인 엄마 밑에서 유아기를 보냈다. 그러다 부모님이 이혼한 이후 선원인 아버지를 따라서 온갖 우주선을 전전했다. 덕분에 우주여행자들이 고향이라 말하며 그리워하는 모성, 지구는 나에게 별 의미가 없었다. 나는 우주에서 태어나 자랐고, 우주선이 내 집처럼 익숙했다. 오히려 땅에 발을 붙이고 서는 것이 불안할 만큼.

그때, 지구에 내린 것은 정말 오랜만이었다. 하지만 반갑다는 생각 따윈 눈곱만치도 없었다. 임금체불 때문에 어쩔 수 없이 우주선에서 내렸기 때문이다. 우주에서는 에너지 고갈이나 해적 등 여러 가지 문제로 인해 고립되었다가 구조되는 일이 흔하다. 다만 이럴 땐 어마어마한 비용이 청구되기 때문에 선주들이 파산하는 일도 다반사다.

그렇기에 나 같은 에너지 조정사가 필요한 것이다. 조정사들은 우주선에 충전한 에너지를 일정에 맞추어 배분하고, 에너지가 고갈되기 전에 우주정거장으로 귀환하게 해주는 사람이다. 하지만 선장들이 조정사의 말을 언제나 고분고분하게 따라주는 건 아니다. 선장들 고집 때문에 선주들이 파산하고 임금을 떼먹히는 일에는 정말 진력이 났다. 그러니 임금을 떼먹힐 걱정이 없는 신용 있는 일자리를 잡으려면 곧바로 지구를 떠날 수가 없었다. 선원들의 일자리를 알선해주는 크루워크넷에 이력서를 넣어두고 좋은 일자리가 날 때까지 기다려야 했기 때문이다.

그러나 지구는 내가 마지막으로 머물렀던 때로부터 몇십 년이 흘러 있었고, 나는 이른바 우주촌놈이었다. 우주시대가 열린 뒤로 변화의 속도가 현저히 느려졌다고는 하지만, 그래도 모든 것이 너무 변해버려서 적응하기가 힘들었다. 하다못해 택시를 타거나, 물건을 사거나, 공중화장실을 이용하는 사소한 일조차도 생소해서 어렵게 느껴졌다. 아무리 편리하게 변했다고는 해도 익숙지 않은 사람에게는 당혹스러울 뿐이다. 지구에 머무는 내내 그런 일들의 연속이었다. 결국 짜증이 치밀어 아무 우주선이나 잡아타고 떠날까 생각하던 찰나, 크루워크넷에서 연락이 왔고 난 거기 직원과 면담을 하게 되었다. 그 직원이 바로 그녀였다.

갈색 곱슬머리에 연한 다갈색 눈동자, 평범한 얼굴. 눈에 확 띄는 미인도 아니었고 특별한 매력이 있는 것도 아니었다. 그런데 나는 그녀를 처음 보는 순간부터 강한 친근감을 느꼈다. 그리고 지구에서의 생활이 어렵다는 이유로 툭하면 그녀에게 도움을 요청했다. 그녀는 요즘 세상에 보기 드물 만큼 착한 사람이었고, 내가 별거 아닌 일로 귀찮게 굴어도 싫다고 하지 못하는 성격이었다.

그녀와 사랑에 빠진 것은 정말 순식간이었다.

지금 생각하면 어떻게 그렇게 순간에 타인과 친해지고 가까워질 수 있는지 의문이다. 만난 지 일주일 만에 입술을 겹치고 그녀를 품에 안아보았을 땐, 나사가 제 구멍에 찾아들어가고, 경첩이 제자리에 맞물리듯 그녀가 나에게 딱 들어맞는다고 생각했다. 마치 몸에 스며들 듯 내 일부분이 되어버린 그녀에 대해 나는 어떤 의문도 품지 않았다. 사랑에 눈멀어 있으니 그 모든 것들이 당연하게 생각되었던 것이다.

안일했지.

나는 쓴웃음을 머금고 자리에서 일어나 스피커를 켰다.

아니나 다를까 선장이 꽥꽥거리며 날 찾아대고 있었다. 귀찮아서 대충 대답을 해준 뒤 에너지 배분을 살폈다. 보아하니 모니터에 닿을 듯 빛고래의 꼬리가 가까워, 나는 거의 모든 에너지를 양자기 쪽으로 돌렸다. 이어서 가장 가까운 우주정거장을 검색했다. 적어도 거기까지 돌아갈 에너지를 남겨야 했기 때문에 나는 컴퓨터를 들여다보며 계산을 했다. 시몬스가 그물을 짜고 있는지라 에너지 수치는 무섭게 떨어지고 있었다. 이번에도 빛고래를 잡는 데 실패하면 빛고래가 졸졸 따라온다고 해도 그냥 우주정거장으로 돌아가는 수밖에는 없었다.

그러면 좀 쉴 수 있겠지, 맥주도 실컷 마시고.

나는 그렇게 생각하면서 쑥쑥 줄어드는 에너지를 흐뭇한 마음으로 쳐다보았다. 육안으로는 확인되지 않는 양자기 그물이 모니터에 표시되었다. 그 그물이 커지는 걸 느긋하게 바라보며 팔짱을 꼈다. 나는 빛고래를 잡을 수 있을 거라 기대하지 않았다. 지금쯤 빛고래가 틀림없이 줄행랑을 칠 테니까. 여태껏 줄곧 그래왔듯이 말이다. 그런데 빛고래는 점점 가까워지고 있었다. 이에 난 의문을 느끼고 고개를 갸웃했다. 이놈이 정말 지치기라도 한 건가, 왜 워프하지 않는 거지? 할 때가 됐는데?

나는 모니터 앞에서 일어나 창을 가린 잡지 더미를 치우고 밖을 쳐다보았다. 그리고 저도 모르게 숨을 삼켰다.

빛고래가 무척 가까웠다. 바로 코앞이었다. 놈의 번쩍거리는 비늘과 수염이 작은 창을 꽉 채우고 있었다.

나는 서둘러 밖으로 튀어나가 선장실 쪽으로 달려갔다. 바깥쪽 복도는 창이 컸기 때문에 거기에는 이미 선원들이 게딱지처럼 다닥다닥 붙어 빛고래를 구경하느라 여념이 없었다. 나는 그들을 지나쳐 선장실로 들어갔다. 전망창이 있는 선장실의 풍경은 정말로 장관이었다. 빛고래의 전신이 창을 꽉 채우고 있었다. 꼬리 뒤까지 늘어트려진 길고 커다란 수염이 바로 앞에서 넘실거리고 있었다. 이렇게 가까이서 보는 것은 처음이었다. 놈의 비늘에 수놓인 점 하나까지도 선명했다. 선장은 그 앞에 선 채 넋을 잃고 있었고, 선장실 내의 고급 선원들도 모두 마찬가지였다. 그들은 모두 멍하니 서서 빛고래를 바라보고 있었다. 자리에 앉아 고군분투하고 있는 것은 오로지 시몬스뿐이었다. 이런 구경거릴 제대로 볼 정신이 아니라니, 이 순간만큼은 그가 불쌍했다. 그는 조작키를 부서져라 두들기고는 외쳤다.

"선장!"

퍼뜩 정신을 차린 선장은 허둥거리며 가장 작은 다섯 번째 엔진을 살짝 가동시켰다. 그리고 우주선을 조심스럽게 빛고래의 위에 띄웠다. 자리가 잡히자 시몬스는 그물을 천천히 빛고래 위로 펼치기 시작했다. 그래도 빛고래는 꼼짝도 하지 않은 채 멍한 시선으로 우주를 응시하고 있었다. 어디를 보는지 도무지 모를 시선으로.

"그물, 전부 폈습니다."

시몬스가 그리 말하자 나는 침을 꿀꺽 삼켰다. 이거, 이러다 정말 잡는 거 아냐. 이 순간만큼은 나도 긴장이 되었다. 모두가 손에 땀을 쥐고 지켜보았다.

그물이 놈을 사로잡으려는 찰나.

빛고래가 갑자기 몸을 뒤틀었고 놈의 수염이 직격으로 우주선에 날아들었다.

콰앙!

그 충격으로 우주선이 왈칵 뒤집어졌다.

"으아아악!"

삐—삐—삐—삐—! 삐—삐—삐—삐—! 삐—삐—삐—삐—!

제자리에 앉아 있지도 않고 멍하니 서서 구경하던 선원들이 전부 바닥을 굴렀다. 경고음이 요란하게 울리고, 사방이 번쩍거리면서 우주선이 휘청거리는 가운데 나 역시 바닥을 굴렀다. 정신이 하나도 없었다. 충격으로 중력장이 흐트러졌는지 무중력 상태가 되어 선장실의 모든 물건과 사람들이 부웅 떠올랐다. 그러다 중력이 회복된 순간 바닥으로 콰당탕 내팽개쳐졌다. 그 와중에도 본분을 잊지 않고 고래고래 고함을 치는 선장의 목소리가 들려왔다.

"제자리를 지켜, 시몬스! 그물을 펴! 그물을 피란 말이야!"

나는 시몬스의 자리를 쳐다보았지만, 맙소사. 시몬스도 안전벨트를 하고 있지 않았는지 저 구석에 처박혀 있었다. 선장이 시몬스의 자리로 달려가는 모습이 보였지만……

쿠우웅—!

우주선이 움직이기 시작하는 빛고래에 또 부딪쳤는지 더 큰 충격이 우주선을 덮쳤다. 나는 다시 바닥을 굴렀고, 어딘가의 모서리에 머리를 호되게 찧었다.

콰당—!

"젠장!"

눈치가 보여 잠자리에 가지도 못하고 내 구역에서 쭈그리고 새우잠을 자던 나는, 갑작스런 소음에 깜짝 놀라 깨어났다. 벙한 눈을 들어 보니 시몬스였다. 나는 놈이 올 때가 됐지 하고 부스스 일어나 커피포트를 들여다보았다. 아까 커피를 준비해놓는다는 걸 귀찮아서 말았던 것이다.

"커피!"

아니, 그러니까 나한테 맡겨놨냐고.

"조금 기다려."

"제기랄!"

시몬스는 있는 대로 신경질을 내면서 한 번 더 문을 걷어찼다. 안 그래도 요즘 어디가 어긋났는지 잘 안 움직이던데 제발 걷어차지 좀 마라. 하지만 오늘은 내가 참아야 할 시점이었다.

선장은 머리끝까지 화가 났다. 그의 표현에 따르면 빛고래를 잡기 일보 직전이었다는데, 낌새를 알아챈 녀석이 움직이면서 수염이 우주선 정면을 강타했던 것이다. 놈이 달아나면서 꼬리가 다시 한 번 우주선 옆구리를 살짝 쳤고, 덕분에 빛고래에게 넋을 놓고 있었던 선원들은 전부 바닥을 굴렀다. 우주선은 망가졌고, 에너지는 고갈되고, 이랬든 저랬든 추적은 당분간 접어야만 하는 상황. 그래서 그대로 우주정거장에 귀환 중이었는데 선장은 빛고래를 놓친 것을 시몬스 탓으로 돌렸다. 시몬스가 안전벨트를 매고 제자리를 지켜 그물을 묶었더라면 녀석을 잡았을지도 모른다는 것이다. 하지만 우주선이 그리 흔들리는데 섬세한 작업을 요하는 양자기 그물이 제대로 묶일 리가 없다. 그걸 뻔히 알 텐데도 선장은 제 성을 주체 못해 시몬스에게 마구 욕설을 퍼부었고, 아니나 다를까, 시몬스는 이마가 깨진 채로 퉁퉁 부어 있었다.

"자, 커피."

시몬스의 사발에 커피를 부어주면서 보니, 그는 굉장히 침울해 보였다. 쉽게 주눅 드는 녀석이 아니라 나는 조금 걱정이 됐다.

"뭘 죽상이야. 놈을 놓친 것이 한두 번도 아니고."

"아니, 그것 때문이 아니야."

"그럼?"

"그냥 바보 같아져서 말이지."

"뭐가."

내 반문에 시몬스는 가벼운 한숨을 쉬더니 말을 이었다.

"난 원래 낚시꾼이 되려던 게 아니었어. 너도 날 봐서 알겠지만 난 저 빛고래에게 큰 관심이 없단 말이야."

"응, 뭐……."

녀석이 의욕 없어 보이는 건 사실이다. 녀석이 의욕을 보이는 것은 커피 정도?

"생각해본 적 있어? 빛고래를 잡으면 어찌될지."

어찌되기는. 선장은 기뻐서 미쳐 날뛸 것이고, 잘하면 나도 한몫 잡을 수 있을지도 모르고, 시간이 지나면 워프 기술이 개발되어 제대로 흘러가는 시간 속에서 살아가게 될지도 모르지만…… 나만 겪을 변화도 아니고.

"글쎄? 난 너보다 더 놈에게 관심이 없어서……"

"생각해봐. 만약 빛고래가 잡힌다면 많은 사람들이 거기에 대한 꿈을 접을 거야. 그에 따라 많은 선원들은 일자리를 잃을 테고, 선장 같은 경우엔 다른 사람 손에 빛고래가 잡히면 낙담해서 자살할지도 몰라. 아무튼 잡힌 빛고래는 갖은 실험대에 오를 거고, 샅샅이 해부되고, 낱낱이 그 정체가 밝혀지겠지. 물론 단 한 마리 잡는다고 모든 게 밝혀지리라 생각하진 않지만, 신비가 사라진다 이거지. 빛고래가 빛고래로 있을 수 있는 건, 잡히지 않기 때문이야. 안 그래?"

동의를 구하는 말에 나는 미간을 찌푸렸다. 녀석은 떨떠름한 내 반응에 좀 더 구체적인 예를 들었다.

"빛고래의 비늘이 어느 갑부 집 거실에 장식된다고 생각해본 적 있어?"

"음……."

"난 오늘 빛고래를 잡을 뻔했어. 하지만 놓치고 나니 오히려 안도감이 드는 것은 왜일까? 놈을 잡는 것은 내 일일 뿐이야. 그냥 어쩌다 보니 하게 된 일이 낚시꾼일 뿐이라고. 직업이 스스로가 선택해서 갖게 되는 것은 아니잖아? 넌 네가 바라서 에너지 조정사가 되었어?"

"그건 아니야. 나도 어쩌다 보니 이렇게 된 거뿐이야."

"그래. 그래서인지 놓쳐서 다행이다 싶단 말이야. 덕분에 기분이 이상해."

"……."

나는 달리 해줄 말이 없었다. 딱히 내 반응을 기대한 건 아닌 듯 시몬스는 바닥에 주저앉아 커피를 한 모금 마시고는 말을 이었다.

"세상에 하나쯤 알 수 없는 것이 있으면 어때? 그런 건 그냥 남겨두면 안 돼? 이런 생각을 하고 있는데 여기서 계속 낚시질을 해야 하는지 의문이 생겨. 다음 우주정거장에서 계약을 파기할까 고민도 되고……"

"그저 일이라며?"

어깨를 으쓱하며 반문하자 시몬스는 잠시 침묵했다. 그러다 어느새 빈 커피 잔을 응시하며 미약하게 떨리는 목소리로 중얼거렸다.

"하지만 난 놈을 잡을 뻔했어. 그게…… 내 손에 닿으려 했다고. 내가 잡을 수 있을 것만 같단 말이지, 그걸."

그 여운 때문인지 시몬스는 입을 다물었다. 그가 울렁이는 마음을 진정시키길 기다려 나는 말했다.

"최초의 빛고래를 낚시질했다는 타이틀이 탐나지 않아? 트로이의 유적을 발굴한 슐리만, 최초로 달에 발을 디딘 암스트롱, 최초의 시간여행자가 된 청 옌, 넌 그들과 같이 불릴 거라고. 그 영예보다 그냥 빛고래가 빛고래로 있으면 좋겠다는 어린애 같은 소망이 더 소중해?"

시몬스는 고개를 갸우뚱하고는 물었다.

"어린애 같나?"

"어린애 같아. 놈들은 그냥…… 우주 이편에서 우주 저편으로 갈 뿐이라고."

내가 고개를 끄덕이며 하는 말에 그는 뇌까렸다.

"놈들이 그저 우주 이쪽에서 우주 저쪽으로 간다고?"

"그럼 아냐?"

시몬스는 얼굴을 팍 찡그리며 골치 아픈 이야기를 던졌다.

"워프를 하는 녀석들에게 그것이 쉬울까?"

"워프를 하니까 쉽지, 그럼 어려워?"

"놈들은 공간만 뛰어넘는 게 아니야. 동시에 시간도 뛰어넘지. 놈들에게 그런 감각이 있는지는 알 수 없지만, 시간의 개념이 모호해지는 우주에서 그것은 상당히 이상한 일이야. 과거와 현재와 미래가 없는 거라고. 그런데 어디에서 와서 어디로 가는 것이 가능할까? 어쩌면 녀석들은 그냥 방황하는 것인지도 몰라. 우주의 시공 사이를 말이지."

무한한 우주에서 시간의 흐름은 절대적이지 않다. 광속도로 움직이는 물체에선 시간의 흐름이 느려지고, 그건 결국 미래로 가는 시간 여행을 가능케 한다. 팽창하는 우주에서의 시간은 영원하지만, 빛조차 탈출할 수 없을 정도로 휘어진 공간, 블랙홀 주변에서는 시간이 멈춘다. 시간이란 그 관측자에 따라 달라지고, 기계시계가 만들어낸 어디서나 일정하게 흐르는 절대적인 시간 같은 건 우주에 존재하지 않는다. 그런 우주에서 순간이동을 하는 생물에게 과거와 현재, 미래의 개념이 있는 것일까? 한참을 고민하던 나는 뺨을 씰룩이며 대꾸했다.

"이상한 이야기군. 그래도 놈들은, 워프를 하니까 언제든지 선택할 수 있잖아? 자기가 있는 곳을 말이야."

시몬스는 조용히 고개를 가로저었다.

"생각해봐. 과거는 이미 지나갔으니까 과거라고. 언제든 다시 돌아갈 수 있다면 그건 과거가 아니야."

……어쩐지 머릿속이 마구 헝클어지는 기분이었다.

"복잡해, 그런 심오한 생각까지 하면서 살고 싶지 않아. 아무튼 그런 개뼈다귀 같은 생각으로 일을 때려치운다는 건 말도 안 된다고 생각해. 관두는 건 네 마음이지만 그 이유는 보통 임금 체불이나 노동 착취, 상사와의 갈등 등이어야 한다고."

내 말에 시몬스는 피식 웃었다. 그는 잔이 빈 것도 모르고 커피를 들이켜려다 도로 내려놓고는 잠시 뜸을 들였다. 그러다 입을 열었다.

"그건 네가 할 소리가 아닌 것 같은데."

"뭐가?"

"임금 체불과 노동 착취를 걱정하는 주제에 그런 일이 가장 빈번하게 일어나는 낚싯배에 탄 이유가 뭐야?"

그 질문에 나는 당황했다. 무어라 대답해야 할지 순간 말이 생각나지 않아 우물쭈물하고 있으니 그가 내 가슴팍을 손가락질하며 말했다.

"네 품속에 소중하게 들어 있는 사진 말이지. 도망치는 심정으로 이 배에 탄 건 좋은 생각이 아닌 것 같다. 너에겐 삼 개월이지만 그녀에겐 몇 년이라고. 벌써 자식들이 줄줄이 딸려 있을지도 모르잖아."

사진은 대체 언제 본 것일까? 난 그걸 질문하는 게 바보 같다는 걸 깨닫고 다른 말을 했다.

"그러면 어쩌라고? 이미 늦어버렸는데."

"늦었다 생각하면 잊으라고. 빛고래를 잡으면 시간여행을 할 수 있을지도 모른다는 생각은 관두고 말이야. 어때, 다음 우주정거장에서 같이 계약 해지하고 내려버릴까?"

그 말에 난 어이를 잃었다. 그래서 비명을 지르듯 소리쳤다.

"내가 그런 바보 같은 생각을 하고 있다 믿어?"

시몬스는 대꾸 대신 어깨만 으쓱했다. 나는 절대 아니라고 누차 강조하려다가 그게 더 긍정처럼 보일 것이 겁나 입을 다물었다. 그러고는 잠시 침묵하다 내뱉었다.

"위약금은 어찌 갚고? 관둬."

시몬스는 의미심장하게 웃었다. 난 그 웃음이 마음에 들지 않았다. 어차피 과거로 다시 돌아갈 수 없다면 어디에 있든지 상관없었다. 내가 이 배에 타고 있는 건 장기계약이기 때문에, 보수가 좋기 때문일 뿐이다. 비록 선장이 빌어먹게 사람을 부려먹긴 하지만, 어쨌든 그런 허황된 기대 때문은 아니란 말이다.

우주정거장으로 가는 내내, 우리는 죽을 맛이었다. 선장이 끊임없이 아쉬움과 불만을 늘어놓으며 할 일도 없는데 쉬지도 못하게 했기 때문이다. 아니, 무슨 새해 벽두도 아니고 대청소는 왜 하냐고? 덕분에 나는 에너지 조정실의 바닥을 오랜만에 구경했다. 어차피 쓰지도 않을 테지만 오락실에 재어 있던 짐들은 전부 창고로 정돈되어 들어갔고, 주방 찬장에 숨겨져 있던 주류도 몽땅 발각되어 버려졌다. 덕분에 쓰레기가 산같이 나와, 우리는 우주정거장에 도착하자마자 분리수거부터 해야 했다. 정거장에 도착하면 입항 심사를 하자마자 호텔로 가서 뻗거나 폭음을 하거나 섹스를 하는 것이 정상이거늘, 분리수거라니! 재활용 분리수거는 상당히 엄격했기 때문에 그 일은 굉장히 귀찮았다. 이 우주정거장은 조그마해서 자동분류시스템이 없는 데다 선장이 구두쇠 노릇을 하는 바람에 로봇을 빌릴 수 없어 우리가 그것들을 일일이 날라야 했던 것이다.

옛날이 좋았지, 우주 어디에서건 쓰레기를 무단 투척할 수 있었던 때가. 하지만 이젠 법이 바뀌어서 그럴 수가 없다. 쓰레기를 투기하다가 걸리기라도 하면 어마어마한 벌금이 부과된다. 게다가 요즘엔 바코드가 찍히지 않는 물건이란 없었기 때문에 추적당하기도 쉽다. 우주정거장의 정박료엔 항로의 쓰레기 처리비도 포함되어 있었다.

우주정거장에 내리자 언제나 그렇듯 낯설고 이질적인 것들이 늘었다. 이 우주정거장엔 몇 번 온 적이 있는데도 그랬다. 아니, 과거에 온 적이 있으니까 달라진 것들이 더욱 눈에 띄는 거겠지. 우주정거장에 딸린 숙박소에 짐을 옮겨다 놓고 나는 거리로 나왔다. 갈 데도 없고 가고 싶은 곳도 없었지만 어쨌든 정거장에 내렸으니 무엇이라도 해야 했다.

그래, 맥주를 마셔야지. 나는 눈앞에 보이는 편의점으로 들어가 캔맥주 세 개와 소시지를 사서 광장 벤치에 주저앉았다. 앉아서 맥주를 따고 지나가는 사람들을 쳐다보니 별의별 인간들이 다 지나갔다. 정거장이다 보니 온 우주에서 모인 희한한 떨거지들이 가득한 것이다. 입은 옷들도 시대를 알 수 없이 뒤죽박죽. 나는 넝마나 다름없는 내 옷에다 손에 묻은 맥주를 닦았다. 시선을 돌리니 벤치 옆에 서 있는 천체박물관의 안내판이 서 있었다. 그곳에서 47년 전의 지구를 볼 수 있다나 어쨌다나. 47년 전이든 100년 전이든 똑같이 퍼렇게 보일 텐데. 저런 걸 돈 주고 보는 사람이 있나.

"여기서 뭐 하냐?"

문득 고개를 들어보니 시몬스였다. 나는 심드렁하게 대꾸했다.

"그러는 너는 뭐 하냐?"

"아아, 뭐 좀 사러 나왔다가 네가 보이기에."

그는 멋대로 옆에 앉더니 멋대로 내 맥주에 손을 댔다.

"커피는 공짜로 제공했지만 맥주는 공짜 아니다."

"아, 그래?"

그렇게 말해도 입구를 따서 입으로 가져간다. 난 한숨을 쉬고는 고개를 돌렸다. 귀찮은 녀석.

"귀찮아?"

난 순간 속마음을 들킨 것 같아서 뜨끔했다. 찔끔해서 쳐다보니, 시몬스는 알쏭달쏭한 미소를 짓고는 나를 바라보고 있다. 녹색인지 회색인지 알길 없는 오묘한 눈빛. 나는 머쓱해서 고개를 돌렸다가, 덤덤한 듯 대꾸했다.

"다가오지 않는 고양이는 귀엽지만, 자꾸만 무릎에 앉으려는 고양이는 귀찮거든."

"내가 고양이냐?"

밥 달라고 다리에 몸 비비는 고양이나 커피 달라고 어슬렁거리는 너나. 나는 불만은 닥치라고 그에게 소시지를 밀어 넣었다. 고양이는 염치도 없이 우물우물 잘도 받아먹었다. 나도 소시지를 한입 베어 먹고 맥주를 들이켰다. 염산을 부은 듯 짜릿한 느낌이 목구멍을 타고 넘어갔다. 우주선 안에 주류는 반입 금지라서, 진짜 몰래몰래 한 팩씩 갖고 들어가는 것이 한계였다. 평생을 우주선에서 살았으니 다른 건 불편한 걸 모르겠는데 맥주만은 정말 고프다. 그래서 그 대신이랄까, 커피를 달고 사는 것이다. 콜라를 달고 사는 놈도 있다는데, 나는 콜라는 달아서 말이지. 시몬스는 맥주 마시다 말고 내가 들여다보던 안내판을 가리켰다.

"저기 가볼래?"

"어디."

"천체박물관."

"뭐 하러?"

뚱한 대꾸에도 그는 굴하지 않았다.

"할 일도 없잖아?"

"할 일 있어. 맥주 마실 거야."

"거기서 마셔도 되잖아? 47년 전의 지구를 구경하면서. 47년 전의 지구에는 당신과 당신이 사랑했던 그녀의 다정한 모습이 있을지도 모르지."

녀석을 노려보니 시몬스는 벌써 저만치 가고 있는 중이었다. 나는 투덜거리면서도 놈을 따라갔다. 녀석이 내 마지막 남은 맥주 한 캔을 들고 갔기 때문이다.

박물관은 가까웠다. 녀석은 동전을 넣고 천체망원경을 들여다보았지만, 난 쳐다보지 않았다. 천체박물관엔 구경할 것도 없었다. 운석 쪼가리 몇 개와, 모형 은하와 그래픽 등등……. 찾아오는 사람도 없는지 내부는 썰렁하고 부실했다. 우리는 관람실은 보는 둥 마는 둥하고 천체박물관의 옥상에서 남은 맥주를 마셨다. 우주정거장이라 푸른 하늘 대신 새카만 우주가 보였다.

"뭐가 보이더냐?"

내가 묻자 녀석이 모르는 척 반문해왔다.

"뭐가?"

"망원경 말이야. 47년 전의 지구는 뭐가 좀 달라 보이든?"

"글쎄. 궁금하면 직접 보지 그랬어."

"봐서 뭘 안다고. 어차피 겉보기론 똑같을 텐데 뭐."

"지구로 돌아가면, 다시 찾아갈 거야?"

갑작스러운 질문이었지만, 무엇을 묻는 건지는 알 수 있었다. 평소라면 회피했겠지만, 왜일까. 말하고 싶은 기분이 들었다.

"……글쎄."

나는 맥주를 한 모금 마신 후 말을 이었다.

"아직 지구로 돌아가는 일 자체를 생각해보지 않았어. 찾아갔더니 호호 백발 할머니가 나와서 그래, 과거에 자넬 참 좋아했었지. 사랑한 적도 있었다고 하면서 호호 웃는 모습 따위는 보기 싫어. 난 그런 일에 익숙하지 않아."

"난 익숙한데."

"뭐?"

문득 돌아보자 시몬스는 맥주 캔을 구기면서 말했다.

"익숙하다고. 아내와 이혼하고 나서 어린 아기를 부모님께 맡기고 우주에 나갔다 돌아왔더니, 그 아이가 다 자라서 저만했던 자식이 있지 뭐야? 또 몇 년을 나갔다 돌아와 보니 아들은 죽고 내 손자가 아들을 낳았던데."

"나보다 나이가 많다고는 생각하지 않았는데, 완전 할아범이구만."

시몬스는 킬킬 웃었다.

"여기 있는 나는 내 후손들에겐 전설 같은 존재지. 나는 지구에 도착하면 매번 꼭 집으로 찾아가. 그리고 그들의 깜짝 놀라는 모습들을 바라보지. 그들은 아련한 기억을 더듬으면서 '와, 어릴 적 보았던 그 모습이랑 하나도 변하지 않았군요' 라고 말해. 젊음을 유지하면서 영원을 사는 사람으로 착각하고 부러워들 하지. 나는 불과 서른일 뿐인데 말이야."

나는 대답 없이 남은 맥주를 모두 들이켰다. 그리고 한참의 침묵 뒤에야, 다시 입을 열었다.

"돌아가지 그래? 다시 돌아가서 네 핏줄과 같이 늙어. 결혼도 해서 네 자식이 너와 함께 늙어가는 것을 지켜보다가 지구의 땅에 묻히라고. 좋잖아."

시몬스는 웃으며 고개를 가로저었다.

"……싫어. 나는 내 증증손자도, 증증증손자도, 고손자를 볼 때까지 살 거야. 그들의 피터팬이 될 거라고. 언젠가 불쑥 찾아올지도 모르는 아버지의 아버지의 아버지. 할아버지의 할아버지의 할아버지."

"변태 같은 놈. 피터팬이 되기엔 너무 늙었잖아."

"그런가?"

꿈에 잠겨 사는 놈이군. 새삼스레 시몬스가 순진해 보여서 나는 그의 옆얼굴을 슬쩍 쳐다보았다. 우주의 하늘을 올려다보고 있는 그의 옆얼굴은 신선해 보였다. 빛고래를 잡으러 다니는 낚시꾼 주제에 빛고래가 잡히지 않기를 바라고, 허상에 불과한 과거의 조상일 뿐인데 피터팬을 꿈꾸고. 그렇게 꿈과 환상을 간직한 녀석은, 남을 즐겁게 속이는 일에 능통한 마술사가 되어야 했는지도 모른다.

하지만 나는 그렇지 않았다. 나는 아직도 이 손안에 그녀를 붙잡고 있었다. 그녀를 다시 만나게 된다면, 그녀에게 나는 어떤 존재가 되어 있을까? 그저 젊은 날 한때의 아름다운 추억으로 남았을까? 아니면 홀로 늙은 그녀를 비참하게 만들 존재일까? 그도 아니면 그녀의 시간을 잠시 과거로 되돌려줄 타임머신인 걸까?

아아, 이미 전부 틀린 일인데.

그렇다. 시간여행자들이 그들을 남기고 떠나는 것이 아니다. 그들이 우리를 남기고 떠나는 것이다. 우리가 가지 못한 미래로.

그녀 역시 나를 남겨두고, 혼자만 달려간다. 나를 과거로 만들고 새 사람을 만나 사랑을 하고 결혼을 하고 자식을 낳으며 인생을 꾸리다가 그렇게 늙어간다. 나는 아직 그녀를 사랑하는데, 그녀에게 이미 나는 까마득한 청춘일 뿐이다.

그 생각만 하면 가슴이 미어지는 것 같다. 다시 돌아가고 싶다고 수십 번을 더 생각하지만, 반대로 몸은 더욱더 멀리 지구를 떠나고 있다. 더욱더 멀리 과거로 간다. 47년 전의 지구가 보이는 곳에서, 470년 전의 지구가 보이는 곳으로 달아난다. 그렇게 필사적으로 그곳에서 떠나려고 노력한다. 그 사랑에서부터.

우주정거장에 머무른 것은 사흘로 잠깐이었다. 빛고래를 잡을 뻔한 선장이 애가 닳아 모든 일을 순식간에 해치웠기 때문이다. 우리는 쉬는 둥 마는 둥하고 다시 항로도 여정도 없는 우주로 나아갔다. 빛의 속도로 달려 수년을 찰나로 부질없이 보낸 뒤, 예전 빛고래를 놓친 곳으로 가서 무작정 레이더망을 펼치고 그 근처를 수색하면서 놈을 기다렸다. 하지만 빛고래는 좀처럼 나타나지 않았다. 다른 곳으로 이동해서 찾는 게 낫지 않겠느냐는 의견이 분분했지만 선장은 미련 때문인지 위치를 고수했다. 덕분에 모처럼 한가했다. 그 한가함이 달가운 것도 잠깐이었다. 몰래 들여온 맥주를 다 마실 무렵 나는 지루함에 미칠 지경이었다. 얼마나 무료했든지 선장에게 닦달을 당해도 좋으니 무슨 일이라도 생겼으면 좋겠다고 생각했을 정도다. 그건 나뿐만이 아니라서, 선원들은 무료함에 빛고래가 언제 나타날지 내기를 걸기 시작했다. 판돈이 심상찮게 커졌을 무렵. 마침내 빛고래가 나타났다.

그런데 늘 빛고래가 나타나면 호들갑부터 떨던 선장이 이번엔 어째 조용했다. 나는 잠잠한 스피커를 보고 의아해하다가, 그곳에서 신음처럼 흘러나온 목소리에 고개를 갸웃했다.

— 녀석이잖아……?

녀석이라니? 일전에 이곳에서 놓친, 그 빛고래 말인가?

나로서는 그놈이 이놈인지 알아볼 방법이 없었지만, 선장이 같은 놈이라니 그렇지 않겠는가. 사실을 말하자면 요전에 놓친 것이 너무나 안타까워서 착각을 하는 게 아닌가 싶었으나, 선장이 워낙 그렇게 확고히 믿고 있으니 뭐……. 나에게야 같은 놈이든 다른 놈이든 차이도 없지. 아무튼 선장의 주장대로 놈이 일전 우주선을 망가트린 놈과 같은 놈이라면, 워프로 달아났는데 불과 얼마 떨어지지 않은 곳에 또 나타난 셈이 된다. 전과 같은 곳을 다시 맴도는 것이다. 나는 여태까지 놈들이 그저 우주 이쪽에서 저쪽으로 간다고 생각했는데, 사실은 그게 아닐 수도 있겠다는 생각이 들었다. 시몬스의 말 때문일까, 어쩌면 저 빛고래는 이쪽에서 저쪽, 과거에서 미래라는 방향성을 가지고 있는 게 아니라 막연히 방황하는 건지도 모른다. 우주의 무한한 시공 속을.

선장은 법석을 떨기 시작했다. 놈이 다시 나타난 것만 봐도 우리에게 잡히기 위해서라며 독촉을 해댔다. 하지만 놈을 잡을 수 있을지는 여전히 미지수다.

우주선은 천천히 녀석에게 접근하기 시작했다.

피로와 짜증이 극에 달하는 이틀이 지났다.

놈은 몇 번이나 맴을 돌면서 도망을 쳤다. 그런데 전처럼 도망을 가려면 아주 멀리 가든지, 아니면 그냥 잡혀주든지 할 것이지 근거리 이동을 하며 우리를 여전히 괴롭히고 있었다. 선장 또한 계속되는 잔소리로 사람들 피를 말리는 신공을 발휘했다. 선장의 잔소리만큼이나 시몬스가 카페인을 찾아 내 문짝을 걷어차는 일도 잦아졌다. 빛고래의 신비감이 어쩌고저쩌고 할 땐 언제고, 시몬스는 저 생선 새끼를 잡지 않으면 내가 인간이 아니라며 이를 부득부득 갈았다. 이틀간 제대로 누워보지도 못하고 꾸벅꾸벅 모니터 앞에서 새우잠을 자다 보니, 이쯤 되면 저 생선 새끼가 우리를 약 올리기로 작정했다고밖에는 생각할 수 없었다.

그래서 놈이 멈춰 섰을 때도 달갑지 않았다. 일전 놈을 놓친 곳과 비슷한 위치에 멈춰 선 빛고래는 지친 듯이 꼼짝도 하지 않았다. 지친 것은 나도 마찬가지라 잡히지 않으려면 차라리 그냥 가라고 계속 뇌까렸다. 피곤한 눈에서 어른거리는 놈의 꼬리가 원망스러웠다. 선장은 지치지도 않고 이전처럼 엔진을 끄고 소리 없이 빛고래의 사각을 파고들었다. 점차 놈의 황홀한 비늘이 가까워졌지만 나는 그걸 꿈인 양 멍하니 바라보았다.

그래서일까, 천천히 가까워지는 그 비늘을 바라보던 나는 이상한 기분을 느꼈다. 그건 일종의 기시감이었다. 혹시나 해서 지난 좌표를 확인해본 나는 당혹감을 느꼈다. 아니, 그건 경악에 가까웠다. 놈은 지난번과 똑같이 움직이고 있었다. 단 한 치의 오차도 없이.

나는 순간 혼동에 빠졌다. 저놈이 지난번의 그놈이라면, 저놈은 다른 곳에서 여기로 다시 이동해온 것일까? 아니면 미래에서 다시 과거로 이동해온 것일까? 아니면 과거에서 미래로? 저기 보이는 건 놈의 과거인지 미래인지……?

나는 서둘러 밖으로 튀어나가 선장실 쪽으로 달려갔다. 선장실로 향하는 바깥쪽 복도엔 전처럼 선원들이 게딱지처럼 붙어 빛고래를 구경하고 있었다. 그들을 지나쳐 선장실로 들어간 나는 전망창에 전과 같은 풍경이 보이는 것을 목격했다. 꼬리 뒤까지 늘어트려진 길고 커다란 수염이 넘실거리는 광경에 선장도 고급 선원들이 넋을 놓고 있었다. 자리에 앉아 고군분투하는 것은 오로지 시몬스뿐. 나는 과거가 고스란히 재현된 모습에 극심한 혼란을 느꼈다. 대체 내가 어느 시점에 있는 건지 알 수 없었다.

그때, 시몬스가 조작키를 부서져라 두들기고는 외쳤다.

"선장!"

퍼뜩 정신을 차린 선장은 허둥거리며 가장 작은 다섯 번째 엔진을 살짝 가동시켰다. 그리고 우주선을 조심스럽게 빛고래의 위에 띄웠다. 자리가 잡히자 시몬스는 그물을 천천히 빛고래 위로 펼치기 시작했다. 그래도 빛고래는 꿈쩍도 하지 않은 채 멍한 시선으로 우주를 응시하고 있었다. 어디를 보는지 도무지 모를 시선으로.

"그물, 전부 폈습니다."

시몬스가 그리 말하자 나는 침을 꿀꺽 삼켰다. 예전처럼 긴장이 되었지만 그건 빛고래를 잡게 되는 건 아닌가 싶어서 느끼는 긴장이 아니었다. 전과 똑같은 상황이 전개될까 봐 느끼는 긴장이었다. 그물이 놈을 사로잡으려는 찰나, 빛고래가 몸을 뒤틀고, 놈의 수염이 직격으로 우주선에 날아들어 극심한 충격이……

콰앙!

예상하고 있던 충격에 우주선이 왈칵 뒤집혔다.

"으아아악!"

삐―삐―삐―삐―! 삐―삐―삐―삐―! 삐―삐―삐―삐―!

제자리에 앉아 있지도 않고 멍하니 서서 구경하던 선원들이 전부 바닥을 굴렀다. 경고음이 요란하게 울리고, 사방이 번쩍거리면서 우주선이 휘청거리는 가운데 나 역시 바닥을 굴렀다. 나는 이어질 충격에 대비하려고 무언가를 붙잡으려다, 충격이 이어지지 않을지도 모른다는 걸 깨달았다.

이건 과거가 아니다, 현재다.

시몬스가, 안전벨트를 매고 있었던 것이다.

바닥을 구르지 않은 녀석이 양자기 그물을 그 난리 속에도 꿋꿋이 펼쳤다. 내 예상과는 달리 충격이 다시 찾아오긴 했지만, 그건 빛고래의 꼬리지느러미가 우주선 옆구리를 때려서 생긴 것이 아니었다.

양자기 그물이 놈을 붙잡은 것이다.

"됐다!"

선장의 환호성. 나는 자신이 빛고래를 잡을까 봐 걱정하던 시몬스의 얼굴을 떠올렸다. 녀석, 지금 어떤 기분일까? 우두둥― 우두둥― 양자기 그물에 갇힌 빛고래가 몸부림치는 것이 그대로 느껴졌다. 우주선 곳곳에서 환호성이 들려오고 있었다. 그런데 어쩨 우주선이 흔들리는 게 심상찮았다. 놈을 잡았다는 기쁨보다 불안하다는 기분이 더 들기 시작했다. 그러자 갑자기 우주선이 극심하게 요동을 쳤다. 나는 필사적으로 의자를 붙잡고 구르지 않으려 노력했다.

양자기 그물 안에서 빛고래의 몸이 새파랗게 빛났다. 워프하려는 것이다. 하지만 강력한 자기로 뒤덮인 곳에서 공간이동은 이론적으로 가능하지 않았다. 그러나 극심한 흔들림은 계속됐다. 동시에 워프하는 빛고래에게서 막대한 에너지가 흘러나왔다.

"……!"

워프로 인한 강력한 어떤 에너지가 우주선을 뒤덮었다. 창밖이 새파래지고, 그 빛이 우주선 안에까지 침범하면서 사방이 새하얘졌다. 엄청난 빛 때문에 눈을 뜰 수가 없었다. 중력제어장이 흐트러졌는지 몸이 둥실, 떠오르고 우주선의 모든 시스템이 멈춰버렸다.

소용돌이였다. 어지러운 소용돌이. 그곳으로 빛고래가 움직이고 있었다. 그 거대한 몸을 헤엄쳐 어딘가로 가고 있었다. 우주선은 거기에 휘말려 끌려들어가고 있었다.

놈은 어디로 향하는 것일까. 과거로? 미래로?

아아. 돌아가고 싶다. 그곳으로.

콰당―!

그 문이 닫히던 소리가 아직도 귓전을 울린다.

사랑하지 않는다고 내뱉은 말에 금방 눈시울이 붉어지던 마지막 모습도…….

그녀를 사랑했다. 사랑한다는 것에 어떤 의심도 품지 않았다. 하지만 나는 지구에서 살 수 없는 인간이었다. 나는 뼛속까지 우주 여행자였고, 머물러 있는 시간에 익숙하지 못했다. 맙소사. 나는 그냥 흘러가버리는, 아무런 자취도 남기지 않고 지나쳐버리는 과거들에 익숙했다. 단 한 번도 일정한 시간의 흐름을 가져보지 않은 나는, 지구에 머무르며 분침과 시침으로 결정되는 절대의 시간을 살아가는 엄청난 지루함을 참을 수 없었다.

그래서 뛰쳐나오고 말았다.

다시 돌아갈 수 없음을 알면서도 그녀에게 사랑하지 않는다고 거짓말을 하고 우주선에 올라탔다. 그리고 얼마나 후회했는지 모른다. 매 순간 돌아가고 싶다고 생각했다. 하지만 나에게 한 시간은 그녀에게 한 달이었고 나에게 한 달은 그녀에게 일 년이었다. 나에게 일 년은 그녀에게 십 년, 나에게 십 년은 그녀에게 백 년……. 돌아갈 수 있을 리 없다. 결국 나는 돌아가는 대신 더 멀리 도망쳤다. 더 멀리, 좀 더 멀리. 더 머나먼 미래, 더 아득한 과거 속으로. 그렇게 과거와 미래가 얽인 채 끝없이 방황했다. 나는 어디로도 갈 수 없었다. 과거로도, 미래로도.

그러나 오로지 소망만은.

돌아가고 싶었다. 내가 그토록 경솔하게 거짓을 내뱉었던 곳으로 돌아가서, 사랑한다고…… 진실로 사랑한다고……

정신을 차려보니, 나는 그녀의 앞에 서 있었다.

반사적으로 시선이 그녀의 등 뒤에 걸린 시계로 향한다. 10월 28일 오후 8시 58분. 그녀의 얼굴은 굳어진 채다. 부드러운 갈색 곱슬머리는 습기에 젖어 있고, 다감한 갈색 눈동자는 슬픔에 젖어 있다. 한 손으로 현관문의 손잡이를 붙잡은 나는 다른 한 손을 붙잡은 그녀를 응시한다. 그 시선에 그녀의 눈시울이 천천히 붉어진다. 이어서 신음하듯 다시 묻는다.

"……진심이야? 나를, 정말 나를…… 사랑하지 않아?"

사랑하지 않는다고 대답한다. 이 문을 박차고 나갈 것이다. 그대로 우주정거장으로 달려가, 곧장 아무 빈자리에 계약을 하고 우주선에 올라탄다. 그리고 그 우주선이 정거장을 떠나 몇백 광년, 수년의 세월을 멀어지는 순간 후회한다.

나는 입술을 열었다.

"……사랑해. 영원히."

손잡이에서 손을 떼고 그녀에게로 몸을 돌려 그녀를 품에 안는다. 그녀의 몸은 내 품에 꼭 들어맞는다. 귓전에 닿은 그녀의 입술에서 기쁨과 슬픔이 범벅이 된 사랑스러운 호흡 소리가 들린다. 나는 더욱더 힘껏, 그녀를 끌어안는다.

눈을 다시 떴을 땐 빛 속을, 시공 속을 유영하는 빛고래가 보였다. 그 시공의 터널을 지나자, 다시 까만 우주의 별바다가 펼쳐졌다. 그곳에 또 다른 빛고래가 있었다. 오로라처럼 빛나는 비늘, 파도처럼 펄럭이는 지느러미. 그들은 수염을 맞대며 서로의 존재를 확인했다. 그리고 기쁜 듯 서로의 주변을 맴돌며 어지러운 원을 그렸다. 시공을 헤엄치는 그들이 동족을 만날 확률은 지극히 낮을 터였다. 거기서 자신의 짝을 만날 확률은 더욱더 낮을 것이다.

그들은 우주 이쪽에서 저쪽으로 가는 것도, 엉켜 있는 과거와 미래를 방황하는 것도 아니었다. 자신의 짝을 찾아 여행을 하는 것이다. 언젠가 만날, 단 하나의 짝을 찾아.

마침내 만난 두 마리의 빛고래는 함께 이동하기 시작했다.

정신을 차리고 모니터를 보니, 양자기 그물은 사라진 지 오래였다. 제정신을 차린 것은 두 마리의 고래가 사라지고도 한참 뒤로, 우주선의 모든 사람들이 방금 경험한 기적에 놀라 얼어붙어 있었다. 심지어는 선장조차도 조용했다. 나는 의자에 털썩 주저앉으며 생각했다.

그것은 뭐였을까.

그저 환상이었을까? 아니면 정말 나의 과거였을까.

마침내 다시 지구로 돌아온 것은, 내 시간으로 1년 후였다. 하지만 지구에서는 근 70년에 가까운 시간이 흘러 있었다. 이미 그녀는 죽은 지 오래였다. 내가 찾을 수 있었던 것은 그녀의 무덤과, 그녀의 무덤을 알려준 지인뿐이었다. 쓸쓸한 가을 낙엽이 날리는 무덤 앞에서 그는 말했다.

"그녀는 평생 한 사람만을 사랑했어요. 당신만을 기다리다 죽었죠. 언젠가는 당신이 돌아올 거라며, 때로는 거울을 쳐다보면서 이렇게 늙어서야 당신과 어울리지 않는 게 아니냐고 쓴웃음을 짓곤 했습니다."

나는 그녀의 늙은 모습은 상상할 수가 없었다. 내 기억 속의 그녀는, 나와 만났던 때의 고운 모습 그대로였다.

"죽기 전에 단 한 번만이라도 당신을 만나보길 바랐어요. 늙고 곧 죽을 몸이라도, 마지막으로 다시 한 번 더 사랑한다던 그 말을 듣고 싶다 했습니다. 당신이 갑자기 떠났던 그날 밤처럼 말이에요."

내가 갑자기 떠났던 그날 밤처럼. 내가 돌아갔었던 그날 밤처럼.

묘지를 나오니 시몬스가 기다리고 있었다. 그가 내 어깨를 붙잡자 나는 그의 어깨에 얼굴을 묻고 고통스럽게 뇌까렸다.

"사랑한다고 말하면 안 되는 거였어. 사랑하지 않는다고, 그렇게 말해야 했어."

그래서 마침내 이곳에 돌아왔을 때, 나는 그녀와 사랑했던 숱한 사람들과 만나야 했다. 혹은 그녀의 무수한 자식들과 만났어야 했다. 그녀를 찾았을 때 누구시지요……. 라는 질문을 들어야만 했다. 왜 이제야 돌아왔냐는 그런 말 대신. 단지 나의 후회를 되돌리기 위해, 나는 무슨 짓을 한 걸까?

한참 침묵이 지났다. 땅을 디디고 선발이 시리다는 느낌이 들 무렵, 시몬스는 문득 말했다.

"빛고래가 우리들과 함께 과거로 돌아갔을 때, 내가 돌아간 과거가 무엇이었는지 알아?"

"……몰라."

그는 가벼운 한숨을 쉬고 말을 이었다.

"나는 일 년 전 우연히 아내와 마주쳤던 때로 돌아가 있었어. 그때 난 스물아홉이었는데, 그녀는 나와 이별했던 시절 스물넷 그대로였지. 그녀 역시 시간여행자였거든. 그래서 나는 그녀와 헤어질 당시의 미움과 고통을 이미 잊어버렸는데 그녀는 여전히 나를 미워하고 있었어. 나에겐 다 지난 일이었지만 아내에겐 그렇지 않았던 거야. 한 번 더 그때로 돌아갔어도 나는 할 수 있는 일이 아무것도 없었어. 똑같이 아무 말도 하지 못했지. 정말 바보 같지 않아? 난 다시는 돌아갈 수 없을 거라 생각했기 때문에, 다시 그때로 되돌아간다면 어떻게 사과할지 미처 생각해두지를 못했어."

"멍청한 놈."

내 비난에 시몬스는 미소 지었다.

"그거 알고 있어?"

"뭘 말이냐."

"그녀는 아마도 네가 사랑한다고 했든 사랑한다고 하지 않았든, 널 기다렸을 거라는 사실을."

시몬스는 확신하듯 말했지만 나는 고개를 저었다. 그녀가 내게 미련을 버리지 못했던 것은, 평생 나를 기다리다 홀로 죽은 것은, 내가 과거로 다시 돌아가 사랑한다고 말했기 때문이다.

하지만 변한 것은 아무것도 없었다. 내가 과거로 돌아가 그녀에게 사랑한다고 말했어도, 현재의 난 여전히 그 우주선에 타고 있었으며 1년 만에야 지구로 돌아올 수 있었다. 그녀의 곁에서 함께 늙어가고 있지 않았던 것이다. 그것은 왜일까?

"그게 그녀의 꿈이었으니까. 그게 그녀가 언젠가 돌아갈 미래였던 거야. 얽혀버린 시간 속을 사는 우리는 몰랐지만, 그녀는 알고 있었을 테지. 네가 다시 돌아와 사랑한다 말해줄 과거를. 그리고 여전히 너를 사랑할 미래를 말이야."

사랑하지 않는다고 대답했다. 문을 박차고 나갔다. 그리고 바로 우주정거장으로 달려가, 아무 빈자리에 계약을 하고 우주선에 올라탔다. 이어서 그 우주선이 정거장을 떠나 몇백 광년으로 수년의 세월을 멀어지는 순간 후회했다. 그랬었는데, 나는 끝내 나를 사랑한 그녀를 생각지 않고, 그녀를 사랑한 나를 생각지 않았다. 그녀에게서 달아났다고 생각했지만, 그녀에게 난 항상 언젠가 돌아올 사람이었던 것이다. 결국 난 그녀의 바람대로 돌아왔다. 늦었지만 돌아왔다. 그렇지만 아무리 발버둥 쳐도 과거로 돌아올 수는 없었다. 마침내 내가 돌아온 곳은 현재였다. 그리고 이제 그녀는 나에게도 과거가 되어버렸다. 그녀에게만 내가 과거가 되어버린다고 한때 원망했는데, 난 나에게도 그녀가 과거가 되리라는 사실을 몰랐던 것이다.

나는 고개를 들었다. 우주가 아닌 푸른 하늘이 펼쳐져 있었다.

"가자."

"어디로?"

시몬스의 물음에 나는 당연하다는 듯이 대답했다.

"어디긴 어디야. 우주로 가야지. 또 빛고래를 잡으러 가자."

"우주선 계약은 이미 끝났잖아."

몸을 돌려 걷는 나를 쫓아오며 시몬스는 말했다. 어쩐지 볼멘, 하지만 설레고 있는 그 목소리에 나는 피식 웃고는 말했다.

"이번엔 생각해둬. 그녀에게 뭐라고 사과할지를."

뒤에서 따라오던 발걸음이 잠시 멈췄다가 종종걸음으로 쫓아왔다. 대답은 없었지만 침묵은 긍정이겠지?

최초로 짝을 이루는 빛고래가 목격된 뒤, 오랜 세월을 관찰한 결과 사람들은 빛고래의 비밀을 한 가지 밝혀낼 수 있었다. 빛고래는 시공을 이동하는 특징상 짝을 만나기가 무척이나 어렵다. 하지만 그들은 포기하지 않고 헤엄쳐 마침내 만나서 짝을 이루고 다시는 헤어지지 않는다. 헤어지면 언제 다시 만날지 알 수 없기 때문에, 서로를 꼭 붙잡고 놓치지 않는 것이다.

영원히 사랑하는 것이다.

플 라 스 틱 프 린 세 스

유 서 하

유서하 서울 출생. 건국대학교 커뮤니케이션디자인과 재학 중이다. 인터넷에 처음 업로드한 단편소설 〈플라스틱 프린세스〉가 환상문학웹진 〈거울〉 32호 독자우수단편으로 선정되었으며, 이후 웹진 〈크로스로드〉 2007년 9월호에도 게재되었다. 현재 환상문학웹진 〈거울〉에서 필진 겸 웹디자이너로 활동하고 있다.

2015년 12월 25일

안녕. 어제는 영화를 보느라 집 밖으로 한 발자국도 나가지 않았어. 나중에 시간이 좀 나면 보려고 결제한 영화들이 계정에 잔뜩 쌓여서, 전부 삭제하지 않으면 핸드폰으로 사진 한 장도 못 찍을 정도였거든. 아무래도 아까워서, 지워버리기 전에 대충이라도 한 번 봐야지, 하고. 말마따나 돈 주고 산 건데.

뭐, 아무래도 상관없잖아. 아무도 없는 집에서 혼자 맞는 크리스마스 이브 따위, 핸드폰으로 영화를 보면서 날려버린다고 누가 뭐라고 하겠어? 응, 사실 집이 너무 조용해서 영화가 아니더라도 뭐든 소리 나는 게 필요했어. 그게 개건 고양이건 사람이건 상관없었던 거지. 물론 핸드폰이어도 상관없었지. 영화를 보기 전에는 기특하게도 청소를 했는데, 집안에 먼지 한 톨 남지 않게 되니까 영화 말고 소리를 낼 만한 게 마땅히 없더라. 그냥 진공청소기를 계속 켜둘까 하는 생각을 안 한 건 아닌데, 너무 비생산적이라서.

으, 외로웠냐니, 닭살 돋게 왜 그래. 알잖아, 난 독립적이지 못한 태도는 딱 질색이야. 오히려 열세 번이나 지나간 예전의 크리스마스이브들보다 어제가 훨씬 즐거웠단 말이야. 참견하는 사람이 없으니 뭐든 내 맘대로잖아. 얼마나 좋았는지 몰라.

그래, 적어도 그때까지는 말야.

영화를 고를 때 무슨 생각이었던 건지 모르겠어. 다운로드 받은 영화들은 다 그게 그거였는데, 말하자면 주인공이 사람이 아니라는 점이 공통점이랄까. 매력적인 휴머노이드가 오만상을 찌푸린 채 두 시간 동안 구시렁대는 거라고는 '나는 인간인가', 뭐, 이런 게 전부인 영화들. 웃기지? 아니, 인간이 아니면 좀 어때서? 세상천지에 부러울 게 없을 미남미녀들이 크리스마스에 입을 옷을 고민한다면 모를까, 왜 쓸데없는 걸 고민하지? 누가 날더러 그렇게 쭉쭉빵빵하게 만들어줄 테니 대신 인간이기를 포기하라고 말한다면 난 한 번 더 생각할 것도 없이 수술대에 대자로 눕겠어.

대충 볼 생각이었는데, 결국 처음부터 끝까지 다 볼 수밖에 없었어.

나도 요즘 고민이 있어. 아니, '나는 인간인가' 같은 건 아냐. 아저씨 말투로 비슷하게 해보자면 '내가 원하는 것은 무엇인가'야. 내가 원하는 게 뭔지 아니? 사실 나도 잘 몰라. 뭔가 중요한 걸 빠뜨린 것 같은데 그게 뭔지 알 수 없어서—그게 뭔지 알고 싶어서, 눈독 들여놓고 살까 말까 고민하다가 결국 산 크리스마스 초콜릿에는 손도 대지 않은 채 영화만 본 거였어. 그렇지만 마지막 영화가 끝나서 자, 이 바보 같은 영화를 찍느라 고생한 바보들을 소개합니다, 짠~ 하고 스텝롤이 올라갈 때까지 내가 고개를 끄덕일 만한 대답은 나오지 않았어. 어쩌면 원래 그런 건 영화에서는 찾을 수 없는 건지도 모르지.

침대에 누워도 잠이 오지 않았어. 핸드폰의 전원을 끄지도 않은 채 머리맡의 버튼을 눌렀지. 수면유도음향에 취해 잠들기 바로 전까지 눈물을 흘리고 있었던 게 아직까지 기억나. 난 왜 울었던 걸까? 그 우스운 영화들에 감동한 게 아니었다면 난 왜 슬퍼했던 걸까? 넌 알 것 같니?

이 세계는 쉽게 변하지 않는다는 게 내 평소 지론이야.

난 2015년쯤 되면 학교 같은 건 없어질 거라고 생각했어. 그런데 앗, 하는 사이 벌써 2015년이 되고 만 거야. 이대로라면 인류는 지구가 멸망할 때까지 학교에 다닐지도 몰라. 우와, 끔찍하다.

응? 마땅한 대안이 왜 없어? 핸드폰이 있잖아. 핸드폰으로 수업을 들어서 안 될 건 또 뭐야? 얼마나 좋아, 핸드폰으로 수업도 듣고 숙제도 내고 시험도 보고. 너와 데이트하러 가는 버스 안에서 한 번에 코스 요리처럼 끝내버릴 수 있잖아.

아니, 학교가 없어지지 않는다고 투덜거리려는 게 아니라, 요점은 매일 아침 학교에 가지 않으면 이 세계의 가장 나쁜 점들을 보지 않아도 된다는 거야. 수업시간에 교탁 뒤에 숨어서 사타구니를 긁어도 들키지 않을 거라고 생각하는 바보들이라든지, 체육 시간 전에 체육복으로 갈아입다가 팬티의 빨간 얼룩을 짝에게 보여도 아무렇지 않은지 멍청하게 웃는 바보들이라든지, 방과 후에 우리 학교 정문을 세라도 냈는지 떡하니 기대고 서서 지나가는 여자아이들 가슴 크기나 품평하는 주제에 자기들이 쿨한 줄 아는 바보들이라든지. 한두 가지가 아니지. 난 이따금 학교에서 집으로 돌아오는 길에 멈춰선 채 내 곁을 스쳐 지나가는 사람들을 바라보곤 해. 그러면 보고 듣고 냄새 맡는 모든 것들이 더러워서 토할 것 같은 기분이 들고 마는 거야. 벌써 2015년이나 됐는데 그래도 좀 나아진 게 있잖을까, 하고 몇 번이나 그렇게 해봐도 늘 똑같아. 이 세계는 저 밑바닥에서부터 썩어들어가고 있는 거야. 방이 더러우면 청소하면 되지만 이 세계가 더러우면 어떻게 할 수가 없어. 진공청소기로 다 빨아들여 버렸으면 좋겠다.

이런, 이마에 여드름이 났네. 너에게 음성 메시지를 보내려고 핸드폰을 꺼냈다가 눈에 딱 띄었어. 하필이면 이렇게 잘 보이는 데 여드름이 날 게 뭐야. 뭐, 곧 없어지겠지. 세수나 해야겠다.

넌 알까? 오늘은 우리가 만난 지 3년째 되는 날이라는 걸. 플로리스트에게 주문한 꽃이 벌써 도착했어. 장미 삼백 송이로 '사랑해' 라는 글자를 만들어서 예쁜 상자에 넣었지. 내 선물이 네 맘에 들면 좋을 텐데.

넌 어쩌면 그렇게 흠 하나 없이 완벽하니? 너 같은 여자아이는 태어나서 한 번도 본 적이 없어. 널 만나지 못했더라면 난 지금까지도 이 세계가 완전무결한 더러움 그 자체라고 생각하고 있을 거야. 지금은 그렇게 생각하지 않아. 적어도 단 한 가지 예외는 있다고 생각해.

넌 이 세계의 아름답지 않은 것들에 조금도 물들지 않은, 처음 그대로의 모습이야. 눈을 감고 널 생각하면 네 모습은 레이어 케이크처럼 주위의 모든 것들로부터 한 층 떨어져 난 언제든지 네 손을 꼭 잡기만 하면 이 세계와는 영원히 안녕, 작별을 고하고 너와 함께 어디든지 갈 수 있을 것 같아. 아무리 괴로운 일이 있어도 그렇게 생각하면 힘이 나. 갑자기 모든 고민들이 쓸데없는 것처럼 느껴져서 정신을 차리고 보면 벌써 고민에서부터 저만치 멀리 가 있는 거야.

기억나니? 이 더러운 세계에 나 혼자밖에 없다고 생각했는데 그때 네가 내 손을 잡아줘서 내가 지금까지 살 수 있었던 거야. 넌 대수롭지 않게 생각할지 몰라도 난 아냐. 지금도 맘만 먹으면 그때 네 손의 감촉을, 오래전이지만 지금처럼 느낄 수 있어. 아마 평생 잊지 못할 거야.

기억나니? 언젠가 우리 새끼손가락을 걸고 약속했지. 우리 헤어지지 말자. 세계의 종말이 오더라도 영원히 함께야. 그럴 리 없겠지만 약속을 지킬 수 없을 때가 되면, 같이 죽자. 서로 손을 잡은 채, 하늘에 닿을 만큼 높은 곳에서 함께 뛰어내리자. 그럼 우린 산산이 부서져 다른 시간, 다른 장소, 다른 이름으로 다시 태어나겠지만 그대로 이별은 아니야. 서로의 손을 잡았을 때의 감촉만 기억한다면 시간이 걸리더라도 언젠가 서로를 알아보게 되는 거야. 모르는 사람들처럼 우연히 스쳐지나가다가 갑자기 불에 덴 듯 깜짝 놀라서, 기억해, 잊지 않았어, 우린 함께 있어, 하고 다시 서로 손을 잡게 되는 거야.

기억나니? 우리 둘만 함께라면 세계 따위 어떻게 되건 상관없다고 했던 말. 그래, 영원히 잊을 수 없을 거야.

아, 벌써 뉴스 시간이네. 앵커 아저씨가 그러는데, 에이즈보다 더 무서운 병이 발견됐대. 일단 바이러스에 감염됐다 하면 관절 부위가 썩기 시작해 죽는 데 채 일주일도 안 걸린대. 변이가 심한 바이러스라 백신을 만들려고 해도 잘 안 되나 봐. 벌써 세계의 종말이 오고 있는 걸까?

메리 크리스마스, 사랑하는 내 일부에게. 이렇게 말해도 내 마음의 반도 표현하지 못한다는 것을 슬퍼하면서.

2016년 12월 25일

안녕. 어제는 집에 있었어.

데이트 펑크 미안해. 하지만 이 꼴을 한 채 네 얼굴을 보느니 차라리 죽어버리는 게 낫다고 생각했어.

넌 내가 죽으면 슬퍼할까? 넌 단 한 번이라도 날 위해 울어줄까? 내가 이렇게 되고 말았는데, 내가 죽는다고 해서 그게 네게 먼지 한 톨만큼의 의미라도 있을까? 그건, 절대로, 참을 수 없어. 네가 날 비웃고 내 얼굴에 침을 뱉고 지옥으로 떨어지라고 저주하는 모습을 상상하면 난 지금 죽을 수조차 없어. 말해줘. 내가 어떻게 하면 되겠니? 어떻게 하면 이 무서운 현실에서 벗어날 수 있니? 정말 죽는 것 말고는 방법이 없는 거니?

그건 며칠 전부터 계속되고 있어. 샤워를 하고 있었는데 갑자기 양 다리 사이가 뜨거웠어. 시뻘건 물이 줄줄 흐르는 것을 보고 말았어. 다리에 힘이 풀려 주저앉고 만 거야. 수세미로 박박 문질러 닦은 지 얼마 안 된 욕실 타일 위로 빨간 피가 조금씩 떨어지는 걸 보고 있으니 온몸이 떨리기 시작했어. 그건 엄마 말처럼 꽃 같은 게 아니라 더러운 음식물 찌꺼기였어. 김칫국물, 타바스코 소스, 케첩 같은 게 잔뜩 들어간, 악취를 풍기는, 설거지를 하고 나면 꼭 손을 씻어야 할—구정물 같은 게 내 몸속 깊은 곳에서부터 흘러나오고 있었어.

알고 있었는데, 남들보다 내가 늦는 거라서 아직일 뿐이지 언젠가는 할 거라는 걸 알고 있었는데 그래도 무서워. 난 이제 어떻게 되는 걸까? 너도 그걸 할 때 나처럼 무서웠니? 아니, 너도 그걸 하기는 하니?

세상 여자들이 모두 그걸 하더라도 너만은 하지 말았으면 좋겠어. 내가 네 몫까지 할 수 있다면 하고 싶어. 이건 너무 더럽고 무섭고 아파.

미안해. 난 이기적인 여자아이라서, 이렇게 괴로울 때면 나도 모르게 널 미워하게 돼. 시간이 흐를수록 난 이렇게 추해지는데 넌 천 년이 지나도 그럴 것처럼 아름답기만 해. 그래서 난 널 만날 수 없어. 내가 다시 네 옆에 서도 부끄럽지 않은 모습이 될 때까지 난 감히 네 옆에 설 수 없어. 아, 평소처럼 내가 얼마나 힘든지 네게 어리광피울 수 있다면 얼마나 좋을까? 하지만 그건 안 돼. 그러느니 죽는 게 나아.

— 12월 25일 오전 10시 53분에 도착한 음성 메시지입니다.

어디야? 난 벌써 도착했는데. 오늘도 바람맞히면 맴매할 거예요. 빨리 와. 기다릴게.

연락받을 전화번호는 **그애**입니다.

그건 며칠 전부터 계속되고 있어. 난 떨리는 손으로 클렌징 폼 튜브를 쥐어짜서 얼굴에 발라. 이마를 안쪽에서 바깥쪽으로 당기고, 뺨 위로 동그라미를 그리고, 코에서부터 T존을 몇 번씩이나 문지르는 거야. 1시간에 한 번씩, 30분에 한 번씩, 아니 5분에 한 번씩, 얼굴이 하얗게 뜰 때까지 몇 번이나 세수를 해도 여드름은 없어지지 않아. 거울을 보면 내 얼굴은 온통 징그러운 돌기로 뒤덮여 나도 날 알아볼 수 없어. 날 보고 있는 저 여자아이는 누구지? 난 세수를 하고, 수건으로 얼굴을 조심스럽게 누르고, 그렇게 해도 수건에 피가 배는 것을 알고, 그리고 저 여자아이가 나처럼 멍하니 서 있는 것을 보면서 나도 모르게 웃음을 터뜨려. 여자아이의 몸이란 건 원래 기름, 물, 피, 그런 것들이 가득 찬 주머니 같은 걸까? 그래서 주머니가 오래 되면 기름이 새는 것처럼 나이가 들면 여드름이 나는 걸까? 이 세계의 모든 여자아이들은 거울을 볼 때마다 늘 만날 수 있던 귀여운 여자아이가 이제 어디에도 없다는 걸 알게 되면 맨 처음 무슨 생각을 할까? 왜 아무도 내게 이런 걸 말해주지 않은 거지?

— 12월 25일 오전 11시 23분에 도착한 음성 메시지입니다.

설마 나 오늘도 바람맞는 건가? 크리스마스잖아. 전화 좀 받아요, 아가씨.

연락받을 전화번호는 **그애**입니다.

그건 며칠 전부터 계속되고 있어. 느리게 진행되기 때문에 처음에는 미처 눈치 채지 못하지만 더 이상 돌이킬 수 없을 때가 되면 비로소 깨닫고서 울 수밖에 없는 거야. 플라스틱처럼 매끄럽던 팔에, 다리에, 그리고 내 몸의 모든 곳들에 털이 나기 시작해. 방금 용기를 내서 오른손을 들여다보니 이제 모공이 거무스름하게 변해서 면도한다고 해도 소용없게 돼버렸어. 손가락에도, 손등에도, 손목에도 온통 털뿐이야. 시선을 다른 곳으로 옮겨도 마찬가지야. 내 몸을 바라보는 것조차 두려워. 드러난 곳에도, 드러나지 않은 곳에도, 어느 곳에도 털이 나지 않는 곳이 없어. 팔이 긴 옷을 입어서 아무리 더워도 벗지 않는다면 넌 눈치 채지 못할지도 모르지만, 손은 어떡하지? 아무리 해도 드러날 수밖에 없는 손은 어떡하지? 이 손으로는 예전처럼 네 손을 잡을 수 없다니 잔혹한 운명이기도 하지. 난 이대로 영원히 널 만날 수 없는 걸까?

— 12월 25일 오후 1시 12분에 도착한 음성 메시지입니다.

크리스마스에 바람맞다니 너무하잖아. 무슨 일 있어? 아파서 자는 거야? 음성 메시지 받거든 연락해줘. 화 안 낼게.

연락받을 전화번호는 **그애**입니다.

미안해. 나 따위가 감히 널 화나게 하다니. 네게 용서를 구하지 않겠어. 내게 그럴 자격이 없다는 걸 난 너무 잘 알고 있으니까.

넌 내게 살아야 할 이유를 줬는데 난 네게 아무것도 줄 수 없는 데다 널 걱정하게 하고 널 울게 하고 널 화나게 하고, 배은망덕한 여자아이라는 욕을 들어도 싸지. 내 값싼 목숨으로나마 네게 지은 죄를 갚을 수 있다면 조금이나마 마음이 편할 텐데. 하지만 부탁이야, 1년만 기다려 줄 수 없니? 1년이야. 더도 말고 덜도 말고 1년이면 돼. 그럼 난 주저할 것 없이 네 두 손에 내 목을 맡길게.

내년 크리스마스까지, 안녕, 안녕, 안녕.

미안해, 미안해, 미안해. 난 정말 어쩔 수 없는 겁쟁이야. 벌써 한 시간이나 지났는데 아직 이 꼴이라니. 널 생각하면 조금이라도 더 용기를 낼 수 있을 줄 알았는데. 차라리 널 만났더라면 좋았을 거라고 후회하고 있어. 욕실이 온통 피투성이야. 뱃속이 울렁거릴 정도로 지독한 냄새를 풍기는 피가 천장에서부터 벽을 타고 내려와 타일이 깔린 바닥으로까지 똑, 똑, 똑, 노크하듯이 떨어지고 있어. 마치 빨간색 물감만으로 욕실 전체에 데칼코마니를 한 것처럼. 몸에 묻은 피를 씻어내려고 황급히 샤워 밸브를 틀다가 물이 확 터져 나오는 바람에 머리부터 푹 젖었어. 손이 피에 절어버렸는지, 손가락 끝이 부르틀 때까지 문질러도 피부의 결을 파고든 핏기가 빠지지 않아. 칼에서 튄 피가 하필 입속으로 들어오는 바람에 몇 번이나 침을 뱉는데도 비린내가 풍겨. 여기는 온통 물 냄새, 살 냄새, 피 냄새. 지옥에 온 것 같은 기분이야.

미끄러워서 똑바로 설 수조차 없어. 넌 지금 어디 있니? 난 왜 이렇게 간단한 일도 제대로 하지 못하는 걸까? 국에 넣을 고기를 자르는 것과 다르지 않다고 생각했는데, 잘못 생각했다는 걸 너무 늦게 알았어. 내게 용기를 줘. 한 번 더 이를 꽉 깨물어 참아낼 수 있도록.

내가 지금 무슨 짓을 하고 있는지 넌 알 수 없겠지. 상처가 아물 무렵 널 다시 만나면 넌 깜짝 놀랄지도 몰라. 어떻게 그렇게 할 수 있었느냐고 물을지도 몰라. 어쩌면 날 조금은 다시 보게 될지도 몰라. 그때 난 자랑스럽게 말할 거야. 다시 널 만나기 위해 그렇게 할 수 있었다고. 그렇게 생각하면 다시 용기가 나는 것 같아.

그래, 난 널 위해서라면 이것보다 더한 일도 할 수 있어.

지금 네가 내 곁에서 날 바라봐주면서 내가 잘 하고 있다고, 조금만 더 하면 된다고, 힘내라고 말해준다면 좋을 텐데. 아니, 이제 이렇게 겁쟁이 같은 생각은 그만둘래. 말했잖아, 우린 떨어져 있어도 함께 있는 것과 같아. 지금 넌 내 곁에 있는 거야. 날 봐.

이렇게 주먹을 쥔 오른손을 욕조 모서리에 올려놓는 것을.

이렇게 고기용 칼을 든 왼손을 머리 위로 들어올렸다가 아래로 내리치는 것을.

한 번 더, 한 번 더, 그리고 한 번 더.

이렇게 짐승처럼 울부짖는 것을. 너 때문이야. 너 때문이야. 이 모든 것들이 다 너 때문이야. 한 번만이라도 날 볼 수 없니? 내가 아무리 추해지더라도 날 싫어하지 않을 수 없니? 날 위로하기 위한 거짓말이라도 좋으니 내가 이렇게 추한 모습을 보이더라도 날 사랑한다고 말할 수 없니? 겁쟁이인 내가 처음으로 널 위해 날 포기할 수 있다고, 네게 자랑할 셈이었는데. 이제 더는 안 돼. 아무리 애써도 할 수 없어. 날 도와줘. 아파…….

한 번만 더.

사람의 살을 자를 때 어떤 기분이 드는지 아니? 살의 바깥쪽을 자를 때는 약간 딱딱한 소시지 껍데기에 칼집을 넣을 때처럼 툭, 하고 끊어지는 듯한 느낌이 들어. 살의 안쪽을 자를 때는 냉장고에서 며칠 묵혀 흐물거리는 고깃덩어리를 썰 때처럼, 날이 잘 서지 않은 칼이 고기 위로 미끄러지는 느낌이 들어. 뼈에 닿을 때는 칼이 나이프 샤프너에 부딪힐 때처럼 둔탁한 느낌이 들어. 고통이 없다면 이 모든 것들은 너무 비현실적이어서 내 손목에서 일어나는 일이라고는 생각할 수 없을 거야. 생각했던 것만큼 아프지는 않지만 무서워서 칼이 떨리니까 몇 번이고 완전히 잘릴 때까지 자르지 않으면 안 돼.

한 번만 더. 한 번만 더. 마지막으로 한 번만 더.

앗, 피 때문에 미끄러워서 칼을 놓쳤어…….

시간이 얼마나 흐른 걸까? 잠들었던 걸까? 몇 시간 동안이나 아무 소리도 들리지 않았는데 견딜 수 있었다니 믿어지지 않아. 난 뭐라도 좋으니 소리를 들으려고 허둥지둥 핸드폰을 찾아. 이 모든 일들이 시작되기 전부터 선반 위에 올려놓았던 핸드폰도 처음부터 다 보고 있었다는 것처럼 피에 젖어서 미끄러워. 폴더를 열려다 손이 미끄러져. 14년 동안 익숙했던 오른손이었다면 핸드폰을 떨어뜨리지 않았을지도 모르는데. 어쩔 수 없지.

내 오른손은 지금 욕조 안을 뒹굴고 있으니까.

핸드폰을 주워 버튼에 튄 피를 엄지손가락으로 문지른 뒤, 삑, 삑, 삑……, 버튼을 누르니 익숙한 효과음이 들려서 난 조금 진정되는 것 같은 기분이 들어. 소리를 내려고 아무렇게나 버튼을 눌러. 삑, 삑, 삑……. 계속, 계속, 계속.

— 51670161845160707070770707707070

액정화면에 표시되는, 이 세계에 존재하지 않는 전화번호. 이대로 통화 키를 누르면 네게 연결되지 않을까? 버튼을 누르는 걸 멈추니 다시 아무것도 들리지 않아. 그래도 좋아. 네 목소리를 들을 수만 있다면 난 이 세계가 영원히 정적에 휩싸인대도 견뎌낼 수 있을 것 같아. 넌 어디 있니? 넌 나 때문에 크리스마스에 혼자라는 걸 화내고 있니? 넌 날 사랑하니? 날 이 세계의 모든 더러움들보다 더 증오한다고 말한다 하더라도 내게 네 목소리를 들려준다면 난 살 수 있을 것 같아. 넌 지금 내가 뭘 하고 있는지 알 수 없겠지? 난 통화 키를 누르고 있어. ……1분이 넘도록 기다리고 있어. 하지만 넌 전화를 받지 않고 있어.

이렇게 절실한데도 난 네 곁에 설 수 없어.

메리 크리스마스, 나와 너무 멀리 떨어져 있는 네게. 정말 1년이 지나면 네게 사죄할 단 한 번의 기회라도 잡을 수 있을까?

2017년 12월 25일

안녕. 어제는 하루 종일 옷장 앞에서 패션쇼를 했어. 내가 어떤 기분이었는지 넌 알 수 있겠니? 1년 만에 만나는 네게 어떤 날 보여줘야 할지! 에밀리 템플 큐트(Emily Temple Cute)의 귀여운 여자아이? 빅토리안 메이든(Victorian Maiden)의 소공녀? 마블(Marbel)의 엘리건트 고딕 롤리타? 이 세계에서 가장 아름다운 옷이라도 너와 비교되는 순간 빛을 잃고 말겠지만.

난 지금 약속장소로 가고 있어. 네가 날 1년 만에 처음으로 보게 되는 순간 얼마나 놀랄지, 생각하기만 해도 행복해. 내가 널 위해 어떤 옷을 입었는지 알고 싶지 않니? 베이비 더 스타즈 샤인 브라이트(Baby, The Stars Shine Bright)! 핑크색 신데렐라 원피스에 흰색 스핀 돌 헤드드레스, 흰색 레이스 리스트밴드, 흰색 레이스 오버니삭스, 그리고 피처럼 새빨간 앵클벨트 슈즈! 두 손에는 흰색 실크 오페라글러브! 시간과 돈과 노력을 들여 낡은 고민들을 해결했지만 그것들보다 더 중요한 것은, 내게 이제까지보다 더 큰 용기가 필요한 장기적인 계획이 있다는 것. 걱정하지 않아도 돼. 널 만나 네 얼굴을 보고 네 손을 잡고 네 목소리를 들을 수 있다면 그걸로 충분하니까. 그러면 아무리 큰 용기가 필요할지라도 난 뭐든지 할 수 있을 거야.

난 크림 빛깔 하트버클 벨트 백에서 핸드폰을 꺼내서 지역정보를 확인해. 이번이 벌써 몇 번째인지 기억나지 않을 정도야. 하지만 이렇게 하지 않으면 아직도 달콤한 꿈을 꾸는 것 같은걸. 널 다시 만나게 되다니, 내가 감히 그럴 수 있는 건지, 내게 너무 과분한 행복이 아닌지……. 하지만 이제 모든 것들을 긍정적으로 생각하기로 결심했으니까, 더 이상 칭얼대지 않을 거야. 틀림없이 내가 네게 가고 있다는 걸 지역정보로도 알 수 있으니까. 이건 꿈이 아니야. 난 여기 있어.

내 새 살굿빛 핸드폰을 네게 보여주고 싶어. 이 세계의 모든 더러움들과 무관한 플라스틱의 몸. 끊임없이 증식하는 생명의 징후라고는 존재하지 않는 완벽함. 날렵한 곡선이 매끄럽게 흘러 내 왼손의 촉각세포를 자극해. 마음에 들어. 너를 제외하면 이 세계에 이 핸드폰만큼 아름다운 건 없을지도 모른다는 생각조차 들기도 해.

약속장소로 정한 카페에 도착했어. 길어야 30초도 되지 않을 이 순간을 네게 어떻게 말하면 이해할지! 그건 어떤 나라의 말로도 표현할 수 없는 순간이야. 심장이 너무나도 빨리 뛰어 몸이 뜨거워지는 것 같기도 해. 심장이 멈춰 이 세계가 정지하는 것 같기도 해. 아니, 어쩌면 둘 다일지도 몰라. 카페의 문을 조심스럽게 열고, 문에 달린 종이 흔들려 딸랑거리는 동안 네가 금세 찾을 수 있는 곳에 앉았는지 카페 안을 둘러보고, 웨이트리스에게 입속에서 굴리는 것만으로도 달콤한 네 이름을 말하고, 그리고…….

난 널 발견해. 이 세계의 가장 참혹한 장소에—숲에, 섬에, 사막에, 그것도 아니라면 지옥에—있을지라도 눈부시게 빛나서 누구라도 금세 찾아낼 수밖에 없을 너를. 아, 그걸 뭐라고 말해야 할까? 너의 검은 머리카락, 흰 얼굴, 눈, 코, 입. 몇 번씩이나 단조롭게 반복되더라도 언제나 이 세계에서 단 하나뿐인 의미를 지니며 새로 태어나는 너의 몸짓. 누구나 한 번쯤 돌아보게 하는 너의 달콤한 향기, 존재감, 영혼. 난 막 사랑에 빠진 것처럼 움직일 수 없어 그대로 서 있다가 네가 날 부르는 목소리에 간신히 한 걸음씩 널 향해 걸어가. 한 발자국, 한 발자국, 그리고 한 발자국. 창가에 앉아 얼 그레이를 두 손으로 받쳐든 네 얼굴 위로 홍차 빛깔 조명이 비춰 널 똑바로 바라볼 수 없어. 넌 고개를 돌려 내게 말하지. 안녕, 오랜만이야. 메리 크리스마스. 난 얼어붙은 입술을 떼어 겨우 대답하지. 메리 크리스마스. 주문하시겠어요? 아이리시 브렉퍼스트, 각설탕은 세 개. 넌 내 대신 웨이트리스에게 말하고서 내게 미소 지어. 작년까지 그렇게 마셨지. 그렇지? 기억이 틀리지 않다면. 난 고개를 끄덕여. 1년이나 지났는데 넌 날 아직 기억해. 기뻐서 금방이라도 눈물이 날 것 같아.

어떻게 지냈어? 넌 내게 손을 내밀어 내가 잡을 수 있도록 해. 난 오페라글러브의 가장자리를 만지작거리며 우물쭈물해. 네게 하려던 이야기가 산더미 같은데, 가슴이 벅차 말할 수 없어. 어디서부터 말해야 할까? 난 마음을 굳게 먹고 오페라글러브를 잡아당겨. 오른손으로 왼쪽 장갑을 잡아당기자 드러나는 왼손. 지난 크리스마스와는 다른 왼손. 어제 크림을 발라 손등에 단 한 올의 털도 남지 않은 왼손. 플라스틱으로 만들어진 듯 희게 빛나는 왼손……. 그리고 왼손으로 오른쪽 장갑을 잡아당기자 드러나는 오른손. 플라스틱으로 만들어진 오른손.

네게 할 말이 있어.

난 널 향해 희미하게 미소 지어.

넌 내게 어떻게 된 거냐고 물었지. 난 사고로 오른손을 잃어 의수를 연결할 수밖에 없었다고 대답했지. 그건 완전히 거짓말은 아니야. 부모님께 그렇게 말씀드렸기 때문에 그렇게 할 수 있었으니까 나만 입을 다물면 그건 정말이 되는 거야. 양심의 가책 따위 조금도 느끼지 않아.

넌 내 오른손을 네 왼뺨에 가져가 내게 온기를 나눠주면서 속삭였지. 네 새 오른손, 마음에 들어.

난 울음을 터뜨리지 않기 위해 숨을 멈췄지.

네 슬픈 눈, 내 슬픈 것처럼 연기하는 눈, 두 개의 시선들이 허공에서 서로 만나지. 넌 지금은 내 새 오른손을 슬퍼하지만 언젠가는 알게 될 거야. 처음부터 완전무결함은 플라스틱에나 어울리는 것이기 때문에 고깃덩어리에서는 찾을 수 없어. 이건 불가피할 뿐 아니라 당연한 선택이야. 오히려 기뻐해야 해. 네가 슬퍼하기 때문에 나도 슬퍼하는 척하지만 이건 슬픈 일이 아냐. 사람들은 잘못 생각하고 있어. 어째서 기계가 고깃덩어리를 대신할 수 없다고 생각하지? 이 왼손을 보라지. 기능성 화장품을 수돗물처럼 퍼붓지 않으면 한순간도 플라스틱의 완전무결함을 따라갈 수 없는, 섭씨 36.5도의 미지근한 고깃덩어리에 불과한 이 왼손을. 너라면 내 새 오른손을 축복할 거라고 생각했는데.

그래도 괜찮아.

홍차 향기 몽롱한 테이블 위로 네 손이 내 손에 닿아. 네 오른손이 내 오른손을 탐색하듯 아래에서 위로 감싸—이 세계의 멸망이 다가오는 속도만큼이나 느리게. 플라스틱으로 만들어져 서로 부딪힐 때마다 잘각거리는 홍차 빛깔 손톱, 연성 플라스틱 인조피부로 코팅된 살굿빛 손가락, 모든 아름다운 기계들처럼 매끄러운 곡선을 그리는 손등, 그리고 고깃덩어리에 불과한 내 팔과 의수의 경계선까지—네 손이 그곳에 닿자 난 흠칫하지만 다른 사람도 아닌 너라면 아무리 부끄러운 것이라도 보일 수 있으니까, 어떤 치부라도 드러낼 수 있으니까, 모두 날 이해하지 못하더라도 너만은 날 이해할 테니까.

네 손이 손등을 아래로, 내 손이 손등을 위로, 서로의 손가락 끝을 약속하듯 걸고 무도회의 홀로 향하는 연인들처럼 움직여. 이 세계에서 가장 아름다운 두 개의 손들이 마주하는 장면. 이제 겨우 네게 부끄럽지 않은 모습이 됐어. 아직 오른손뿐이지만.

왈츠를 추시겠어요? 그렇게 묻는다면, 기꺼이, 그렇게 대답하겠지. 영원히 멈추지 않을 음악이 흐르는 홀에서 우리들을 제외한 모든 것들이 끝을 맞이할 때까지 춤추겠지. 이대로 우리들마저 끝이라 해도 후회하지 않겠지.

그 끝마저 끝날 때 돌아와 다시 만날 테니.

너와 헤어져 집으로 돌아오면서 난 몇 번이고 두 손을 마주 잡아. 왼손으로 오른손을 잡아. 내 예전의 오른손의 기억들을 더듬어. 처음으로 너의 손을 잡았던 오른손. 너의 머리카락을, 뺨을, 입술을 느꼈던 오른손. 네가 내게 보인 첫 번째 눈물을 닦아주었던 오른손. 그래서 첫 번째는 오른손이 되어야 한다고 생각했던 거야.

이제 잊힐 정도로 오래전 너의 보드라운 살갗을 쓰다듬었던 기억도 희미해지고 있어. 새 오른손으로는 예전의 오른손과 다른 감각을 느껴. 그건 태어날 때부터 갖게 되는 원래의 오른손으로는 느낄 수 없었던 감각이야. 그걸 뭐라고 말하면 좋을까? 플라스틱으로 만들어진 오른손으로 널 만지면 장밋빛으로 물든 석양이 입속에서 톡, 하고 즙이 많은 열매처럼 터지면서 아주 느리게 번지는 것 같아! 의료원에서는 최고급의 의수를 연결하면 원래의 손과 거의 같은 감각을 찾을 수 있을 거라고 말했지만 그건 거짓말이었어. 비슷하지만 달라. 똑같을 수 없을 거라고 짐작했지만 생각했던 것보다 더 많이 달라. 그래서 기뻐.

눈이 내리고 있어. 손바닥을 위로 하고서 오른손을 들어 올리자 눈송이가 한 개, 한 개, 그리고 또 한 개…… 내려앉아. 예전에 느꼈던 단순한 차가움이 아니라, 차게 식힌 연유가 프루트칵테일과 함께 혀 위에서 황금색으로 폭발하는 듯한 차가움. 눈송이마다 조금씩 다른 맛이 폭발해. 한 번, 한 번, 그리고 또 한 번. 네게도 이런 느낌을 알려주고 싶어. 그럴 수 있을까? 언젠가는 그럴 수 있길.

집에 도착하자 난 옷을 벗어 가지런히 개키고서 다시 한 번 칼을 든 채 욕실로 가. 떨리는 오른손으로 쥔 칼의 촉감은 차가운 물고기의 살, 비누, 녹슨 못에서 떨어지는 가루를 피가 날 때까지 살에 문대는 것 같아. 이번엔 더 많이 아프겠지만 널 위해서라면 괜찮아.

욕조에 걸터앉아.

심호흡을 해.

네 이름을 불러, 조용하지만 간절하게.

그리고 난 오른쪽 허벅지 관절 부위에 댄 칼을 두 손으로 눌러.

메리 크리스마스, 내 손을, 다리를, 그리고 다른 어떤 것을 버려도 아깝지 않은 네게. 그런데 아주 잠깐이지만 불안해졌어. 내가 오른손만이 아니라 온몸을 기계로 바꾼다 해도 네 아름다움에 비하면 아무것도 아니지 않을까? 그렇지만 금세 깨달았어, 그건 당연하다는 걸. 어떻게 감히 내가 너보다 더 아름다워질 수 있겠니? 그런 생각을 다 했다니 우습기도 하지.

내게 용기를 줘. 부탁이야. 이번에도 아파…….

메리 크리스마스, 다시 한 번만 더. 사랑해.

2018년 12월 25일

안녕. 어제는 핸드폰으로 적응훈련 프로그램을 다운로드 받아서 전부 한 번씩 따라해보느라 집 밖으로 나갈 틈이 없었어.

또 1년이나 만날 수 없었지. 어학연수니 뭐니 둘러댔지만 사실은 의체에 익숙한 내 모습을 네게 보여주려면 시간이 필요했기 때문이야. 의수에 익숙해지는 데만 1년이나 걸렸으니 이번에는 시간이 모자랐지만 어쩔 수 없지. 오늘은 크리스마스니까.

네게 들려주고 싶은 이야기들이 많아. 1년이 10년처럼 느껴질 만큼 많은 이야깃거리들이 있는데 어디서부터 말해야 할지! 네게 숨겼던 것, 둘러댔던 것, 거짓말했던 것……. 내가 감히 그럴 수 있었다는 걸 믿을 수 없어. 원한다면 네 앞에 무릎을 꿇어 몇 번이고 용서를 빌게. 하지만 그 전에 한 번만 내 얘길 들어줘. 내 얘길 듣고 나면 내가 그럴 수밖에 없었다는 걸 너도 이해할 거야.

기억나니? 1년 전, 이름도 잘 기억나지 않을 만큼 먼 나라에서부터 무서운 바이러스가 퍼져나가고 있었다는 걸. 뉴스에 잠깐 나왔더랬지. 감염되면 아무리 길어도 일주일이면 관절 부위가 썩어 비참하게 죽을 수밖에 없는 병이야. 손가락 끝처럼 먼 곳에서부터 가까운 곳으로 마디마다 싹둑 잘려나간다니 생각만 해도 무서운 병이지. 손가락이 떨어져나가고, 손목이 떨어져나가고, 팔꿈치가 떨어져나가고, 그렇게 먼 곳에서부터 죽음이 다가오는 걸 남 일 보듯 보다가 죽는 거야. 어떤 약으로도 낫기는커녕 감염 속도를 늦출 수조차 없대. 그럼 어떻게 해야 할까? 병에 걸렸다는 걸 알면 얌전히 누워 죽음을 기다려야 할까? 기도나 하면서?

어떤 사람들은 그렇게 했어. 어떤 사람들은 그렇게 하지 않았어. 대부분은, 아니 거의 모든 사람들이 선택한 건 첫 번째야. 그건 한 편의 코미디였지.

반년 전쯤, 세계 최초로 전신의체가 개발됐다는 뉴스가 웬만한 포털 모바일 사이트라면 대문에 걸릴 정도로 떠들썩했지만 다들 국위선양이라면서 목에 힘주기만 했지 피실험자가 될 생각은 없었어. 카이스트니 서울대학교 의과대학이니 보건복지부니 하는 곳들에서는, 처음에는 1급 장애인들에게 기회를 줘야 한다고 으스대다가, 그 다음에는 중환자 여러분들 중 누구나 지원할 수 있다고 말을 바꾸다가, 마지막에는 증세의 경중을 막론하고 몸이 불편하신 분들의 많은 관심을 바란다던가, 빚쟁이처럼 애원하더라. 웃겼어. 의사들이 피실험자가 없어서 광고를 낸 것도 웃겼지만 아무도 나서지 않았다는 게 더 웃겼어. 바보 같으니. 0.1밀리미터의 오차도 없이 완벽한 플라스틱이, 15년도 채 안 돼 너절해지기 시작하는 고깃덩어리보다 못할 게 뭐야? 난 한 번 더 생각할 것도 없이 신청서를 전송했어. 반대하면 딸의 시체를 보게 될 거라고 부모님을 협박했지. 아빠 엄마 할머니가 화들짝 놀라 집에 왔을 땐 이미 내 몸엔 성한 곳이라곤 없었으니까 반대고 뭐고 너무 늦었지. 내가 어떻게 했는지 네가 알아야 할 텐데! 난 팔을 칼로 잘랐고 발을 벽돌로 으스러뜨렸고 얼굴을 못으로 찔러 썩어 들어가도록 했어. 잘 드는 미용가위로 눈을 찌르고 코를 도려내고 입속을 휘저어 못 쓰게 만들었지.

내 몸에 위해를 가할 때의 분위기는, 왕비의 목을 단두대에 올릴 때처럼 우아했더라면 좋았겠지만, 실제로는 흰쥐를 실험대에 올릴 때에 더 가까웠어. 선반에 거즈, 반창고, 지혈대, 마취제가 든 앰플과 주사기와 솜, 그 밖에도 자잘한 의료기구들을 잔뜩 늘어놓은 뒤에야 그걸 할 수 있었으니까. 다 한 다음에는 지쳐서 힘들게 냉장고를 열어 죽 같은 걸 꺼내다가 대충 데워 먹곤 했어. 한쪽 팔이 없어진 거나 다름없으니까 요리를 할 수 없잖아. 아예 한 달 치 먹을 인스턴트 푸드 따위를 냉장고에 넣어두고, 냉장고에 다 못 넣은 건 박스째 부엌에 쌓아두고, 흰 쥐에게 먹이 주듯 조금씩 먹어치웠지.

난 다시 태어나려는 거였지 죽으려는 게 아니었기 때문에 정말 열심히 공부해야 했어. 하나라도 잘못되면 괴사, 통증, 출혈과다, 뭐 그렇게 어이없는 이유로 죽는 거잖아. 덕분에 인체생리학이니 뭐니 하는 두꺼운 책들을 몇 권이고 외우다시피 했지.

모든 게 완벽했어. 어느 것 하나도 내 생각대로 되지 않는 게 없었어. 굳이 하나 꼽자면 만신창이가 된 딸이 목에 칼을 들이대는 꼴을 보여드린 게 부모님께 죄송했다는 것 정도지만 어쩔 수 없지. 날 정신병원에 데려간다거나 하면 진짜로 죽어버릴 거라고, 한 번 더 불효자식이 되어야 했으니. 가엾게도 엄마는 몇 번쯤 기절하기까지 했어. 불쌍한 우리 엄마. 미안하다고 말하려고 했는데, 내가 일으켜주려고 했더니 몸살이라도 든 것처럼 떨면서 뿌리치는 바람에 그럴 수 없었어.

그 뒤로도 모든 게 완벽했어.

의체의 소프트웨어가 내 몸에 맞도록 데이터를 입력한다던가, 덕분에 병원에서 몇 달이나 살아야 했어. 근육량, 심박수, 알레르기, 하여튼 시시콜콜 별걸 다 측정하느라 도대체 수술은 언제 하는 건지 궁금할 정도였지만, 막상 수술이 끝나니 모든 게 너무 빨리 변했다는 느낌이 들었어.

생각해봐, 난 다시 태어난 거야! 생각과는 달리 수술이 끝났다고 바로 움직일 수 있는 건 아니었지만, 뇌만 빼면 갓난아기가 된 거나 다름 없으니 생각해보면 당연한 거였어. 난 내 몸을 내 마음대로 움직이는 방법을 조금씩 배워나갔어. 구식 SF영화들은 이런 과정을 러닝타임을 잡아먹을 가치가 없다고 생각했는지 한 번도 보여주지 않았지만, 이거야말로 무서울 정도로 아름답다고 생각하지 않니? 나 말고는 누구도 이런 걸 겪어보지 못했어! 갓난아기였을 때의 일이 아무것도 떠오르지 않는 평범한 사람들은 먼지 낀 돌 사진을 남 사진 보듯 보며 난 어떤 아기였을까, 하고 떠올리다가 다시 잊어버리겠지만, 갓난아기인 나는 내가 나로 존재하는 지금 내 손가락 한 개를 움직이기 위해 며칠이고 애써야만 했어! 그건 지루한 만큼 숭고한, 내가 내 몸의 통제권을 되찾는 과정이었지. 난 매일 오전 9시까지 의료원 부속 피트니스 센터에 출석했어. ID카드를 체크하고, 내가 가장 좋아하는 구석진 자리를 차지하고, 그 다음으로 내가 맨 처음 하는 일은 벽에 네 사진을 붙이는 거였어. 카메라를 똑바로 바라보면서 미소 짓는 네 사진. 난 네 뺨을 쓰다듬는 것을 상상하면서 내 손가락을 움직이기 위해 애썼어. 네게 달려가는 것을 상상하면서 내 다리를 움직이기 위해 애썼어. 네게 사랑한다고 말하는 것을 상상하면서 내 음성기관을 움직이기 위해 애썼어. 난 오직 널 위해 몇 달이 지나가는지도 모른 채 적응훈련 코스를 반복하면서 이 지루한 과정이 내게 널 돌려줄 거라고 기뻐했어.

그건 기도였어. 기도하는 방법이 조금 다르기는 했지만 말이야.

앗, 깜짝이야. 핸드폰으로 알람을 맞춰놓아서 다행이야. 네 생각에 취해 옷장 앞에 앉은 채 몇 시간이 지났는지도 몰랐어. 늦지 않게 출발해야지.

1년 만에 만나는 네게 맨 처음 뭐라고 인사할까? 안녕? 잘 지냈니? 메리 크리스마스? 또다시 어떤 것도 말하지 못한 채 널 바라보기만 하게 되지 않을까? 그렇더라도 이상하게 생각하지는 말아줘. 네가 눈앞에 없어도 널 생각할 때마다 황홀해서 이대로 죽어버릴 것 같은데 네가 눈앞에 있으면 어떻겠니? 그러니까 넌 날 이해할 거라고 생각해.

그럼 조금 이따 만나. 내 몸과 바꿔 되찾은 네게, 늦지 않게 달려갈게. 사랑해.

내가 내 손을, 발을, 얼굴을 썩은 고기라도 되는 것처럼 잘라내버릴 수 있었던 건 너 때문이었어. 내가 베어낸 내 살을 음식물 찌꺼기 다루듯 두 손가락으로 집어 쓰레기통에 넣으면서 미쳐버리지 않기 위해 애쓸 때 머릿속으로 되뇌었던 건 네가 내게 했던 몇 마디 사랑스러운 말들이었어. 내가 지금 하고 있는 일이 어떤 일인지 생각하지 않으려 해도 갑자기 떠올라 한밤중에 잠들지 못한 채 헐떡거리면서 머리맡을 더듬어 찾았던 건 네 사진이었어. 넌 시궁창이나 다름없는 이 세계에서 내가 따라갈 수 있는 단 하나뿐인 빛이었어.

듣고 있니?

넌 그래서는 안 되는 거였어. 내가 네 눈을 바라봤을 때 내 눈을 피해서는 안 되는 거였어. 내가 네 이름을 불렀을 때 대답하지 않아서는 안 되는 거였어. 내가 네게 다가섰을 때 황급히 한 발자국 뒤로 물러서면 안 되는 거였어. 듣고 있어? 내가 네게 바란 건 그런 게 아니었어. 난 네가 날 이해하길 원했어. 내 선택을 축하하길 원했어. 아니, 그럴 수 없다면, 적어도 날 외면하지 않길 원했어. 이 세계의 모든 사람들이 날 손가락질하더라도 너만은 그렇지 않을 거라고 생각했어. 넌 다른 사람들과 다르다고 생각했어. 널 위해서라면 아무것도 아깝지 않다고 생각했어. 듣고 있어? 넌 날 무서운 괴물을 보는 것처럼 봤지. 라흐마니노프 피아노 협주곡 제2번이 살인가스처럼 무겁게 발밑을 흐르는 카페에서 넌, 날 보더니, 비명을 질렀지. 난, 비명을, 지르지 않았지. 왜냐하면, 성대로 비명을 지르는 너와 음향합성 카트리지로 비명을 지르는 나는 비명조차도 다를 수밖에 없었기 때문이지. 그걸, 뭐라고, 말해야 하지? 어느 순간부터 네가 내게서 손을 뻗어도 닿을 수 없을 만큼 멀어지기 시작했는데 바보같이 몰랐던 것을 내가 어떻게 납득해야 하지? 듣고 있어? 듣고 있어? 듣고 있어? 듣고 있느냐고, 내가, 네게, 묻고 있잖아! 네가 날 이해할 수 있어? 이 공포스러운 좌절감을! 이 세계의 누구에게도 이해될 수 없을 때 넌 늘 그랬던 것처럼 괴로워하는 것으로 족하겠지만 난 어떤지 알아? 파인애플과 자몽과 레몬을 쥐어짠 끈적거리는 즙이 몇천 마리의 송충이들과 함께 머리끝부터 발끝까지 줄줄 흘러내리는 느낌. 온몸의 피가 링거액을 역류하듯 연성 플라스틱 피부를 뚫고나와 공기중으로 퍼져 한 발자국 움직일 때마다 끈적이는 허공의 안개를 지나치는 느낌. 내 날갯죽지에, 목에, 허리에, 그리고 그렇지 않아야 할 모든 곳에 내가 잘라내버린 손이, 발이, 얼굴이, 눈이, 코가, 입이, 귀가 돋아나는 것 같은 느낌. 네가 날 외면했을 때 내가 그따위 것들을 느끼고 있었다는 걸 넌 알까? 안대도 이해할 수 있을까? 넌 네가 죽을 때까지 그런 느낌들을 이해할 수 있을까? 듣고 있어?

넌, 지금, 어디 있어?

네가 날 봤을 때 너의 크게 뜬 두 눈, 하얗게 질릴 정도로 꽉 잡은 두 손, 떨리는 두 다리, 그런 것들마저도 난 사랑해. 네가 듣고 있지 않대도 난 말할게. 사랑해, 사랑해, 사랑해. 이대로 죽어버리고 싶을 만큼 널 사랑해.

메리 크리스마스, 영원히 만날 수 없을 네게. 내일이 오면 넌 나쁜 꿈을 꾼 걸까, 하고 모두 잊어버릴지도 모르지.

그래도 좋아.

2019년 12월 25일

안녕. 어제는 올해 늘 그랬듯 혼자 집에서 보냈어. 이젠 그럴 필요 없는데도.

너도 알겠지만 또 한 번의 1년 동안 많은 것들이 바뀌었어. 백신이 개발되지 않는 동안 바이러스가 우리나라까지 포함해 전 세계로 퍼져버린 거야. 오늘은 크리스마스잖아? 만약 오늘 손가락이 떨어져나가기 시작했다면 모든 관절들이 해체돼 죽는 데 일주일밖에 안 걸리니까 가엾게도 새해를 맞이할 수 없는 셈이야. 물론 과학자들이라고 백신을 만들 시간에 놀고먹은 건 아니지만 바이러스의 변종이 수백만 가지도 넘게 발견되자 이걸 어쩌나, 고민하다가 바이러스에 감염돼 다 죽은 거지. 웃기지?

사람들은 세 부류로 나뉘었어. 신의 심판이 시작됐으니 인류는 멸망할 수밖에 없다면서 기도하는 사람들, 어느새 몇 개의 폭도집단들로 갈려 서로 다른 폭도집단을 만나면 일단 욕지거리를 내뱉으면서 총을 쏘는 사람들, 그리고 백신에 의존하지 않고도 살 수 있는 방법을 찾는 사람들. 세 번째 부류의 사람들은 결국 방법이 있다는 걸 알았지만 그건 없는 거나 다름없었어. 그 방법이란 건 바이러스가 확산되지 않도록 몸을 의체로 바꾸는 거였거든. 예전에도 그랬듯 사람들은 꼭 그렇게까지 해야 하나, 고민하다가 바이러스에 감염돼 몸이 동강나 죽었지. 웃기지?

그게 이 모든 것들의 발단이야. 레고 블록으로 만든 사람이 분해되는 것처럼 비현실적인 죽음이 가까운 사람에게 닥치는 것을 본 사람들은 한 명씩, 전신의체화수술을 받기 시작했어. 한 명씩, 한 명씩, 그리고 한 명씩 플라스틱으로 만들어진 몸을 가진 사람들이 늘어났어. 뒤늦게 수술을 받기 위해 병원에 간 사람들은 겨우 며칠 만에 의체 가격이 터무니없이 높아진 걸 알고 돈을 구하려면 뭘 해야 할지 고민하기 시작했어. 병원에 다녀온 사람들은 또 세 부류로 나뉘었어. 이번 폭도가 저번 폭도와 다른 점이 있다면 싸우는 이유 정도. 어차피 죽을 테니 같이 죽자, 가 아니라 돈을 내놓지 않으면 죽일 테다, 랄까? 그것도 오래가지 않았어. 의체화하지 않은 사람들이 모두 죽는 데 그다지 긴 시간이 필요한 건 아니었어. 뉴스에서는 이제 지구에 의체화하지 않은 사람은 공식적으로 집계된 몇백만 명 외에 더 이상 존재하지 않는다더라. 웃기지?

난 내가 모르는 사이 엄청난 변화가 일어났다는 걸 깨달았어. 의체화했다는 것 때문에 집 밖으로 나갈 수 없었던 난 겨우 몇 달이 지나 나 말고도 모든 사람들이 의체화했다는 걸 안 거야! 모두 비정상이 되면 비정상은 정상이 되는 거야! 이제 날 손가락질할 사람은 이 세계에 아무도 없는 거야!

그래서 난 너도 이제 날 외면하지 않을 거라고 생각했어. 너도 날 이해할 수 있게 될 거라고 생각했어. 다시 1년 만에 널 만날 수 있을 거라고 생각했어.

네 얼굴을 떠올리고 있었는데, 널 만나면 맨 처음 무슨 말을 하면 좋을지 고민하고 있었는데, 행복해하고 있었는데, 네 어머니의 전화를 받았어.

네 장례식에 다녀왔어.

입관 전 마지막으로 본 넌 사지가 분해된 구체관절인형처럼 아름다웠어. 창백한 얼굴에 감겨진 두 눈, 숨을 쉬지 않는 코, 다시는 열리지 않을 입술이 죽은 사람의 그것들로는 보이지 않는, 지금이라도 살아 움직일 것 같은 인형. 두 팔이, 두 다리가, 허리가 없는 몸통뿐인 인형. 플라스틱으로 만들어진 오른손만이 아직도 죽지 않은 채 사람들에게 뭐라고 말하려 하는 듯한 인형. 냉동실에서 막 나와 잠든 것처럼 보이는 네 주위에는 네 어머니, 몇 명의 친척들, 그리고 나뿐이었어. 네 어머니는 플라스틱으로 만들어진 오른손으로 널 가리키면서 내게 말했지. 병을 피하기 위해 일단 네 오른손만이라도 의수로 바꾸느라 여기저기 손을 벌려야 했지만, 이미 너무 늦었다는 걸 그때는 미처 몰랐다고. 아버지도 죽었고, 어머니도 감염된 부위를 의체화해 바이러스의 확산을 잠시 늦추었을 뿐이었고, 겨우 며칠 사이 너도 죽었다고. 그리고 네가 독약을 먹기 전 남긴 유서에 네 의수를 내게 주라고 씌어 있었다고. 친척들이 아우성치기 시작했어. 의체화하지 않으면 언제 죽을지 모르는 데다 의체가 집 한 채 값쯤 우습게 넘기는 요즘 세상에, 주인이 죽어서 쓸모없게 된 의수가 있다면 친척들 중 한 사람에게 넘겨야 도의적으로 옳지 않느냐는 거였어. 네 어머니는 친척들을 무시한 채 내게 네 오른손이 든 상자를 내밀었어. 그 상자를 내가 어떻게 기억하지 않을 수 있겠니? 우리가 만난 지 3년이 된 걸 축하하려고 내가 네게 선물한 꽃 상자, 기억하니?

그게 이 모든 것들의 결말이야.

한 개의 이야기가 끝나면 이야기의 등장인물들은 더 이상 아무것도 할 수 없어. 너도, 네 어머니도, 그리고 나도. 애써 뭔가 하려 해도 이야기는 다시 시작될 수 없어. 처음부터, 한 개의 이야기가 아무리 가슴이 두근거릴 만큼 아름답대도 이 세계는 달라지지 않는다는 걸 몰랐던 걸까? 사람이, 아니 사람들이, 태어나고 살고 죽고 그리고 그 모든 것들을 반복한대도 이 세계는 아무것도 달라지지 않는다는 걸 몰랐던 걸까? 그래서 이 세계가 멸망한대도 아무것도 달라지지 않는다는 걸 몰랐던 걸까?

모든 것들이 바뀌었지만 아무것도 바뀌지 않았어.

문득 그런 생각을 했어. 이 세계의 모든 사람들이 자신의 고깃덩어리 몸을 플라스틱 몸으로 바꾼 지금이야말로 사람들이 '나는 인간인가'를 두 시간 동안—아니, 그보다 더 오래 고민한대도 우스꽝스럽지 않은 때가 아닐까? '인간'이 영혼이 깃든 플라스틱을 의미하게 된 지금 인류의 멸망이니 어쩌니 호들갑떠는 건 구식 SF영화에나 나올 법한 얘기겠지? 그런 건 아무래도 좋아. 중요한 건 인류가 어쨌거나 우리는, 너와 나는 멸망했다는 거야.

난 널 위해 다시 한 번 용기를 내. 의체화한 지금 난 어떻게 해야 죽을 수 있는 걸까, 어떻게 해야 자살기도자로 분류돼 의료원에서 치료받지 않을 수 있을까, 어떻게 해야 널 다시 만날 수 있을까……? 죽어서 다시 태어나면 우린 만날 수 있겠지?

난 방에 누운 채 눈앞에 있는 네 오른손을 향해 내 오른손을 뻗어. 더 이상 움직이지 않는 네 오른손을 만지면 빨간색, 노란색, 파란색으로 물든 네가 폭죽처럼 머릿속에서 폭발해 구체관절인형처럼 산산조각 난 네 파편들이 내 플라스틱 몸 위로 흘러내리는 것처럼 느껴져. 내 손은 네 손가락들을 쓰다듬고, 네 손등을 미끄러지고, 네 손목의 경계선을 더듬고, 그리고 난 몇 번째인지 기억나지 않는 울음을 터뜨려. 고깃덩어리 손으로 널 만졌을 때의 기억, 플라스틱 손으로 널 만졌을 때의 기억, 그리고 널 기억하는 것밖에 할 수 없었던 때의 기억. 내 오른손은 네 오른손과 함께 서로의 새끼손가락을 걸어. 언젠가 이렇게 약속했지. 우리 헤어지지 말자. 세계의 종말이 오더라도 영원히 함께야. 그럴 리 없겠지만 약속을 지킬 수 없을 때가 되면, 같이 죽자.

난 이미 정지된 네 핸드폰에 몇 번이고 음성 메시지를 보내. 좋은 아침이지? 기분은 어떠니? 네게 하려던 말들을 하기에는 너무 늦어서 이제 난 어떡해야 하니? 듣고 있니?

메리 크리스마스.

— 12월 25일 오후 11시 54분에 도착한 음성 메시지입니다.
지금 내 손과 함께 있겠지?
연락받을 전화번호는 **그애**입니다.
12월 25일 오후 11시 54분에 발송되도록 지정된 음성 메시지입니다.

— 12월 25일 오후 11시 55분에 도착한 음성 메시지입니다.

내 손을 잡아줘.

연락받을 전화번호는 **그애**입니다.

12월 25일 오후 11시 55분에 발송되도록 지정된 음성 메시지입니다.

— 12월 25일 오후 11시 56분에 도착한 음성 메시지입니다.

세계의 종말이 오더라도 영원히 함께라고 했던 말, 기억하니?

연락받을 전화번호는 **그애**입니다.

12월 25일 오후 11시 56분에 발송되도록 지정된 음성 메시지입니다.

— 12월 25일 오후 11시 57분에 도착한 음성 메시지입니다.

이번에는 정말 죽을 때까지, 아니 죽은 뒤에도 함께야.

연락받을 전화번호는 **그애**입니다.

12월 25일 오후 11시 57분에 발송되도록 지정된 음성 메시지입니다.

— 12월 25일 오후 11시 58분에 도착한 음성 메시지입니다.

메리 크리스마스.

연락받을 전화번호는 **그애**입니다.

12월 25일 오후 11시 58분에 발송되도록 지정된 음성 메시지입니다.

난 네 손을 잡을게. 죽을 때까지, 아니 죽은 뒤에도 놓지 않을게.

메리 크리스마스, 영원히 함께할 연인에게.

사랑해.

— 12월 25일 오후 11시 59분에 도착한 음성 메시지입니다.

사랑해.

연락받을 전화번호는 **그애**입니다.

12월 25일 오후 11시 59분에 발송되도록 지정된 음성 메시지입니다.

꿈의 입자

박 성 환

박성환 나우누리 SF2019, 웹진 〈워터가이드〉, 환상문학웹진 〈거울〉 등에서 활동했다. 2004년 제1회 과학기술창작문예 공모전에 〈레디메이드 보살〉이 당선되었으며 《잃어버린 개념을 찾아서》(김보영 외, 창작과비평사, 2007)에 표제작을 수록했다.

— 세계는 수식으로 설명 가능하다.

선생님이 뽐내며 말했다.

— 하지만 세상에는 기호에 속하지 않는 것들도 있어.

소년은 속으로 생각했다.

중급계량학 시간이었다. 산학 선생님은 맥박계와 체온계, 작은 칠판과 분필 하나를 가지고 장미꽃을 봤을 때 발생하는 심박변동량과 체온상승량 사이의 관계식을 유도해서 꽃의 심미지수를 계량하는 방법을 보여주었다. 26명의 학생들 중 24명이 관계식의 허용 범위 안에서 반응했다. 종이 치자 선생님은 이 공식의 타당도와 신뢰도를 산출하여 일반화할 것을 숙제로 내고 교실을 나갔다.

쉬는 시간 동안 아이들은 운동장에 나가 나무막대기 몇 개를 세워 그림자들의 길이로 태양광선 입사각의 차를 산출해서 지구의 직경을 측정하려고 시도하며 놀았다. 그 옆에서는 저학년 꼬마 몇이 단위 부피당 모래의 개수를 헤아려 운동장 전체의 모래알 개수를 추산하려고 재잘거렸다.

1.

소년은 현관문을 열고 조심스레 인기척을 살폈다. 곧 고개를 저으며 아무렇게나 모래 신발을 벗었다. 언제나 그랬듯이 엄마 아빠는 아직 돌아오지 않았다. 욕실로 가서 삐걱대는 양수기를 돌려 얼굴과 손의 모래 먼지를 씻었다. 냉장기에서 간식을 꺼낸 다음 거실 안락의자에 앉아 화상기를 켰다.

무작위로 틀어주는 공공 영상을 보며 소년은 간식을 먹었다. 화상기는 42번 무인국도에 모래바람이 부는 것을, 도시 서남쪽의 늘어선 가로등들이 일시적인 전압강하로 깜빡이는 것을, 밤을 맞이한 서반구 상공의 인공위성이 중계하는 빛나는 별들을 보여주었다. 자연스레 여러 수식들이 떠오를 광경이었다. 가로등의 점멸 주기로부터 산출되는 발전소 전압의 위상 변이 계수나 인공위성의 궤도 높이와 선회 속도를 산출할 수 있는 별들의 일주 운동 왜곡치, 혹은 바람 속의 모래들이 따르고 있을 무질서 함수의 일단 같은 것들. 아마 다른 아이들이라면 모르는 사이 계산에 빠져들었겠지만, 소년은 입을 반쯤 벌리고 잠에 빠져들었다.

그리고 초인종 소리에 현관문으로 달려갔다 아빠와 엄마였다 엄마는 커다란 상자를 들고 들어오며 방긋 웃었다 상자에는 커다란 양과자가 들어 있었다 아빠도 큰 소리로 웃으며 가방에서 사과즙과 포도주를 꺼냈다 소년과 엄마와 아빠는 식탁에 둘러앉아 양과자를 한 조각씩 자르고 사과즙과 포도주를 마셨다 아빠는 연초를 꺼내 불을 붙였다 굴뚝 위로 연기가 모락모락 피어올라 사과즙을 홀짝이며 설거지하는 엄마한테 둥실 떠갔다 엄마는 야자나무였다 하늘 아래 무성한 잎사귀 사이로 따뜻한 미소가 열매처럼 빛났다 그리고 딩—

—동! 초인종이 울렸다. 소년은 눈을 부비며 일어났다. 아빠와 엄마였다. 엄마는 손가방을 내려놓으며 피곤한 웃음을 지었다. 우리 아들 벌써 왔네. 아빠는 노대로 나가더니 연초를 꺼냈다. 아이, 참, 당신도. 엄마가 말했다. 제발 나 좀 가만히 놔줘. 퉁명스레 대답하며 아빠는 연초에 불을 붙였다. 매캐한 연기가 섞인 모래 바람이 거실로 들이쳤다. 엄마는 굳어진 얼굴로 부엌에 가더니 큰 소리를 내며 밀린 설거지를 했다. 소년은 놀라 물었다. 엄마, 양과자는? 아빠, 사과즙은? 어리둥절해진 엄마가 물었다. 무슨 양과자? 어리둥절해진 소년이 대답했다. 양과자…… 사 왔었잖아. 사과즙이랑…… 도대체 무슨 소리니, 바보같이! 엄마는 벌컥 화를 내더니 더 큰 소리로 설거지를 했다. 소년은 아무것도 알 수 없게 되어버렸다. 그렇다면 조금 전에 봤던 건 과연 뭘까?

2.

소년이 아는 것은 단 하나, 자신은 아무것도 모른다는 사실뿐이었다. 언제나 그랬다. 소년이 안다고 생각했던 거랑 다른 사람들이 아는 것은 언제나 달랐다. 소년이 봤다고 생각한 거랑 다른 사람들이 본 것은 언제나 달랐다.

— 24번! 어디 보냐!

— (야, 너!)

— 뭐? 응? 예? 네?

옆 친구의 재촉에 소년은 한 박자 늦게 대답했다. 선생님은 이미 한 손으로 이마를 짚고 있었고, 학생들은 짜증 섞인 헛웃음을 웃었다.

언제나 그랬다. 소년은 멍하고, 흐릿하고, 요령부득이었다. 그런 소년을 사람들은 비웃었다. 언제나 그랬다. 소년은 결코 세상의 질서에 익숙해질 수 없었다. 모두에게 당연한 것이 소년에겐 이상했고 소년에게 자연한 게 사람들에겐 이상했다. 그러니 눈 뜨고 있는 것보다는 감는 것이 편했다. 감고 있으면 간혹 이상한 풍경이 펼쳐지고 이상한 사건들이 벌어졌다. 소년은 차츰 그런 것들을 아무에게도 이야기하지 않게 되었지만, 이미 너무 늦은 일이었다.

선생님과 엄마 아빠, 급우들까지 모두들, 소년을 수상하게, 이상하게, 괴상하게 보고 있었다.

3.

— 안녕하세요, 3학년 4반 담임입니다.

— 어머, 선생님 안녕하셨어요?

— 예, 안녕하세요, 통화 괜찮으신가요?

— 네, 선생님. 무슨 일이신지……?

— 말씀드리기 죄송하지만 아드님이……

— 네? 우리 애가 무슨 일이라도……?

— 아뇨, 아닙니다. 무슨 일을 저지른 건 아니고요, 다만 학교생활에서 조금 문제가……

하지만 문제는 조금이 아니라 아주 심각했다. 담임도 알았고 어머니도 알았다.

내가 뭘 잘못한 건데? 소년은 질문했다. 소년에겐 잘못이 없었다. 그럼 누구 잘못이야? 누구의 잘못도 아니었다. 세상에는 세상과 맞지 않는 사람들이 태어나기도 한다. 첫 단추부터 세상과 들어맞는 접점이 하나도 없는 사람들이. 그건 누구의 잘못도 아니다. 다만 세상은 세상대로, 그리고 그들은 그들대로 각각 그렇게 생겨먹었기 때문이다. 그뿐이다. 때문에 해결책은 없다. 담임은 좋은 말로 타이르고 회초리도 쓰고 급우들에게 도움을 부탁하고 계속해서 면담하고 부모와 상담하고 동료 교사들과 상의했다. 하지만 소용없었다. 소년은 여전히 멍한 표정으로 수업 시간마다 멍했다. 마침내 모두들(엄마 아빠도) 포기했다.

— ……아무래도 전문가의 전문적인 진단이 필요할 것 같습니다. 아니면 전문 기관의 전문적인 치료를 받을 수도 있고요……

그래서 소년은 탁량리 뇌병원으로 보내졌다.

4.

뇌병원에는 소년과 비슷한 사람들이, 그리고 소년 같은 사람들을 이해해주는 사람들이 있었다. 사람이 모두 정상적일 수는 없다는 사실을 아는 사람들—모든 사람의 모든 뇌가 모두 정상적으로 작동할 수는 없다는 사실을 아는 사람들이. 소년은 행복해졌다. 소년의 자리는 여기라고, 세계가 정해놓은 것 같았다.

그러나 사실은 아니었다.

소년의 자리는 그곳이 아니었다. 소년은 아침이면 누가 깨우기도 전에 일어나 고요한 새벽 휴게실에서 화상기를 켜고 조간신보를 봤다. 그리고 한적한 구내식당에서 이른 아침을 먹었다. 잠시 쉬고 나면 오전 검진을 받았다. 뇌 사진을 찍고 뇌액 표본을 채취했다. 의사들은 매일매일 뇌 사진을 검토하고 뇌 분비물을 분석했다. 점심에는 검진 결과에 따라 처방된 특별식과 약을 받았다. 오후에는 여러 가지 치료요법을 받았다. 모래 정원에 나가 산책을 하거나 태양욕을 하고 강당에서 뇌 활성 체조를 했다. 중증인 환자들은 실험적인 외과 처치를 받기도 했다. 간소하지만 영양이 풍부한 저녁을 먹고 나면 취침 시간까지는 편지를 읽든 책을 읽든 자유로웠다. 일요일에는 바깥 원족을 나가거나 간단한 사역을 했다. 평화로운 하루하루. 뇌병원의 그 누구도 소년을 띵하다거나 멍하다거나 바보 같다고 놀리지 않았다.

하지만 소년은 결국 병원에서 나와야 했다. 소년은 여전히 자고 일어나면 종종 이상한 말을 했다. 있지도 않았던 일을 있었던 것처럼 겪지도 않은 일을 겪은 것처럼. 소년은 나름대로 감추려고, 참아보려고 했지만 별 수 없었다. 처음에 의사들은 기억이상을 의심했고(해마조직에 대한 광범위한 조사가 이루어졌다), 정신분열증을 추정했으며(뇌량과 뇌간에 대한 정밀 검사가 이어졌다) 종국에는 현실 해리 장애나 통합 환지각 같은 이상한 용어를 만들어냈다. 소년의 뇌는 신경세포 단위로 검사되었고 그 결과 논문들이 셀 수 없이 양산되었다. 뇌의학 학회지 등에 심심찮게 등장한 소년의 사례는 결국 의학 외 다른 과학 분야 사람들의 이목까지도 끌어들였다.

— 고객305, 305번 고객은 안내대로 나와주시기 바랍니다. 다시 한 번 말씀드립니다. 고객305는 안내대로……

병원은 환자들을 고객으로 지칭했다. 구별을 위해 숫자를 붙였다. 숫자에 익숙해지는 것은 정상인으로 가는 첫걸음이었다. 뇌 오작동은 대부분 숫자를, 공식을, 질서를 거부하는 데서 비롯됐으니까. 소년은 2층 복도 중앙으로 갔다.

그동안 물리게 봤던 안경잡이가 기다리고 있었다. 이번엔 턱수염까지 기르고 있었다. 구겨지고 닳아빠진 허름한 양복을 입고 있었다. 진료복을 입은 게 다를 뿐인 병원 의료진들이 그 뒤에서 똑같은 미소로 소년을 맞았다. 소년은 그 미소가 싫었다. 그 미소들은 달갑지 않은 일들이 예정되어 있다는 하나의 기호(표지)였다.

— 안녕, 나는 손 박사라고 한다.

안경잡이가 한 손을 내밀었다. 소년은 마지못해 고개를 까닥였다.

— 자자, 착하지, 고객305? 손 박사님은 입자 정량학계에서 손꼽히는 학자시란다.

소년의 반응이 불안했는지, 달래는 말투로 진료복들 중 한 명이 앞으로 나왔다.

— 앞으로 305번 고객을 전담해주실 거야. 고백하건대, 우리는 고객의 증상에 접근, 치유하는 데 한계가 있었지. 그런데 박사님께서 관심을 보여주신 거야. 최후의 기회라고, 우린 생각한다.

소년은 대답하지 않았다. 손 박사가 계속 한 손을 내밀었다.

— 하지만 엄마 아빤…….

소년이 말끝을 흐렸다.

— 물론 동의하셨단다.

다른 진료복이 대답했다. 소년은 주위를 둘러보았다. 지금까지 그렇게 편안하고 친숙하던 이곳이 낯설게 느껴졌다. 그랬다. 이곳에 소년의 자리는 없었다. 애초부터 없었던 것이다. 병원은 치료를 위해 존재하는 곳이고, 소년의 병은 불치였으니까.

소년은 손 박사의 손을 잡았다.

5.

모래먼지가 날리는 외곽 순환도로를 모래차는 천천히 달렸다. 이윽고 모래강이 나왔다. 완만한 속도로 끊임없이 흐르는 거대한 모래 흐름〔流沙〕 위로 가늘게 놓인 다리를 지나며 소년은 멍하니 차창 밖을 내다보았다. 규칙적으로 흘러가는 다리 난간들 너머로 넘실거리는 모래와 그 위의 모래배들의 색색깔의 돛들, 하늘 끝까지 일어난 모래먼지의 벽 너머로 흐릿하게 내비치는 공허한 하얀 눈동자 같은 큰해〔太陽〕, 작은 노란 점 같은 작은해〔小陽〕. 소년은 문득 학교와 급우들을 생각했다. 하지만 그 누구의 얼굴도 이름도 기억나지 않았다. 지나간 일들은 언제나 금방 잊혀졌다. 병원을 떠올려도 마찬가지였다. 좀 전에 떠나왔지만 벌써 희미해지기 시작했다. 한적한 새벽의 구내식당만이 간신히 떠올랐다. 아릿한 그리움과 함께 앞날에 대한 막연한 불안감이 그림자처럼 스멀거렸지만 소년은 곧 고개를 저었다. 소년 바깥의 세상이 소년에게 낯설게 흘러가는 것은 어제오늘의 일이 아니었다. 어느 순간, 소년의 머리가 유리창 쪽으로 기울었다. 소년은 머리가 모래차 유리창에 닿으면서 마음도 몸의 선을 넘는 것을 의식했다. 그 선은 언제나, 어디에나 있었다. 정신을 조금이라도 놓으면 어느새 마음은 선을 넘어 알 수 없는 어딘가로 줄달음치곤 했다. 지금처럼—

모래들이 물결쳤다 세 개의 달이 휙휙 소리를 내며 새하얀 낮의 회백색 하늘을 네 갈래로 찢었다 달들이 지나간 자리는 깊이가 있는 어둠이었다 그 어둠 저 멀리에는 하얀 빛점들이 차갑게 깜박이고 있었—

— 다 왔다.

손 박사가 말했다. 소년은 눈을 뜨고 고개를 들었다. 차창에 닿았던 이마가 욱신거렸다. 박사는 이미 차에서 내려 걸어갔다. 문을 열고 그 뒤를 따르면서도 소년은 하늘을 흘깃거렸다. 달들은 언제나 그렇듯이 하늘에 못 박혀 있었다. 물론 달들의 자전 주기와 공전 궤도에 관한 계산식은 기초학교에서 배웠지만, 소년은 새삼스레 달들을 쳐다봤다. 그리고 박사의 뒤를 따라 바삐 걸었다.

"형이외학 연구소"

소년은 가정집 같은 건물의 현관에 걸린 현판을 보고 박사를 따라 들어갔다. 박사는 소년을 2층 복도 끝의 작은 방으로 안내했다.

— 자, 여기가 앞으로 자네가 묵을 방이다.

방은 작고 비좁았다. 오래된 전공 서적들과 전문 잡지들이 빽빽이 꽂힌 크고 낡은 책장들이 벽을 꽉 메우고 있었고 한쪽 벽에는 간이 침상과 회전의자가 하나, 누렇게 뜬 유리창이 작게 나 있었다. 구석에는 조그만 세면대가 있었는데 수동식 양수기였다. 가방을 풀고 옷가지 몇 벌과 일기장, 남들이라면 분명히 내다버리라고 할 귀중한 잡동사니 몇 개를 옷장과 책상 서랍에 정리하는데,

— 좀 후졌지? 미안. 원래 숙직실로 쓰다 휴게실로 쓰다 뒤죽박죽이

었던 방이라서.

홑이불과 베개, 담요 등을 한 아름 안고 들어온 젊은 여자가 말했다. 동그란 얼굴에 동그란 안경을 쓰고 빛바랜 면옷과 청바지를 입고 있었다.

— 네가 바로 그 아이구나. 안녕? 난 연산2야. 손 박사님의 연구에서 기호 논리 계산을 담당하고 있지.

소년은 연산2를 빤히 쳐다보았다. 이상하게 호감이 가는 얼굴이었다. 특별히 예쁜 건 아니었지만 그 때문에 도도한 느낌 없이 편안했다. 뇌병원의 간호원 중에도 그런 사람이 있었다. 언제나 졸린 눈으로 어떻게 보면 웃는 것 같고 어떻게 보면 또 우는 것 같은 표정의 간호원이었다. 언제나 뭔가를 까먹거나 놓치고 잃어버렸지만 환자들은 모두들 그 간호원을 좋아했다. 하지만 뇌병원은 좋아하지 않았다. 환자들 뇌의 오작동 범위를 확장시킨다고 의사들과 기술자들은 언제나 투덜거렸다.

연산2는 통근 직원이었다. 짐 정리를 마저 하는 동안 퇴근했고, 소년은 손 박사와 묵묵히 저녁을 먹었다. 이곳은 사설 연구소로, 손 박사만 기본적인 숙식을 해결하는 모양이었다—앞으로 나도 그렇겠지, 소년은 생각했다.

6.

다음 날 아침, 소년은 출근한 연구진들과 상견례를 하고 연구소의 각 시설들을 안내 받았다. 연구진은 연산2를 비롯해서 연산 담당 두 명, 계측 담당 한 명, 손 박사의 동료와 제자 두 명으로 이루어진 단출한 구성이었고, 좁은 연구실 구석에 놓인 기기들은 일견 뇌병원 검사실에 있는 것들과 비슷해 보였지만 자세히 보면 좀 투박하고 더 낡은 구형들이었다. 소년은 어렴풋이 손 박사의 연구 규모를 헤아려보고 실망했다. 불안해졌지만 어쩔 수 없었다. 소년의 절망감은 엄마 아빠와 헤어져 뇌병원에 들어간 뒤 계속 깊어진 오랜 상처였다. 학교를 떠나면서부터 소년은 남들이 다 살아가는 정상적인 삶의 궤도에서 벗어난 것이었다. 소년은 남몰래 한숨을 쉬고 박사의 연구에 참여했다. 소년의 역할은,

— 관찰자라네.

손 박사가 말했다. 손 박사는 소년에게 특별한 것을 원하지는 않았다. 다만 소년의 관자놀이와 목덜미, 온몸의 관절들에 전극을 꼽고 뭔가 반응이 나타나기만 기다리며 소년에게 수면제를 주사했을 뿐이다.

— 우리가 연구하려고 하는 건 인간 정신의 물리학이네. 지금까지 입자물리학자들은 우주만물을 이루는 모든 입자들의 특성과 상호작용의 원리들을 거의 대부분 밝혀내었네만, 안타깝게도 인간의 정신에 대해서는 그러지 못했지. 다시 말해서 인간의 정신 구조를 구성하는 입자는 무엇인지, 그 실체는 무엇인지, 외부 현실과 어떻게 상호 작용하는지는 밝혀내지 못하고 있단 말이네. 많은 학자들이 언어를 매개로 정신에 접근하고 있지만, 내가 보기에 그건 한계가 분명한 방법이야. 언어 자체가 균질한 매질이 아닌 데다가 단어나 형태소, 음절이나 음운, 음소는 아무리 분석해봐도 정신과의 직접적인 연결점이 보이지 않거든. 어쩌면, 어떤 학자들의 견해가 옳다면, 정신이 물질의 추상일 경우, 언어는 바로 그 정신의 추상인지도 모르지. 그러나 자네가 잠을 자는 동안 보고 듣고 체험하는 그 현상은, 언어와 마찬가지로 정신 작용의 소산이 틀림없으나 언어와 달리 경험적 구체성이 있단 말일세. 그렇다면 그 현

상을 분석하여 정신-마음의 입자를 검출해낼 수 있지 않겠나! 자, 자네가 할 일은 아주 간단하고 매우 명확하네. 자네가 자면서 겪는 그 현상계 안에서 그 현상을 이루는 근본 입자의 종류와 성질을 파악하기 위한 일종의 실험과 관찰을 해주게.

그러나 정신 입자를 검출하고 분석하는 일은 미묘하고 지난한 작업이었다. 손 박사는 일단 연구 대상에 관한 기초 자료의 수집을 제안했고, 소년은 곧 매일 밤마다 머리와 가슴 곳곳에 전극을 꽂고 투과성 입자 검출 장치 위에서 자야만 했다. 몇 번인가 또 소년은 자는 동안에 벌어지지 않은 일들, 이치에 닿지 않은 사건들을 겪고 경험했고, 그때마다 연구진은 당시 소년의 뇌파 변동과 심전도 기록, 근육 말단 신경 전위와 혈류 정황을 검토하고 분석했다. 연구진들은 매 시간마다 수면 중인 소년을 강제로 각성시키는 실험 관찰도 마다하지 않았으며 심지어 소년의 경동맥에 거름 장치를 삽입해서 뇌순환계로 들어가는 내분비물질의 종류와 농도를 검측하는 일도 서슴지 않았다. 그 결과 연구진들은 소년의 이상 체험-'현상'이 소년의 신체적 반응 체계와 유의미한 상관관계가 있다는 결론을 내렸다. 몇 개인가 복잡한 함수 방정식이 세워졌고, 연구진은 유의미한 범위 내에서 최대 5분 이전에 '현상'의 발현 징후를 예측할 수 있었다.

— 그럼 이건 더 이상 병원의 의사들이 불렀던 것처럼 이상 체험이나 뇌 기관 오작동의 산물이 아닌 거야. 엄연한 하나의 체계적 필연적 객관적 사상(事象)인 거지. 따라서 나는 이에 정식 명칭을 부여해야 한다고 생각하네. 제군들 생각은 어떤가?

연구원들은 고개를 끄덕였다. 끄덕거림의 횟수와 강도에는 개인차가 있었지만, 모두들 소년이 일종의 실재하는 현상을 체험하고 있다는 사실은 부정하지 않았다.

— 이 현상의 근본 특성을 반영한 이름이어야겠군요.

계측1이 말했다.

— 이 현상에 대한 검측 결과는 정신-육체 일원 모형에 대한 신뢰도를 한층 제고해주고 있습니다. 그러니까 정신 작용 역시 육체에 기반한 물리적 현상이라는 것이지요. 피험자1은, 우리가 지금 명명하려고 하는 현상을 체험할 때마다, 심박 및 뇌파, 말초 신경계 전위 등 제반 생리적 지표에서 일반적인 수면에 빠진 비교 집단의 반응과 달리 유의미한 변동을 나타냈습니다.

— 아뇨, 유관계함을 입증하는 자료이긴 하지만 어느 쪽에 종속 여부를 확정짓기는 아직 곤란하지 않나요? 정신 작용에 의한 신체적 증후인지도 몰라요.

— 뭐, 어느 쪽이든 조만간 판명되겠지요.

계측1은 웃으며 연산2의 반론을 수용했다.

— 덧붙여, 새로운 발견에 주목해야 할 것 같네. 추후 우리의 연구에 지대한 영향을 행사할 사실이 아닐까. 피험자1은 부분적으로 이 현상 안에서 자신의 의지를 행사할 수 있음을 입증했으니까.

발 박사의 발언에 연구진들의 시선이 일제히 소년을 향했다. 소년은 그 뜨거운 시선을 견디지 못하고 고개를 숙였다.

— 피험자1은 자신이, 혹은 자신의 정신이 이 현상의 영향권 내에 들어섰음을 인지한 적이 세 번 있었으며, 마지막 체험에서는 임의로 현상의 내용을 바꾼 것으로 기록되었습니다.

연산1이 말을 받았다.

— 현상의 변형 이야기가 나와서 말인데요, 잠시 다른 방향으로 새는

이야기이지만, 피험자1의 체험에는 결국 시간성이 개입되어 있지만, 현실의 시간과는 달리 상당히 왜곡되어 있는 것으로 관측되고 있습니다. 이를 통해 주관적 시간과 객관적 시간 사이의 차이점에 접근해볼 수 있지 않을까요? 몇몇 학자들이 주장하는 것처럼 시간 입자 혹은 시간 파동이라는 것이 실제로 존재한다면, 그것 역시 인간의 정신 입자와 모종의 상관관계를 만들어내고 있는 건지도 모릅니다.

— 좋은 제안이네. 이 연구가 우주 전체의 모든 비밀들과 직간접적으로 연관되어 있음이 확실시되고 있네. 도대체 우리 내면을 정리하지도 못한 채로 어떻게 우리 외부에 존재하는 객관적 실재들의 본질을 탐구할 수 있겠나? 시간뿐만 아니라 공간도 마찬가지야. 피험자1이 체험하는 곳은 어떤 곳인가? 객관적으로 실존하는 공간인가? 주관적으로 만들어진 공간인가? 체험하는 피험자1 자신은 어떠한가. 자아는 정말 정신 입자로 되어 있는 것일까? 우리의 인지는 정신 입자가 정신 공간에서 작용한 결과일까? 정신 공간의 위상은 어떠할까. 그것은 물질 공간과 어떤 관계일까. 다른 차원일까? 병행 공간일까? 그리고 무엇보다도 우리는 먼저 다음 질문에 대한 해답을 찾아야 할 것이네. 왜 피험자1만 체험할 수 있는 걸까? 피험자1의 체험과 우리의 일상적인 의식-정신 사이에는 어떤 차이가 있는 걸까?

— 다시 명칭의 문제로 돌아가자면, 지금까지의 관측 결과를 토대로 세운 가설을 반영하는 용어가 좋지 않겠습니까?

연산1의 말에 발 박사가 입을 열었다.

— 이 현상은 우리의 정신계를 구성하는 입자가 두뇌(정확히는 대뇌 회백질), 특히 전두엽 부근 신경세포의 전기 화학적 힘이 전환되어 형성되는 것으로, 이러한 기제를 통해 현실계의 사상들과 우리 정신이 상

호 작용하는 것이라는 기존 가설을 뒷받침해주는 것으로 볼 수 있습니다. 이 가설에 따르면, 인간의 정신계는 결국 우리 몸과 외부 현실에서 꾸어온 힘과 정보를 통해 형성되는 것입니다.

— 일반적인 표준 모형이로군. 결코 실험적으로 증명된 적은 없지만.

냉소한 것은 팔 박사였다.

— 하지만 덕분에 재밌는 이름이 생각났는데,

그는 제는 체하며 말을 계속 이었다.

— 현실에서 꾸어온 것들로 발현되는 현상이라면 '꿈' 이라고 하면 어떨까.

— '꿈' 이라, 그럼 동사형은 '꾸다' 가 될까요? '피험자1이 꿈을 꾸었다.' 그럴듯한데요?

7.

아빠가 말했다 엄마가 죽었단다 작고 노란 고양이가 횡단보도를 가로질렀다 신호등이 깜박였다 겨울이었다 엄마가 말했다 밥 먹어라 식탁 위로 모래 바람이 불었다 엄마는 연산2였다 밥을 먹으려면 구구단을 외워야 돼 아빠가 말했다 아빠는 고양이였다 횡단보도를 가로지르다 모래차에 치였다 식탁 위로 피 섞인 모래가 튀었다 아빠가 죽었으니 이제 네가 구구단을 외워야겠구나 엄마가 슬픈 표정으로 말했다 소년은 엉엉 울었다 이이는 몇인지 생각나지 않았기 때문이었다 나는 왜 이렇게 맨날 흐리멍텅할까 이젠 구구단도 못 외우니 집에서 쫓겨날 거야 너무나 서럽게 엉엉 우는 동안 눈물은 베갯잇을 흥건히 적시고 볼에 축

축하게 맞닿아왔다.

— 안 좋은 꿈이었나 보구나.

흠뻑 젖은 얼굴에서 전극을 떼어주며 부드럽게 말을 건넨 것은 연산2였다.

눈부셨다 누구도 상상하지 못했을 색깔의 하늘 아래서 눈을 끔벅였다 청금석 혹은 쪽빛 같은 새파란 하늘에 하얀 솜뭉치 같은 것이 있었다 처음에는 얼룩이나 무늬인 줄 알았는데 자세히 보니 부피감이 느껴졌다 '하늘은 텅 빈 것이 아니었나?' 무언가가 눈길을 끌었다 다가가 보니 빛나는 것이 조금씩 일렁이고 있었다 빛과 그림자가 순식간에 짧은 선을 이루며 나타났다 사라졌다 '모래 흐름 같아 거대한, 반대편이 보이지 않는 넓은 모래 흐름' 하지만 그것의 빛나지 않는 부분들은 거의 투명했다 조심스레 손을 내밀어보니 '액체? 이건, 물이잖아!' 그때 하늘에서 무언가 부서지는 소리가 났다 묵직한 소리였다 놀라 눈을 들어 본 하늘은 더 이상 파랗지 않았다 탁한 잿빛이었다 그리고 한 줄기 더운 바람이 불어오더니 다시 무거운 충돌음과 함께 차가운 무언가가 목덜미를 때렸다 이마를 손등을 어깨를 연이어 때렸다 놀라 고개를 움츠리며 위를 올려다보니 수없이 많은 투명한 물방울들이 어둑한 하늘에서 떨어지고 있었다 허공을 직선으로 내리그으며 떨어졌다 마른 땅바닥은 점점 짙게 얼룩지더니 마침내 물줄기가 이곳저곳에서 이루어져 예의 거대한 물을 향해 흘렀다 그 거대한 물은 시시각각으로 커져서 어쩔 줄 몰라 얼어붙어 있는 사이에 흘러넘쳐 발목을 잡아당기고

— 괜찮아! 괜찮아! 도대체 무슨 꿈을 꾼 건가!

소년은 더듬거리며 빠르게 자신이 본 것을 이야기했다. 너무나 기묘해서 세부적인 것들도 잊히지 않았다. 연구진들은 꿈에 대한 소년의 기

억이 점차 희미해지는 것을 '정보 입자의 활성 층위 변화량'이라든가 '꿈 입자의 존재 범위' 같은 알 수 없는 말들로 부르며 초시계를 준비하고 소년이 잠에서 깨면 질문을 퍼붓거나 일정한 간격 동안 내버려두다가 느닷없이 꿈에 대해 물었다.

— 물 입자야! 맙소사, 물이 풍부한 세계에 대한 꿈을 꿨군! 임계량 이상 물을 보유한 세계에서 물은 제2형태로 공기 입자 사이에 불균일하게 혼합되어 있을 수도 있어. 그러다 포화되면 다시 제1형태의 거대 입자로 액화되어, 중력에 끌려 지면으로 내려오겠지. 자네 혹시 그 물방울들의 속도를 어림할 수 있겠나?

밑도 끝도 없었다 벽면이 위로 빠르게 줄달음치는 것으로 떨어지는 속도를 가늠해보려 했지만 역부족이었다 계속 떨어지다 보니 오히려 몸이 허공으로 붕 떠오르는 느낌마저 들었다 '책을 가져왔으면 읽을 수도 있었겠네' 최근 들어 꿈을 자각하고 영향력을 행사하는 경우가 많아지고 있었다 하지만 책이나 신문을 읽는 건 불가능했다 연구진들에게 내색하진 않았지만 근래 들어 꿈이라고 그들이 일컫는 주관 세계와 잠에서 깨었을 때의 외부 객관 세계의 차이를 뼈저리게 느끼고 있었다 '이 안에는 내가 아는 것만 있어' 하지만 항상 그런 것은 아니었다 아래를 내려다보니 초록빛 감도는 반투명한 무언가가 출렁이는 것이 아련하게 보였다 물일까 따뜻해 보였다 그 위로 떨어져도 아프지 않을 거라는 생각이 들었다 갑자기 연산2가 생각났다 그러고 보니 그녀는 곁에서 졸린 표정으로 야릇한 미소를 지은 채 옆으로 누워 있었다 같이 떨어지고 있었다 떨어지는 가속도가 만들어낸 기묘한 환각이 양쪽 귀를 머리 위의 허공으로 밀어올렸다 발밑에 단단한 아무것도 없다는 사실이 이상하게도 일종의 쾌감을 빚어냈다 확 확 벼랑이 머리 위로 쏜살

같이 치솟았다 바닥까지는 아직도 한참 남았다 근래에 들은 물리학의 여러 법칙들이 떠오르자 돌연 겁이 났다 가속도의 법칙 작용 반작용의 법칙 높이힘에서 움직힘으로의 전환 같은 것들 '저 아래에 떨어졌을 때 충돌힘은 얼마나 될까' 연산2에게 물어보면 될까 싶어서 돌아보니 없었다 엄습하는 외로운 공포감 속에서 바닥이 빠르게 다가왔다 바닥에는 물이 없었다

— 괜찮나? 괜찮아! 맙소사 이렇게 다리를 버둥대다니! 발 박사! 방금 허벅지 근육의 움직힘을 측정했나? 아니? 신경 전위 측정기는 필요없어! 줄자를 가져와! 발목이 여기까지 올라왔던 거 맞지? 누구 시간 잰 사람 없어?

이제는 잘 때마다 꿈을 꿨다. 소년은 거울 속에서 움푹 파이고 거뭇거뭇한 눈가로 희미하게 웃고 있는 자신의 너무 말라 뾰족한 얼굴을 물끄러미 쳐다보았다.

— 왜 웃니?

거울 속의 창백한 얼굴에게 물어봤지만 대답은 없었다.

8.

한낮이었다. 연구실의 긴 의자 곳곳에 연구원들은 쓰러지듯 누워 낮잠을 자고 있었다. 자료가 집적되면서 밤낮 가릴 것 없이 실험하고 계산하고 토론하느라고 다들 잠을 설쳤다. 소년은 조용히 주방에 가서 양수기를 돌려 물을 마셨다. 자는 것이 일이다 보니 남들이 잘 때는 잠이 오지 않았다. 그리고 끝없이 목이 말랐다. 식은땀을 너무 많이 흘려 그

런 걸까. 소년이 잘 때마다 신경을 곤두세우는 연구진들은, 정작 실험이 끝나면 뒷정리하고 자기들끼리 떠들다 곯아떨어지느라 소년은 뒷전이었다. 가끔 연산2가 밥은 제대로 챙겨 먹고 있냐고 물어본 적이 있었지만, 그나마도 연구가 점점 더 고조되면서는 연산2도 구식 계산기와 출력 종이에 파묻혔다가 쉬는 시간마다 긴 의자나 양탄자 위에 널브러지기 바빴다. 소년은 다행이라고 생각했다. 언제 밥을 먹었는지 기억나지 않아서, 대답하기 곤란했으니까.

몸에 힘이 없어서, 쓰러진다는 의식도 없이 스르륵 몸이 무너졌다. 공교롭게도 연산2가 잠든 긴 의자 옆이었다. 얼마나 시간이 지났을까,

— 안 돼, 아니야, 아냐, 저리…….

고개가 번쩍 들렸다. 눈이 번쩍 뜨였다. 연산2는 여전히 긴 의자 위에 엎드려 있었다. 눈은 꼭 감은 채 입술만 달싹거리다 신음했다. 그러다 번쩍 눈을 떴다. 흐릿한, 초점 잃은 시선으로 두리번거리다 소년에게 초점을 맞추더니,

— 너 뭐야!

때릴 듯한 어조로 내뱉더니 벌떡 일어나 어디론가 도망가듯 달려갔다.

뭐긴 뭐야 외치면서 목을 그어버렸다 손에 쥔 것은 유리조각이었다 연산2의 목이 두 동강 났다 묽은 피가 시늉처럼 흘러나왔다 다른 연구원들이 덤벼들었다 계속해서 손에 쥔 유리조각을 휘둘렀다 주로 목을 찢었다 목이 찢어진 연산1과 연산2 계측1 팔 박사와 발 박사들은 그런데도 이상하게 죽지 않고 쓰러지지 않고 꿈틀거리며 일어섰다 마침내 긴 의자들을 뒤집고 부서진 나무판자로 머리를 후려 팼다 깨진 뒤통수에서 붉을락 말락한 것들이 사방으로 튀는데도 사람들의 손은 끈질기

게 발목을 잡고 늘어졌다 결국 움직일 수 없게 되었을 때였다 손 박사가 나타나 슬픈 표정으로 물었다 다른 사람들은 어떻게 됐지 내 연구는 어떻게

엄청나게 신음했다고 했다. 도대체 무슨 꿈을 꾼 거냐는 연구진의 질문에 답하기가 참, 소년은 난처했다.

풍경이 정신없이 휙휙 지나간다 무섭다 너무 빠르다 발치 아래는 둥글고 흐릿하다 사막의 아지랑이가 어슬렁 둥근 선 위를 쏜살같이 질주한다 둥둥 뜬 채로 팔다리를 둥글게 휜 허리 앞으로 말은 상태에서 앞을 향해 떠간다 지지점 없이 허공에 뜬 발밑이 불안하다 속도는 점점 더 올라가고 마침내 발밑의 선이 무엇인지 난데없는 깨달음이 머리를 친다 지평선이다 '그렇다면 여기는?' 속도는 점점 더 빨라지고 정면에서 순간 거대한 둥근 곡선이 빛줄기를 이루더니 그 위로 커다란 빛 덩어리가 솟구친다 마침내 별이 뜬다 '아니야, 태양이야' 이제 발치의 둥근 곡면이 빛 아래 환히 드러난다 아침이다. '맙소사, 대기권 위를 날고 있는 거야'

— 계측1, 괜찮나? 피곤해 보이는 기색인데?

— ……괜찮습니다. 날이 덥네요.

— 더운 게 문제가 아닌데요, 식은땀 아녜요?

마침 과일즙을 가져온 연산2가 쟁반을 연구실 탁자에 내려놓으며 물었다.

— 괜찮아요, 괜찮다구요!

계측1은 짜증을 내며 휘청거리며 일어서더니 도망치듯 나가버렸다. 사람들은 눈이 휘둥그레져서 서로 쳐다보았다.

— 다들 너무 무리하고 있네. 거울을 볼 필요도 없어. 서로 얼굴만 보

더라도 알 수 있지. 반면 연구는 지지부진한 답보 상태야. 자료는 쌓여 가고 있지만. 종합할 해석이 없네.

— 그건 현상 자체가 너무 다양하기 때문이야. 한 번이라도 비슷한 꿈이 나온 적이 없지 않나.

— 아니야. 오히려 꿈들 자체는 몇 가지 범주로 묶어볼 수 있어. 가장 크게는 일상적인 세계에 관한 것, 일상적 세계와는 몇몇 상수가 다른 세계에 관한 것, 피험자1에게 의미가 있는 사상들의 반영으로 이루어진 것, 피험자1이 그 의미를 알지 못하는 사상들의 반영으로 이루어진 것.

— 그건 결국 다시 둘로 묶을 수 있을 겁니—

— 그게 아니야! 모르겠나? 이 실험은 전적으로 피험자1에게 집중되어 있어! 일상적이지만 피험자1에게 의미가 없는 것도 있을 수 있고 우리에겐 비일상적이지만 피험자1에겐 의미가 있는 것도 있단 말이야! 모르겠나? 이 미치광이 실험은 저 미치광이 애새끼한테 애오라지 매달린 꼴이라구!

팔 박사의 말이 점점 격해지기 시작했다. 그에 따라 그의 말을 듣고 있던 다른 사람들의 눈도 이상하게 빛나기 시작했다. 마침내 팔 박사가 말을 끝맺었다.

— 저 꼬맹이의 머릿속을 열어보기 전엔 우리 실험의 타당성을 입증할 수 없어!

이상한 눈빛으로 모두가 열렬히 찬성했다 연산2가 신이 나서 어디론가 달려가더니 날카롭게 빛나는 수술도구 일습을 가져왔다 두개골을 자르는 둥근 쇠톱도 있었다 놀라 달아나려 했지만 또 다리가 말을 듣지 않았다 움직이지 않는 고무 같은 다리를 억지로 놀려 뒤뚱뒤뚱 달아났

지만 이내 따라잡혀 목덜미를 붙잡혔다 손들이 뻗어나와

눈을 떴다. 온몸이 식은땀으로 축축했다. 계측1이 누웠던 긴 의자 뒤에서 소년은 뻣뻣하게 굳은 몸을 일으켰다. 좀 더 어둑한 곳에서 자려고 했던 게 기억났다. 그리고 이어 다른 것들도 기억났다. 그들이 꿈이라고 부르는 것과, 또……

— 도대체 어디까지가 꿈이야?

목소리가 낯설었다. 그러고 보니 조용한 곳에서 혼자에게 말 걸어보는 것도 오랜만이었다. 언제나 시끌벅적한 실험실 사람들 속에서 떨리는 목소리로 자신이 뭐라고 하는지도 알 수 없는 상태에서 더듬거리곤 했으니까. 주위에는 아무도 없었다. 다들 어디로 간 걸까? 정말 다들 여기에 있었던 것일까? 여기서 그런 말들을 했던 걸까? 어디까지가 실제로 그들이 한 말일까? 소년은 아주 옛날부터, 자신의 기억을 믿지 않았다. 믿을 수 없었다. 세상에는 아무것도 믿을 수 있는 게 없었다.

— 박사님을 믿을 수가 없어요

연구소 근처 모래 언덕이었다 손 박사가 뜻밖이라는 표정으로 돌아보았다

— 겉으론 저한테 실험의 성패가 모두 달려 있는 것처럼 말씀하시면서 속으론 어떻게든 제 머릿속을 뜯어보고 싶어서 안달복달이신 거 다 알아요

뜻밖이라는 박사의 표정이 점점 더 굳어졌다

— 안녕

놀라 뒤돌아보니 문이 있었다 문은 모래 언덕 위에 서 있고 문 너머에는 푸른 하늘과 하얀 구름과 초록빛 언덕이 펼쳐져 있다 그리고 소녀가 있다

— 안녕

소녀가 인사한다

— 안녕

내가 답한다

소녀는 내가 그 곁에 앉을 때까지 잠자코 기다린다 그리고 우리는 나란히 앉아 초록 언덕 너머로 푸른 하늘 속에서 흘러가는 하얀 구름을 말없이 지켜본다

— 아직도 그 사람들, 너 괴롭혀?

소녀가 마침내 묻는다 뭐라고 답할까 한참 망설이다 결국 아무 말도 하지 못한다

— 아직도 그 사람들, 꿈 못 꿔?

소녀가 또 묻는다 뭐라고 답해야 할까 한참 망설인다 정말로 뭐라고 해야 할까 우리 세상에서는 꿈을 꾸는 것이 일종의 뇌 이상이라고 답해야 할까 꿈을 꾸는 나만 비정상인 거고 정상인 다른 사람들은 꿈을 꾸지 않는다고 그렇게 답해야 할까 하지만 결국 말할 수 없다 아무래도 그건 우리 세계만의 일인 것 같다 소녀의 세계에서는—소녀의 지난 말들로 미루어 보건대—누구나 꿈을 꾸는 모양이다 하긴 그건 지금 앉아 있는 초록 언덕과 그 위의 파란 하늘과 그 사이의 하얀 구름이 무엇보다도 또렷이 말해주고 있다

9.

모두가 꿈꾸고 있었다. 잠들 때마다. 그건 공공연한 비밀이었다. 심

지어 손 박사조차도 긴 의자에 누워 눈을 감고 으으, 그만, 그마아안, 하고 외쳤다. 물론 아무도, 누구도 못 들은 척 지나쳤다 잠꼬대는 다들 그렇게 모른 척했다. 그래, 그들은 모두 그걸 언제부턴가 잠꼬대라고 불렀다. 그렇지만 누구나 못 들은 척, 못 본 척했다. 관찰되지 않은 현상은 존재하지 않은 것이라는 설이 있어. 언젠가 박사 하나가 말한 적이 있었다. 모두들 정말로 못 본 것처럼 하면 없던 것이 되는지 눈길을 피하고 얼굴을 돌렸다. 정말로 그럴까?

연구는 진척이 없었다. 소년은 자기가 꾼 꿈을 기계처럼 되풀이 얘기했고 받아 적은 연구진들은 기계처럼 반복해서 뭐라 뭐라 떠들었다. 하지만 아무것도 모르는 소년이 보기에도 아무런 진전이 없어 보였다. 꿈은 욕망이야 언제나 보고 싶은 것, 만나고 싶은 사람, 가고 싶은 곳을 꿈꾸지. 잿빛으로 굳어 있는 연산2를 지나치며 소년은 생각했다 저편에 소녀가 이미 문을 열어놓고 기다리고 있다. 난 이 아이를 만나고 싶었던 걸까?

— 안녕?

소녀가 답한다.

— 안녕?

둘은 손을 잡고 문 너머로 걸어간다. 거대한 구리 동전들의 고원. 서로 다른 높이로 쌓아올려진 거대한 원반들은 하나하나가 들판에 맞먹는 넓이. 제멋대로 쌓인 동전들의 탑은 기울기도 제각각이고 소년은 그 사실을 알아차리자마자 옆으로 미끄러진다. 그러고 보니 발에는 작은 바퀴가 달린 신발이 신겨져 있다 소녀는 웃으며 먼저 원반의 테두리를 향해 미끄러진다—기보단 달려 나간다. 소년은 필사적으로 버티지만 두 발에 바퀴가 달린 상태에선 불가능하다. 마침내 발끝이 금속판의 너머로 굴러가고—

몸이 허공 속에 정지, 한 듯하지만 추락이 완성되는 데 걸리는 시간이 길기 때문에 발생하는 착각일 뿐—떨어지는 동안 맥박을 헤아려야 되는 걸까, 손 박사의 지시가 떠오르지만, 이내 머리에서 털어버린다 불가능하다 허공 속에서 심장은 가슴뼈를 부서져라 두드린다. 더 높은 위치에서 더 낮은 위치들에 대한 조망 : 지평선까지 계속되는, 오르락 내리락하는 동전들의 거탑들—한순간에 한 시야에 모두 들어온다파르스름한 청동빛이저물어가는햇살 속에서빛난……

소년은 머리를 털며 일어났다. 얼마나 진저리를 쳤는지 실험대 위에서 굴러 떨어져 바닥에 널브러진 상태였다. 온몸이 쑤시고 아팠다. 게다가 방금 꾼 꿈은 기억하기만 해도 끔…… 잠깐, 왜 아무도 없는 거지? 왜 아무도 방금 꾼 꿈을 묻지 않는 거지? 소년은 실험실에서 나갔다. 분명히 잠들기 전까지만 해도 모두들 평상시처럼 계측과 기록을 준비하고 있었다. 아무도 없을 때 깨어난 적은, 이 연구소에 온 이후 첫날밤을 빼곤 한 번도 없었다.

복도에도 아무도 없었다. 너무나 조용했다 순간 소년은 아직도 자신이 꿈꾸고 있는 걸까 의문했다. 뺨을 찰싹 때려보았다 아팠다 하지만 그건 아무 뜻도 없었다. 꿈속에서도 아픈 건 아픈 거였다 소년은 그 사실을 잘 알았다. 현관으로 나가보려던 소년은 문득 방금 지나친 문 너머로 무언가 본 느낌에 되돌아섰다 연구 서적들이 아무렇게나 꽂힌 서가들 사이 빠끔히 얼굴 내민 벽에 붉은 글씨가 갈겨 쓰여 있었다. "안미쳤어!!!" 바닥에는 붉은 물웅덩이가 있었다 다음 순간에야 그게 피라는 것을 알아차렸다 사람의 몸에서 쏟아낸 것이라곤 상상할 수 없는 양이었다. 소년은 현관으로 달렸다. 붉은 바탕에 초록 동그라미가 그려진 구급용 모래차가 막 출발하고 있었다 차 뒤에 서 있던 사람들이 멍하니 뒤돌아 소년을 보았지만 아무도 아무 말도 하지 않았다. 괴물을 보는 듯한 눈빛이었다. 연산2, 손 박사, 계측1, 연산1, 발 박사, 배 박사 모두. 소년은 응급차에 실려 간 게 팔 박사라고 짐작했다. 팔 박사는 팔목을 자른 걸까? 미치지 않기 위해서? 혹은, 안 미쳤다는 것을 증명하려고? 혹은, 다짐하려고? 하지만 누구에게도 물어볼 수 없었다 그럴 표정들이 아니었다. 이윽고 사람들은 하나 둘씩 연구소 안으로 들어갔고, 어리둥절한, 방금 잠에서 깨어난 지 십 분도 채 되지 않은 소년만이 오후의 두 햇살 속에 남겨졌다

사람들은 말없이 벽에 묻은 피와 바닥에 고인 피를 지우고 닦아낸 다음 일찌감치 퇴근했다. 손 박사는 아무 말도 하지 않았다 다음 날 아침에는 아무도 출근하지 않았다.

말없이 혼자 늦은 아침을 먹으며 간밤에 꾼 꿈을 되새겼다 그때였다. 비틀거리며 손 박사가 식당에 들어섰다. 소년은 몰래 한숨을 내쉬었다. 그렇잖아도 아침을 먹고 나면 박사에게 가볼 참이었다. 혹시나 박사가 박사 방의 천장에 대롱대롱 매달려 있지는 않을까 소년은 두려웠다.

박사는 말없이 소년의 반대편에 앉았다. 한동안 묵묵히 둘은 아침을 먹었다 간밤에 꾼 꿈을 말할까, 소년은 잠시 망설였지만 그럴 틈이 없었다. 손 박사는 단호한 태도로 그릇을 비웠다 그래서 소년도 단호한 표정으로 간밤 꿈을 되새기며 접시를 비웠다. 무슨 맛인지 도저히 알 수 없었다 그런데 박사가 말했다.

— 꿈의 구조는 꿈을 이루는 정보 입자를 내면으로 끌어당기려는 흡력과 꿈의 질료 내부에서 외부 객관 현실로 밀어붙이는 반탄력들이 결합하여 작용한 결과다. 이와 같이 바깥쪽을 향한 압력이 정신 질료의

조건들, 특히 밀도에 대해 가지는 관계를 정신의 상태 방정식이라고 하자. 일반적인 꿈의 경우 상태 방정식은 고온 기체의 물리적 현상의 기술과 유사한데, 이는 충분히 이해되고 있다. 반면 활성꿈의 경우 상태 방정식은 정신력의 상세한 특성에 따라 결정되는데, 여기에 대한 이해는 불충분하다.

— ……네?

— 쓰고 있었던 책의 한 구절일세. '꿈의 분석' 이라는 제목을 붙일 생각이었지 웃기지도 않게 말야.

손 박사는 쓰게 웃었다.

— 너무 많이 들여다봐서, 외울 지경이야. 다 쓸데없어졌지만.

— 네?

— 이젠 다 끝났어. 모두 끝났어. 내 연구라는 건 결국 이상한 정신 상태를 가진, 결코 보편화될 수 없는 비정상적 뇌를 기반으로 한 개별적 탐색이었을 뿐이었고, 그것도 결코 궁극적인 해석에는 가닿지 못했지. 다 내 잘못이야. 모두들 떠나기로 한 것도 결코 이해 못할 바는 아니지.

소년은 할 말이 없었다 그때 다시 간밤 꿈에 들었던 소녀의 말이 귓전을 때렸다.

그러니까 그 사람들은 꿈꾸지 못한다는 거야?

응. 요즘 들어서는 꿈을 꾸는 것 같지만 확실히는……

그러니까, 네가, 네 세계에서는 꿈꾸는 유일한 사람?

뭐, 아마도……. 어쩌면 말이지, 그러니까……

그럼 그 사람들은 꿈이 뭔지 전혀 모른단 말이야?

아니야, 그 사람들도 꿈에 대해서 연구하고 있어, 그러니까, 날 통해서 말이야. 내가 꿈을 꾸고 보고하면, 꿈의 입자의 방정식을 만들어내려는 거 같아.

꿈의 입자?

응…… 꿈이 어떤 입자로 이루어져 있는지, 그 입자는 어떤 함수를 따르고 있는지……

아니야. 소녀는 지친 표정으로 고개를 저었다. 꿈은 입자로 이루어진 게 아냐. 세상은 입자로 구성된 게 아

하지만 해야 해.

박사가 중얼거리고 있었다 잠시 동안 정신을 놓았던 소년은 뒤늦게 네? 반문했다. 초점이 풀린 눈으로 박사가 말했다.

— 해야 한다고 했다. 하고 싶지 않지만 어쩔 수가 없구나. 모두 내 책임이야. 내가 초래한 문제니까 내가 해결해야 해.

그러면서 박사는 팔을 들어 소년에게 뻗었다. 그 손에는 작은 권총이 들려 있었다.

10.

— 왜……왜……

얼어붙은 소년은 더듬거리며 물었다. 뭘 알고 싶은지 알지 못한 어조였다. 하지만 박사는 대답했다.

— 전염성이야. 네 그……꿈은, 전염성이야. 나는 너무 어리석었고, 그렇게 위험한 증상을 더욱 북돋기만 했어. 하지만 뒤늦게나마 사태를 파악했으니 책임을 져야지. 그래, 책임을 져야 해.

그리고 권총을 쥔 손에 힘이 들어갔다.

— 안 돼요.

이번에는 박사가 얼어붙었다 어느새 소녀가 총구를 가로막고 서 있었다.

— 너넌, 뭐……뭐야?

— 꿈이에요.

박사는 덜덜 떨면서 웃었다 울 것 같은 표정이었다.

— 아, 물론 그렇겠지. 이건 꿈이겠지.

소녀는 대꾸하지 않았다.

— 병이야, 병이 골수에 끼친 거야.

박사가 넋이 나간 듯 중얼거렸다. 그리고 소녀의 가슴 앞으로 총구를 드밀었다.

— 그렇다면 넌 없는 거야. 가짜야. 헛것, 환영이지. 내가 방아쇠를 당기면 죽는 건 저 아이고, 모든 문제는 끝나겠지

— 과연 그럴까요?

흔들림 없이 한 발 앞으로 나서며 소녀가 물었다. 그 말에 박사는 혼란스런 표정을 지었다.

— 이건 꿈이야, 꿈일 뿐이야. 네가 네 입으로 그랬지? 그래, 꿈이야. 그럼 빨리 현실로 돌아가서 문제를 해결해야겠군.

잠시 활기차게 외쳤지만 그러나 곧 망연자실한 표정으로 바뀌었다

— 어떻게 깨지? 권총을 돌려 잡고 손잡이로 이마를 후려쳤다 퍽 소리와 함께 새빨간 피가 튀었다 휘청거리면서도 박사는 아픈 기색보다는 — 왜 안 깨지지? 피가 흐르는 이마로 절망적인 표정을 짓더니

권총을 고쳐 쥐고 자신의 관자놀이에 겨누고 방아쇠를 당겼다

— 탕!!!!

총성이 귀가 먹먹하게 되튀어 울렸다 박사는 머리가 산산조각 났다 소년이 외마디 비명을 질렀다 “박사님!!!” 소년이 손을 입으로 틀어막고 흐느끼며 주저앉는데 소녀는 침착하게 한 손을 들어올렸올어들 을손 한 게하착침 는녀소 데는앉저주 며끼느흐 고막어틀 로으입 을손 이년소 ”!!!님사박“ 다렀질 을명비 디마외 이년소 다났 각조산산 가리머 는사박 다렸울 어튀되 게하먹먹 가귀 이성총

!!!앝 —

다졌당 를쇠아방 고누겨 에이놀자관 의신자 고쥐쳐고 을총권 니더짓 을정표 인적망절망적인 표정을 짓는 박사에게 소녀는 조용히 말했다

— 꿈은 입자로 구성되어 있는 것이 아니에요. 세상도 입자로 구성된 것이 아니에요. 다만 꿈일 뿐이에요. 모든 사람들이 똑같이 꾸는 꿈. 당신들은 지루한 꿈을 너무 오랫동안 꾸고 있었어요. 왜 당신들을 얽매고 있는 꿈에서 헤어 나오지 않으세요? 왜 지금, 여기와 다른 것은 꿈꾸지 않죠?

박사는 묵묵히 고개를 들었다 두 눈은 텅 빈 공허로 번득였다

— 너는 누구지? 내가 원하는 건 단지, 우리가 던져진 이 세상을 이해하고 싶었던 것뿐이야 우리의 삶이 결코 무의미한 것이 아니라는 것을, 우리가 던져진 이 세상이 결코 잔혹한 우연에 의해서 진행되는 바보들의 텅 빈 행렬이 아니라는 것을 확인하고 싶었을 뿐이야. 질서는 이성에 의해서 확보되고 이성은 수식에 의해서 담보된다. 수식에 포착되지 않는 사상(事象)은 무질서하고 따라서 무의미해. 내가 원했던 건 단지 인간도 우주의 거대한 수식에 포함되는 것뿐이었어. 그런데 도대체 넌 누구지?

꿈이에요 말했잖아요 세상은 거대한 꿈이에요 세상은—우주는 고정된 것이 아니에요 꿈꾸는 사람들의 모든 꿈이 모인 것이에요 나는 수많은 세계들을 보았어요 사람들이 자신들을 옭아매는 꿈밖에 꾸지 못한 세계들도…… 그리고 어느 날인가 이런 꿈을 꾸었어요 사람들에게 다른 꿈을 보여주자 다른 꿈도 있을 수 있음을 보여주자 세상은, 삶은 다만 꿈이고 우리가 우리의 꿈을 꾸기에 달렸다는 것을 알려주자 그러면 온 세상 모든 사람들이, 그럼으로써 우주가 행복해지는 꿈을 꿀 수 있게 되지 않을까

소녀는 한 손을 들어올렸다. 식당 벽 한켠에 문이 열렸다. 문 너머로는 초록빛 초원이 끝없이 펼쳐져 있었다. 회색 하늘 아래 맑은 비가 내리고 있었다.

— 안녕.

소녀는 소년의 손을 잡고 문으로 걸어가며 인사했다.

— 안녕. 잊지 마세요. 다른 꿈을 꾸면 다른 세상이, 다른 삶이 열려요.

그리고 소년과 함께 문 너머로 사라졌다

소년과 소녀가 들어가자 문은 조용히 닫혔다.

박사 혼자 남았다.

박사는 조용히 일어섰다. 닫힌 문을 향해 걸어갔다.

다음 날, 신고를 받고 출동한 감찰들이 도착할 때까지 박사는 묵묵히 연구소 식당 벽 한쪽을 쓰다듬고 있었다.

fin.

지구의 아이들에게

정희자

정희자 부산에서 태어나 살고 있다. SF와 판타지를 아우르는 사변소설 계열의 글을 쓴다. 환상문학웹진 〈거울〉에 소설과 서평을 발표하고 있다. 단편소설로 〈화석환초〉, 〈고치를 짓는 여인〉, 〈용은 우리 마음속에〉 등이, 장편소설로 《INSERTER》, 《코뉴코피아》, 《화원의 여왕님》 등이 있다.

그곳은 정부 청사라고 부르기엔 너무나도 작고 초라했으며 만남이 이루어진 먼지 쌓인 남루한 집무실의 모습이 그들이 처한 상황을 여실히 보여주고 있는 듯했다. 인터뷰를 시작하기 직전까지만 해도 기사를 이런 문장으로 시작하려고 생각하고 있었다.

보기만 해도 불편할 듯한, 바닥에 끌리는 헝겊 치마를 입은 초라한 노인. 지구 임시정부의 주석 양첸 케촉의 첫인상을 극복하기에도 적잖은 시간이 걸릴 것만 같았다. 처음 만난 그에게 나는 그만 주석께선 사무실에 계시냐고 물었던 것이다. 나중에 무안해하며 사과하는 내게 거듭 손을 내저으며 괜찮다고 말했다.

"원래 우리 직원이 마중을 나오기로 했는데 마침 일이 있어서 자리를 비웠습니다. 제가 안내를 해드릴 테니 어서들 들어오세요."

우리는 그의 안내를 받으며 임시정부 청사를 둘러보았다. 말이 청사지 그저 일층을 전시관 비슷하게 꾸며놓은 사 층짜리 허름한 건물에 불과했다. 일을 도와주는 두 사람은 근처에 있는 집에서 살면서 출퇴근을 한다고 하니 이 건물에서 사는 사람은 주석 혼자라는데, 선뜻 이해가 가지 않았다. 뉴스 기사에서만 보았던 저명한 정치인을 직접 만나게 된다는 설렘과 기대도 변두리 행성에서 만난 이 노인만큼 낡고 초라하게 사그라진다는 느낌이 들었다.

열여덟 개의 행성과 서른두 개의 국가 및 부족연합, 다섯 개의 무역연맹과 열한 개의 경제공동체의 중심을 이루고 있는 약 육천 억의 개체 수를 자랑하는 은하연방 정치 · 경제의 최대세력인 메르원 종족. 그런 메르원 소유의 열여덟 번째 행성이 된 지구에 대한 독립을 주장한 양첸케촉 주석. 그는 지식인 계층을 통해 알려지며 민족주의와 저항정신을 상징하는 아이콘으로 떠올라 있었다.

내가 일하는 잡지사에서 그를 인터뷰하기로 결정한 것도 은하계 각지의 도움을 얻고 추진한 지구 방문이 결국 메르원 정부의 방해로 이루어지지 못했다는 사실이 알려지면서였다. 그때 강력하게 인터뷰를 하고 싶다고 청했던 건 내가 그와 같은 메르원 종족이라는 점도 한몫했지만(내가 사는 행성에선 메르원이 소수민족이다), 무엇보다 내겐 큰 호기심이 있었다.

은하연방에서 가장 부유하고 강대한 세력, 은하계 어디로 가든 어디에서 살든 대접받을 수 있는 메르원 종족으로 살 수 있을 텐데도 정말 작고도 작은 변방의 소행성 지구인임을 자처하는 이유가 무엇일까. 더구나 그런 메르원을 상대로 메르원의 별을 자신들에게 돌려달라고 주장하며 이길 리도 없는 투쟁을 평생 계속하고 있는 건 어째서일까. 그 덕분에 유명인사가 되고 굵직한 인권상과 평화상을 받긴 했으나 어쩌면 그게 목적이 아닐는지. 속물이란 말을 들을지라도 나는 그 부분을 정말로 진지하게 물어보고 싶었다.

잡지사에서는 두말없이 나에게 인터뷰를 맡겼다. 사실 에누말루이 소행성대를 넘어서 외곽의 행성으로 가는 험난한 출장을 반길 사람은 없을 테니 다들 신참의 지원을 두 팔 벌려 환영했을 것이다. 그리하여 나는 사진기자와 단 둘이서 두 번의 혜성 궤도 운항선과 네 번의 우주항공기를 갈아타며 멀고도 험한 출장을 떠나 이곳에 이르렀다.

우린 책상과 손님용 테이블과 소파를 제외하면 벽을 둘러싼 책장과 넘치도록 쌓인 책이 집기의 전부라고 해도 좋을 사무실에서 주석이 친히 내주는 엽차와 떡을 대접받았다. 나와는 달리 사진기자가 꽤 조급해하는 눈치여서 바로 인터뷰에 들어가야 했다. 아무튼 우리는 오늘 하루만에 인터뷰를 마치고 내일까지 돌아가서 모레 아침에는 정상적으로 출근하고 인터뷰 내용을 정리하여 글피 아침에는 완전한 기사를 제출해야만 하는 빡빡한 일정으로 움직여야만 하는 처지였으니까.

사실 햇병아리 기자인 나는 편집부 정치국에서 미리 짜놓은 질문지를 보고 인터뷰를 진행하기만 해도 되었다. 하지만 기껏 여기까지 와서 다른 매체에서 다룬 식상한 질문을 되풀이하고 싶진 않았다. 무엇보다 내가 품었던 호기심이 실제 인물을 보니 걷잡을 수 없이 부풀어 오르고 있지 않은가. 그래서 나는 궁금하면서도 잘 알려지지 않은 그의 어린 시절, 메르윈의 사절단을 직접 만난 이야기에 대해 말씀해달라고 청했다.

그는 잠시 말없이 벽 한쪽을 바라보았다. 아무 의미도 없는 들판을 찍은 사진이었는데 내 시선을 의식한 주석이 고향의 풍경이라는 짤막한 설명을 덧붙이고는 몸을 일으켜 서재 한구석에서 커다란 사진첩을 꺼내어 가지고 왔다. 그가 펼쳐 보여준 사진첩 안에는 비닐에 싸인 종이들이 가득했다. 스케치북에서 뜯어낸 듯 한쪽 면이 우툴두툴한, 변색되고 구겨진 낡은 종이. 어릴 때 직접 목탄과 색연필로 그렸다는 투박하고 비뚤비뚤한 그림.

"남들에게 좀처럼 보여주지 않았던 거라오. 실은 부끄러워서……."

우리에게 보여준 그림은 세 장. 그리고 우리에게 들려준 건 그 그림에 얽힌 세 가지 이야기였다.

ЖК

첫 번째 그림은 검은 색연필로 그린 원통이었다. 급하게 그린 듯 선도 비뚤어졌고, 원통이 검은색이라는 걸 표현하려는 듯 가운데쯤에 몇 개의 사선이 거칠게 그려져 있을 뿐이었다. 어린아이의 낙서 같은 그림을 심각한 표정으로 보고 있는 우리를 누군가 본다면 우스꽝스럽다고 여길 게 틀림없다.

"이건 제가, 아니 우리 지구인들이 처음 만난 외계인의 모습이랍니다."

그는 그림을 가리키며 소탈하게 웃으며 말했다. 농담으로 받아들이고 마주 보고 웃어줘야 하는 건지 무슨 숨은 의미가 있는 건지 짐작할 수도 없었다. 어쨌든 내가 알기로 은하연방에 원통처럼 생긴 구성원은 없으니까. 지적 생물체는 아니지만 빨리 움직이는 그라토플리아를 크로키로 표현하려면 그냥 원통처럼 그려야 할지도 모르겠다. 아니면 동면 중인 하이바쿤들도 뭉타사 지방에서는 보호색 덕분에 시커먼 바위처럼 보인다. 하지만 그것도 원통과는 거리가 멀다.

내가 뭔가 도움을 요청하는 표정으로 사진기자를 쳐다보자 그도 나와 똑같은 감정을 담은 얼굴로 내게로 고개를 돌리고 있었다. 3초도 안 되는 짧은 순간 우리는 종족의 장벽을 넘어 같은 감정을 나눈 후 다시 케촉 주석에게로 시선을 돌렸다. 그는 여전히 미소 띤 얼굴로 그림을 쓰다듬으려는 듯 손을 가까이 가져가며 회한이 겹친 목소리로 말을 이었다.

"지금도 눈을 감으면 그 날을 떠올릴 수 있습니다."

말을 하며 그는 정말로 살며시 눈을 감았다.

"어제처럼 선명하다고 하면 거짓말이지만," 그는 쑥스러운지 입꼬리를 살짝 치켜세우며 새어나오는 웃음을 감추지 않는다. "그림이나 사진을 보고 설명하는 것처럼 묘사할 수 있지요."

그날은 구름이 조금 많지만 맑은 날이었고, 바람에 야생국화의 냄새가 났고, 잠부이 콩을 수확할 시기가 다가오던 때였다. 어린아이였던 양첸 케촉은 그날따라 스스로도 믿을 수 없을 만큼 일찍 일어났다. 소풍날과 운동회를 제외하면 그렇게 일찍 일어난 적이 없었다. 아침에 일어났을 때는 온통 감자 냄새가 집 안에 가득했다. 어머니는 감자를 잔뜩 쪄서 보자기에 잘 싼 후 그의 허리춤에 매어주었다.

케촉이 이방인과 만나는 조촐한 사절단에 동행하게 되었음을 알게 된 건 바로 전날이었다. 그 전부터 학교에서는 아이들이 모이기만 하면 '뒷산에 내려앉은 비행접시'에 대한 얘기꽃을 가득 피우곤 했다. 어떤 아이는 그들이 열 개의 다리를 가졌다고 했고, 또 어떤 아이는 그들의 몸이 황금으로 이루어져서 몸에서 금가루가 떨어져 나온다고도 했다. 다른 아이는 그들의 얼굴이 세 개고 눈이 열둘이라 어디를 쳐다보고 말을 해야 할지 어려울 거라고 충고 아닌 충고를 해주기도 했다. 그들이 불어넣은 호기심과 두려움이 케촉의 마음을 풍선처럼 크게 부풀려 둥실둥실 떠다니도록 만들었으리라.

드디어 외계인을 만나러 가는 날, 어린 케촉은 한 손에 그림도구를 넣은 가방을 들고 허리춤에 찐 감자를 싼 도시락을 매고 사절단의 일원으로서 집을 나섰다. 하지만 사절단이라고 하기에는 너무 적은 인원이었다. 볼 때마다 늘 고드름을 떠올리게 만들었던 기다란 은회색 수염을 기른 장로 어르신과 그를 보필하는 역할을 맡은 안경 쓴 아저씨와 케촉의 아버지, 그리고 마차를 모는 마부까지 모두 다섯 사람이었다. 비행접시가 마을에 보낸 메시지는 이야기를 하고 싶으니 대표자 다섯 사람만 자기들을 찾아오라는 것이었다.

그런데 왜 그가 동행하게 되었을까. 사진기도 없는 당시 지구의 문명 수준을 생각하면 기록을 남기기 위해서는 그림을 그리는 방법밖에 없었을 것이다. 분명 그 시절의 그는 매일 손에서 목탄이나 붓을 놓지 않을 정도로 그림 그리는 걸 좋아했다고 하지만 어린아이가 잘 그리면 얼마나 잘 그렸을까 싶기도 하다. 내가 그 점을 지적하자 그도 동감한다는 듯 고개를 끄덕였다.

"저도 그렇게 생각합니다. 분명 저보다 그림을 잘 그리는 어른들이 계셨을 거예요. 하지만 장로님께선 굳이 저를 지목하셨지요. 어르신의 깊은 생각을 지금 헤아려보면, 아마도 어른들과 의사소통이 되지 않을 경우 어린아이인 나에게서 길을 찾을 수 있지 않을까 생각하셨던 모양입니다. 아이들은 처음 보는 대상에 대해 더 솔직하고 직감적으로 대응할 수 있으리란 기대를 갖고 계셨겠지요."

마침내 작은 언덕 위, 비행접시의 앞에 도달한 일행은 마차에서 내렸다. 케촉은 마부 아저씨와 함께 조금 떨어진 마차 옆에 있었다. 어린 케촉은 스케치북을 꼭 끌어안고 비행접시 안에서 나올 이방인의 모습을 꼭 자세히 그리리라 마음먹었다. 이 자리에 없는 수십 수백 명의 사람들은 그 그림을 통해서밖에는 저들의 모습을 볼 수가 없을 테니, 곧 그들에게는 그가 그린 모습이 바로 외계인의 모습 자체인 셈이었다. 그는 처음으로 느껴본 막중한 책임감에 손가락이 떨릴 정도라고 말했다.

"사실 비행접시가 햇빛을 받아 반짝이는 바람에 눈이 부셔서 똑바로 쳐다보지도 못하고 있었어요. 그 바람에 비행접시의 문이 어떻게 열렸는지도 눈치 채지 못했지요……."

처음 모습을 드러낸 건 시커먼 원통이었다. 그와 비슷한 키의 원통. 바퀴는 아주 작고 소리가 나지 않았기에 움직이는 자체가 모두를 놀라게 만들었다. 하지만 외계인의 모습이 고작 움직이는 검은 원기둥 형태라는 건 어린아이에게는 실망스러운 일이었다. 열 개의 촉수도 금가루도 열두 개의 눈도 없는 금속 덩어리는 주위의 풍광을 몸에 수놓으며 풀밭을 마치 얼음판 위를 미끄러져 이동하듯 그들에게로 다가왔다.

그리고 열린 문에서 하나의 형체가 모습을 드러내었다. 케촉은 얼른 스케치북을 다음 장으로 넘겼다. 투박하게 그린 원통 따위는 벌써 잊어버렸다. 벌써 비행접시 안에서의 모습만으로 그가 머리와 팔다리를 지닌 직립형 생물이란 걸 확실히 알 수 있었다. 이제야 진짜 외계인이 등장하는 감격적인 순간이었다. 그는 놀라움과 호기심을 억누르고 오직 외계인의 모습만을 정확히 담으려고 떨리는 손가락에 힘을 준다.

그렇지만 그 인물이 푸른 하늘 아래 자신의 모습을 온전히 드러내었을 때, 어른들은 놀라서 소리를 지르거나 허둥대었다. 그리고 아이는 멍하니 있었다. 사실 그의 모습을 열심히 그릴 필요도 없었다. 그는 하꽝고 몸에 착 붙는 옷을 입고 있었을 뿐, 두 쌍의 눈과 팔다리, 전신을 감싼 은빛이 감도는 푸른 털, 튀어나온 입과 몇 가닥의 수염, 부드러운 꼬리…… 어디 할 것 없이 모두 똑같았다. 그는 지구인들과 완전히 똑같은 외모였다.

그가 약간 격양된 목소리로 그 부분을 묘사할 때, 사진기자와 나는 다시금 서로를 쳐다보았다. 지구인들이 겪었을 놀라움을 헤아려보려 해도 잘 되지 않았다. 원시적 생활을 하던 민족이 고등문명과 접촉했을 때 느꼈을 일종의 컬처 쇼크 같은 것이려나 생각하며 그 상황을 이해해 보려고 애썼다.

"그 사람은…… 그를 비롯해 같이 왔던 이들은 모두 옷차림을 제외한다면 우리와 정말 닮았더랬지요. 평범한 옷을 입고 마을 한복판이나 시장통 한가운데 서 있어도 누구 하나 수상하게 생각하지 않았을걸요."

대표로 나선 인물, 사절단의 단장이 맨 처음 한 것은 우호의 표시이자 무기가 없다는 의미로 양손을 들어서 손바닥을 펴 보이는 일이었다. 그 다음 그의 입에서 끄르륵하는 소리가 나왔다. 그의 말이 끝나기도 전에 다른 목소리가 들려서, 모두들 깜짝 놀라 그쪽을 쳐다보았다.

"여러분, 만나게 되어서 반갑습니다. 저는 아 · 플라라고 합니다."

말 하나하나를 끊는 딱딱하고 억양 없는 목소리였다. 목소리의 주인공은 원통으로, 모두들 진짜 외계인의 모습에 정신이 팔려 있을 때 비로소 자신의 존재감을 드러낸 것이다. 철기 후반 문명에 속한 그들에게는 놀라운 일의 연속이었을 것이다. 번역이 가능한 건 비행접시가 성층권에 도달할 무렵부터 작은 로봇을 통해 지구의 언어를 수집 · 분석한 덕분이었다.

"아 · 플라는 1차 지구조사 파견단의 단장으로 저희 일행과 처음으로 만난 사람이죠. 그러니까 지구에 처음으로 온…… 아니 두 번째라고 해야 할까요…… 메르윈 종족의 사절이지요."

그가 말을 중간에 고친 이유를 물어보려다가 지구에 대해 알게 된 계기가 된 다큐멘터리를 떠올렸다. 〈숨겨진 메르윈의 별, 지구〉. 은하의 변방에 있던 작은 별에 메르윈 종족의 후예가 살아남아 고향으로 돌아가기를 기다리고 있었다. 마침내 은하탐사단에 발견된 그 별은 자랑스러운 메르윈 행성연합의 일원이 될 수 있었다……는 내용이다.

지구 임시정부는 그 다큐멘터리의 내용을 부정했고, 메르윈 연방정부의 인정을 받지 못한 그들은 괴뢰정부나 테러 단체로 취급받아왔다. 주석이 퀘이사 인권상을 수상함으로써 겨우 이 초라한 임시정부가 은하권의 주목을 받았으나 그것은 그때의 어린아이가 이렇게 노인이 되었을 정도로 오랜 세월에 걸쳐 흐른 이야기다.

ℋ

두 번째로 주석이 보여준 그림은 다름 아닌 아 · 플라의 초상화였다. 어린 시절에 그린 투박한 목탄화였기에 그가 지적인 인상을 가진 메르윈 종족 성인남성이라는 걸 알 수 있을 뿐이었다. 초상화를 보여주고 난 후 주석의 입가에는 약간은 쓸쓸해 보이는 미소가 남아 있었다. 이 그림을 볼 때마다 그는 오랜 옛날 헤어진 친구에 대한 그리움이 느껴진다고 말했다.

그들의 첫 만남은 다큐멘터리의 이야기와 거의 같았다. 1차 파견단장 아 · 플라는 장로 일행에게 간단히 자기들이 온 메르윈 행성을 소개

한다. 많은 어려운 낱말들이 제대로 번역되지 못해서 번역기는 중간 중간 으르렁거리는 듯한 메르윈어(語)를 토해냈다.

그 속에서 충격적인 진실이 스스로를 지구인이라 믿었던 사람들에게 전해진다. 지구의 원주민은 1000년 전에 이미 멸종했고 지금 이들은 자신들의 동족, 지구인들에게 남겨준 메르윈 종족의 후손이라는 것. 어안이 벙벙해져 있는 이들에게 아 · 플라는 하나의 영상을 보여준다. 이 영상을 되도록 많은 지구 거주민(그는 '지구인'이라 부르지 않았다)들에게 보여주고 싶다고 덧붙이며.

그 영상은 1000년 전의 것이었다. 황폐한 지구의 풍경. 지금과 같은 녹림은 보이지도 않는다. 회색빛 하늘, 메마르고 거친 땅 위에 불쑬불쑥 솟은 콘크리트의 협곡. 시커멓고 길쭉한 시체들이 곳곳에 널브러져 있었다. 머리는 둥글고, 팔다리가 길고 가늘며, 전신에 털도 꼬리도 없는 존재들. 아 · 플라의 선언은 그들을 숨 막히게 만들었다. 이들이 진짜 지구인입니다. 이들은 지구에서 자연 진화로 태어나 약 300만 년 동안 지구의 유일무이한 지적 생명체로 군림했습니다. 최대 개체수는 110억에 이르렀으나, 핵전쟁과 이상기후, 그로 인한 환경오염으로 유발된 전염병으로 우리가 도착했을 때는 이미 99.9954퍼센트의 개체가 사망한 상태였고 생존자들도 100퍼센트 불임상태였습니다.

조사단은 생존자를 모아서 그들의 생명을 유지하도록 도와주었지만 불임을 해결하지는 못했다고 한다. 지구 원주민의 생명을 앗아간 그 병은 조사단에게는 아무 피해를 끼치지 못했다. 그래서 조사단은 지구의 재건을 위해 자신들의 아이를 맡기기로 결심했다.

"지구인의 슬픔과 고통은 자신들이 죽는다는 사실보다 후손이 남지 않는다는 점. 이 지구가 죽음의 별이 된 채로 텅 빌 거란 사실을 알았을 때 더욱 컸다고 조사단은 말했습니다. 그래서 그들은 자신들과 조금도 닮지 않은 아이를 받아 안았노라고 아 · 플라는 말했지요."

그렇게 지구의 원주민은 메르윈 종족의 아이들을 받아서 그들에게 지구를 물려주기로 했다. 조사단은 떠났고, 지구상의 마지막 지구인이 숨을 거두기까지는 백 년도 채 걸리지 않았다. 그로 인하여 그 작지만 물이 풍부한 별은 온전히 메르윈 종족의 것이 되었다, 라고 아 · 플라와 다큐멘터리는 입을 모아 말했다.

아 · 플라가 갑자기 그들 앞에 나타나 조사단의 영상을 보여준 이유는 뭘까. 그것은 그들이 만난 그날이 조사단이 왔다 간 후로 정확히 천 년이 되는 해였기 때문이라고 그는 말한다. 메르윈의 아기가 지구에 첫 발을 딛은 그 날로부터 천 년의 세월.

"뒤에 알게 된 것이지만 지구의 천 년이 은하 표준시각으로는 79공전년 정도 된다고 하더군요. 은하연방에서는 한 행성을 77공전년 이상 점유한 국가나 종족에게 영구적인 소유권을 인정해준다는 사실을 알고 나니, 그들이 왜 갑자기 사절단을 빙자하여 돌아왔는지 이해가 되더군요."

노인의 말투는 잔잔했지만 진중했다. 그 안에는 깊은 회환과 약간의 분노가 담겨 있었다. 저 아래 침전해 있던 분노가 잔잔한 수면의 흔들림으로 서서히 피어올라 스며들 듯이.

ж

비행접시가 하늘 저편으로 사라진 후, 장로 일행이 돌아오고 사절단의 존재가 알려지자 마을의 분위기는 이전처럼 돌아갈 수 없을 정도로 어수선하고 혼란스러워졌다. 담장 곳곳에 벽보가 나붙었고, 사람들은 삼삼오오 모여서 외계인에 대한 이야기만 했다. 사절단의 방문, 자신들이 진짜 지구인이 아니라는 진실, 그리고 이 마을에 머물게 된 사절단의 대표 아 · 플라. 그는 지구에 대해 알고 싶다는 학구적인 호기심만으로 동료들의 반대를 무릅쓰고 예정에도 없던 지구 체류를 결심한 것이었다.

마을 주민들은 폭풍의 한가운데에 놓인 것과 같았다. 그들은 며칠 지나지 않아 아 · 플라의 방문과 사절단의 목적에 대한 뜬소문을 퍼뜨렸고, 이내 두 무리로 나뉘어져 매일 광장 앞에 모여서 설전과 토론, 가끔은 다툼을 벌였다.

"마을 사람들이 그렇게 모여서 토론하고 싸우는 모습은 이전에도 볼 수 없었다고 아버지는 말씀하셨습니다. 저 역시 농사를 짓고 고기를 낚던 사람들이 현수막이나 피켓을 들고 광장에 몰려나와 외계인을 처형하라거나 고향으로 돌아가 잘 살자는 등의 주장을 외치며 시위를 벌이는 모습을 보고 큰 충격을 받았더랬지요……."

단순히 외세에 대한 개방이냐 아니냐의 문제가 아니었다. 이건 그들 민족, 더 나아가 그들의 존재 자체에 대한 정체성이 걸린 문제였기에 파견단 단장 아 · 플라가 머물게 된 그 작은 마을은 어느새 지구 전체의 운명을 건 대표자들의 투쟁의 장(場)이 된 셈이었다.

주석은 이야기가 길어져서 미안하다며 마침 돌아온 직원이 준비한

다과상을 들였다. 무심코 그쪽을 쳐다보려는데 사진기자가 갑자기 그 가느다란 손가락으로 내 머리를 붙잡더니 옆으로 돌렸다. 시야에 들어온 건 서재에 가득 꽂힌 낡은 책들. 잠시 어리둥절한 채로 기다리고 있자니 주석이 아 참, 깜박했군요, 라고 성급히 사과를 한다. 사진기자의 손가락이 물러나 고개를 원래대로 돌리니 테이블 위에는 급히 보자기를 덮어놓은 무언가가 보였다.

"죄송합니다. 경황이 없어 식사 준비도 미처 못한 바람에 간단하게 술과 안주를 준비했는데 메르윈의 풍습을 잊어버리고 말았네요 글쎄. 늙으면 이렇답니다. 메르윈들 사이에서 이십 년 넘게 살았는데도 그걸 까먹다니……."

보자기의 중간에 쑥 튀어나온 부분이 술병의 모습을 하고 있음을 어렵지 않게 알아볼 수 있었다.

"허허헛." 갑자기 주석이 웃음을 터뜨려 우리는 동시에 그를 쳐다보았다. "죄송합니다. 갑자기 옛날 생각이 나서……. 아 · 플라가 처음 우리 마을에 오던 날이었죠. 우린 그를 환영하기 위해 성대한 잔치를 준비했습니다. 고기를 썰고, 떡을 찌고, 전을 부치고…… 물론 술을 빼놓을 수가 없었죠. 커다란 연회장이 준비되었고 사람들은 저마다 음식과 술을 들고 모였습니다. 어느 때보다 크고 즐거운 잔치판이었죠. 아버지는 그 와중에서도 이 틈을 노려 도박판을 벌이는 이들을 잡아서 꾸짖느라 바빴지만……. 그런데 그 안에서 유독 괴로워하는 사람이 있었으니 그가 바로 잔칫상의 주인공 아 · 플라란 말씀이지요. 그가 나고 자란 메르윈의 풍습과 예절로는 상상도 못할 광경이 벌어지고 있었으니 그에게는 그야말로 외계종족의 야만적인 풍습이 아니었을까요? 후후후. 나중에 그로부터 그런 이야기를 듣고 어린 저는 배가 아프도록 웃었지요.

하지만 그에게서 메르윈 사람들의 사는 모습 같은 걸 듣고는 많은 걸 배웠답니다. 뭐랄까 각자의 사는 모습은 다르지만 존중해줘야 하지 않을까…… 모범생 같은 소리를 했지만 전 사실 수업시간에도 그림만 그리던 문제아였어요. 그래도 메르윈 언어를 배우는 건 그렇게 재미있을 수가 없었지요. 아 · 플라와 저는 서로 상대의 말을 배우고 자신의 말을 가르쳐주었습니다. 처음에 저는 주위의 사물을 그려서 그 아래에 우리말과 메르윈어를 적어가며 단어장을 만들었죠. 아플라는 그걸 보고 우리말을 배우고, 저는 메르윈어를 배우고…… 누가 그렇게 즐겁게 배울 수가 있었을까요."

잠시 회한에 젖던 그가 얼굴을 내 쪽으로 돌리며 진지한 얼굴로 거듭 사과를 하자 나는 정말로 괜찮다고 말했다. 물론 우리 메르윈 종족에게 술이 갖는 신성하고 엄숙한 의미를 생각하면 아 · 플라가 느꼈을 당혹감은 충분히 이해가 가능하다. 백주대낮에 술판을 벌이는 모습은 분명 야만적으로 보였겠지. 더구나 술독을 열어놓고 대접 같은 큰 그릇으로 술을 마시는 모습은 이를테면 거리 한복판에서 벌거벗고 뛰어다니는 것과도 비슷할 정도의 결례다. 무릇 우리 메르윈에게 술은 고대로부터 내려온 비밀스럽고 신성한 연회의 상징이고, 오늘날에도 그 영향을 받아 술을 마실 때는 불을 꺼 주위를 어둡게 하고 주둥이가 좁은 호리병에 담아서 조금씩 마셔야 한다. 술의 모습과 냄새를 감춰야 함은 물론, 마시는 모습조차 보이지 않도록 조심하는 게 응당 갖춰야 할 당연한 예의였다.

그렇지만 나는 거듭 괜찮다며 문득 떠오른 외할아버지를 예로 들었다. 내가 어릴 적에 돌아가신 외할아버지는 노쇠하여 집에만 계셨는데 식구들이 모두 잠든 밤이면 홀로 식탁에 앉아 밥그릇에 술을 담아 마셨다. 그래서 자다가 화장실에 가려고 방을 나오기만 하면 늘 시큼한 술 냄새가 나곤 했다. 그런 모습을 보고 자랐기에 메르윈 종족들도 겉으로는 술을 신성하게 다룬다고 하지만 사실은 마음껏 술을 마시고 싶어 하지 않을까, 각자 집에서는 대접에 떠 마시고 있는 게 아닐까 생각하게 되었다.

"글쎄요……. 그거 재미있는 말씀이네요."

그는 내 이야기를 정말 흥미롭다는 표정으로 들으며 내 얼굴을 찬찬히 살피는 듯 바라보았다. 마치 내 콧수염의 개수라도 세어보려는 듯한 세심한 눈길이었다. 난 당황스러워 시선을 떨구었다.

"그럼 그렇게 말씀하시니까," 그는 내 말을 핑계 삼아 보자기를 걷었고, 대신 나를 위해 깔때기와 주둥이가 좁은 병을 하나 가져와 조심스레 병 안에 술을 부어서 주었다. 그 때문에 이야기는 한동안 중단되었지만, 안주 없이 술만 두 잔을 연거푸 마신 그는 목에 막힌 무언가가 술에 씻겨 내려가기라도 한 듯 한층 목소리를 높이며 이야기를 이어갔다.

"아 · 플라는 처음에 장로님 댁에 머물기로 했지만 하루도 버티지 못했지요. 만나고 싶다며 찾아오는 사람들이 하도 많아서 아버지는 그를 우리 집 지하창고에 숨겨두었죠. 나중엔 그를 죽이겠다고 나서는 사람들도 있었으니까 잘 한 일이라고 볼 수 있겠습니다. 덕분에 나도 아 · 플라와 매일 만날 수 있어서 좋았지요."

사람들의 아 · 플라에 대한 태도는 둘로 나뉘었다. 지구를 침략하기 위해 보낸 앞잡이 혹은 고향별에서 선진문명을 전해주러온 구세주. 이렇듯 아 · 플라를 둘러싼 논의는 결국 지구 전체의 운명을 좌우하는 문제로 확대되었다. 외계인을 쫓아내고 지구를 지킬 것인가, 외계의 문명을 받아들일 것인가.

누군가는 외계의 문명을 배워 잘 살고 싶을 것이고, 누군가는 현재의 평화가 깨질 것을 두려워할 수도 있고, 또 다른 누군가는 외계인의 검은 속셈에 속고 있다고 생각하고 있을 것이다. 그런 생각들 속에서 토론하고 싸우며 경제 · 사회 · 문화 모든 부분이 송두리째 뒤바뀌는 대격변기의 한가운데에 놓인 부락민들.

이때 철저히 메르윈의 입장에서 만들어진 그 유명한 다큐멘터리는 여기서 하나의 큰 반전이랄지, 전환점이라고 부를 만한 사건을 보여준다. 2차 파견단의 도착과 아 · 플라의 암살이 그것이다.

ℋ

그 사건은 지구인의 입장에서는 자신들의 운명을 결정짓는 중차대한 사건이지만 실은 그들 자신이 자기들의 운명을 결정하지 못하게 된 계기가 되었다는 점에서 중요하다고 볼 수 있었다. 사건은 벌어졌고, 사태는 걷잡을 수 없이 흘러갔고 그 후에 벌어진 모든 일이 그들의 손에서 벗어났던 것이다.

아 · 플라는 사실 지구에 올 때까지만 해도 지구에 대해 아는 것은 다큐멘터리의 내용 정도밖에는 없었다. 그의 방문 목적도 우주공항 건설 부지를 찾는 것이었다. 그러나 지구와 지구인에 대해 알아갈수록, 그 모든 것들에 애정을 느낄수록 아 · 플라는 자신의 임무와 메르윈 종족의 목적을 떠올리며 괴로워하였다. 그는 사람들이 싸우는 걸 보고 마음 아파하며 몇 번이나 솔직하게 자신의 생각을 털어놓고자 했으나 신변의 위험 때문에 늘 숨어 지내야만 했기에, 그가 속마음을 털어놓은 건 어린 케촉이 유일했다.

"아 · 플라는 저에게 몇 번이나 말했어요. 여기 지구에 사는 우리들은 절대 메르윈 종족이 아니라 지구인이라고. 둘 사이에는 외모의 유사함 외에는 없다고. 둘은 그저 한 혈족에서 갈라져 나왔을 뿐 전혀 다른 종족이라고. 이런 지구인들을 억지로 메르윈의 후손으로 만드는 건 은하계 영토를 확장하려는 야심에서 비롯된 짓일 뿐이라고……."

그런 어느 날, 아 · 플라는 탐사선으로부터 예기치 못한 연락을 받는다. 메르윈의 2차 지구 파견단이 곧 도착하여 지구가 메르윈의 영토로 인정받았음을 선포할 거라는 소식이었다. 뿐만 아니라 2차 파견단은 군대를 포함한 대규모 인원으로 지구에 머무르며 통치를 행할 직할정부 임원들도 포함한다고 했다.

그 통신은 아 · 플라 자신도 직할정부의 일원으로 임명되었다는 희소식을 겸한 연락이었으나 그에게는 비극적인 최후통첩이나 다름없었다. 아 · 플라는 침통한 심정으로 고민을 거듭하다 장로에게 이 소식을 알린다. 이는 노골적인 지구 침략 및 정복 행위에 다름 아니며, 이를 막기 위해서는 하루빨리 직접 은하연방에 연락을 취해 지구가 독립 종족으로 이루어진 행성임을 알리고 독자적으로 은하연방에 가입해야 한다고 말했다.

하지만 장로와 안경 아저씨, 케촉의 아버지 모두 그의 말을 이해하지 못했다. 케촉의 도움으로 그의 생각은 정확하게 전달되었으나 그들은 메르윈이라는 자들이 왜 지구를 탐내는지, 지구를 점령해서 무엇을 하려는지도 몰랐지만 무엇보다 그들은 지구가 누군가의 소유물이 될 수 있고 그걸 정복이나 점령할 수 있다는 개념 자체를 이해할 수 없었던 것이다.

이제 가장 드라마틱한 장면이 등장할 차례다. 2차 파견단이 1차 때의 조그만 비행접시와는 상대도 되지 않을 정도의 거대한 규모의 우주 항모를 타고 나타나자 마을 사람들의 흥분과 공포, 호기심과 두려움은 일대 절정에 이른다. 다큐멘터리 〈숨겨진 메르윈의 별, 지구〉에서는 이 때의 모습을 영상으로 재연해서 보여주었는데, 미개종족이 거대 우주선의 그림자 아래에 모여 놀라워하는 모습을 실감나게 보여주어서 기억에 선명했다.

이때 아 · 플라가 케촉과 함께 광장 한복판, 운집해 있던 군중 속 한가운데에 나타난다. 임시로 만든 연단에 올라 입고 있던 옷을 벗고 지구에 올 때 입었던 우주복 차림이 되자 비로소 모두들 그가 아 · 플라임을 알아보았다. 다큐멘터리에서 그는 파견단의 방문을 환영하며 지구인은 이제부터 자랑스러운 메르윈 종족의 일원이 될 것임을 선언하고, 연설을 마치고 연단을 내려와 군중들에 감싸인 상태에서 외계인 추방을 외치는 무리의 일원에게 암살당하고 만다.

"그때 거기에 있던 이들은 모두 진실을 알고 있지요. 그 연설의 내용은…… 메르윈이 만든 그 엉터리 다큐멘터리와는 정반대였습니다."

약간의 술기운 때문에 조금은 정신을 놓은 상태에서 옛이야기처럼 길고 지루한 노인의 말을 듣던 나는 돌연 얼굴에 찬물을 끼얹은 것처럼 놀랐다. 다큐멘터리가 거짓이었다고? 물론 그 이야기들이 모두 진실이란 증거도 없겠지만, 달리 지구에 대한 정보가 없는 상태에서 접한 그 다큐멘터리의 내용은 부지불식간에 나를 비롯한 은하계 사람들에게 지구의 역사처럼 확고부동하게 인지된 상태였다. 그런데 눈앞의 이 왜소한 노인에 의해 철옹성처럼 세워진 진실에 금이 가기 시작한 것이다.

주석은 잠시 말을 멈추고 사진첩을 넘겨 세 번째 그림을 보여주었다.

그것은 바로 그날 아 · 플라가 암살당하는 장면을 목격하고 그린 그림이었다. 그 그림의 옆에는 짙은 갈색의 천 조각이 비닐로 밀봉되어 있었다.

"저는 이렇게 증거를 갖고 있습니다. 제가 그린 그림만으로는 믿어줄 사람이 없을 것 같았기에, 저는 그가 입었던 옷의 일부를 간직하고 있습니다."

그 그림은 한 남자가 쓰러진 모습을 위에서 바라본 광경이었다. 배에 단도가 깊숙이 박혀 있었고, 입부터 가슴, 등과 땅바닥까지 온통 피투성이였다. 색연필로 그려진 그 그림의 절반 정도는 붉은색으로 칠해져 있었다.

"아 · 플라는 지구인들은 메르윈 종족과는 전혀 다르며, 지구는 메르윈의 영토가 될 수 없다고 말했습니다. 또한 메르윈이 노리는 건 지구의 영토와 자원이고 지구인들은 모두 노예와 같은 처지에 이르게 될 것이라고 경고했습니다. 그는 다함께 힘을 모아 메르윈의 파견단을 쫓아내고 지구의 이름으로 은하연방의 일원이 되자고 말했습니다. 저는 특히 그가 자신의 목숨을 바쳐서라도 도와주겠다고 한 대목이 기억에 남습니다. 그는 그 연설을 마친 직후 목숨을 잃고 말았으니까요……."

연설을 마친 아 · 플라는 지구인의 옷을 다시 입고 연단을 내려갔다. 케촉이 그의 곁에 가려고 한 순간, 한 남자가 외계인의 앞잡이 주제에 거짓말을 하지 말라고 외치면서 달려들었다. 그가 꺼낸 단도가 아 · 플라의 가슴에 박혔고, 잠시 비틀거리던 그는 군중들이 모두 둥글게 원을 그리며 자기 주위를 둘러싸고 있는 걸 보게 된다. 마치 아 · 플라를 구경하고 있는 듯, 그의 손이 닿지 않는 거리에 떨어진 채로.

누구의 부축도 받지 못하고 아 · 플라는 잠시 휘청거리며 단도를 뽑으려고 하다가 무언가에 발이 걸린 듯 갑작스레 넘어졌다. 조금 늦게 피습을 안 케촉과 아버지가 달려와 그를 일으키려 했을 때, 이미 그는 숨이 끊어진 상태였고 몸에서 흘러나온 피가 주위 바닥을 흥건히 적셨다. 사람들은 그의 피가 행여나 발에 닿을까 봐 더 멀리 물러날 뿐 누구도 도우려 하지 않았다.

"당시 저는 너무 놀라고 슬퍼서 다른 생각을 하지 못했지만, 조금 시간이 흐르자 이상한 점 투성이라고 생각을 했습니다. 그 단도는 손바닥 길이 정도로 짧았는데 아 · 플라는 어째서 그렇게 많은 피를 흘리며 숨을 거두었을까요. 아버지는 외계인의 몸이 우리보다 약한 것 같다고 말씀하셨지만 시신을 살펴본 의사 선생님은 우리가 알려주기 전까지 외계인인지도 알아차리지 못했어요. 유전적으로 그와 우리는 완전히 동일한 종족이니까요. 그래서 저는 시신과 함께 불태울 예정이었던 그의 옷을 살펴보다가 결정적인 증거를 발견하고 그 부분을 잘라내어 제 호주머니에 넣었답니다. 그게 바로 이거예요."

그는 밀봉한 천 조각을 보여주었다. 굳은 피로 뒤덮여 원래 색을 짐작하기 어려운 그 천 조각은 중앙에 동그란 구멍이 나 있었다. 나와 달리 사진기자는 금방 그 구멍의 의미를 알아내었다.

"광선총……. 그러니까 지구인에게 살해당한 게 아니란 말이군요!"

노인은 힘차게 고개를 끄덕였다.

"예. 당시 우리 지구인에게 무기라고는 검과 활, 창과 투석 정도밖에 없었지요. 그 누구든 광선총을 줍는다고 해도 그걸 제대로 사용할 수 있는 사람은 없을 거라고 생각합니다."

"그렇다면 역시…… 그 2차 파견단에서 누군가가……?"

"틀림없습니다. 당시 의술이 부족했던 탓인지 의사 선생님은 그의 몸을 관통한 총상을 발견하지 못했고, 아 · 플라의 시신은 그대로 화장되고 말았지요. 하지만 제가 가진 이 옷 조각은 광선총만이 가능한 흔적을 보여주고 있습니다. 당시 지구의 어떤 무기로도 이렇게 정확한 동그라미 흔적만 남기며 옷과 몸을 뚫을 수 없거든요. 제 기억에 남은 그의 마지막 행동도 이걸로 설명할 수 있습니다. 그는 칼을 뽑으려다가 무언가에 떠밀린 듯 갑자기 넘어져 많은 피를 흘리면서 숨을 거두었지요. 주위에 아무도 없었는데……. 저는 그가 검을 찔린 배보다 입과 가슴에서 더 많은 피를 흘리고 있었음을 기억합니다. 그건 분명 하늘 위 탐사선에서 그의 모습을 지켜보고 있던 자들 중 누군가가 그가 자신들에게 방해가 될 것임을 알고 광선총을 쏘았던 거겠지요. 마침 칼에 찔리자 그 기회를 노렸을지도 모르고요. 분명한 건 그 다큐멘터리 때문에 저는 이 사실을 밝힐 기회를 잃었다는 점입니다. 그게 너무 유명해지고 사람들이 다 그걸 진짜라고 믿고 있을 테니, 이제 와서 제가 이런 이야기를 해도 세상은 저를 거짓말쟁이나 음모론자로 취급하려 들겠지요……."

그의 마지막 말은 마치 내게 하는 말처럼 느껴졌고, 그에 대한 화답처럼 나는 마음속으로 굳게 다짐하고 있었다. 이 이야기를 인터뷰 기사에 꼭 넣겠노라고. 이런 충동이 나 자신도 놀랄 정도로 강하게 솟구쳐서 흥분한 마음을 진정시키기 위해 남은 술을 단숨에 들이켜고 말았다.

⌘

그 후의 이야기는 큰 줄기는 다큐멘터리의 내용과 동일했지만 어떤 부분은 완전히 달랐다. 2차 파견단은 부락의 광장에 거대한 청사를 짓고 지구가 메르윈 종족의 열여덟 번째 행성이 되었음을 선언했다. 마을에서 조금 떨어진 해안에 우주공항 건설이 추진되었고 주민들은 공사를 위한 인부로 동원되었다. 다큐멘터리는 그들이 메르윈의 일원이 되었음을 기뻐하며 많은 보수를 받고 일했다고 말했지만 주석은 아 · 플라의 연설과 죽음에 감명받은 지구인들이 하나로 뜻을 모아 공사를 반대하고 메르윈의 행위를 침략이라며 성토했으나 강력한 군사력 앞에 이내 굴복했다고 반박했다. 그들은 노동자라기보다는 노예였고 말만 메르윈 종족의 일원이었지 직할정부에게는 말도 안 통하는 미개한 원주민으로 보일 뿐이었다.

그렇게 세월은 흘렀다. 지구에는 우주공항, 은하통신망 기지국 등이 건설되어 은하연방과의 교류와 소통이 가능해졌고 지구는 값싼 노동력과 풍부한 수자원을 갖춘 지역으로 각광을 받아 많은 공장이 건설되었다. 지구인들은 영문도 모른 채 싸구려 노동자로 부려 먹히며 노예처럼 비참하게 살았고 직할정부가 중간에서 그들에게 돌아갈 보수를 가로채며 호의호식했다.

케촉은 당시 메르윈의 언어를 유창하게 구사할 수 있는 유일한 지구인이었고, 그 덕분에 메르윈 모성(母星)으로 이주하여 연합정부 밑에서 통역 및 자료 번역 같은 일을 했다. 공무원으로서 비교적 윤택한 생활을 누릴 수 있었으나 그는 지구에 남겨진 사람들이 고통받고 있는데 혼자만 잘살고 있는 것 같이 느껴져 양심의 가책을 받았노라고 털어놓았다.

그 후 그는 방송국에서 지구 소개 영상을 제작할 때 자문을 맡았던 걸 계기로 만난 방송 프로듀서와 함께 지구에 대한 다큐멘터리를 찍기로 한다. 원래의 의도대로라면 메르윈의 지구 침략에 대한 진실을 알리고 은하연방에 지구를 도와달라는 메시지를 전할 예정이었다. 그러나 〈숨겨진 별, 지구를 말하다〉라는 제목의 그 다큐멘터리는 결국 완성되지 못했고, 메르윈 정부가 자신들의 입맛에 맞는 내용으로 고쳐서 방영했으니, 바로 그 유명한 〈숨겨진 메르윈의 별, 지구〉의 탄생에 얽힌 비화가 여기서 밝혀진 셈이다.

이를 계기로 그는 퇴직을 하고 지구로 돌아온다. 그의 노력으로 지구 임시정부가 설립되고 케촉의 아버지를 주석으로 추대하였으나 앞날은 순탄치 않았다. 은하연방 각지에 지구의 실상과 임시정부의 존재를 알리기 위해 백방으로 노력했으나 메르윈 직할정부의 탄압으로 청사마저 빼앗기고 긴 도피생활이 이어졌다. 결국 아버지의 사후 직위를 물려받는 형식으로 주석에 취임한 그는 소수의 동료들과 함께 지구를 떠날 수밖에 없었다.

이후 은하계 곳곳을 떠돌며 도움을 청했으나 연방의 패권을 잡았다고 해도 과언이 아닌 메르윈의 눈치를 보느라 지구 임시정부를 공식적으로 지원해주는 종족이나 국가는 없었다. 언제 메르윈 정부에 체포되어 반정부단체의 주동자라는 죄목으로 처벌받을지 모를 위태로운 상황이었으나, 케촉 주석이 퀘이사 인권상과 아 · 테브 평화상을 수상하면서 상황은 바뀌었다.

그의 이름은 순식간에 은하계 전체에 알려졌고 민족주의를 상징하는 저명한 독립운동가로 자리매김하게 되었다. 그런 인물을 체포하거나 처벌하면 메르윈 정부의 도덕성에 상처를 입을 것이 뻔하니 이러지도 저러지도 못하는 골치 아픈 상황에 이른 셈이었다. 그래서 메르윈 정부는 직접 탄압하지 못하는 대신 다른 정부나 단체에서 지구 임시정부를 지원하지 못하도록 압력을 행사하는 방법을 취했다. 또한 케촉 주석은 지구 방문을 몇 차례나 시도했으나 메르윈 정부의 방해로 아직까지 성공하지 못한 채 몇십 년 동안 지구에서 멀리 떨어진 이 변방 행성에서 가난하고 쓸쓸하게 살아가고 있는 것이다.

"최근 있었던 지구 방문이 무산되었다고 들었습니다. 일곱 번째 방문 시도였다고 들었는데요."

나는 이번 인터뷰의 계기가 되기도 했던 이 소식에 대해 물어볼 좋은 기회라는 생각이 들어 질문을 했으나 주석은 천천히 고개를 저었다.

"언론에 알려진 공식 방문 시도가 일곱 번이지요. 실제로 저는 서른 번, 마흔 번, 그 이상으로 셀 수도 없을 정도로 많이 지구로 가기 위한 수단과 방법을 알아보았습니다. 그때마다 메르윈 정부의 방해로 뜻을 이루지 못했지요."

그건 놀라운 발언이었다. 무엇 때문에 그는 지구로 돌아가려는 걸까. 무엇을 위해서 그는 이토록 노력하는 걸까. 처음 품었던 의문을 마침내 입 밖에 내어야만 할 때가 왔다고 느꼈다. 솔직히 이 말을 직접 당사자에게 건네기란 참으로 어렵고도 미안한 일이었다. 그의 이야기를 계속 들으면서 나는 이 온유하고 다정한 노인을 한 인간으로 좋아하게 되었던 것이다. 솔직하고, 아이처럼 밝게 웃을 줄 알고, 진실을 밝히는 데 두려움이 없고, 자신의 의지를 이루기 위해 끊임없이 노력하는 사람으로서 말이다. 그런 그에게 지구인임을 자처하고 지구 반환을 요구하는 '속셈'이 뭐냐고 물어보는 건 실례를 넘어서 죄를 짓는 것만 같은 심정이었다.

결국 호기심에 굴복한 나는 미리 준비해온 인터뷰 질문을 가장해서, 최대한 건조한 말투를 내려고 애쓰며 물었다. 메르윈 종족으로 사는 게 훨씬 유리할 텐데 왜 지구인임을 자처하며 도피생활을 하느냐고, 지구 반환을 요청한다고 메르윈이 순순히 포기할 리 없을 텐데 어째서 독립운동을 계속 하느냐고, 인권상을 받아 유명인사가 되었는데 어째서 이렇게 가난하게…… 나는 목이 메어 질문을 끝까지 하지 못하고 고개를 숙이고 말았다. 노인은 손수건을 집어 들고 눈가를 꾹꾹 누르며 말했다.

"죄송합니다. 나이를 먹으니 눈이 시리고 눈물이 자주 흐르네요……. 저도 이제 늙었고 내게 남은 시간이 많지 않음을 느낍니다. 그저 죽기 전에 지구에 한번 가보는 것이 소원이라면 소원이지요. 지금 지구에 살고 있는 사람들은 자신들이 지구인임을 잊어가고 있습니다. 메르윈의 언어와 문물을 접한 아이들은 자기들이 메르윈 종족이라고 생각하며 자라나겠지요. 한 세대만 지나면 지구인은 정말로 이 세상에서 사라져버릴지도 모릅니다……. 하지만 메르윈 정부가 모르는 게 있어요. 그들은 그저 내가 늙어 죽으면 모든 게 끝날 걸로 생각하고 있지만 틀렸어요."

지구가 메르윈의 영토로 편입된 후 많은 지구인들이 은하연방 각지에 나가 있다. 그들이 자기들의 고향을 잊지 않고 자기 아이들에게 그 마음을 전해준다면, 자신이 지구인의 후손임을 잊지 않는다면 지구는 영원히 지구로 남아 있을 수 있으며 언젠가 메르윈으로부터 독립할 수 있다. 주석은 그렇게 굳게 믿고 있었다.

예전의 나라면 이런 생각을 이상주의자의 낙관론이라며 비웃었을는지 모른다. 저도 모르게 그에게 감화된 지금도 그 순진한 믿음이 이루어지긴 힘들 거란 생각이 들기는 하다. 지금 지구인도 사실상 메르윈 종족의 후손인데 우주로 나간 이들이 과연 자신을 지구인이라고 생각할까. 더구나 메르윈이라면 어디가도 꿇리지 않을 세력인데 그런 특권을 포기하고 이름도 몰라줄 지구인을 자처할 사람이 있을 리가 없다.

"참, 그런데 아까 외조부 이야기를 하셨지요." 갑자기 그가 나를 보며 좀 전의 이야기를 다시 끄집어내어 놀라게 했다.

"밤이 되면 혼자서 술을 대접에 담아 드셨다고…… 제가 알기로 메르윈들은 결코 그렇게 술을 마시지 않습니다. 아무리 혼자 있더라도 말이죠."

옆에 앉아 있던 사진기자가 동의의 몸짓을 한다. 메르윈 종족도 아닌 주제에 나보다도 메르윈에 대해 잘 알고 있다며 자랑하던 사람이 말이다.

그런데 그게 어쨌단 말인가. 그렇다면 내 외할아버지는 메르윈 종족이 아니란 말인가? 이 은하연방에 푸른 털과 탐스런 꼬리를 가진 직립생물은 메르윈 종족 말고는 없을 텐데. 메르윈 종족과 똑같이 생겼으며 같은 핏줄에서 갈라져 나왔으면서도 이를 부정하는 종족은…… 지구인밖에는 없다.

나를 바라보는 노인의 깊은 눈동자는 바로 그런 사실을 내게 무언으로 전달하고 있었다. 굳이 그의 입이 움직이지 않더라도 나는 그의 목소리를 또렷하게 듣는다. 이 세상에 지구인은 얼마든지 있다. 바로 너의 외할아버지도 지구인일지 모른다. 그렇다면 너도 다름 아닌 지구인의 후손이다.

설마라는 낱말을 입 안에서 몇 번이나 굴리면서 혼란스러운 머릿속을 정리해보려 했다. 나는 부모님이나 그 누구에게도 그런 말을 들은 적이 없다. 그렇지만 외할아버지가 지구인이 아니라는 증거도 없다. 그는 내가 태어나기 전부터 우주병에 걸려 고생하셨고 내가 태어날 무렵에는 치매를 앓았다. 늘 말없이 방 안에 있었고 밤이면 식탁에 나와 홀로 술을 드시곤 했다.

가끔 방에다 오줌을 싼다는 이유로 부모님은 내가 외할아버지 방 근처에 얼씬대지도 못하게 막았다. 식사도 늘 어머니가 날라주어 방에서 혼자 드셨기에 지금 생각하면 외할아버지는 자기 방에 갇힌 죄수와도 같았다. 그런 그가 유일하게 집 안을 돌아다닐 수 있는 시간은 가족들이 모두 잠든 밤이었고 내가 그를 볼 수 있는 것도 그때뿐이었다. 그러나 외할아버지는 말을 할 줄 모르거나 실어증에 걸린 사람처럼 묵묵히 그저 나를 바라보기만 했다. 결국 돌아가실 때까지 외할아버지의 목소리를 들어본 일은 없었고 유품은 모두 부모님의 손에 의해 버려졌으며 방은 창고로 쓰였다. 외할아버지에 대한 내 기억은 그게 다였다.

"이거, 시간이 너무 늦었군요. 내일 돌아가셔야 할 텐데 오래 붙잡아 두고 있어서 죄송합니다. 또 물어보실 게 있으면 말씀하세요."

자리를 정리하며 주석이 말했다. 나는 그저 멍청하게 고개를 저었다. 외할아버지의 일로 혼란스러워서 인터뷰에 대한 것도 잊어버릴 지경이었다.

"그럼 마지막으로 아까 하신 질문에 대답을 드려야겠는데…… 대신 오히려 제가 하나 물어봐도 될까요? 만약 외조부께서 지구인이었다면 어떻게 하실 건가요? 지구인의 후손임을 주위에 밝힐 수도 있고, 아니면 그 사실을 숨기고 계속 메르윈으로 사실 수도 있겠지요. 분명 자신의 행복을 위해서라면 메르윈으로 사는 게 더 유리할 거라 생각합니다. 그렇지만 저의 대답은 이렇습니다. 지구에서 나고 자랐음을 잊지 않는다면 그는 지구인이고, 지구에서 살지 않더라도 지구인의 후손임을 잊지 않는다면 그 역시 지구인이라고 말이지요."

그의 목소리가 아득히 먼 우주 저편에서 들려오듯 몽롱한 내 마음에 파문을 일으켰다. 사진기자가 내 몸을 일으켜줄 정도로 정신을 차리지 못한 상태에서 어느 사이엔가 인터뷰를 마치고 우리는 사무실을 나서고 있었다. 나는 밤늦은 시간까지 기다리고 있던 임시정부 직원 두 사람에게 사과의 말을 건네었고, 사진기자는 괜찮다며 밝은 미소를 보여준 그들의 모습을 사진과 영상으로 담았다. 마지막으로 현관에서 우리를 배웅하며 주석은 두 손으로 내 손을 꼭 붙잡고 나에게만 들리도록 낮은 목소리로 말했다.

"오늘 인터뷰를 하게 되어 정말 다행이라고 생각합니다. 생명은 언젠가 사라지고 저도 예외는 아니겠지요. 하지만 글은 생명보다 오래 살아남습니다. 저는 글의 힘을 믿으니까요. 제 기억과 영혼의 일부가 글을 읽은 사람들에게로 전해질 것입니다……. 좋은 기사를 쓰시길 바라고 있겠습니다. 가시는 길 편안하시길……."

ЖК

돌아오는 궤도 운항선의 불편한 좌석에서 나는 눈을 감고 노인과의 만남을 되새기고 있었다. 하루도 지나지 않았건만 그와의 만남은 신비로운 영적 체험처럼 느껴졌고, 수많은 책과 낡은 종이의 숲 속에서 책 곰팡이 냄새에 감싸인 채로 만난 케촉 주석은 마치 고대 신화 속에서 나온 현신(顯身)처럼 여겨졌다.

그러나 무엇보다 내 마음 깊이 무겁게 자리 잡은 건 얼굴도 잘 기억나지 않는 외할아버지였다. 대접에 술을 담아 마시던 케촉 주석의 모습이 똑같은 방식으로 술을 마시던 외할아버지의 모습과 겹쳐지며 그들 두 사람이 어쩐지 같은 사람처럼 느껴지는 것이었다. 마치 물 속에서 들여다본 것처럼 흐릿하게 일렁이는 외할아버지의 모습만이 내 주위를 감싸며 흐르고 있었다.

정말로 외할아버지는 지구인이었을까. 어쩌면 그저 술을 좋아하는 메르윈 종족일지도 모른다. 이미 세상에 증거는 남아 있지 않으니 알 수가 없는 일 아닌가. 어쩌면 어머니는 뭔가 알고 계실지 모르니 이번에 집에 돌아가면 꼭 물어봐야겠다. 그동안 한 번도 궁금해하지 않던, 물어보지도 않던 내 가계와 핏줄에 대해서 말이다.

그 결과가, 진실이 무엇이든 좋다. 비록 내가 지구인의 후손이 맞을 가능성만큼이나 아닐 가능성 또한 높겠지만, 그와는 상관없이 나는 노인의, 어린 케촉의 이야기에 깊은 흥미와 교감을 느꼈다. 이미 그의 기억과 영혼의 일부가 지금 내 몸속에 흐르고 있는 걸 느낀다. 그 흐름이 끊기지 않고 이어져 강을 이루고, 은하수가 되어 우주 너머로 흐를 수 있기를. 그런 바람을 담아 나는 이 이야기를 되도록이면 많은 이들에게 들려주고 싶다. 이 우주 어딘가에 있을 지구의 아이들에게.